Deep Waters
von Don Both
Deutsche Erstausgabe September 2018
© Don Both
Kontakt: bethy86@hotmail.de
https://www.facebook.com/pages/DonBoth/248891035138778
http://donboth.weebly.com/
Trailer zum Buch: https://youtu.be/p-vfcWEnIco
Mit besonderen Dank an Kerstin Patze.
Cover: Marie Graßhoff
Erschienen im A.P.P.-Verlag
Peter Neuhäußer
Niederlassung Deutschland:
Gemeindegässle 05
89150 Laichingen
Mobi: 978-3-96115-341-1
E-Pub: 978-3-96115-342-8
Print: 978-3-96115-343-5

DON BOTH

Deep Waters

Roman

Kurzbeschreibung

Goodville. Wer in dieser Stadt lebt, hat verloren, wenn er nicht perfekt ist.

Nicht perfekt, nicht gesellschaftsfähig – das sind Hailey White und Saint Conroy auf zwei ganz unterschiedliche Arten.

Sie ist die Pfarrerstochter, übergewichtig, verschlossen und schüchtern – ein Freak.

Er ist der Troublemaker, gefürchtet, wunderschön, wild und ungezähmt – ein Rebell.

Beide haben Vorurteile den anderen betreffend, beiden wird eine Chance gegeben, hinter die Maske des anderen zu blicken. Was sie dabei erkennen, geht tiefer als erwartet. Was sie dabei erleben, ist die Reise ihres Lebens. Und was sie dabei verlieren, ist ihr Herz …

Die Liebesgeschichte des Jahres.

Gefühlvoll, sinnlich, unverblümt und zum Nachdenken anregend.

Das ist für unsere wahren Helden.

So wie es auch mein Vater war.

**Ein Tor schließt nur aus äußeren Gehaben, getrost
auf eines Menschen innere Gaben.**

William Shakespeare – Shakespeare, Perikles, Prinz von Tyrus

Prolog

Ich konnte jede Frau innerhalb von fünf Minuten zum Orgasmus bringen, ich konnte ihr einen unvergleichlichen Kick bescheren, den sie ihr ganzes Leben lang nicht vergessen und unentwegt bei irgendwelchen Männern suchen – es bei ihnen aber niemals finden – würde. Weil sie nicht ich wären. Ich konnte jedes weibliche Wesen mit einem Fingerschnipsen um den Verstand bringen. Ich war Meister darin, Frauen in andere Sphären zu versetzen, mit ein wenig Charme, dem Mut, selbst die dreckigsten Fantasien auszuleben und Grenzen zu überschreiten, die jede Vorstellung sprengten.

Aber was ich nicht gut konnte, war, ehrlich zu einer Frau zu sein. Mich durch … Worte zu definieren, durch meinen wahren Charakter beliebt zu machen – ohne Küsse, ein paar gut platzierte Berührungen, Schmeicheleien … oder mein gutes Aussehen.

Allerdings wurde mir sehr schnell klar, dass ich bei Hailey White – dieser kleinen, schüchternen und doch so mutigen und verwegenen Person – genau diesen Weg gehen musste, um an mein Ziel zu kommen. Denn sie war anders, als alle anderen

Frauen – ja eigentlich alle Menschen –, die ich bis jetzt getroffen hatte.

Sie war etwas Besonderes, und es war an der Zeit, mich damit auseinanderzusetzen, dass vielleicht auch ich mehr von ihr wollte, als anfangs erwartet. So viel mehr ... Und dass sie mir so viel mehr geben könnte, als ich mir jemals geträumt hätte, von einem anderen Menschen zu bekommen.

Aber konnte ich ihr auch das geben, was sie brauchte, was sie verdiente?

Oder war ich dafür viel zu abgefuckt?

1. Wieso ich mir in einer Kirche einen blasen ließ

Wieso ich mir in der Kirche einen blasen ließ?

Nun, das hatte mehre Gründe, die ich hier gern ausführen werde …

Goodville war die zu einer Stadt gewordene Ordnung und Sittsamkeit. Jeder hier blies dem anderen Zucker in den Arsch – und zwar ganze Kilos. Jeder hier grüßte seinen Nachbarn, kannte natürlich dessen Namen und die Namen seiner Kinder, was bei einem Kaff von 2500 Einwohnern und mehr Kühen auch nicht gerade schwer war. Jeder hier grillte mit jedem, trieb Sport mit jedem und traf sich zum Brunchen mit jedem. Jeder Bürger dieser Stadt ging in die Kirche und war natürlich streng gläubig. Jeder hielt sich an das Gesetz – an Recht, Ordnung und das Wort Gottes.

Jeder hier war ein Gutmensch aus dem Bilderbuch.

Kurz: Jeder Einzelne hier war mir seit meiner ersten verdammten Minute auf dieser verdammten Welt gewaltig auf den Sack gegangen.

Ich war hier eine Kuriosität. Ein gefährlicher Rebell, der drohte, den heiligen Frieden zu stören. Die fleischgewordene Sünde – obwohl ich ironischerweise Saint hieß. Hinter vorgehaltener Hand wurde gemunkelt, man solle sich lieber von mir fernhalten, ich bedeute nichts als Ärger … Über mich gingen Geschichten rum, von denen ich selbst am allerwenigsten wusste. Ich galt als unberechenbar, keiner wusste, was mir als Nächstes einfallen würde.

Dabei war ich hier der einzig Normale.

Genau deswegen hatte ich auch Samantha Maxwell freundlich darum gebeten, mir doch bitte einen in der Kirche zu blasen. Sie sagte nicht Nein, wie es 99 Prozent der weiblichen Bevölkerung getan hätten.

Dabei trank ich Jim Beam Cola aus der Dose, die ich nach einer einstündigen Predigt von Mister Harrison darüber, dass Alkohol schädlich für einen Achtzehnjährigen sei, ergattert hatte. Er predigte ständig, aber letztendlich bekam ich, was ich wollte – immer. Zu sagen, dass ich diesen Wahnsinn hier nicht anders ertragen konnte, hatte ich mir verkniffen. Wie ich mir so ziemlich alles verkniff …

Das Leben hier war nur mit zwei Dingen zu ertragen: Mit Alkohol … und heißen Chicks. *Versauten,* heißen Chicks, die alles mitmachten und war es noch so pervers. Denn hinter ihrer glänzend aufpolierten Schale versteckte sich ein verrotteter Kern, den ich bestens hervor zu kitzeln wusste.

Tatsache ist nun mal: Jeder Mensch dieser Erde ist ein gewissenloses Monster.

Es kommt nur darauf an, wie man mit diesem umgehen

kann, wie gut man es im Griff hat … ob man ein Dompteur oder eine Beute ist.

Ich hatte mein inneres Monster schon lange entfesselt und ihm die Kontrolle überlassen. Natürlich unsichtbar für all die anderen Schwachmaten. Früh hatte ich gelernt, in anderen zu lesen und das Gelesene zu meinem Vorteil zu nutzen. Ich bekam, was ich wollte, mit Charme, jeder Menge Sex-Appeal und eiskalter Berechnung. Was andere dabei von mir dachten, war mir herzlich egal. Sie witterten die Gefahr, ihre Instinkte sagten ihnen, dass sie sich lieber von mir fernhalten sollten, wenn sie in mein sanft lächelndes Gesicht schauten, aber wenn ich es wollte, dann taten sie das genaue Gegenteil. Deswegen hatten sie solche Angst vor mir. Was man nicht kennt und nicht beherrschen kann, macht einem schließlich immer Angst, nicht wahr?

Also … es gab eine Tatsache, die mir schon sehr bald klar geworden war, und mit der ich perfekt arbeiten konnte: Alle Menschen sind in ihrem Inneren abgefuckt. Ich war nur mutig genug, es auch auszuleben – und ihr inneres Monster heraus zu kitzeln, mit ihm zu spielen …

Ich war Saint Conroy …

Alles andere als heilig …

Und eine Legende.

***

Samantha war verdammt gut … Mir in der Kirche einen blasen zu lassen, gab mir einen Extra-Kick zu ihren versauten

– garantiert an einer Banane trainierten – Übungen. Mit einem leisen »Oh Baby ...« ließ ich den Kopf nach hinten fallen und vergrub eine Hand in ihrem blonden Haar. Sie blieb vor lauter Haarspray fast auf Nimmerwiedersehen stecken, aber das war mir gerade so was von egal. Ihre Zunge wirbelte, sie stöhnte wie die perfekte Pornodarstellerin und gab alles ... aber alles, war noch nicht genug.

Ich wollte schon den ganzen Tag kommen ... einfach nur kommen – was manchmal gar nicht so leicht war. Besonders jetzt ...

In dem Moment hörte ich es.

Ein kleines schockiertes Keuchen.

Meine Augen flogen auf und zuckten in die Richtung, aus der das Störgeräusch gekommen war. Mein Blick aus eisig grünen Augen strandete in ... matschigem Braun. Von dort oben ... zwischen den Streben des Holzgeländes, von da oben, wo sich die Orgel befand, beobachtete sie mich mit weit aufgerissenen Glupschern in der Größe von Untertassen ... Die Lippen einen Spalt weit geöffnet ...

Sofort stellte ich mir vor, wie ich zwischen ihre Lippen stieß.

Das war so abwegig wie erregend.

Ich konnte sie gerade noch verrucht angrinsen und Samanthas Kopf weiter nach vorn bewegen, sie dort festhalten – was die Röte in diesen Pausbacken noch verstärkte, aber sie schaute nicht weg –, und dann die Zähne zusammenbeißen, weil eine nicht geringe Menge Sperma in Samanthas Rachen landete.

Dass ich dabei von *ihr* beobachtet wurde, hatte mir gerade noch den letzten nötigen Kick gegeben. Das war mein Trigger gewesen. Ich war von Sex schon so übersättigt, dass es für mich manchmal problematisch war, zum Orgasmus zu kommen und ich noch immer diesen kleinen Extra-Kick brauchte.

Heute war Matschauge wohl mein Extra-Kick gewesen.

Auch okay ...

Aber von einem Therapeuten wollte ich diese Sache lieber nicht beleuchten lassen.

»DANKE!«, formte ich lautlos mit einem breiten, frechen Grinsen.

Ihr Kopf glühte förmlich. Aber sie schaute immer noch nicht weg ... Sie starrte mich immer noch an wie das Reh im Scheinwerferlicht, absolut gebannt. So wie alle Frauen, wenn ich ihnen meine Aufmerksamkeit schenkte. Sie waren geblendet von meiner perfekten Schale, sodass sie das Monster in meinem Inneren erst erkannten, wenn es schon längst zu spät war und es sie halb verschlungen hatte.

Ich musste lachen ... Samantha fragte »Was ist?« und hob den Kopf.

OH mein Gott! Ich erschrak fast zu Tode. Sie hatte wohl gewürgt – und ihre Schminke lief in schwarzen Schlieren über ihr Gesicht. Sie hätte in die Geisterbahn gehen und kleine Kinder erschrecken können.

Ich winkte ab, und wollte gerade meine Hose schließen, als ich ein Brüllen hörte.

»SAINT JACKSON CONROY!« Ich wusste, ich war in ernsten Schwierigkeiten, als der Pfarrer höchstpersönlich auf mich zu stapfte … Den Kopf genauso hochrot wie der seiner kleinen Spanner-Tochter.

Der hatte gerade noch gefehlt!

***

Irgendwie interessierte den alten White nichts davon, als ich ihm zu erklären versuchte, wieso ich mir auf dem Altar gerade einen hatte blasen lassen … Meine sehr einleuchtende Erklärung, dass das eine Opfergabe an Gott gewesen war, brachte ihn nicht zum Einlenken, kein bisschen. Ganz im Gegenteil, während er uns aus der Kirche schleifte, wurde er regelrecht cholerisch. Ehrlich, sein Kopf lief hochrot an (noch roter als vorhin bei seiner Tochter), während er mich anbrüllte und dabei winzige Tropfen Spucke im Sonnenlicht glitzerten. Samantha wurde von der Messe ausgeschlossen – buhu … Genau wie ich … buhu … und er würde von diesem gotteslästerlichen, verabscheuungswürdigen Akt meinen Eltern erzählen. Als ob es mich einen feuchten Furz interessiert hätte. Er schleifte mich nach Hause, drückte seinen Finger an der Klingel platt und wurde bitter enttäuscht, als nur meine Schwester Holy – die so gar nicht holy war – die Tür öffnete. Sie war ich in weiblich. Also cool, hübsch und begehrt. Als der mittlerweile fast blau angelaufene Mann mit mir – dem Grinsen in Person – vor der Tür stand, musste sie sich das Lachen verkneifen.

Unsere Eltern waren in der Arbeit.

So wie jeden Tag.

Als hätte er das nicht gewusst.

Na ja … er lieferte mich daheim ab, machte kehrt und stürmte sofort zu der kleinen Bank, in der sie nicht nur arbeiteten, sondern die seit Generationen unserer Familie gehörte.

»Was war es diesmal?«, fragte Holy. »Nein warte, so wie du grinst, will ich es gar nicht wissen!« Damit ließ sie mich ein. Ich folgte ihrer zierlichen Gestalt ins Wohnzimmer, wo sie sich gerade mit zwei Freundinnen ausgebreitet hatte »um zu lernen«. Das hieß, in Wahrheit stalkten sie per Facebook irgendwelche Typen, die sie heiß fanden, oder heckten irgendwelche Intrigen aus. Als mich ihre Freundinnen sahen, die beide mit ihr eine Klasse unter mir besuchten, wurden ihre Augen sofort glasig, und sie lächelten schüchtern. Doch ich sah all die nicht jugendfreien Dinge, die sich dabei in ihrem Kopf abspielten, als hätte sie jemand an die Wand gegenüber gebeamt.

Ich verdrehte nur die Augen, kehrte um und schlenderte durch das kleine, schnucklige Häuschen, das so verdammt schnucklig war, dass ich nur kotzen wollte, die Treppen hoch in den ersten Stock und gleich rechts durch die Tür. Dann ließ ich mich auf das Bett in meinem kleinen schnuckligen Zimmer sinken, öffnete eine weitere Dose Jim Beam und rief meine Lieblingspornoseite auf …

Und dabei musste ich an matschbraune, schockierte Augen denken.

2. Wieso Eltern spinnen

Meine Eltern waren natürlich alles andere als amused, als wir beim Abendessen am reich gedeckten Tisch saßen. Sie hielten mir eine Predigt, obwohl sie gar keine verdammten Pfarrer waren. Die bestand vor allem aus: *Ich weiß nicht mehr weiter*, dazu eine Prise: *Wir müssen dich wegschicken, wenn es so weitergeht,* und noch einem Schuss: *So haben wir dich nicht erzogen.*

Zeug, das Eltern eben so sagen.

Zeug, das mir so ziemlich am Arsch vorbeiging.

Ich wollte nur diesen echt leckeren Lachs in mich reinstopfen, den Mum gekocht hatte, mich in meine Sportsachen werfen und eine Runde laufen gehen, das brauchte ich einfach, um meinen Kopf freizubekommen. Der war immer voll mit Sachen. Mit Sachen, die mich ablenkten und nervten und einfach nur abfuckten.

»Diesmal wird es Konsequenzen geben«, gab mein Vater gerade von sich, und meine Mutter nickte bekräftigend wie ein Wackeldackel auf Speed. Ihre großen, blauen Augen fixierten bekümmert mein Gesicht, ihre Lippen waren gespitzt, das Kopfschütteln allgegenwärtig. Sie war das Sinnbild der perfekten Ehefrau, arbeitete nur bis um drei, damit sie täglich den Haushalt erledigen konnte. Um Punkt fünf wartete das Essen auf dem Tisch und die Pantoffeln vor der Tür. Sogar das Glas Bier war frisch gekühlt eingeschenkt. Außerdem war sie dann natürlich hübsch gestylt, als wäre sie gerade erst von einem Laufsteg herabgestiegen. So sah sie immer aus, perfekt. So sah unser Haus aus, perfekt, vom Garten und vor allem dem VORGARTEN brauchen wir gar nicht anzufangen. Jeder sollte sehen, wie wunderbar es bei uns daheim lief, wie behaglich wir Kinder es hatten und was für eine hammermäßige Ehefrau mein Vater hatte. Das Einzige, was hier so gar nicht perfekt war, war ich. Zumindest in ihren Augen.

Es war mir egal, was meine Eltern sagten und womit mein Vater drohte oder was er mir für Verbote gab. Ich würde mich sowieso nicht daran halten, hatte er es denn in achtzehn Jahren immer noch nicht verstanden? Dann war dem Mann echt nicht zu helfen.

»Diesmal bist du zu weit gegangen. Wir sind für zwei Wochen vom Gottesdienst ausgeschlossen, und morgen wird die ganze Stadt wissen, was du getan hast!« *Die Geächteten* … so hätte ein Film über sie heißen können. Natürlich ging es ihnen nur darum, dass ihr Ruf unter meinen Taten litt – weswegen es für mich nur noch witziger war, genau diese zu vollführen.

»Das weiß sie doch jetzt schon, Reverend White ist schlimmer als verdammte Cheerleader in der Umkleidekabine.«

»Saint, reiß dich jetzt zusammen!«

»Ich bin total zusammengerissen, Dad, echt …«, antwortete ich und schaute ihn mit großen, treuherzigen Augen an, während ich in aller Ruhe ein Stück Brokkoli aß. Der war natürlich genau auf den Punkt gegart – gegart, nicht etwa gekocht oder gebraten. Hier wurde nichts gebraten – denn Braten war böse! Zu viel Kalorien und nicht zu vergessen die krebserregenden Nebenprodukte!

»Das geht so nicht mehr weiter!»

»Das hast du schon ma…«

Mein Vater schlug mit der Faust auf den Tisch, sodass meine Schwester zusammenzuckte. Üblicherweise saß sie immer nur amüsiert dabei und aß keinen Bissen. Sie machte ständig irgendwelche irren Diäten. Von der Ananas-Kokos bis zur Kohldiät, wobei ihr Zimmer während dieser Tage zur ultimativen Todeszone mutierte, die es galt, unter allen Umständen zu meiden. Nun sah sie unseren Vater mit verengten Augen an und warf mir einen vorsichtigen Blick zu. Ich zuckte mit den Schultern, ja, okay, konnte sein, dass ich meine Eltern noch nie so sauer erlebt hatte, wie jetzt, aber sie mussten verstehen …

»Dad …« Ich versuchte langsam und ruhig zu reden, damit meine Schwingungen auf ihn übergingen und er runterkam. »Es gab folgende Punkte, die zu dem ganzen Scheiß …«

»ES INTERESSIERT MICH NICHT!«, brüllte er mit einem Mal und schnellte auf die Beine. Selbst meine Mutter sah ihn schockiert an. Und dann stemmte er seine starken Arme auf den Tisch zwischen uns, und es ging erst richtig los …

»DEIN DUMMES GESCHWÄTZ KANNST DU DIR SONST WOHIN STECKEN! Sonst bringt es dich aus jeder Misere, aber jetzt nicht! JETZT IST DAS FASS VOLL! JETZT WIRD ES KONSEQUENZEN GEBEN! Du kannst dich nicht überall mit deinem vorlauten Mundwerk rausretten.« Gut, so sah ich das nicht, denn man konnte sich aus *allem* rausreden, wenn man wusste, wie. Aber wenn Dad so laut brüllte, dass es die ganze Straße hörte und meine Haare förmlich nach hinten flogen, hielt ich vielleicht besser kurz mal die Klappe … War nur so 'ne Überlegung.

Seine Oberlippe bebte, genau wie sein ergrauender Schnauzbart darüber, und seine Pausbäckchen, in die ich kneifen und Tutzitutzitu machen wollte. *Das lasse ich besser auch sein,* dachte ich, als ziemlich bedenkliche Schweißperlen auf seine Stirn traten.

»DU WIRST DEN MAGGY-DIENST ÜBERNEHMEN!«

Es war, als hätte er mich an meinen Eiern gepackt und sie einmal hart umgedreht.

Sofort war es vorbei mit meiner Contenance. Ich sprang auf und stemmte meine Fäuste genauso auf den Tisch wie er.

»DAS KANNST DU NICHT MACHEN!«

Er grinste halb wahnsinnig, sein Lid zuckte verdächtig. »OH, das kann ich und das werde ich«, wisperte er fast besessen. Meine Mutter … die zwanghaft versuchte, die Stimmung wieder zu lockern – sie hasste einfach schlechte

Stimmung – räusperte sich und legte ihre Hand auf den Arm meines Vaters ...

»Harold ...«

»NEIN, es reicht mir! Der Junge hat den Bogen überspannt.«

»Aber du weißt ganz genau, dass sie ihn nicht sehen will.«

»Sie wird doch sowieso nicht wissen, wer es ist. Abigail, er muss endlich lernen, dass seine Taten Konsequenzen nach sich ziehen – und zwar welche, die ihm wirklich nicht passen. Also ... Saint ... für die nächsten drei Monate hast du Maggy-Dienst. Es gibt keinen Ausweg. Es wird keine weiteren Verhandlungen geben. Keine Revision. Du brauchst gar nicht mehr mit mir darüber zu reden. Die Sache ist beschlossen und beginnt mit deinem ersten Besuch Morgen um dreizehn Uhr.«

»Dad ...«

»Solltest du dich nicht daran halten und auch nur ein einziges Treffen verpassen ... dann werde ich dich auf die Militärschule schicken und dein Leben hier hat ein jähes Ende. Ganz abgesehen von deiner nichtsnutzigen Schrauberei. Ich werde deinen Karren verkaufen!«

»Dad ...«

»Es hat sich ausgedaddet. Jetzt beginnt der Ernst des Lebens!« Damit grinste er mich fast schon boshaft und immer noch ziemlich wahnsinnig an, drehte auf dem Absatz um ... und stakste aus dem Haus.

Nicht einmal Mums angestrengt freundlich geträllertes »Wir essen noch!« konnte ihn dazu bewegen, es sich anders zu überlegen.

Nichts konnte ihn dazu bewegen, es sich anders zu überlegen.

Jetzt steckte ich in der Klemme.

Gewaltig.

3. Wieso man sich alten Menschen immer vorsichtig nähern sollte

Was zog man an, wenn man sich einem wilden Tier nähern musste? *Am besten abgetragene Sachen, bei denen es egal ist, wenn sie zerstört werden*, überlegte ich am nächsten Tag, nach einer fast schlaflosen Nacht – voll Pornos und Zocken mit Sam, meinem einzigen und besten Freund.

Ich stieg seufzend in eine Jeans, die nur ganz leicht zerfetzt war, dazu holte ich ein schwarzes Boss-Shirt aus dem Schrank, mit V-Ausschnitt, das sich vorteilhaft um meinen trainierten Oberkörper spannte, daneben einen Gürtel, schwarze Boots und meine Lieblingslederjacke, natürlich auch schwarz. Die Kunst war, es aussehen zu lassen, als wäre ich ein Penner – und zwar mit Designerklamotten. Denn etwas anderes kam bei uns natürlich nicht in den Schrank. Wir waren ja die Kinder von Bankinhabern – also sozusagen die höchste Liga in der hohen Liga. Wir verkehrten an Wochenenden auch nur mit den Anwälten und den Ärzten der Stadt. Was anderes kam bei uns nicht an den Tisch oder eben an den Grill – abgesehen von gewissen Ausnahmen, wenn man sich von seiner wohltätigen Seite zeigen musste.

Ich zündete mir noch eine Kippe an, während ich rausging, ignorierte Holys hämisch geträllertes »VIEL SPAAHAAASS« und schlenderte zu meinem Bike.

SCHNELL, SCHWARZ, SCHNITTIG.

Mit einer Bewegung ließ ich den Motor an, genoss das laute Dröhnen, das die niedliche beschissene Straße dieser niedlichen beschissenen Vorstadt erfüllte und ließ ihn aufheulen. Ehrlich, jeder Vorgarten sah hier gleich aus, jeder Grashalm … es war einfach nur noch nervig. Dann schob ich den Stutzhebel hoch, setzte mir den Helm auf und raste los …

Ich liebte Geschwindigkeit. Ich liebte Motorradfahren. Eigentlich liebte ich jede Art von Kick.

Dabei bekam ich den Kopf frei … egal, ob ich mit dem Motorrad über eine leere Landstraße fegte, dem Crossbike über schlammige Waldwege oder mit meinem Mustang – die alte geile Variante aus dem Jahr 1956 – über den Highway fetzte. Die grüne, dicht bewaldete Landschaft und die weiten Felder flogen nur so an mir vorbei. Alles vermischte sich zu einem satten Grün, Kackbraun, Orange und einem strahlendem, fast schon weißblauem Himmel. Die Hitze flimmerte über den dunklen Asphalt, aber durch den Fahrtwind fühlte ich nicht viel davon.

Das Dawson Winchester Heim befand sich etwas außerhalb der Stadt und war von einer riesigen, grün bepflanzten Parkanlage inklusive kleinem Teich, Bänkchen und Gartenzwergen umgeben. Hier steckten die Wohlhabenden des gesamten abgefuckten Staates Pennsylvania ihre Eltern hin, wenn sie ihre Ruhe vor ihnen haben wollten. Hier gab es die exquisitesten Zimmer und die stockarschigsten Schwestern. Alle kannten mich natürlich beim Namen ...

Seufzend nahm ich den Helm ab und schaute mir das gelbe, ordentlich gestrichene und instandgehaltene Gebäude mit den weiß angestrichenen Fensterrahmen an, das von Palmen und einer breiten Einfahrt gesäumt war und vor der weiten Landschaft aufragte.

Noch konnte ich fliehen ... noch hatte mich keiner gesehen.

Hemingway, der rot getigerte Heimkater, kam sofort angelaufen. Anscheinend erinnerte er sich noch an meinen letzten Besuch vor fünf Jahren, der in einer absoluten Katastrophe geendet hatte, wegen der ich nie wieder hatte mit hierherkommen müssen. Ich kraulte ihn geistesabwesend unter dem Kinn, während ich zurückdachte ...

Granny war total ausgeflippt ... hatte mich als Dieb beschimpft und dann aus ihrem Zimmer gebrüllt. Nur weil ich ihre Kekse gegessen hatte. Meine Güte, ich war dreizehn und es waren Hafercookies gewesen ... Ich starb nun mal für Hafercookies. Aber meine Granny war nicht wie andere Grannys, die in ihrem Schaukelstuhl sitzen, vor sich hin stricken und mit verklärter Stimme Anekdoten aus ihrer Jugend erzählen. Sie war das personifizierte Böse. Eine

Legende, nicht nur in diesem Heim, sondern in der gesamten Stadt. Die Schwestern knobelten jeden Morgen darum, wer sie pflegen musste, keiner wollte etwas mit ihr zu tun haben oder auch nur in ihre Nähe kommen.

Sie war ... kompliziert ... und das war noch freundlich ausgedrückt.

Die Zeit mit ihr eine einzige Qual.

Jedes Gespräch die pure Folter ...

Und ich musste das jetzt ertragen!

Drei verdammte Monate lang!

Womit hatte ich das nur verdient?

***

Die Schwestern grüßten mich natürlich alle beim Namen, als ich an ihnen vorbeischlenderte, die Hände tief in den Hosentaschen. Einige lächelten freundlich – jeder hier lächelte immer freundlich –, andere zwinkerten mir zu, manche gingen noch weiter und machten mich sofort ziemlich offensichtlich an. Amber – eine dralle typische Rothaarige – konnte wohl zaubern, denn gerade noch war ihre Bluse hochgeschlossen gewesen, im nächsten Moment waren drei Knöpfe offen und ihr roter BH blitzte hervor. Ich grinste anerkennend und wisperte ihr zu »Später ...« Dann schlenderte ich an ihr vorbei und den langen sterilen Gang entlang ...

Ich hasste Krankenhäuser.

Dazu zählten auch Heime. Ich konnte das Leid, die Krankheiten, den Schmerz und ja, auch den Tod, förmlich in der Luft riechen und das waren Dinge, mit denen ich nichts zu tun haben wollte. Selbst dieses Schickimickiheim, in dem man versucht hatte, mit vielen Pflanzen eine angenehme Atmosphäre zu schaffen, war für mich das pure Grauen. Auch die gelb gestrichenen Wände konnten meine Laune nicht heben, als ich mich Schritt für Schritt ihrer Tür näherte. Der letzten Tür.

Ich fühlte mich wie ein Hobbit, der in die Drachenhöhle musste. Und einmal darin – gab es kein Zurück mehr ... Dann wäre ich in ihren Fängen. Dann wäre ich total im Arsch, dann...

Sie kam aus dem Zimmer direkt rechts neben mir ... und prallte mit ihrem Tablett so fest gegen meine Brust, dass sie fast auf ihrem großzügig angelegten Sitzfleisch landete. Pillen flogen nur so in einem bunten Reigen durch die Luft, was echt was verdammt Fröhliches hatte. Nur meine Hände, die automatisch hervorschossen und sie an den Oberarmen auffingen, verhinderten, dass dieser Planet von der Wucht ihres Aufpralls erschüttert wurde und grauenhafte Tsunamis alle Küstenstädte plattmachten, während die Vulkane allesamt Feuer spien. Sofort als ich merkte, wen ich da gerade so gut wie in den Armen hielt, nahm ich mit einem schockierten »DU?«, meine Hände von ihr, als sie dasselbe Wort ausstieß. Keuchend. Und natürlich ... mit geröteten Wangen.

Matschauge starrte mich an.

Wie immer leicht benebelt, aber so eine Wirkung hatte ich nun mal auf Frauen – a.l.l.e. Frauen.

»Was tust du denn hier?«, fragten wir wieder gleichzeitig, als uns der Starringkontest zu blöd wurde.

»Das könnte ich dich fragen!« Wieder sprachen wir absolut gleichzeitig. Sie schnaubte auf und bückte sich, um ihre Pillen aufzusammeln ... und die Röhrchen und alles auf ihr Tablett zu legen. Ich schaute auf ihre echt dralle Gestalt herab und konnte mich nicht entscheiden, ob ich lachen oder weinen sollte.

Was tat sie hier?

Es reichte doch schon, wenn ich sie Tag für Tag in der Schule sah und sie gestern meinen Blowjob gestört hatte, da musste sie nicht auch noch hier um mich rumschwänzeln, oder?

Oh mein Gott! Mir kam ein grauenhafter Verdacht!

»Stalkst du mich etwa?«, fragte ich wieder mal geradeaus, was mir in den Sinn kam, was für mich echt ziemlich untypisch war. Ihre Patschehände stockten kurz in ihrer Bewegung. Sie wurde noch roter, hätte nie gedacht, dass es möglich wäre. Die Farbe hob sich fast schon stechend von dem weißen Kittel ab. Sie antwortete nicht, so wie immer, wenn sie irgendwer ansprach. Das Gezische vorhin war schon zu viel für diese ... Person gewesen ... »Hey, ich hab dich was gefragt!« Ich tippte sie vorsichtig mit der Schuhspitze an wie ein totes Tier, das platt gefahren auf dem Asphalt liegt.

Sie sagte immer noch nichts ... hatte aber endlich ihr Zeug aufgehoben ... und ... rannte davon, ohne mich noch einmal anzusehen.

Als ob ich der Teufel persönlich wäre.

Die Pfarrerstochter hatte sie nicht mehr alle, aber das wusste ich ja schon seit dem verdammten Kindergarten.

4. Wieso ich Saint Conroy verfallen bin

Hailey White

Er. Hatte. Mich. Berührt.

Seine wunderschönen Finger hatten mich angefasst. Er hatte mich angesehen. Er hatte sogar mit mir gesprochen!

Ich musste brüllen, weswegen ich mich schleunigst davonmachte. Doch sobald ich in dem kleinen Schwesternzimmer ankam, schmiss ich mich auf die Nachtliege, steckte mein Gesicht ins Kissen und brüllte. Aus vollem Halse.

Saint Conroy – der begehrteste Junge an unserer Schule – hatte sich mit mir unterhalten. Okay, nicht direkt unterhalten. Aber er … er hatte mich angesehen, mit diesen wunderschönen unverwechselbaren Augen. Er hatte mit mir gesprochen, mit diesen vollen Lippen, die nur so zum Küssen einluden, und er hatte einen wunderbaren Drei-Tage-Bart wie die ganzen Models in den verbotenen Magazinen, die ich mir kaufte und … ooh mein Gooooooooott … Er roch so unsagbar gut. Einige Sekunden war ich von seinem Geruch, seinem gesamten Auftreten ganz vernebelt gewesen, so vernebelt, dass einfach das Erstbeste aus mir herausgeschossen war, was ich mir gedacht hatte.

Was tat er hier?

Dieser gefallene Engel …

Diese Verkörperung des Göttlichen.

Denn ehrlich, Gott hatte es wirklich gut mit ihm gemeint. Wenn man aussah wie Saint Conroy, dann musste man gesegnet sein. Er war der schönste Junge dieser Stadt, ach was sag ich … *dieser Welt!* Und er hatte mit mir gesprochen!

Das, was ich mir schon seit Jahren wünschte, war endlich eingetreten und vielleicht … vielleicht hatte das ja was mit gestern zu tun.

Während ich mit einem breiten Lächeln auf der Liege lag, dachte ich daran zurück …

***

So wie immer, wenn ich denken musste, ging ich in die Kirche. Allein der Geruch nach Weihrauch, altem Holz und Heiligkeit klärte meine Gedanken, und wie immer setzte ich mich oben zur Orgel und spielte ein paar Takte, während ich sang, und meine Stimme klar und fest, wurde von dem uralten Gemäuer zurückgeworfen und regelrecht verstärkt. Ich liebte die Akustik in diesem Raum. Es gab keinen Ort, an dem sie besser war. Schon deswegen hielt ich mich hier am liebsten auf. Diese Kirche war mein absoluter Zufluchtsort, wenn die reale Welt da draußen mir wieder mal zu viel wurde.

Danach saß ich einfach nur da, schaute nach vorn zum Altar, die Arme auf der Brüstung verschränkt, das Kinn darauf und dachte nach, über mein Leben ... über die Schule ... über Saint.

An diesem Tag hatte er besonders gut ausgesehen, besonders verwegen. Er hatte sich natürlich nicht mit mir unterhalten. Er unterhielt sich eigentlich mit keinem, außer mit seinem besten Freund Sam oder seiner Schwester ... Er war ein Einzelgänger, wie er im Buche stand. Eigentlich so wie ich. Nur dass *er* die Menschen mied und ich von den Menschen gemieden wurde ...

Klar ... ich war ein Freak.

Ich kam nicht gut klar mit den Mädels in meinem Alter und mit Menschen im Allgemeinen. Ich wusste nie, wie ich mit ihnen reden sollte, und wenn ich doch etwas sagte, dann kam dabei eine Peinlichkeit nach der anderen raus. Außerdem war ich unkoordiniert, das geborene Trampeltier – wenn etwas zu Bruch gehen konnte, geschah das bei mir mit tausendprozentiger Sicherheit. Wenn ich irgendwo stolpern konnte, dann stolperte ich und mit hunderttausendprozentiger Sicherheit sagte ich immer das Falsche.

Weswegen ich bei Saint gerade auch geschwiegen hatte, weswegen ich in seiner Nähe immer schwieg. Eigentlich in der Nähe jedes Menschen. Das war sicherer und endete nicht in irgendwelchen Peinlichkeiten.

Wie auch immer …

Ich hatte gestern also in der Kirche gesessen und war meinen Gedanken nachgehangen, als die Kirchentür plötzlich aufgeschwungen war, und … der liebe Gott mich endlich erhört hatte. Er hatte mir meinen Traummann geschickt. Kleine Abweichung vom Plan war die andere Frau, um deren schmale Schultern er den Arm gelegt hatte, aber ich versuchte sie einfach auszublenden. Schnell bückte ich mich hinter die Brüstung und spähte durch die Streben. Ich hatte genauen Blick auf Saint, der sich einfach auf den Altar setzte, den dunklen Blick auf die Blondine vor sich geheftet, langsam erst den Gürtel und dann seine Hose öffnete. Ich schlug schockiert die Hand vor den Mund.

Er machte eine richtige Show aus dem gemächlichen Öffnen seiner Hose, weswegen mein Herz immer schneller schlug und meine Kehle immer trockener wurde. Hätte ich gerade vor ihm gekniet und hätte er mich so angesehen, wie er sie ansah, wäre ich wahrscheinlich einfach tot umgefallen und nie wieder aufgestanden. Ich wusste, ich sollte es nicht tun, ich wusste, es war Sünde, aber ich konnte nicht anders, als gebannt zu beobachten, was als Nächstes geschah.

Sobald die Hose offen war, beugte sie sich vor und … ich lehnte mich ein bisschen nach rechts, damit ich besseren Blick hatte. Dann keuchte ich auf.

Sie … sie nahm ihn in den Mund … und er ließ die Lider zu gleiten. Seine wundervolle Stimme füllte die ehrwürdigen Hallen, als er kehlig stöhnend den Kopf nach hinten fallen ließ. Sie taten verbotene Dinge. Dinge, von denen ich als gläubige Christin im Alter von achtzehn Jahren natürlich keine Ahnung hatte. Ich war schließlich noch nicht verheiratet und würde es – wenn es nach meinem Vater ging – auch sobald nicht sein. Männer waren schlecht. Nur auf das eine aus … Tja er hatte recht, wie ich soeben sah … Es war … es war … *verstörend* … Doch ich konnte meinen Blick nicht von seinem Gesicht nehmen, das sich verzog, als hätte er Schmerzen.

Hatte er vielleicht Schmerzen?

Der Gedanke explodierte in mir, und ich wollte schon nach unten laufen, sie von ihm reißen und anbrüllen, dass sie aufhören sollte … ihn zu essen? Sie machte Geräusche, wie wenn ich an einem heißen Sommertag an einem Eis lutschte, nur dass sie nicht an einem Eis lutschte, sondern an seinem … *Penis*. Oh grundgütiger, ich wurde schon knallrot, wenn ich an das Wort dachte, und sie nahm ihn auch noch in den Mund. Also wortwörtlich.

Gleichzeitig passierte etwas Komisches. Es wurde warm in meinem Schritt und ich hatte Angst, plötzlich meine Periode zu bekommen, auch wenn jetzt überhaupt noch keine Zeit dafür war. Denn irgendwie wurde mein Höschen klebrig und eklig … und mein Herz schlug schneller, je länger ich beobachtete, wie sich sein Gesicht auf diese Art verzog, und je länger ich die Geräusche hörte, die er dabei von sich gab … Mir wurde immer heißer, ein innerer Drang ergriff Besitz von mir und ich rieb die Schenkel aneinander.

Ich keuchte auf, als er etwas wisperte und seine Hand in ihr Haar krallte – und diesmal war ich viel zu laut.

Dann ... öffnete er mit einem Mal diese wunderschönen Augen und schaute mich an. Er schaute mich an, als wäre es ihm total egal, dass ich sie beobachtete. Sein Gesicht war immer irgendwie ... gelangweilt. Als hätte er die ganze Zeit gewusst, dass ich hier war und dass es mich überhaupt gab. Als wüsste er ganz genau, wer ich war ...

Er schaute mich an!

Saint Conroy schaute mich an!

Ich konnte den Blick nicht abwenden, nicht wie sonst, wenn mir jemand frontal in die Augen sah. Ich konnte gar nichts tun, ich konnte ihn nur anstarren, denn sein Blick war das schönste, was ich je gesehen hatte, leicht verschleiert, als würde er etwas sehen, was sonst keiner sah ... so dunkel, so ... wie ... wie ... bei einem Raubtier kurz vor dem Sprung, das seine Beute taxiert, der es nicht länger widerstehen kann.

Ich wollte seine Beute sein.

Aber das würde ich niemals.

Und dann tat er etwas, das noch wunderbarer war. Sein linker Mundwinkel zog sich zu einem schiefen Grinsen hoch. Zu einem Grinsen, von dem mein Herz fast schmerzhaft raste und das Blut durch meine Adern rauschte – noch mehr als sowieso schon, und dann ... dann stöhnte er lauter ... und erbebte sichtbar.

Seine Hüften bewegten sich nach vorn und hinten, im Gleichtakt mit ihrem Kopf, dessen Bewegungen er dirigierte, stöhnend hielt er sie ganz nah an sich gepresst. Immer noch schien er mich mit seinem Blick zu verschlingen, und ich glaube … er hatte dabei einen ähhh *Höhepunkt*. Das Wort wisperte ich selbst in meinem Kopf.

Oh

Mein

Gott!

5. Wieso meine Granny ein Drachen ist

Saint

Ich klopfte, auch wenn das sonst nicht meine Angewohnheit war. Bei Granny musste man schließlich sehr vorsichtig sein und mit Bedacht vorgehen. Sie zu überfallen käme einem Kamikazekommando gleich. Und ich war genervt, weil … ja, weil mich diese matschbraunen Augen verfolgten … Jetzt schon wieder. Gerade so hatte ich sie aus meinem Gedächtnis gestrichen, da waren sie schon wieder direkt vor mir. Braun und matschig und neugierig starrten sie mich an … und auch ein bisschen empört. So wie gestern. Ich musste leise lachen, als ich daran zurückdachte. An ihren Blick, an ihre Empörung, gemischt mit dieser deutlich sichtbaren Faszination und dieser unverkennbaren Lust in ihren Augen. Das war so … verdammt anturnend und irgendwie … niedlich.

Niedlich, ernsthaft, Conroy? NIEDLICH! Also nur, um

dich daran zu erinnern. Du findest Chicks entweder heiss, scharf oder flachlegbar, aber ganz sicher nicht NIEDLICH!, sprach diese Stimme in mir, die mich immer anpisste. Ich schüttelte den Kopf und klopfte erneut.

Keiner rührte sich.

Vielleicht schlief der Drachen?

Wagemutig öffnete ich die Tür einen Spalt weit und schob meinen Kopf hinein ... »Granny ich bi...« Da landete auch schon etwas in meinem Gesicht. Es war, als wäre ich mit meinem Motorrad frontal gegen eine Wand gefahren.

»EINBRECHER!«, brüllte eine dünne Stimme, und erneut wurde ich im Gesicht getroffen. Ich taumelte zur Seite, stützte mich an der Wand ab und konnte gerade noch so, dank jahrelangen Trainings, den Arm heben, um einen nächsten Schlag abzuwehren. Mit einer ... Handtasche ... und Ziegeln darin? Es mussten Ziegel sein! Oder wenigstens Steine, so, wie sich mein Kopf gerade fühlte.

»SCHWESTER!«, brüllte meine Oma erstaunlich fest. »SCHWESTER, EINBRECHER!« Da war ich schon bei ihr, riss ihr die Tasche aus den Händen und taumelte nach hinten ... Mir wurde schwarz vor Augen, und ich konnte einige Sekunden nichts sehen, weil ich mich zu schnell bewegt hatte. Wahrscheinlich hatte ich eine verdammte Gehirnerschütterung!

»Shit!«, fluchte ich und versuchte, irgendwo Halt zu finden ... da war nur leider nichts ... Gleichzeitig fühlte ich, wie etwas Warmes meine Schläfe runter rann, während Granny weiter brüllte und einen Mordsaufstand machte ... Taumelnd fasste ich mir an die Stirn … schaute meine Finger an … sah rot … und … sank im nächsten Moment nach vorn …

***

Hailey

Gerade kam ich angelaufen und stürmte in Missses Conroys Zimmer, als Saint Conroy mir auch schon entgegentaumelte, mit einer Platzwunde an der Augenbraue … Hinter ihm stand Maggy und brüllte immer noch … Er fasste sich an die Stirn, schaute auf seinen Finger, sah das Blut und … fiel in dem Moment nach vorn, als ich vor ihn trat. Somit stürzte er weich, denn sein Gesicht landete direkt zwischen meinen Brüsten, als hätte er – oder ein echt fieses Schicksal – es genau so geplant.

»Oh!«, machte ich, packte die sicherlich 80 Kilo schnell irgendwie unter den Armen und ging mit ihm in die Hocke, wo ich ihn in einer echt verkuppelten Position gegen die Wand lehnte. Füße in blauen Hausschuhen kamen zu mir geschlürft, während ich Saints Puls fühlte – ihn dafür berühren musste – OH MEIN GOTT!, und eine feste, vom jahrzehntelangem Rauchen kratzige Stimme fragte:

»Ist er tot?«

Ich konzentrierte mich gerade auf seinen Puls, deswegen antwortete ich ihr nicht. Sie tippte ihn an, wie er es vorher mit mir getan hatte. »Wenn er nicht tot ist, hole ich das Kissen!«, sagte sie und schlurfte schon mit langsamen Schritten und gebeugtem Rücken zu ihrem Bett.

»Misses Conroy!«, rief ich ihr nach, bevor sie auf falsche Gedanken kam. »Das wird nicht nötig sein. Setzen Sie sich doch kurz auf Ihr Bett. Ich kümmere mich um ihn, ja? ANDREA!«, rief ich meine Kollegin. Die kam mit großen Augen herein und schaute den blutenden Mann am Boden an. »Was ist los?«

»Maggy IST LOS!« Ich nickte in Misses Conroys Richtung, die sich eine Vase gepackt hatte und kampfbereit vor uns stand. Bei der kleinsten Bewegung von ihm würde sie ihn wieder umnieten, das war mir klar. Andrea ging langsam auf die tollwütig wirkende Greisin zu, redete leise auf sie ein und nahm ihr die Vase ab, dann führte sie sie raus auf die Terrasse.

Ich wusste inzwischen, dass er nicht sterben würde, und tätschelte leicht seine Wange.

»Saint …« Oh mein Gott, es war das erste Mal, dass ich seinen Namen aussprach. Zumindest laut. In Gedanken tat ich das ständig, und auch meine Tagebuchseiten waren vollgekritzelt mit seinem Namen und Herzchen und seinem und meinem Namen in einem Herzchen – und all diesem Zeug … Er brannte auf meiner Zunge, auf meinen Wangen, in meinem Herzen und … an dem verbotenen Ort.

»Saint«, wisperte ich noch mal und ich tätschelte weiterhin seine Wange. Seine Hand schoss blitzschnell hoch und er hielt mein Handgelenk fest.

»WAS?«, knurrte er mich im selben Moment an, als seine Lider aufglitten. Ich konnte ihn nur anstarren, denn *seine! Finger!,* hatten *mein!,* Handgelenk *umschlossen!* Er hielt mich fest. Ganz fest, und sein Blick … brannte. Er brannte so sehr, dass ich dachte, in Flammen aufzugehen. Dieser Mann hatte so unsagbar schöne Augen, so selten. Grün und ein bisschen Blau und ein bisschen Goldbraun – tief, warm und so unglaublich intelligent. Viel schärfer, als die der anderen – er sah Dinge, die andere nicht sahen, da war ich mir sicher.

»Kannst du dich aufsetzen?«, fragte ich etwas atemlos.

Er runzelte die Stirn. »Ah, sie kann ja doch reden!« Seine Stimme triefte vor Spott. Ich fühlte, wie noch mehr Blut in meine Wangen schoss, und schaute zu Boden.

»Natürlich kann ich reden«, wisperte ich und schob meinen Arm hinter seinen Rücken. Seit meinem vierzehnten Lebensjahr arbeitete ich hier freiwillig. In der Pflege wusste ich ganz genau, was ich tun musste … hier kam ich bestens klar. Das war mein Pflaster, und so klang meine Stimme fest und sicher, als ich ihm sagte: »Komm! Wir müssen das verarzten!«

Er schnaubte nur … und stand ohne meine Hilfe auf. Wahrscheinlich etwas zu schnell, weswegen er sich im nächsten Augenblick mit einem »Woooow …« haltsuchend an der Wand abstützte. Schnell schlüpfte ich unter seinen Arm und bohrte meine Schulter unter ihn, bevor ich ihn fest um die Hüfte packte.

»Ja, wooow, du könntest eine Gehirnerschütterung haben, stütz dich auf mich!»

Er schnaubte, aber ließ es zu, dass ich ihm ins Schwesternzimmer half, auch wenn er sich wahrscheinlich eher die Kugel gegeben hätte, als sich wirklich an mir abzustützen.

»Hinsetzen!«, kommandierte ich leise, aber mit bestimmter Stimme, sobald wir angekommen waren, und suchte schnell zusammen, was ich brauchte. Was unter seinem eindringlichen, wie immer leicht spöttischen, überheblichen Blick, aus diesen verdammt grünen Waldsee-Augen gar nicht so leicht war.

Während ich Desinfektion aus dem Schrank holte, versuchte ich mich darauf vorzubereiten, ihm gleich sehr nahe zu kommen und sein perfektes Gesicht zu berühren. Ich würde jetzt aber nicht durchdrehen, ich musste sein Wunde versorgen!

Nein, Hailey, du bleibst total cool!

Du wirst auch nicht sabbern, oder so!

Reiß dich zusammen!

Unter seinem intensiven Blick versuchte ich, nicht zu zittern, als ich alles neben ihn auf die Liege gelegt hatte und zwischen seine gespreizten Beine trat. Sein Duft traf mich frontal, und ich hätte fast aufgestöhnt. Er roch nach Frühling, nach frisch gemähtem Gras, mit einer herben Note seines Aftershaves. Er roch so gut, wie nichts, was ich bis jetzt gerochen hatte. Sein Duft konnte genauso süchtig machen wie sein Anblick … Er war die pure Sünde. Und er taxierte mich genauestens, als ich leise sagte: »Mach die Augen zu.«

Erst mal wusch ich die Platzwunde in seiner Braue gründlich aus. Mir fiel dabei auf, wie rein seine Haut war. Keine einzige zu große Pore, keine Pickel, während ich gerade einen echt schlimmen an meiner Wange züchtete, gegen den ich einfach nichts tun konnte. Ich hatte immer Pickel … kein Waschgel, kein Peeling, kein nichts konnte dagegen helfen. Ja, Eitelkeit war eine Sünde, aber meine Pickel nervten mich einfach nur tierisch. Vor allem, wenn ich die anderen Mädels an unserer Schule ansah. Fast alle das typisch amerikanische Klischee – blond, blauäugig, perfekt … Ich hingegen war alles andere als perfekt. Mit meinen langweiligen braunblonden langen Haaren, meinen langweiligen braunen Augen, meiner blassen Streuselkuchen-Haut und meinen unerwünschten, hartnäckigen Fettreserven, die ich einfach nicht runterbekam. Egal, wie sehr ich es auch versuchte. Es half einfach nichts.

Ich war ein kleiner runder watschelnder Pinguin.

Saint hingegen? War ein majestätischer, tödlicher Orca.

Seine Wimpern waren verboten lang, jede Frau hätte wohl so einiges für solche Wimpern gegeben, und sein Grinsen stellte komische Dinge mit meinem Unterleib an.

»Machen dich Arztspiele an?«, fragte er, seine Stimme leise, lockend, samtig, und ich antwortete nicht, denn ganz im Ernst: Ich wusste nicht, was er meinte, und bevor ich diesen heiligen Moment zerstören und mich zur Deppin machen würde, griff ich auf mein sicheres Mittel zurück und schwieg. Er warf mir einen prüfenden Blick zu, ich konzentrierte mich auf die Wunde, die nicht genäht werden musste. Zum Glück … Er war so nah, sein Blick war so bohrend, seine Wärme strömte auf mich über und setzte jede einzelne Faser von mir in Brand, ließ meine Haut kribbeln und mein Herz schneller schlagen.

»Du redest wohl nicht sehr viel, hm?«, bohrte er jetzt weiter. War das etwa … Frust in seiner Stimme?

»Was sollte ich schon sagen?«, fragte ich doch, denn ich konnte seinen Frust nicht ertragen.

»Na ja … was du denkst, oder was ich hören will … so was eben.«

»Ich glaube nicht, dass es irgendjemanden interessiert, was ich wirklich denke«, murmelte ich. »Das könnte jetzt etwas ziepen …« Er sah mich … fast schon interessiert an.

»Keinen interessiert, was irgendjemand auf dieser Welt denkt, und trotzdem reden alle.«

Oh, das klang sogar mehr als frustriert … das passte gar nicht zu ihm. Sonst war er immer absolut freundlich und charmant … Total mit sich im Reinen. Ich wich etwas zurück und beging den Fehler, ihm neugierig in die Augen zu sehen. Sie verengten sich, ich wurde natürlich wieder mal rot und machte ertappt weiter. Mein Herz schlug mit einem Mal viel zu schnell, und es wurde noch schlimmer, als er leise lachte.

»Lass mich raten, du bist eher so der Beobachtungstyp …«

Ich zuckte mit den Schultern.

»Du behältst deine Überlegungen für dich …«

Schulterzucken.

»Aber weißt du was, Süße …?«

Oh mein Gott, er hatte mich »Süße« genannt!

»Das bringt gar nichts, denn man kann dir jeden einzelnen Gedanken an der Stirn ablesen.« Bei den letzten Worten tippte er dagegen, und ich seufzte fast auf … Ja, das wusste ich … weswegen ich gleich noch roter wurde. »Oder eben an den

Wangen …« Seine Stimme war leiser geworden, ich traute mich nicht, ihm in die Augen zu schauen und war froh, jetzt das Pflaster aus der Verpackung fummeln zu müssen.

Ich legte sie vor ihm in die Schale und fragte beschämt »Welches?« Die Alten mochten es, wenn sie sich bei kleinen Wehwehchen eines aussuchen konnten. Sie waren in so vielen Hinsichten wie Kinder …

Er lachte auf – jetzt wirklich erheitert –, und grinste mich breit und offen an, so wunderschön, dass der Puls in meinen Ohren pochte. »Nimm eins von dem du denkst, dass es zu mir passt.« Nun war er wegen irgendwas ehrlich amüsiert, besonders, als er mich dabei beobachtete, wie ich das verdammte Pflaster nicht aufbekam. Sein Blick war konstant auf mein Gesicht geheftet, keine Ahnung, wieso … Tatsache war, meine Hände zitterten zu sehr.

Verdammt! Ich hatte so gut angefangen, aber seine Nähe und dieses Gespräch hatten alles zerstört. Sicherlich dachte er jetzt wie alle anderen, ich wäre eine Idiotin.

Er nahm mir das Pflaster ab und holte es aus der Verpackung, ohne den Blick von meinem Gesicht zu lösen. »Bitte«, sagte er trocken und grinste mich wunderbar schief an. Ich glaube, ich hatte mittlerweile die Farbe einer überreifen Chilischote. »Du bist echt … niedlich …« Seine Stimme war leiser geworden, irgendwie noch verführerischer. Und das glich einem Wunder, denn er klang nicht so wie andere Menschen. Selbst wenn er Matheformeln aufgesagt hätte, hätte es sich angehört wie die pure Verführung. »Ich mag es, wenn du rot wirst …« Seine Fingerspitzen glitten hauchzart über meine Wange und ich fühlte, wie die Wärme zunahm ... »Du hast was an dir, das ... ich noch nie bei irgendwem gesehen habe. Du wirkst so unschuldig, aber ich glaube, du hast es faustdick hinter den Ohren. Ich glaube, es versteckt sich eine Wildkatze hinter dem kleinen Katzenbaby ...« Er beugte sich vor ... oder bildete ich mir das ein? »Ich glaube, du weißt noch gar nicht, was alles in dir steckt ...« JA! Er beugte sich eindeutig vor!

OH!

MEIN!

GOTT!

»Und ich glaube, du brauchst nur jemanden, der dich an die Hand nimmt ... und es aus dir herauskitzelt.« Die letzten Worte sprach er mit seinem Mund praktisch an meinem Mund. Leise, heiser, so aufwühlend ...

NEIN!, dachte ich panisch, holte aus und klatschte ihm das Pflaster auf die Stirn.

»Autsch!«, machte er trocken, aber mit einem amüsierten Funkeln in den Augen, und rieb sich über die Stelle. »Da ist ja die Wildkatze.«

»Sorry«, brummte ich kleinlaut und wollte im Boden versinken.

Was hatte ich gerade nur getan?

IHN ABGEWIESEN!

SAINT CONROY EINFACH SO WAS AN DIE STIRN GEKLATSCHT!

Was stimmte nicht mit mir?

Schnell drehte ich mich um, damit er mein Gesicht nicht sah, welches ich zu einer Maske der Wut und Verzweiflung verzog, während ich mich selber dämliche abartig bescheuerte Kuh schimpfte. Ich hätte mir selbst einen Roundhousekick verpassen können.

»Sag mal«, fragte er nach einigen Sekunden mit dieser ach so verführerischen und gleichzeitig amüsierten Stimme, und ich merkte schockiert, dass er direkt hinter mir stand.

»Mal«, hauchte ich fast tonlos und rührte mich nicht mehr.

»Das gestern hat dich angemacht, oder?« Ich stockte in meiner Bewegung, meine Wangen waren wahrscheinlich rot wie eine Tomate, und ich konnte ihm nicht mehr in die Augen sehen. Ich antwortete nicht – das war momentan auf jeden Fall die sicherste Variante, denn eindeutige, nicht jugendfreie Bilder fluteten meinen Verstand und brachten ihn noch mehr durcheinander als allein seine Nähe.

»Ich weiß nicht, was du meinst!« Okay, könnte sein, dass meine Stimme ein paar Oktaven zu hoch war … und dass mir der Schweiß aus allen Poren drang und dass ich echt nicht mehr wusste, was ich tun und was ich denken sollte. Schnell trat ich von ihm weg, sammelte mein Zeug zusammen und war froh, als ich alles wegräumen konnte. Die Beschäftigung lenkte mich ab. Doch ich fühlte förmlich seinen bohrenden Blick, mit dem er mich mit zur Seite geneigtem Kopf bedachte. Kurz wagte ich es, ihm einen Blick aus dem Augenwinkel zuzuwerfen. Er wirkte wieder … frustriert. Irgendwie. Schaute mich mit verengten Augen und vor der Brust verschränkten Armen an.

»Sag mir, was du wirklich denkst!« Er klang mehr als fordernd, als würde er sonst immer bekommen, was er wollte und wäre es nicht gewöhnt, wenn ihm irgendwas verwehrt wurde. Selbst wenn es nur um wahre Gedanken ging.

Ich schüttelte den Kopf.

»Wieso nicht?«

»Meine Gedanken gehören mir«, murmelte ich und schlüpfte, so schnell ich konnte, aus dem Raum. Er folgte mir ... wie ein Hai, der Blut gewittert hat.

»Und die wären?«

Ich zuckte die Schultern, er folgte mir auf Schritt und Tritt.

Wir gingen geradewegs zu Grannys Zimmer, wo ich nach einem vereinbarten Klopfzeichen eintrat und sie, so wie immer, auf ihrem Balkon vorfand. Sie beobachtete den See und die dahinterliegenden Berge ... und ignorierte mich, aber ich wusste, dass sie wusste, dass ich da war. Neben ihr schwirrten ein paar Hummeln um den lila strahlenden Lavendel, der genau dieselbe Farbe hatte wie ihr Hausmantel. Sanft berührte ich sie an der Schulter, bückte mich und lächelte sie an, als sie mich aus trüben Augen anblickte.

»Miss Conroy, hier ist Besuch für Sie. Ihr Enkel.«

»Ich habe keinen Enkel«, sagte sie sofort und schaute wieder stur nach vorn. Ich wusste, sie meinte es genauso, wie sie es sagte. Nicht etwa, dass sie ihn vergessen hatte, oh nein, er war nur für sie gestorben. Ich gab ihr ihren Becher, der wie immer noch fast voll war. Sie trank viel zu wenig. »Haben Sie heute schon getrunken?«

»Ich bin kein Baby und brauche keine Schnabeltasse, und ich kann auch selbst einschätzen, wie viel ich trinke, vielen Dank!«, versuchte sie so würdevoll wie möglich zu sagen.

Ich war mir allzu bewusst, dass er hinter mir stand und mich beobachtete, aber ich versuchte, ihn zu ignorieren.

»Moment!« So wie immer griff ich zu Trick siebzehn, ging hinein und gab ihr kurz darauf ein Glas mit einem Strohhalm. Ich hielt es ihr an die zerknitterten Lippen und strich ihr über das krause, schneeweiße Haar, das wie eine buschige Wolke um ihr Gesicht lag, als sie augenverdrehend einlenkte. »So ist es gut …« Sie trank in gierigen Schlucken, die mir sofort klarmachten, wie groß ihr Durst eigentlich war.

»Ich werde Saint einige Minuten bei Ihnen lassen, ist das in Ordnung?« Sie warf ihm einen klaren und abwertenden Blick zu. »Wenn's sein muss.« Bei jedem anderen hätte sie Nein gesagt, aber mich mochte Misses Conroy – und das beruhte auf Gegenseitigkeit.

Ich nickte ihm zu und deutete auf den anderen Stuhl auf der Veranda. Er trat heran, als würde er sich einem wilden Raubtier nähern, hatte eindeutig Schiss vor ihr … so wie jeder andere Mensch, der sie kannte, auch. Außer ich.

»Achte darauf, dass sie genug trinkt!« Mit dieser Anweisung ließ ich ihn zurück und flüchtete … flüchtete, so schnell ich konnte …

6. Wieso ich alte Menschen nicht ausstehen kann

Saint

Da saß ich hier also mit dieser alten verbitterten Schabracke und hatte keine Ahnung, worüber ich mit ihr reden sollte. Sport schied aus. Motoren und heiße Schlitten auch, Chicks ebenfalls … Ihre Ausdünstungen waren auch nicht mehr die frischesten. Sie roch irgendwie wie ein alter Lappen … Verstohlen musterte ich sie von der Seite. Sie saß da wie in einem Thron, die knochigen, von Altersflecken überzogenen Hände auf die Lehnen ihres gemütlichen Korbsessels gelegt und überblickte den See. Ihr Gesicht sah aus wie eine verrunzelte Aprikose, aber mit milchig blasser Haut und auch von diesen Flecken übersät. Alles in allem war sie eher groß und hager, kein einziges Gramm Fett am Körper. Die Lippen verkniffen, in den Augen und darum einen harten, verbitterten Ausdruck. Sie war tatsächlich nicht die Oma aus dem

Bilderbuch, die für ihre Enkel Kekse buk und ihnen Geschichten erzählte. Oh nein. Ich hatte das Schreckgespenst aus einem Horrorfilm abbekommen. Die Hexe, die kleine Kinder in ihr Lebkuchenhaus lockte, um sie bei lebendigem Leib zu verspeisen. Keinerlei schöne Erinnerungen schweißten uns zusammen. Ich wusste so gut wie nichts über die Frau. Ja gut, sie war die Mutter meines Vaters. Aus einer wohlhabenden Familie von Bankern stammend. War, glaube ich, immer nur Hausmütterchen gewesen und hatte drei Kinder bekommen. Mein Vater war das jüngste. Das war's, was ich über sie wusste.

Wer sie wirklich war.

Keine Ahnung?

Was ich mit ihr anfangen sollte?

Keine Ahnung!

Also zündete ich mir eine Zigarette an, lehnte mich zurück und legte meine Boots auf dem Geländer übereinander, während ich die Arme hinter dem Kopf verschränkte und die Sonnenbrille über meine Augen zog. Das würden verdammt lange drei Monate werden.

Denn sie schien kein Gespräch anfangen zu wollen. Genauso wenig wie ich … sie tat nicht mal so, als wäre ich anwesend, was mit jeder Minute komischer wurde.

Nach der Kippe, die ich einfach in den Park geschnippt hatte, räusperte ich mich … Irgendwas musste ich doch mit ihr reden können, oder? Hey, ich war Prince Charming persönlich. Ich konnte jede Frau knacken, also auch diese alte Gräte neben mir. Mein Vater würde sicher nachforschen, wie ich mich benommen hatte … und wehe, wenn nicht gut …

Ich seufzte …

»Schönes Wetter, oder?«

»Wie jeden Tag«, antwortete sie knapp, ohne mich auch nur eines Blickes zu würdigen. Sie hatte recht, hier schien jeder Tag wie der vorherige. Und im Sommer knallte die Sonne nur so vom Himmel. Regen? Eine Seltenheit. Schnee … was war das?

»Wie war dein Mittagessen?«, fragte ich nach einem verzweifelten Blick durch ihr Zimmer.

»Wie jeden Tag.« Ich verdrehte die Augen und rieb mir übers Gesicht. Dann zündete ich mir noch eine an. Wegen der Schabracke würde ich noch zum Kettenraucher mutieren …

»Was hast du heute noch vor?«

»Das, was ich jeden Tag mache.«

»Und was ist das?« Langsam wurde ich echt genervt.

Ihr Mundwinkel zuckte. »Dinge.«

Oh, heilige Scheiße! Die nächsten drei Monate konnten ja was werden! Die war doch echt nicht mehr ganz bei sich! Wie konnte Matschauge nur so … so … lieb mit ihr umgehen, obwohl die Alte so ein Drache war? Ich würde wahrscheinlich schon nach einem Tag mit ihr Amok laufen! Aber die Freundlichkeit in Matschauges Matschaugen war echt gewesen, genau wie die Zuneigung. Wie konnte sie so einem Eisklotz nur Zuneigung entgegenbringen? Wie konnte sie hier überhaupt arbeiten – freiwillig? Das war klar, denn sie ging mit mir in eine Klasse. Allein der Geruch, der hier in den Gängen schwebte, machte mich innerlich unruhig, und ich wollte nur noch weg. Ich kam nicht gut mit Sachen wie Tod und Verwesung klar, erst recht nicht mit alten Pussys und … Scheiße, jetzt wurde mir übel. Allein wenn ich mir vorstellte, dass mir meine Eier irgendwann bis zu den Knien hängen und ich nicht mehr stundenlang vögeln können würde, wurde ich ganz depressiv.

Unruhig rutschte ich auf meinem Stuhl herum, überlegte krampfhaft, was ich jetzt tun sollte, zuckte aber schließlich mit den Schultern und machte Musik auf meinem Handy an. Gut, dann würden wir hier eben sitzen, ich würde rauchen und Musik hören. Auch nichts anderes als daheim. Der Blick dieses Drachen glitt zu mir, als ich auf dem Handy rumdrückte, doch sobald ich sie auch aus dem Augenwinkel musterte, schaute sie schnell wieder nach vorn …

»Interessierst du dich für Handys?«

»Ich habe dir nicht angeboten, mich zu duzen!«, blaffte sie mich an, und ich verdrehte die Augen.

Alzheimer … ja genau … so was hatte mein Vater gesagt.

»Was auch immer …« Ich machte Musik an. *Rockin* von Weekend. Diesen Sommer einer meiner Lieblingssongs.

»Mach sofort diese Ohrvergewaltigung aus!«

ERNSTHAFT?, hätte ich sie fast angebrüllt, aber ich riss mich zusammen – ich brüllte nicht. Niemals! – und schaltete die Musik wieder aus. Gut, dann eben keine verdammte Mucke! War doch auch scheißegal! Ich zündete mir noch eine an … lehnte mich zurück und schloss die Augen. Dann würde ich eben ein bisschen schlafen … wobei … was, wenn sie reinging, vergaß, dass ich hier draußen saß und wieder dachte, ich wäre ein Einbrecher? Dann würde sie mich womöglich im Schlaf ersticken. Ich riss die Augen wieder auf und schaute über die grünbraunen Berge, die weite Landschaft, die Felder, die starrenden Kühe (sie erinnerte mich stark an Matschauge). Dann musterte ich die grüne Oase direkt um das Haus herum, die alten Leute, die sich durch den Park schoben und hatte eine Eingebung.

»Magst du spazieren gehen?«

»Nein.«

Okay … dann eben nicht. Schreckschraube!

Das hier war doch die pure Folter.

Ich hasste meinen Vater, ich hasste ihn abgrundtief!

7. Wieso Saint nicht alles bekommt, was er will

Hailey

Unsere Schule war ein wirklich schönes, einhundert Jahre altes Gebäude. Es war eher breit als hoch, mit vielen Fenstern und aus fuchsrotem Stein, so wie alles hier rot oder orange oder braun war. Alle trugen Hotpants, Röcke oder knappe Shorts, denn es war ein wirklich heißer Sommer. Alle, außer ich. Ich war doch nicht wahnsinnig! Ich trug eine leichte, schwarze Hose, die eng um meinen Bauch spannte, aber dazu ein weites Shirt, das alles kaschierte. Extra eine Nummer größer gekauft, damit keiner meine Röllchen sah. Ich hatte es ja des Öfteren mit dieser formenden Unterwäsche versucht, aber die rollte sich dann in alle Richtungen und man ziepte und zerrte nur die ganze Zeit daran rum – und das war auch nicht Sinn und Zweck der Sache. Zumindest hatte es mich enorm genervt, weswegen ich die Teile einmal und dann nie wieder angezogen hatte. Natürlich war meine Kleidung züchtig und hochgeschlossen. Sonst hätte mich mein Vater nie aus dem Haus gelassen. Meistens war er schon unterwegs, wenn ich in die Schule ging, aber manchmal kam er nochmal vorbei, um zu kontrollieren, ob ich mich schminkte. Das durfte ich nämlich nicht, Eitelkeit war schließlich eine Sünde. Viele Sachen waren für meinen Vater eine Sünde ... Er nahm die Sache mit Gott eben sehr ernst und versuchte, das auch mir, seiner einzigen Tochter, mitzugeben. Nach Mums Tod, als ich zwölf war, erst recht ... Er hatte sich wie ein Verrückter in seine Zwiegespräche mit Gott gestürzt, nachdem sie an Gehirnkrebs gestorben war. Gott war seine einzige Stütze, alles, was ihm durch diese schwere Zeit geholfen hatte, derjenige, der immer bei uns war, und er wurde nicht müde, mir das Tag für Tag in Erinnerung zu rufen ...

Wie immer ging ich zu Fuß zur Schule. Es war schon ein bisschen weit, aber ich mochte den morgendlichen Spaziergang, vorbei an den verschlafenen Geschäften, der einzigen Hauptstraße, die durch unser Städtchen führte, den noch ausgestellten, einzigen vier Ampeln und dem Bäcker an der Ecke, wo ich wie immer mein Frühstück kaufte. Eine Zimtrolle. Gott im Himmel, ich starb für diese Dinger! Dann schlenderte ich weiter am einzigen Drugstore vorbei, am einzigen Arzt und durch den hübsch angelegten Park. Weiter über den Friedhof, an der Kirche vorbei, wo ich mich jeden Morgen bekreuzigte, und für einen guten Tag betete ... Dann war ich auch schon an der Schule, die sich am Stadtrand genau am Highway befand, ich wohnte hingegen am gegenüberliegenden Stadtrand, in einer nicht so wohlhabenden Gegend, es waren vielleicht vier Kilometer. Ich aß meine Zimtrolle unter dem großen Baum, der in den heißen Tagen Schatten spendete, und beobachtete, wie so langsam die ersten Schüler eintrudelten. Manche fuhren teure Schlitten, andere uralte Kisten, die fast auseinanderfielen. Unsere Schule war nicht besonders groß, natürlich hatten sich schon die Großeltern gekannt, und alle möglichen Schichten waren hier bunt zusammengemischt. Von den Conroys, wie Saint und Holy, den reichen Bankerkindern, und den Millers den drei Anwaltskindern, bis zu den Whites – der Pfarrerstochter, also mir … und den Blairs, der arbeitslosen Familie am Stadtrand gleich neben uns.

So wie jeden Morgen schaute ich mit Schmetterlingen im Bauch in seine Richtung, als ich seinen dröhnenden Motor hörte. Er kam heute auf seinem Motorrad rasant angefahren, das genauso schnittig war wie er. Natürlich schwarz – er trug nie eine andere Farbe, alles an ihm war schwarz, wahrscheinlich auch seine Seele. Wobei ich nicht glaubte, dass jemand mit so engelhaften, perfekten Zügen und einem so wunderschönen Lächeln, wirklich eine schwarze Seele haben konnte. Er sah wie immer wie aus einer Werbung entsprungen aus, als er den Helm abnahm und sich mit einer Hand durch das dichte braune, fast schwarze Haar strich, das immer total chaotisch in alle Richtungen abstand. Nur eins störte etwas sein rebellisches Auftreten, und es brachte mich zum Kichern. Er hatte immer noch das pinke Einhornpflaster an der Stirn, das ich ihm gestern in einem Anflug von Wahnsinn aufgeklebt hatte. Anscheinend hatte er sich seitdem nicht mehr im Spiegel betrachtet ... Denn jetzt fing er sich nicht nur einen komischen Blick und gemunkelte Bemerkungen ein, als er abstieg. Das war ihm natürlich total egal. So wie ihm auch sonst alles egal war. Auf seinen schönen Beinen, mit einer Zigarette im Mundwinkel, schlenderte er lässig zu Sams uraltem Chevy, der gerade lautstark ratternd auf den Parkplatz einfuhr. Sie unterhielten sich scherzend, während sie auf die Schule und mich zugingen, okay, in Sams Fall watschelten, in Saints Fall schlenderten. Sam war das genaue Gegenteil von Mister Perfect, er war eher klein und dick, während er ... mein Traummann ... groß und schlank war und so verdammt schön, dass ich ihn hätte den ganzen Tag anstarren können.

Wie in Trance stand ich auf und ging auch endlich zum Schulgebäude.

Ich wurde von hinten so heftig angerempelt, dass mir die Bücher, die ich an meine Brust gedrückt gehalten hatte, aus den Händen fielen. Lea und Nancy gingen kichernd mit einem »Kannst du nicht aufpassen?« an mir vorbei. Auch wenn es in meiner Magengegend heftig stach, versuchte ich, keinen weiteren Gedanken an ihre Bosheit zu verschwenden, bückte mich und hob meine Bücher auf. Beim Hochgehen machte ich einen Fehler und schaute noch mal in die Richtung, aus der er kam. Er hatte die Augen verengt. Und er schaute mich an.

Sein Blick war wie ein Peitschenschlag.

Besonders, weil er so sauer wirkte.

Oh Gott!

Eher aus einem Instinkt heraus, als mit klarem Kopf, packte ich meine Bücher und eilte hinein …

Schnell ins Klassenzimmer, wo ich mich hinsetzte und versuchte, meinen rasenden Puls zu beruhigen. Er hatte keine Chance denn seine absolut ruhige, sanfte Stimme liebkoste meine Ohren nur ein paar Sekunden darauf.

»Du hast da was vergessen …« Sein heißer Hintern landete auf meinem Tisch, seine schönen, perfekt manikürten Finger schoben ein Buch über den Tisch zu mir, das ich anscheinend in der Hast wirklich vergessen hatte. Ich traute mich nicht, hochzusehen. Viel zu intensiv war es allein schon, dass er mir so nahe war … Was wollte er nur von mir?

Schon wieder?

Und diesmal auch noch vor allen anderen?

Das Herz schlug mir bis in den Hals.

»Ich habe mich noch gar nicht bedankt«, meinte er charmant, und ich schaute kurz auf. Oh Gott, das hätte ich nicht tun sollen! Ich war noch ziemlich verschlafen und er zu hübsch, als dass es mich nicht total aus der Bahn geworfen hätte. Er lächelte süß … seine Augen waren warm.

»Wofür?«, fragte ich mehr als misstrauisch. Ein paar Schüler gingen vorbei und Nancy warf uns einen verstörten Blick zu, als sie merkte, dass *er* auf meinem Tisch saß und mich anlächelte. Sofort wurden meine Wangen rot.

»Du bist so verdammt süß! Ernsthaft!« Ich wurde natürlich noch roter.

»Also …« Er hockte sich mit einem Mal vor meinen Tisch, verschränkte die Arme darauf und lehnte sein Kinn auf seine

Hände. Dabei wirkte er so ... unterlegen und so wunder-wunderschön, wie er unter seinen dichten langen Wimpern zu mir aufsah. »Was machst du heute so?«

»Was ich heute mache?«, fragte ich völlig perplex und schaute mich nach allen Seiten um. Vielleicht hatte er ja wen anders gemeint, aber die anderen beschäftigten sich mit sich selbst, glaubte ich. Wie immer, wenn er mit mir sprach, war es, als wären wir allein auf einer einsamen Bühne und ein Spot würde mich erhellen. Ein Spot, der direkt aus seinen schönen Augen auf mich strahlte, alles durchdrang und bis auf mein Innerstes blickte.

»Ja.«

»Ich ... ich ...«, wollte heute Hausaufgaben machen, danach kochen und dann ein bisschen in die Kirche gehen. Nein! Das würde ich ihm niemals sagen! Die meisten und sicher auch er hielten mich eh schon für einen Freak. Also blieb ich bei dem Altbekannten, bei dem Sicheren und zuckte mit den Schultern.

Er lachte leise.

»Hast du Lust, mit mir ein bisschen im Altenheim abzuhängen?«

Ich runzelte die Stirn. »Wieso?«

»Na ja ... meine Granny ... ich habe gesehen, du kannst ganz gut mit ihr und vielleicht könntest du mir helfen, sie mir ein bisschen näher zu bringen. Ein gutes Wort für mich einlegen, du weißt schon ...« AHA! Daher wehte der Wind ... Mister Supersexy unterhielt sich überhaupt nur mit mir, weil er ein Ziel verfolgte. War ja klar ...

Ein riesiger Klumpen fiel auf das geflügelte Gewirr in meinem Bauch; und ich presste die Lippen aufeinander.

»Ich habe heute keine Zeit!«, blaffte ich ihn an, ohne dass ich überhaupt wusste; woher ich den Mut dazu nahm. Man blaffte Saint Conroy nicht einfach an! Keiner traute sich das; und auch er schien nicht so recht glauben zu können, was gerade geschah, denn seine Augen weiteten sich … Um mich von dem abzulenken, was gerade geschah, kramte ich in meiner Tasche nach meiner Flasche Mineralwasser und schraubte sie schnell auf. Ich versuchte es zumindest, aber natürlich musste dieser verdammte Deckel genau jetzt klemmen. Bei meinem Glück war das klar gewesen, oder? Als ich zu ihm schaute; wurde mir heiß und kalt in einem, weil wieder dieser überhebliche; amüsierte Zug seine Mundwinkel hochzog und dieses Funkeln in seine Augen trat, das mich total ablenkte. Er hob eine Hand und strich mit dem Zeigefinger hauchzart und langsam über meine Unterlippe …

»Und wann hast du dann mal Zeit für mich, Honey?« Das letzte Wort hauchte er mit kehliger Stimme, die eindeutig zwischen rote Seidenlaken gehörte und nicht ins Klassenzimmer.

Meine Kehle wurde ganz trocken.

Endlich löste sich mit einem Ruck dieser verfluchte Deckel …

So kam es dazu, dass Saint Conroy an diesem Morgen wahrscheinlich ein zweites Mal duschte. Gründlich, denn der halbe Inhalt der Flasche sprudelte heraus, ihm direkt ins Gesicht … Und das vor der ganzen Klasse. Ich konnte sie nicht zuschrauben, ich konnte nur anstarren; wie die Flüssigkeit seine schönen Züge traf … und er nach oben schoss.

Und dann … war es auch schon vorbei, er klatschnass und starrte mich mit verengten Augen an. Die gesamte Klasse war verstummt, sogar der Lehrer, der reingekommen war; schaute uns an und … ließ einen dummen Spruch ab.

Saint starrte mich immer noch an wie eine Außerirdische, während ihm das Wasser aus den Haaren und vom Kinn tropfte.

Ich konnte nicht anders …

Ich musst einfach kichern … Es sah viel zu witzig aus!

Das war der Moment; in dem er sich wortlos umdrehte und mit ausholenden Schritten das Klassenzimmer verließ …

MIST!

8. Wieso ich die kleine Schreckschraube unbedingt rum bekommen musste

Saint

Natürlich hatte Granny bei Dad gepetzt und er wusste über alles Bescheid, noch bevor ich am Abend nach Hause kam. Ich kassierte den Anschiss meines Lebens ... dann zog er sich die Anmeldepapiere aus dem Internet und druckte sie aus. Er legte sie auf meinen Schreibtisch, als stumme Ermahnung dessen, was passieren würde, wenn ich mich nicht endlich auf die Reihe bekam. Keine Ahnung, wie er sich vorstellte, das mit Granny jemals auf die Reihe zu bekommen. Er wusste ganz genau, wie seine Mutter drauf war, und verbrachte nicht gern Zeit mit ihr. Mein Vater war ja überhaupt auf die Idee gekommen, sie in das Heim abzuschieben, weil meine Eltern so viel arbeiteten und einfach keine Zeit für sie hatten. Und er war heilfroh, dass er sie nicht mehr so oft besuchen musste und das auf mich abwälzen konnte. So sah es doch in Wahrheit aus, aber ich hatte hier nichts zu sagen, wie er mir sehr deutlich klar machte ...

Also musste ich mir was überlegen.

Ich lag im Bett und grübelte so vor mich hin, dachte an den Tag zurück, an dem ich im Heim gewesen war, wie ich diese kleine Pummelfee in ihrem Kittel getroffen und sie mich fast umgerannt hatte. Und wie sie mich dann verarztet hatte. Wie ... niedlich sie gewesen war und wie ... sie sich um die alte Schreckschraube gekümmert hatte. Als würde sie ihr wirklich was bedeuten, und andersrum schien es genauso. Vielleicht war sie ja der Schlüssel zu meiner Freiheit und konnte mich dieser alten Giraffe ein bisschen näherbringen. Vielleicht konnte sie mir sagen, wie ich an sie herankam, damit sie beim nächsten Gespräch mit Dad Besseres zu berichten hatte, als »wegen mir hätte sie jetzt Krebs!« ... So wie sie es nach dem heutigen Tag gesagt hatte.

Was für ein Mistvieh!

Vor mir hatte sie nicht ein Wort davon verloren, dass der Rauch sie stören würde! Und selbst wenn ... es wäre mir eigentlich herzlich egal gewesen. Ich war schließlich draußen gewesen, dann sollte sie doch einfach reingehen, meine Fresse! Alle wollten Toleranz, aber Toleranz dafür entgegenbringen, war eben nicht drin.

Ich zockte noch ein wenig mit Sam im Teamspeak, dann holte ich mir einen auf zwei Blondinen, die einen Riesenschwanz bedienten, runter ... und dann pennte ich.

Mit der festen Absicht, Miss Prüde auf meine Seite zu ziehen
…

***

Mit geballten Fäusten, aber gemessenen Schritten stapfte ich am nächsten Morgen nach meiner kleinen Mineralwasserdusche zu den Toiletten und zog mir dort das Shirt aus … Ich wrang es im Waschbecken aus und warf mir einen kurzen Blick in den Spiegel zu. Erst jetzt sah ich, welches Pflaster sie auf meine Wunde geklebt hatte, und konnte es nicht glauben.

Sah ich aus wie ein Typ, der sich rosa Einhörner in die Fresse klebte?

Heilige Scheiße, so war ich heute den ganzen Tag total cool rumgerannt, und Sam hatte kein Wort gesagt … Jetzt wusste ich aber, wieso er immer wieder kichern musste, wenn er mich ansah. Genau wie der Rest der Schule.

»Kleine Bitch!«, zischte ich und riss mir das Pflaster ab.

AU!

DAS TAT WEH!

Mit brennenden Augen hielt ich mir die Stelle und pfefferte es in den Müll, dann stützte ich mich mit beiden Armen auf das Waschbecken und schaute mir ins Gesicht. In dieses ach so perfekte Gesicht mit den absolut symmetrischen Linien, das die Frauen reihenweise zum Seufzen brachte, allein wenn sie mich ansahen.

Komm schon, Saint ... es gibt nichts, was du nicht kannst!

Es gibt nichts, was du nicht schaffst!

Keine kann dir widerstehen!

Du musst dich eben nur ein bisschen mehr anstrengen!

Gerade bei ihr!

Ich meine, ihre Augen sprachen Bände.

Sie wollte mich.

Sie alle wollten mich.

Und doch ... griff sie mich die ganze Zeit irgendwie an, tat nicht das, was ich wollte und widersprach mir ... *Ich habe keine Zeit für dich* ... Pah! Was sollte da überhaupt? Alle hatten Zeit für mich! Alle sprangen, wenn ich schnippte!

Nur dieses ... dieses ... matschäugige Ungetüm nicht?

Diese Evolutionsbremse?

Das lief nicht nach Plan, und wenn ich etwas hasste, dann das ...

Aber okay!

Dann würde ich eben umdenken!

Ich war doch flexibel. Dann würde ich mich eben etwas mehr anstrengen müssen, als bei jeder anderen Tussi. Das hatte doch auch was ...

Redete ich mir zumindest ein, auch wenn ich eigentlich total angepisst war. Ich versuchte, das Shirt mit dem altersschwachen Trockner zu trocknen, aber ich kämpfte einen verlorenen Kampf. Also entschied ich schließlich seufzend, oben ohne in die Klasse zurückzukehren, zumindest, bis es nicht mehr ganz so feucht wäre ...

Das wäre doch mal nicht schlecht ...

Ihr unter die Nase reiben, was ich zu bieten hatte …

Sie zum Sabbern zu bringen.

Sie durcheinander zu bringen.

Wozu trieb ich sonst fast täglich Sport? Egal, ob Kickboxen, Boxen, Fußball, Skateboarden oder Parcours? Und illegale Autorennen und Mountanbiken und natürlich Motorradrennen, die aber leider nur sehr selten stattfanden. Das war mein Lieblingskick … Diese Rennen, die meistens in der Wüste auf dem Highway ausgetragen wurden und bei denen manchmal bis zu 100 Teilnehmer mitmachten … Ja klar gab es da auch Tote, ja sicher musste man ein wenig wahnsinnig sein … aber nie fühlte ich mich besser, als in den Momenten, in denen eine falsche Bewegung über Leben und Tod entschied. Ich war süchtig nach diesem Kick. Das war meine ganz persönliche Droge. Ich liebte Herausforderungen jeglicher Art … und das war wohl auch der Grund, wieso mir diese kleine Kröte mit den Matschaugen nicht aus dem Kopf ging.

Sie war eine neue Herausforderung. Nicht mehr und nicht weniger…

***

Hailey

Als er zurückkam, beachtete er mich nicht, und das war auch gut so, denn so konnte ich ausgiebig beobachten, wie er zu seinem Platz in der ersten Reihe schlenderte, wie ein Model auf dem Laufsteg. Er saß nicht etwa freiwillig da vorn, sondern, weil er die Mädels in den letzten Reihen immer zu allerhand absolut unangemessenen Sachen verführt hatte, und die Lehrer dem letztes Jahr nur ein Ende setzen konnten, indem sie ihn immer im Blick hatten. Seine gebräunte Haut war so makellos, so perfekt. Überhaupt hatte Saint Muskeln an genau den richtigen Stellen. Da, wo andere eher schlaksig waren, war er klar definiert, zumindest an den Armen und der Brust. Ein leichter Sixpack zeichnete seinen Bauch, und ein feiner Streifen dunkler Haare führte in seine verboten tief sitzende Jeans. Wenn mein Vater gewusst hätte, was gerade in mir vorging, hätte er mich aufs Nonneninternat geschickt. Ja ... Begehren war eine Sünde, aber ich war auch nur ein Teenager, und die Hormone spielten eben manchmal verrückt. Das war die perfekte Ausrede für das, was in mir vorging, wenn ich einen halb nackten Mann sah. Okay, eigentlich nur diesen einen ganz speziellen Mann, aber ich konnte auch nicht aus meiner Haut. Jeden Abend betete ich, dass meine ... ja eigentlich schon Besessenheit nach diesem Menschen aufhören würde. Dass diese Sehnsucht nach etwas aufhören würde, was ich gar nicht kannte. Aber es schien von Tag zu Tag nur stärker zu werden, ganz besonders, wenn er sich mit mir unterhielt, wenn er mich anlächelte und wenn er meine Lippen berührte.

Sie kribbelten übrigens immer noch beim Mittagessen, das ich mit Lennart, einem meiner wenigen Freunde, einnahm. Er saß im Rollstuhl und hatte so ungefähr jede Krankheit, die man sich nur vorstellen konnte, aber er hatte das Herz am rechten Fleck. Seine Mutter war außerdem im Kirchenverein tätig und unterstützte meinen Vater, wo es nur ging. Außerdem wohnte Lennart nur zwei Häuser weiter, und wir kannten uns seit dem Sandkasten … Mein Vater wusste ganz genau, dass ich mit ihm keine körperliche Beziehung eingehen könnte und wie er erzogen war. Deswegen war er der einzige Freund, der mir erlaubt war – und ich war dankbar dafür.

Lennart wusste natürlich ganz genau über meine Sünden Bescheid. Er wusste, wie sehr ich diesen hübschen Jungen begehrte, der mit Nancy auf dem Schoß ein paar Tische weitersaß und mit ihr flirtete, ohne mich eines Blickes zu würdigen. Lennart wusste, wie … wie weh es tat, als Saint kurz darauf aufstand, und den Arm um ihre Schultern raus schlenderte. Wahrscheinlich, um sonst was mit ihr zu tun. Dinge, die in unserem Alter eigentlich verboten gehörten! Zumindest, wenn er sie nicht mit mir machte!

Als er 25 Minuten später breit grinsend mit geschwollenen Lippen und zerwühlten Haaren wieder in die Klasse marschierte, sackte meine Laune weiter in den Keller, und noch schlimmer wurde es, als Nancy kurz danach kam. Sie strahlte förmlich von innen heraus, und sie saß auch noch direkt hinter mir, weswegen ich genau hörte, was sie Lea als Nächstes erzählte …

»Und?«, fragte Lea leise, aber nicht wispernd, da unser Lehrer Mister Heffner noch nicht da war, bei dem wir Chemie haben würden. Also zumindest die anderen. Nach ein paar Unfällen wurde ich größtenteils vom Unterricht ausgeschlossen, was mir gerade recht kam … Das letzte Mal hatte ich nämlich Pete, der vor mir saß, die Jacke abgefackelt …

»Was und? Was denkst du wohl? Es war wow … Er … er hat sich mit mir ins Direktorzimmer geschlichen, du weißt doch, Saint hat immer die verrücktesten Einfälle. Er hat mich an den Schreibtisch des Direktors gefesselt und damit gedroht, mich einfach so liegen zu lassen, wenn ich nicht brav bin!« Oh mein Gott, allein bei der Vorstellung wurde ich knallrot.

Lea kicherte aufgeregt … »Und dann?«

»Dann hat er mich total ausgezogen, mein Handy genommen und mich angerufen … Ich hatte keine Ahnung, was das jetzt sollte …«

»Und dann?« Ich hielt den Atem an.

Nancys Stimme wurde leiser, weil sie es in Leas Ohr wisperte, und ich spitzte die Ohren. »Dann hat er mit dem vibrierenden Handy meine Brustwarzen berührt, und das war schon so heiß, und dann glitt er damit immer weiter herab, und drückte es mit einem Mal zwischen meine Beine, rieb damit an mir herum, und ich durfte nicht kommen!«

»Hast du es geschafft?«

»Ich kam, sobald er in mir war!«

»Oh Gott! Aber er hat dich nicht liegen lassen, oder?«

»Erst schon! Er ging echt raus, und ich dachte, ich sterbe, wenn jetzt der Direktor reinkommt … Aber er kam nach einer Minute wieder rein und machte mich los. Der Arsch!«

»Oh das ist er wirklich!«

»Aber so heiß!« Beide prusteten los.

Meine Atmung beschleunigte sich bei den Bildern, die ihre Worte in meinem Kopf malten. Das zusammen mit dem, was ich in der Kirche gesehen hatte, ließ mich unruhig auf meinem Stuhl herum rutschen. Aber die Ernüchterung stellte sich schnell ein, als Nancys bösartige Stimme an mein Ohr drang. »Schau dir das prüde Pfarrertöchterchen an ... Macht es dich an, sowas zu hören? Liegst du jede Nacht wach in deinem Bettchen und träumst davon, dass er sowas auch mal bei dir anstellt?« Lea lachte schallend auf. Allein bei der Vorstellung daran.

Nancy schnippte mir fest gegen den Hinterkopf. »Schlag es dir aus dem Kopf! So lange es Frauen wie mich gibt, wird das einem Mädchen wie dir nie passieren!«

Ich zog die Schultern ein, während meine Augen brannten, wissend, ich hätte jetzt irgendwas erwidern, sie irgendwie in ihre Schranken verweisen sollen, aber wie immer fiel mir nichts ein. Ich wollte einfach nur, dass sie wieder von mir abließen, mich ignorierten, wie es die meisten Leute an dieser Schule taten – und ich seufzte fast schon erleichtert auf, als Roy sie in ein Gespräch verstrickte ...

Manchmal ... da hasste ich mein Leben.

9. Wieso Handys super sind

Hailey

Eigentlich dachte ich, er würde ja nach dem Mineralwasserdebakel nicht mehr mit mir reden, aber da hatte ich falsch gedacht. Denn als ich zur Tür nach Sport raus schlenderte – wo ich meistens auch nicht wirklich mitmachen musste, weil das einfach für mich und alle anderen zu gefährlich war – lehnte er neben der Tür und wartete. Total lässig, wie immer. Ich dachte, er wartete wieder auf Nancy oder Lea oder auf beide zusammen, aber sobald ich hinaus trat, stieß er sich ab und ging auf mich zu. Groß, muskulös, mit seiner Sonnenbrille auf der perfekten Nase, und er grinste mich mit diesen strahlend weißen perfekten Zähnen an.

»Na?«, fragte er, sobald er neben mir war.

Ich klammerte mich fester an meine Schultasche, die ich noch vor mir hertrug und wisperte: »Das mit dem Wasser tut mir leid.«

»Halb so wild, Süße.« Er winkte ab und blockte mit einem Arm mein schnelles Weitermarschieren, indem er sich an der Wand abstützte, direkt neben meinem Gesicht. Er keilte mich auch mit dem anderen Arm ein. Dann beugte er sich etwas herab, sodass er mich über den Rand seiner Sonnenbrille förmlich verglühen konnte. »Du gehst immer zu Fuß, oder?«

Ich nickte.

»Hast du Lust auf meinem Motorrad mitzufahren?«

Ich starrte ihn an.

Er grinste und beugte sich vor, wisperte in mein Ohr. »Du wirst den Kick nie wieder vergessen, ich verspreche es dir.«

Ich war immer noch völlig erstarrt, konnte nicht denken, traute mich nicht zu atmen, denn sein Geruch würde das alles nur noch schlimmer machen. Stirnrunzelnd wich er zurück, als ich mich so gar nicht rührte, dachte wahrscheinlich, ich wäre geistig zurückgeblieben, was ich mich in seine Nähe auch eindeutig fühlte.

»Und?«

Ich schüttelte zaghaft den Kopf.

»Wieso nicht?« Ich wollte gar nicht daran denken, was mein Vater tun würde, wenn er mich auf einem Motorrad erwischte – vor allem mit Saint Conroy! Dem absoluten Väterschreck. Jeder Vater wusste, brachte seine Tochter einmal diesen Jungen nach Hause, war sie verloren. Da half nur noch die Flinte.

»Mein Vater«, wisperte ich fast tonlos, einfach, weil … ja, wieso eigentlich? Sonst sprach ich mit niemandem über meine Familie, nicht einmal mit Lennart.

Er runzelte die Stirn, wie immer, wenn er etwas nicht verstand. »Was ist mit deinem Vater?«

»Er ist Pfarrer«, informierte ich ihn, als ob er das noch nicht wüsste, *verdammt, ich bin so blöd.* »Ich ... ich darf nichts mit Jungs machen.«

Wirklich amüsiert lachte er auf »Wir fahren nur Motorrad, das heißt nicht, dass du dabei entjungfert wirst!« Er stockte. »Du bist doch noch Jungfrau, oder?« Meine Wangen brannten lichterloh, und ich senkte den Blick. Wo war noch mal das Loch, in dem ich verschwinden konnte? Er hob mein Kinn an, sodass ich wieder in diese verdammt schönen, verdammt ablenkenden grünen Tiefen schauen musste. Sie hatten übrigens goldene Sprenkel, wie man bei ganz genauem Hinschauen sah ... faszinierend. »Wie du willst, aber glaub mir, Kleines. Du verpasst so einiges!«

Wieso dachte ich, dass sich das nicht nur aufs Motorradfahren bezog?

Damit drehte er sich um, schlenderte, die Zigarette im Mundwinkel hängend, zu seinem Motorrad und ließ mich total atemlos zurück. Völlig verwirrt von dem Wunsch, ihm zu folgen und dem Drang, das zu tun, was von mir erwartet wurde ...

***

Mein Vater war wie immer noch nicht zu Hause, als ich den kleinen Bungalow mit einer Küche, einem Bad und zwei Zimmer betrat. Wir hatten niemals viel Geld gehabt und lebten bescheiden, aber das war nie ein Problem für mich gewesen. Das uralte braune Sofa stand da, wo es schon immer gestanden hatte, genauso wie der kleine Esstisch direkt am Fenster gegenüber und die Kochecke, die meine Mutter damals gelb gestrichen hatte, wahrscheinlich in einem verzweifelten Versuch, etwas Leben in diese vier Wände zu bringen. Ich schluckte, ließ meine Schultasche auf den Boden gleiten und zog meine Schuhe aus, dann schlüpfte ich in die Hausschuhe und ging in mein Zimmer. Es war nicht gerade groß, mein Schreibtisch am Fenster fiel fast auseinander, genau wie die Tür des Einbauschrankes oder das alte kleine Bett. Mein Vater hatte mir wenigstens erlaubt, einen neuen kleinen Teppich zu kaufen. Er war lila-schwarz, mit ein bisschen Glitzer, genauso wie das Bettzeug, das ich passend dazu gekauft hatte. Einen Spiegel gab es in meinem Zimmer nicht, das Einzige, was in dieser Form existierte, war der kleine viereckige Spiegel über dem angrenzenden Waschbecken im Bad, das ich mir mit meinem Vater teilte. Wir hatten nur eine kleine Dusche mit einem vergilbten Plastikvorhang und eine Toilette, aber das war okay so.

Ich wusch mir das Gesicht, zog mich um und ging in die Küche, um wie jeden Tag zu kochen. Mein Vater mochte es, wenn das Essen um Punkt sechs auf dem Tisch stand. Natürlich besaßen wir keinen Fernseher und auch kein Radio, nicht einmal einen CD-Player ... denn Medien waren das Werkzeug des Teufels, um uns Menschen zu verführen. Mein Vater lehnte so was strikt ab, und was ich nicht hatte, konnte mir nicht fehlen. Obwohl ... Ich hatte mein Zuhause anders in

Erinnerung, wenn ich an die Zeit zurückdachte, als meine Mutter noch da gewesen war. Meine hübsche Mutter, mit dem langen goldbraunen Haar und dem warmen Lächeln, den Sommersprossen und diesen funkelnden blauen Augen. Als sie noch da gewesen war, hatte es hier Musik gegeben, sie hatte sogar den Gospelchor geleitet, und ich war als Kind immer mit zu den Proben gegangen. Ständig war das Radio an gewesen und sie hatte zu der Musik mitgesummt, während sie leckeren Kuchen oder einen ihrer legendären Eintöpfe gekocht hatte. Sie war immer da gewesen, wenn ich von der Schule kam, hatte mich gefragt, wie es mir ging, hatte mit mir zusammen die Hausaufgaben gemacht und war mit mir zum Schwimmtraining gegangen. Im Sommer hatten wir die Tage draußen im kleinen Garten verbracht. Sie hatte mir gezeigt, wie ihre selbst gemachte Limonade am besten schmeckte und mit mir in den bunten Blumenbeeten gegraben, eingepflanzt und sie gehegt und gepflegt. Jetzt war draußen alles verdorrt … Alles, was sich nach Leben anfühlte, war nach dem Tod meiner Mutter verschwunden. Die Farben, die Wärme … die Liebe. Wobei ich genau wusste, dass mein Vater mich liebte und versuchte, sein Bestes zu geben …

Mein Vater war kein schlechter Mensch, und er war auch nicht immer so extrem in seinem Glauben gewesen. Aber der Tod meiner Mutter, der Verlust seiner großen Liebe, hatte ihn völlig verändert. Vielleicht hatte mein Vater zu sehr geliebt, kam daher nicht über den Tod meiner Mom hinweg und flüchtete sich in den Glauben. Die Hoffnung, sie irgendwann wieder in die Arme schließen zu können, sich Gottes Gnade zu verdienen, hatte ihn so werden lassen, wie er jetzt war, einsam und engstirnig. Manchmal machte es mir Angst, ihn so zu sehen, aber das Einzige, was ich tun konnte, war, ihm zu zeigen, dass ich ihn liebte und immer für ihn da sein würde. Dass er mich nicht verloren hatte und mich sobald auch nicht verlieren würde, auch wenn ich mich manchmal so fühlte, wie die Pflanzen vor den Fenstern.

Das Singen war letztendlich alles, was mir von meiner Mutter geblieben war …

Also sang ich leise vor mich hin, während das Fleisch in der Pfanne brutzelte und die Kartoffeln kochten … Es war mir daheim eigentlich strengstens verboten, aber solange er es nicht hörte, tat ich es dennoch. Das Singen gab mir das Gefühl von Freiheit, ich konnte alles um mich vergessen und fühlte mich wohl. Alle Verbote, Regeln und Pflichten waren nicht mehr existent. Kurz durchzuckte mich der Gedanke, dass es mit Saint ähnlich war, ein Blick in seine grünen Augen löste ein dem Singen verwandtes Gefühl in mir aus. Schnell verdrängte ich diesen Gedanken und blieb atemlos an der Anrichte stehen. Ich wusste, dass ich die Stimme meiner Mutter geerbt hatte, der Gesangsunterricht in Kindertagen war auch immer noch zu merken. Singen war meine größte Passion, am liebsten wäre ich beruflich auch Sängerin geworden. Natürlich keine von diesen halb nackten Frauen, die von den Zeitschriften im Kiosk um die Ecke auf mich herab grinsten. Nein, eine richtige Sängerin, die auf der *USC Thornton School of Music* ausgebildet worden war. Aber dieser Traum würde mir für immer verwehrt bleiben, das wusste ich tief in mir ... und ich versuchte, mich Tag für Tag damit abzufinden.

Um Punkt 17:45 Uhr schwang die Tür auf, und die schlurfenden Schritte meines Vaters erklangen aus Richtung des Einganges. Ich lächelte ihn an, auch wenn es mir das Herz brach, wenn ich sah, wie gebeugt seine Schultern waren und wie gealtert er in den letzten sechs Jahren war. Früher war er mir immer so stark und unbesiegbar vorgekommen, jetzt grüßte mich ein Mann mit tiefen Falten im Gesicht und ergrautem lichtem Haar. Seine Schritte waren schwer und schlurfend, sein Gang langsam, als er in seiner schwarzen Pfarrerrobe sein Zimmer ging und sich umzog. Währenddessen stellte ich alles auf den kleinen Tisch ...

Fünf Minuten darauf saßen wir mit zwei Tellern vor uns am Tisch und beteten, bevor das Verhör begann ...

»Hast du irgendwelche Aufgaben auf?«

»Ja, ich werde sie gleich machen.«

»Hast du dich anständig benommen?«

Nein! Ich dachte jetzt nicht daran, wie nah ich heute Saint gewesen war! Und dass er mich berührt hatte! Doch schon fühlte ich, wie sich meine Wangen röteten und sah, wie die Lider meines Vaters sich verengten. Sorgsam schnitt ich mir ein Stück Putensteak ab und schob es mir in den Mund, es war noch etwas zu heiß, und mir traten die Tränen in die Augen. War ja klar, dass ich mir gleich beim ersten Bissen die Zunge verbrannte. Schnell trank ich noch einen Schluck nach und verschluckte mich natürlich prompt.

Mein Vater sah mich aus seinen blutunterlaufenen müden Augen ungeduldig an.

»Ja, Vater!«, krächzte ich schließlich, als ich wieder sprechen konnte, und trank noch einen Schluck. Sogar das Essen war für mich lebensgefährlich ...

»Hast du das Wohl der anderen auch über dein eigenes gestellt?« Als er mich das fragte, verzog ich kurz das Gesicht. Ein großer Fehler ... Schon ging es los: »Ich weiß, dass du Probleme in der Schule hast, aber ich will dennoch, dass du dich an Gottes Wort hältst. Sie wissen nicht, was sie tun, du weißt es schon! Triff keine unüberlegten Entscheidungen, die dich die Gnade Gottes kosten und deinen Platz im Himmel gefährden können. Hailey, du weißt, was ich von dir erwarte!«

Züchtig senkte ich den Blick und schluckte trocken. »Ja, Vater ...«

Doch er war noch nicht fertig ... »Demut und Bescheidenheit müssen Grundfeste in deinem Leben sein!«

Mir war der Hunger vergangen. Wenn er nur wüsste, wie demütig ich war. Bereits seit der ersten Klasse! Ach, seit dem Kindergarten! Er hatte keine Ahnung von der Tortur, die ich Tag für Tag über mich ergehen ließ.

Mobbing ... war gar kein Ausdruck dafür, und ich wusste nicht, wie lange ich das noch aushalten würde ... Wie lange ich es noch schaffen würde, demütig zu sein ... und bescheiden und ... leidensfähig. So sehr ich meinem Vater liebte und ihm dankbar für alles war, was er täglich für mich tat, so sehr wollte ich ihm sagen, wie sehr ich litt, wie unverstanden und wertlos ich mich fühlte und wie sehr er mich mit seinen Worten verletzte … Dann siegte die Vernunft und ich antwortete tonlos: »Ja, Vater.«

»Willst du gar nicht mehr essen?«, fragte er harsch und ich aß …

***

Es war wie immer eine Erleichterung eine Gute Nacht zu wünschen, die Tür meines Zimmers hinter mir zu schließen und schlafen gehen zu können. Es herrschte im Haus so eine erdrückende Atmosphäre, dass ich manchmal das Gefühl hatte, nicht richtig atmen zu können. Deswegen öffnete ich weit die Fenster, bevor ich mich an mein Bett kniete, die Hände faltete und betete … »Lieber Gott, bitte schütze meinen Vater, meine Familie und die restlichen Menschen dieser Welt. Auch die Tiere. Bitte … schütze vor allem Saint und mach … mach, dass … er mich sieht.« Wenn mein Vater wüsste, dass ich um die Aufmerksamkeit eines Jungen, auch noch *dieses* bestimmten Jungen, betete, hätte er mich wahrscheinlich wirklich sofort auf die Nonnenschule geschickt. Aber genau wie meine Gedanken, gehörten meine Gebete mir. Mir ganz allein, und ganz tief in mir, konnte ich mir wünschen, was ich wollte, oder?

In meinem gemütlichen dunkelblauen Pyjama legte ich mich ins Bett und zog die Decke bis unter die Nase. Ich horchte nach draußen auf das Zirpen der Grillen, auf den Streit der Nachbarn und das leise Rauschen des Highways … Und dann erlaubte ich meinen Gedanken, so wie jeden Abend, zu meinem Lieblingsthema abzuschweifen …

Saint Conroy …

Ich liebte es, ihn einfach nur zu beobachten, seine schönen langen Finger, wenn er sein Bagel lustlos zerpflückte und gelangweilt vor sich hinstarrte. Oder seine Lippen, wenn sie sich um den Filter seiner Zigarette legten, oder seinen anmutigen, geschmeidigen und doch so lässigen Gang, der mich immer ein bisschen an ein Raubtier erinnerte, an das warme Funkeln in seinen Augen, wenn ich rot wurde, und er mir sagte, dass er mich niedlich fand … Das kleine spöttische Lächeln, das meistens seine Mundwinkel zierte … Wenn er …

Als es unter meinem Kissen vibrierte, zuckte ich zusammen. Denn das war noch nie geschehen. Ich hatte ein uraltes Handy, das mir mein Dad nur gegeben hatte, damit ich immer und überall für ihn erreichbar war und im Notfall Hilfe rufen könnte. Keiner hatte meine Nummer, und ganz sicher bekam ich keine Nachrichten, doch als ich es unter dem Kissen rausholte, war es eindeutig. Da stand es. Schwarz auf weiß. **Eine neue Nachricht.**

Mit einem Mal trommelte das Herz wie wild in meiner Brust, und ich schaute mit trockener Kehle zur Tür. Eigentlich hätte ich sie sofort löschen sollen, bevor mein Vater das mitbekam, doch ein kleines, leises Stimmchen wisperte: ÖFFNE SIE!

Schnell drückte ich auf die Nachricht und keuchte auf, als da stand: **Hi!**

Nichts weiter.

Und doch konnte ich nur an funkelnde, grüne Augen und

ein teuflisches Grinsen denken. Bevor ich es mir anders überlegen konnte, flogen meine Finger über das Display, okay zumindest, nachdem sie die richtigen Buchstaben gefunden hatten, denn ich war nicht besonders geübt in solchen Dingen.

Wer bist du?, schrieb ich zurück und schickte es ab, bevor ich es mir anders überlegen konnte.

Das war ja so aufregend!

Fast sofort kam auch schon die Antwort:

Ich bin alles, was du willst und du dich nie trauen würdest, zu nehmen … Kleines …

Ich verdrehte die Augen, doch gleichzeitig schlug mein Herz noch schneller, denn spätestens mit dem letzten Wort wusste ich ganz genau, wer mir hier schrieb. Nur er nannte mich so, und ich fühlte mich … unsagbar … gut, wenn er das tat. Irgendwie war es so intim, als hätten wir ein ach so verbotenes Geheimnis. Es fühlte sich so an, als würde ich ihm was bedeuten, wenn er mich so nannte.

Woher hast du meine Nummer?, tippte ich, nachdem sich mein Pulsschlag etwas beruhigt hatte und ich damit fertig war, in mein Kissen zu kreischen.

Das ist ein Geheimnis …

Was willst du von mir, Saint?

Ein Foto!, kam sofort zurück, und ich runzelte die Stirn. Keine Ahnung, ob das Handy überhaupt eine Kamerafunktion hatte. Ich hatte es noch nie ausprobiert, aber so alt war es dann doch nicht, also war die wahrscheinlich schon vorhanden … Trotzdem. Ich wurde knallrot, allein bei dem Gedanken daran. Als hätte er mein Zögern bemerkt, ploppte auf einmal ein Bild auf meinem Bildschirm auf … Und mein Herz blieb kurz stehen, denn es war von oben geschossen. Er lag eindeutig in seinem Bett, hatte eine Zigarette im Mundwinkel hängen, grinste breit in die Kamera und man konnte seine nackte Brust sehen, seinen trainierten Bauch und den Ansatz seiner schwarzen Shorts, die verboten tief auf seinen perfekten Hüften saß. Wieder breitete sich diese Hitze zwischen meinen Beinen aus, dieses schleimige Gefühl und dieses zarte Pochen, als ich das Bild mit offenem Mund anstarrte.

OH … mein … Gott!

Er war so unglaublich schön …

Ich hätte es mir am liebsten eingerahmt und überall aufgehängt, damit ich es immer sehen könnte, obwohl, dann hätte ich nicht mehr zusammenhängend denken können, was wohl nicht so gut gewesen wäre.

Trau dich, Kleines, ich will dich sehen!, schickte er hinterher und ich kaute unschlüssig auf der Innenseite meiner Wange herum, während ich zur Decke blickte und mein Gesicht verzog. Das, was ich hier tat, ziemte sich nicht, das, was ich empfand, ziemte sich nicht, und doch war es so aufregend und … toll!

Ehe ich es mir anders überlegte, hielt ich das Handy falsch herum, kniff die Augen zusammen und betätigte den Auslöser der Kamera – hoffte ich zumindest. Es funktionierte, aber ich tat einen Teufel, und sah mir das Ergebnis an. Stattdessen schickte ich es ihm, indem ich das Handy so weit wie möglich von mir weghielt und mit immer noch geschlossenen Augen auf den Sendeknopf einhämmerte.

Nach einer Minute hatte ich so viel Mut gefasst, das linke Auge einen Spalt zu öffnen.

Lol ... Er schrieb weiter ... wie ich an dem kleinen Stift genau sehen konnte ... **Kleines, da sind nur deine Haare drauf, und die sind ja wirklich wahnsinnig schön und glänzend und all der Scheiß, aber du kannst die Kamera umdrehen und ein Selfie machen. Dann siehst du auch, was du fotografierst ...** Ich wurde wieder mal ... knallrot und wollte im Bett versinken, oder so. Fast sah ich ihn vor mir, wie er belustigt auf das nächste Bild wartete, lässig in seinem Bett liegend und vor sich hin rauchend ... nur in Shorts.

GOTT!

Als ich mich von der Welle der Scham erholt hatte, die über mich hinweggerollt war, schaute ich mir mal die Fotofunktion meines Handys genauer an, und tatsächlich, wenn ich auf ein bestimmtes Symbol drückte, sah ich mit einem Mal mein Gesicht. Ich lächelte schüchtern, winkte mit einer Hand und knipste, bevor mich der Mut verließ.

Bäh!

Es war ... grottig.

Dabei hatte ich so nett gelächelt. Warum sah ich auf jedem Foto wie ein zerknautschter Mops aus? Nach zehn weiteren Versuchen wusste ich, dass man die Realität nicht mit einer Handykamera aushebeln konnte. Und er wollte es ja nicht anders. Demütig schickte ich ihm den noch vertretbarsten visuellen Offenbarungseid und wartete mit wild klopfendem Herzen, das Handy in beiden Händen haltend auf seine garantiert niederschmetternde, vernichtende Antwort. Als sie kam, war die nächste Hysterisch-in-mein-Kissen-Kreisch-Nummer fällig, denn da stand tatsächlich:

Du bist hübsch, wenn du lächelst.

SAINT CONROY HATTE GESAGT, ICH WÄRE HÜBSCH!

OH   MEIN GOOOOOOOOOOOOOOOOOOOOOOOOOOTT!

WAR ER BLIND?

MIT SICHERHEIT!

ER BRAUCHTE EINE BRILLLLLLE!

ABER WÜRDE ICH IHM DAS SAGEN???

NEEEEINNN!

SO BESCHEUERT WAR NICHT MAL ICH!

Wild strampelte ich mit den Füßen, warf mich umher, weil die Welle des puren Glücks mich förmlich überschwemmte und zuckte zusammen, als meine Zimmertür aufgerissen wurde und mein Dad stirnrunzelnd im Türrahmen stand.

Schnell versteckte ich das Handy hinter meinem Rücken und war froh, dass mein kleines Nachtlicht nicht sonderlich viel Licht spendete.

»Alles in Ordnung?«, fragte mein Vater misstrauisch.

»Ja, Dad, alles super!« Ich versuchte, nicht allzu euphorisch zu klingen, scheiterte aber kläglich, denn er verengte die Augen, schaute sich noch einmal um, murmelte dann »Gute Nacht!« und verließ mein Zimmer wieder.

Oh mein Gott, das war knapp gewesen!

Ich war ganz atemlos, fühlte, wie ich innerlich glühte und schaute, ob Saint noch was geschrieben hatte. Enttäuscht musste ich feststellen, dass dem nicht so war ... Ehe ich mich versah und mich auch nur fragen konnte, woher ich den Mut nahm, schrieb ich, weil ich wollte, dass dieses Gespräch weiterging ...

Was machst du gerade?

Was total bescheuert war, weil ich ja genau wusste, was er machte. Er rauchte und schrieb mit mir, aber das, was ich mich im realen Leben nie getraut hätte, kam jetzt einfach so aus mir rausgeschossen

Er schickte ein **;)** ... Dann ... **Hast du mir gerade tatsächlich freiwillig eine Frage gestellt?** Und einen erschrockenen Smiley.

Ich musste lachen, es fühlte sich ungewohnt für meine Ohren an. Ich hatte in diesem Haus nicht viel zu lachen, normalweise ...

Das würde ich niemals tun, ich glaube, du halluzinierst ... Was ist in deiner Zigarette drin?, antwortete ich, noch bevor ich drüber nachdenken konnte, dann suchte ich den lachenden Smiley und schickte ihn hinterher.

Tabak, Babe, keine Macht den Drogen und so ...

Oh Himmel! Er hatte mich BABE genannt ... Ich kaute auf meiner Unterlippe herum und überlegte nicht lange, was ich darauf antworten sollte.

Da munkeln die meisten aber anderes ...

Du solltest wissen, dass die meisten meistens keine Ahnung haben ...

Wieder musste ich kichern. **Bist du ein Dichter?**

Würde es dich anmachen?

Ziemlich ... wollte ich gerade tippen, hielt aber schockiert inne.

OH MEIN GOTT! Meine Finger verharrten über dem Handy, ich wusste nicht mehr, was ich darauf antworten sollte und war auch ... ehrlich gesagt, ein bisschen schockiert über mich. So offen hatte ich mich noch mit irgendwem unterhalten, erst recht nicht mit einem Jungen und erst recht nicht mit dem Jungen, in den ich unsterblich verliebt war.

Was war nur los mit mir? Ich zögerte ...

Kleines?, schrieb er und ich kaute fester auf meiner Unterlippe ... **Hab ich dich jetzt erschreckt?**

Ich konnte nicht antworten ... und legte schnell mein Handy weg ... strich mir über das Gesicht und mit beiden Händen in die Haare ...

WAS TAT ICH HIER?

Was bildete ich mir hier ein?

Dass ... dass er aus einem anderen Grund als aus purer Berechnung mit mir zu tun hatte? Dass ... dass ... er irgendwie ... irgendwas für mich empfinden könnte, was ich nur im Entferntesten daran herankam, was ich für ihn empfand? Dass ich gegen Mädchen wie Nancy Laurenz eine Chance hatte? Jemals haben würde?

Ich war dümmer, als ich gedacht hatte ...

Mit Tränen in den Augen schaltete ich mein Handy aus, legte es unter mein Kissen und versuchte zu schlafen ... Was natürlich nicht klappte, denn diese kleine Flamme der Hoffnung war in mir entfacht, dieses kleine Stimmchen, das zaghaft wisperte ... *Aber was, wenn doch?*

10. Wieso ich ein Idiot bin ...

Saint

Da lag ich also wie ein verdammter Volltrottel auf meinem Bett und starrte das Foto an, das sie mir geschickt hatte.

Wieso war mir noch nie davor aufgefallen, wie voll ihre Lippen waren, wie kerzengerade ihre Zähne und wie strahlend ihre Augen? Wie schön ihr Gesicht ... Weil ... ja weil ich nie darauf geachtet hatte, weil sie mir einfach nur egal gewesen war. Und weil sie auch noch nie so ... gelächelt hatte wie auf diesem Foto, mit roten Wangen, die ich echt immer heiß fand, mit diesem zaghaften kleinen Lächeln und zerzausten Haaren, als wäre sie bereits von mir gefickt worden.

Bereits von mir gefickt worden?

Ich verzog das Gesicht, drehte mich ruckartig um und vergrub es in meinem Kissen, während ich meine Finger im Nacken verschränkte.

Was dachte ich da überhaupt?

Was dachte ich mir überhaupt dabei, wie blöd Matschauges Foto anzustarren und ... mit ihr zu schreiben ...

Mir war nicht entgangen, dass sie sogar verdammt witzig war, wenn sie sich öffnete, dass sie schlagfertig war, nicht auf den Mund gefallen und auch nicht dumm. All die Sachen, die ich immer von ihr angenommen hatte, weil sie in der Schule einfach so anders rüberkam. Schüchtern, in sich gekehrt und auf jeden Fall ziemlich trottelig ... Wenn sie mir schrieb, war das allerdings ganz anders. Da wirkte sie regelrecht taff, so taff, wie wenn sie zu mir ständig Nein sagte und mir Einhornpflaster an die Stirn knallte und wenn sie sich um irgendwelche alten Schabracken kümmerte und sie mit sanften Druck dazu zwang, Dinge zu tun, die sie eigentlich nicht tun wollten ...

Die Kleine hatte es in sich, wenn sie wollte, und das ... das imponierte mir. Mutige Menschen hatten mir schon immer imponiert, denn die meisten Leute waren kriecherische Schleimscheißer, die, wenn es hart auf hart kam, nicht zu ihrer Meinung standen.

Noch lange, nachdem nichts mehr von ihr gekommen war, las ich mir ihre Nachrichten durch, schaute mir ihr Foto an ... Immer wieder überlegte ich, ob ich noch was schreiben sollte, entschied mich dann aber anders. So eine Unsicherheit war ich von mir gar nicht gewöhnt, normalweise wusste ich immer, was zu tun war, besonders in Bezug auf Chicks.

Aber ... sie war keine Chick. Nicht im eigentlichen Sinne – und doch war sie ein weibliches Wesen, natürlich komplett reizlos ... und so ... aber wieso ... wieso fühlte ich dann immer noch ihre volle sinnliche Unterlippe unter meinem Zeigefinger und stellte mir vor, wie sie wohl nachgeben würde, wenn ich langsam mit meiner Schwanzspitze darüberstreichen würde, bevor ich ihn zwischen diese roten Lippen schob. Wie sie daran saugen würde und mir dabei in die Augen sehen würde.

FUCK!

Jetzt war ich auch noch hart!

Das gab es ja nicht!

Aber ich würde jetzt den Teufel tun und mir auf sie einen runterholen! SOWEIT kam es noch!

Pah!

**

Hailey

Diesmal wartete ich, bis alle drin waren, bevor ich mein Versteck hinter dem Baum verließ und in die Schule ging. Nancy und Lea hatten mich gestern den ganzen Tag schon so komisch angesehen, und ich wusste nie, ob sie nicht irgendeine neue Gemeinheit planten. Außerdem hatte ich Angst, IHN nach gestern zu sehen. Wie würde er sich verhalten? Würde er wieder so desinteressiert sein wie sonst auch? Oder wäre er immer noch da, dieser warme Schimmer in seinen Augen, dieses sanfte spöttische Lächeln und dieser lockere neckende Ton, in dem er sich neuerdings mit mir unterhielt? Ich hatte Angst davor, es herauszufinden.

Also schaute ich ihn nicht an, als ich die Klasse betrat, die Bücher fest an meine Brust gepresst, und zuckte zusammen, als es in meinen Nacken »BUH!« machte, weil Nancy sich direkt hinter mir eingefunden hatte. Verdammt!

»Auch schon da, Fetti?«, fragte sie mich, und ich ging einfach weiter. Mit gesenktem Blick an der ersten Reihe vorbei und bog dann in den Gang zu meinem Platz, fühlte förmlich, wie er mich – nun direkt vor mir – anschaute und … schrie auf, als irgendwas mir gegen den Fuß kickte und ich das Gleichgewicht verlor.

Ich flog nach vorn, streckte die Hände gerade noch so aus, und die Bücher landeten auf dem Boden, als mich etwas Hartes am Bauch traf und ich … kurz darauf, von Saint auf seinen Schoß gezogen wurde.

Heilige Scheiße!

Er hatte meinen Sturz einfach so mit einem Arm abgefangen und mich direkt auf seinen Schoß befördert. Wie schnell war der Kerl, bitte? Was hatte der nur für Reflexe und vor allem Muskeln und vor allem, wie kam er überhaupt auf die Idee, mich zu retten?

OH MEIN GOTT!

Frech grinste er mich an, während ich ihn nur atemlos keuchend anstarrte und das Herz in meiner Brust raste. Er war so nah! So unglaublich nah! Ich konnte nicht klar denken, oder sonst etwas tun!

»Vorsicht, Kleines«, raunte er auch noch mit dieser tiefen, weichen Stimme – genau der Stimme – die mich bis in meine verbotendsten Fantasien verfolgte – und strich mir eine verirrte Strähne aus dem Gesicht.

»HI!« Ich konnte ihn nur mit großen Augen anstarren und merkte, wie Nancy und Lea echt angepisst an uns vorbeistacksten.

Ich war auf Saint Conroys Schoß – vor der ganzen Klasse!

Oh!

Mein!

Gott!

»Du hast gestern nicht mehr geantwortet«, meinte er mit hochgezogener Augenbraue.

Trocken schluckte ich, fühlte nur seinen Arm um meine Hüfte und seine Schenkel unter mir. »Ich war am Boden zerstört …«

Ich verdrehte die Augen … konnte einfach nicht anders.

Er grinste breiter, beugte sich vor und sprach direkt in mein Ohr. »Außerdem habe ich dich gerade vor einem garantiert tödlichen Sturz bewahrt, ich habe was gut bei dir.«

Ich seufzte … und bekam Gänsehaut. Er wich zurück, um mich mit seinen grünen wunderschönen Tiefen zu bannen.

»Wann arbeitest du wieder im Heim?«

»Heute!«, wisperte ich kaum hörbar, keine Ahnung, wieso!

»GUT, wir fahren gemeinsam!« Streng sah er mich an, duldete eindeutig keine Widerrede.

»Saint …«

»Shhhh!« Er legte mir einen Finger auf die Lippen. »Keine Widerworte, Kleines! Entweder, du kommst freiwillig mit, oder ich bringe dich dazu!«

»Tusch dosch!«, nuschelte ich in einem seltenen Anflug von Aufmüpfigkeit an seinem Finger vorbei, und er lachte leise, beugte sich vor und ich fühlte seine Lippen über meinen Halsansatz streichen. Genau da, wo mein Kiefer in den Hals überging, und wo ich anscheinend schrecklich empfindlich war, denn ich fühlte jede einzelne Faser seines perfekten Mundes übergenau.

»Hat dir schon mal jemand gesagt, dass du riechst wie die pure Versuchung?«

OH MEIN GOTT! Ich schüttelte den Kopf, auch wenn er das nicht sehen konnte. Als er leise »MHMMM«, machte, vibrierte es an meiner Haut und die Härchen an meinen Armen stellten sich auf. Fast hätte ich den Kopf nach hinten fallen lassen und laut gestöhnt. Doch vor dieser Peinlichkeit wurde ich zum Glück gerettet, als Miss Meier die Klasse betrat und mich von Saints Schoß scheuchte. Er schaute mir grinsend hinterher und formte mit seinen perfekten Lippen »Um vier!«

Ich kicherte nur aufgeregt und wisperte zurück ... »Versuchs doch!« Dann stolperte ich zu meinem Platz.

Oh nein ... eiskalt war wirklich was anderes!

Ganz anders!

Und so langsam wurde es mir total egal, wieso er so zu mir war ... so spielerisch, so sanft, so zärtlich, so ... verführerisch ... ich wollte nur, dass es nie aufhörte!

***

Saint Conroy lauerte mir nach der Schule auf, in dem er wieder übermenschlich schön, wie nur er es sein konnte, auf mich wartete. Fast verdrehte ich die Augen, als ich ihn sah. Irgendwas an seinem selbstgefälligen Grinsen gab mir wieder mal einen Kick ... und ich stellte mich vor ihn, bevor ich mit unglaublich fester Stimme sagte:

»Ich fahre nicht mit dir auf dieser Höllenmaschine mit!« Seine Augen vergrößerten sich kurz, wahrscheinlich wegen meines Tonfalls. Dann grinste er teuflisch ... sodass es mir etwas Angst machte ...

»Nicht?«

»Nein!«

»Okay!« Damit beugte er sich einfach vor, packte mich mit einem Arm unter dem Hintern, rammte seine Schulter in meinen Bauch und hob mich hoch.

Ich brüllte, alle Schüler drehten sich um, kicherten dann aber nur und gingen weiter, als sie sahen, dass er mit seiner schreienden Beute das Schulgebäude verließ. Locker vor sich hin schlendernd, als hätte er nicht fünfundsechzig Kilo extra dabei!

»SAINT, LASS MICH RUNTER!«

»Nope!« Außerdem waren seine Finger fast da, wo es unsagbar brannte, und ich fühlte, wie das Blut in meine Wangen schoss.

»BITTE!« Er marschierte mit mir über den Parkplatz, direkt auf sein Höllengefährt zu! Wenn mein Vater mich darauf sehen würde, wäre ich tot und dürfte nie wieder das

Haus verlassen. »SAIIINT, BITTE LASS. MICH. RUNTER!«, flehte ich, blieb aber ungehört.

Ich fing an, auf seinen Rücken einzutrommeln, zu brüllen und zu strampeln. Er lachte nur und ging weiter, als würde ich nicht einen riesen Aufstand machen. Fast waren wir an seiner Maschine, als eine männliche Stimme mit einem Mal hinter uns erklang.

»MISS?« Ich schaute auf und bemerkte zwei Polizeibeamte, die uns düster anstarrten.

»Ja?«, keuchte ich.

»Nimmt dieser Mann Sie gerade gegen Ihren Willen mit?« Oh mein Gott, die waren meine einzige Chance.

»Äh … ja?« Es klang eher wie eine Frage, aber es war die Wahrheit, und Polizisten sollte man nicht anlügen!

Ihre Gesichter mit den großen Sonnenbrillen verzogen sich sofort in Alarmbereitschaft!« LASS DIE FRAU LOS, SAINT!« Okay, damit hätte ich jetzt nicht gerechnet.

Mist!

»Ich bitte euch! Ich mach ja viel Scheiße, aber Kidnapping hab ich sicher nicht nötig! Sie will es, sie weiß es nur noch nicht! Chillt euer Leben!« Saint drehte sich seufzend um und setzte mich auf den Boden, hob die Hände und wollte gerade beschwichtigend und immer noch total lässig auf sie einreden, als er schon von einem der Cops zu Boden gerammt wurde.

»NICHT BEWEGEN!«, brüllte der Polizist ihn an, und Saint runzelte verwirrt die Stirn, wehrte sich aber nicht, als sie ihm die Hände am Rücken mit Handschellen fesselten.

»Äh, Ricky, ernsthaft?«

Er wurde von »Ricky« hochgezerrt. »Schnauze!«

Ich beobachtete das Ganze nur mit großen Augen ... als sie ihm seine Rechte vorbeteten und ihn dann ... ganz im Ernst ... einfach in ihr Polizeiauto packten. Ich war wie vor den Kopf gestoßen ... und fand erst aus meiner Starre, als einer der beiden mir zurief.

»Kommen Sie?«

»JA!« Ich rannte schnell zum Auto und ließ mich neben Saint auf die Bank gleiten. Der funkelte mich brodelnd an, mir wurde eiskalt.

Doppelmist!

»Hören Sie ... das ist nur ein Missverständnis!«

»Das können Sie uns auf dem Revier erklären ... Mister Conroy hier hat diesmal den Bogen wirklich überspannt. Der Chief wird sich freuen ...«

Saint mahlte mit dem Kiefer.

»Er wollte mich nicht kidnappen oder so, das war ... war nur ein Spiel! Wirklich!«, versuchte ich schnell zu erklären, aber sie hörten mir gar nicht mehr zu, sondern gaben durch, dass sie Saint dabei hatten. Sie waren fast schon höhnisch.

Mist!

Mist! MIST!

11. Wieso Geschwister die Hölle und ein Segen sind

Saint

In dieser Zelle hatten sicherlich schon jede Menge armer Bastarde gesessen – aber keiner so oft wie ich. Ja gut, ich schlug halt manchmal über die Stränge, so lautete die einhellige Meinung über mich. Persönlich fand ich eher, dass die alle echt einen Knall hatten.

Sie waren nicht locker, sahen das alles zu eng! Ich meine: Als ich mit Dads Auto besoffen in den ältesten Baum der Stadt gefahren war, war dem kaum was passiert. Ja gut, dieser Baum wurde schlicht verehrt, weil der angeblich Jahrhunderte alt war, aber mein Gott, ich konnte doch auch nichts dafür, dass er da plötzlich stand, oder? Genauso wenig war ich dafür verantwortlich, dass mir die Kippe in diesem beschissenen Pub runtergefallen war und alles in Brand gesetzt hatte … Oder dass ich des Öfteren beim öffentlichen Sex irgendwo von der Polizei aufgefunden wurde. Was waren das auch für elende Spanner, wieso kümmerten die sich nicht um ihren eigenen Scheiß? Besonders der Pfarrer, Haileys Vater, der mich auf dem Kicker hatte, seitdem ich leicht angetrunken vom Kirchendach gepinkelt und das Foto durch jegliche Social Medien gegangen war … Meine Güte! Ich hatte halt nun mal gemusst und war zufällig da oben gewesen – das war doch natürlich! Selbstverständlich hatten sie auch was dagegen gehabt, als ich in einer weiteren Vollrauschaktion mit Sam alle Pinguine aus dem winzigen Zoo befreit hatte … Was hatten die Bewohner nur geschaut, als am Morgen überall Pinguine gewesen waren. Vor den Läden, an Ampeln stehend, in der Schule, im Park, sogar im Büro des Bürgermeisters Smith hatte einer gesessen und ihn mit schwarzen Knopfaugen frech angeschaut. Ich war ein neugieriger Mensch, also musste ich mir alles auch genauestens anschauen. Ich hatte nicht mal was geklaut, dennoch hatte es die meisten gestört, wenn ich bei ihnen eingebrochen war. Bei den Blacks im kleinen Supermarkt oder eben beim Mechaniker Petes oder in der Bäckerei, okay, da hatte ich schon was mitgehen lassen. Vier Flaschen von diesem verdammten Caramel, mit dem die glasierten. Das Zeug machte einfach süchtig, ich konnte nichts dafür! Bei der Tankstelle war ich auch schon eingebrochen! Ich hatte nun mal ein Bier gewollt, und was konnte ich dafür, in einem so kleinen Kaff zu leben, in dem man ab Mitternacht nichts mehr bekam? HÄ?

Fingerabdrücke waren so eine beschissene Sache, damit war ich mittlerweile nicht nur einmal überführt worden. Aber da ich noch unter das Jugendschutzgesetz fiel und mein Dad genug Geld hatte, um mir einen der besten Anwälte des Landes zu besorgen, und weil ich einfach perfekt darin war, Menschen vor Gericht um den Finger zu wickeln, war ich bis jetzt immer irgendwie glimpflich davongekommen.

Das würde auch diesmal so sein …

Also lag ich locker auf der Liege, ein Bein angezogen, eins ausgestreckt, mit hinter dem Kopf verschränkten Armen und pfiff Lieder vor mich hin, die man eben so vor sich hin pfiff, wenn man eingeknastet war … Nobooddyyy knows … Knocking on Heavens door … Jealhouse Rock und so einen Scheiß, wobei ich aber ab einer bestimmten Stelle nie wusste, wie der Text weiterging. Es gab nur diese eine einzige Zelle in diesem Kaff, und hier fühlte ich mich schon richtig heimisch. Eigentlich war ich der Einzige, der sie ab und zu besuchte. Ob die mir wohl 'nen Fernseher und 'ne Playstation reinstellen würden?

»Susan, bringst du mir 'n Kaffee?«, fragte ich Susan Perpido, die heute Dienst hatte. Eine rassige Schönheit und knallharte Polizistin.

»Ich versuche zu schlafen! Gib Ruhe!«, brummte es aus Richtung ihres Schreibtisches um die Ecke, und ich verdrehte die Augen …

»Komm schon, wir wissen beide, wie das hier ausgeht, oder?«

»Ja, indem ich dir den Mund zuklebe!«, zischte es zurück.

Ich seufzte … wollte grade anfangen, richtig laut zu singen, als ich hörte, wie die Tür aufging.

»WOISTER?« Ah ja … mein Vater war endlich hier. Hatte ja auch lange genug gedauert! Ganze zwei Stunden und einundzwanzig Minuten! So lange hatte er noch nie gebraucht.

***

Mein Vater war leicht cholerisch, und Holy amüsierte sich köstlich, als er mich nach Hause fuhr. Ich saß neben ihm, sie hinten und ihre Augen funkelten mich über den Spiegel belustigt an, während mein Vater brüllte …

»ES REICHT JETZT, SAINT! Ich habe dir gesagt noch eine einzige Verfehlung und es werden Konsequenzen folgen. Es wird keinen Aufschub mehr geben! Ich habe die Schnauze voll, dich einmal die Woche von der Polizei zu holen!«

»Dad, ich habe dir schon gesagt, diesmal konnte ich nichts dafür!«

»Du hast versucht, die PFARRERTOCHTER ZU VERSCHLEPPEN! Weißt du, was passiert, wenn White das rausfindet? Hast du eigentlich auch nur den Hauch einer Ahnung, wie wichtig die Kirchengelder für unsere Bank sind?«

»Ich habe nicht versucht, sie zu verschleppen! Ich wollte sie nur zur Arbeit bringen, damit sie nicht zu Fuß gehen muss!«

»Also willst du jetzt behaupten, die Polizei lügt?«

»Dad … das war zufällig Ricky, der mich eingeknastet hat, der hat immer noch nicht verkraftet, dass ich ihn letztes Jahr mit seinen eigenen Handschellen an sein Lenkrad gefesselt habe ... Der nutzt jede Möglichkeit, um mir eins auszuwischen, selbst wenn ich gar nichts getan habe!«

»Es ist mir egal! Ich habe dich gewarnt Saint, ich habe es getan ...«

»Dad!«

»Ich habe die Anmeldung bereits rübergemailt und warte auf Antwort.«

Mein Herz setzte ein paar Schläge aus. »Du hast was?«

Die Knöchel meines Vaters traten weiß hervor, er nickte und sein Augenlid zuckte.

»Du wirst auf die Militärschule gehen!«

»Dad ...« Jetzt klang ich echt schockiert. Ich warf einen Blick zu meiner Schwester. Sie zuckte mit den Schultern und beobachtete mit leuchtenden Augen, wie es weitergehen würde. Sie ergötzte sich geradezu an meinem Leid, das kleine Biest! Kleine Schwester, eben ...

»Das meinst du doch nicht ernst.« Fuck ... jetzt langsam ... ganz langsam, war es vorbei mit lässig und cool. Ich wollte nicht auf diese beschissene Schule! Ich hatte keinen Bock, um vier Uhr aufzustehen und mich von irgendwelchen Spasten anbrüllten zu lassen, wenn ich mein verdammtes Bett nicht richtig machte. Hatte mein Vater eigentlich mal Full Metall Jackett gesehen, hä? Ja okay, er war auch auf dieser Schule gewesen, war der Meinung, dass man nur dort Disziplin lernte, aber meine Mum war immer dagegen gewesen, dass ich dahingehen musste. Bis jetzt ...

»Und wie ernst ich es meine!« Mein Dad wurde bedeutend ruhiger, das war viel schlimmer, als wenn er brüllte, er war fast schon freudig ... »Jetzt wirst du lernen, was es heißt, Disziplin zu haben!«

Ich schaute ihn nur an ... Und wusste wahrscheinlich zum ersten Mal im Leben nicht mehr, was ich sagen sollte. Mein Alter meinte es ernst, todernst, und ich war im Arsch! So richtig im Arsch!

»Dad ... es gibt einen Grund, wieso Saint mit der Pfarrerstochter unterwegs war, aber er schämt sich viel zu sehr, um ihn dir zu sagen«, sagte meine Schwester vollkommen leise mit dieser perfekt einstudierten Stimme der absoluten Vernunft. Ach ja?

Mein Dad runzelte die Stirn.

»Der wäre?«

Sie beugte sich vor und wisperte ihm so ins Ohr, dass ich es auch hören konnte.

»Weil er mit ihr zusammen ist!«

Ich riss die Augen auf, wollte schon fast protestieren, aber sie kniff mich unauffällig in den Arm, sodass es mein Vater hinter ihrem dichten dunkelbraunen Haar nicht sah, und ich blieb still.

»Du bist mit der Pfarrerstochter zusammen?« Da war was in meiner Stimme das ... das mir neue Hoffnung gab. Es *war* nämlich Hoffnung ... Meine Schwester wandte sich mir zu und sah mir fest in die Augen, dann nickte sie einmal knapp. Ihr Blick sagte »LOS, DU IDIOT, SAG JA!« Wie immer verstand ich sie ohne Worte, und ich schluckte, bevor ich sagte ... und dabei auch meine Stirn runzelte, weil sich das so komisch anfühlte.

»Äh ja … ich bin mit … Hailey White … zusammen.« Ich sprach zaghaft, als würde ich die Silben auf meiner Zunge testen, und irgendwie hörten sie sich gar nicht so schlecht an. Obwohl ich eigentlich ein vehementer Gegner der Entmannung des Mannes (Beziehungen) war.

»HALLELUJA!« Als mein Vater das ausrief, zuckte ich zusammen. »Endlich wird er vernünftig! Hailey White ist genau die Richtige für dich! Oh Gott sei Dank!« Er war ehrlich erleichtert.

»Ach ja?«

»Ja natürlich, sie ist so ein vernünftiges Mädchen! Das ist natürlich was ganz anderes …« Er überlegte mit gespitzten, schmalen Lippen unter seinem grau werdenden Schnauzer … »Wenn du auf die Militärakademie gehst, wird das mit euch sicher auseinanderbrechen.«

Ich riss die Augen auf, verstand. »Ja ganz sicher, sie ist nicht so der Fernbeziehungstyp …«

»Hmmm …«

Ich schaute meinen Vater gespannt an, meine Schwester lehnte sich zufrieden grinsend mit verschränkten Armen zurück und kaute auf ihrem Kaugummi. »Gern geschehen!«, wisperte sie mir tonlos zu, und ich wusste ganz genau, dass sie jetzt was bei mir gut hatte und dass sie das ganz sicher nicht vergessen würde.

»Also wenn das so ist … dann werde ich es mir noch einmal überlegen. Aber du musst es ernst meinen mit ihr!«

»Das tue ich, total ernst!«, rief ich etwas zu schnell.

Er dachte nach … dann kam ihm die nächste glorreiche

Idee. »Dann lade sie doch nächsten Samstag zum Essen ein, deine Mutter wird sich so freuen.«

FUCK!

»Äh ja klar …«

Und damit steckte ich noch tiefer in der Scheiße … denn eines wusste ich ganz genau: Sie würde mich wahrscheinlich eher nicht nach Hause begleiten … dabei war sie jetzt irgendwie … meine Freundin. Und sie wusste noch nicht mal was davon.

SHIT!

12. Wieso das Rauchen gut ist

Saint

Als ich heute im Heim ankam, war ich zu spät, aber das war auch schon egal. Ich fragte im Schwesternzimmer nach Hailey, und mir wurde mitgeteilt, dass sie im Park sei. Also ging ich raus, suchte sie zwischen den ganzen Greisen, die sich in Zeitlupe über die verwinkelten Kieswege schoben, und fand sie schließlich mit keinem Geringerem als ... meiner Oma etwas abseits auf einer Parkbank unter einer riesigen Weide.

Sie saßen einfach nur da ... okay, nicht einfach so. Ich beobachtete aus einem Gebüsch heraus wie ein verkackter Stalker, wie Hailey vor sich hin ... ja fast schon quasselte. Mit leuchtenden Augen, und gestikulierenden Händen, und wie sie dann die Hände vor ihr knallrotes Gesicht schlug und ganz verzweifelt dasaß ... Der Drachen, der mit mir verwandt war, legte ihr mit einem belustigten Ausdruck die Hand auf die Schulter und tätschelte sie. Dann sagte sie etwas zu ihr, woraufhin Hailey noch strahlend roter wurde und seufzte ...

Sie fragte den Drachen etwas, die grinste breiter und Hailey lächelte zaghaft. So wunderschön ...

WUNDERSCHÖN?

Alter!

Was ist los mit dir!

Krieg dich mal wieder ein!

Matschauge ist vielleicht ganz niedlich, aber sicher nicht wunderschön!, blaffte ich mich innerlich an, trat hinter dem Busch hervor und zog somit die Aufmerksamkeit auf mich. Interessant ... Das Gesicht meiner Granny verschloss sich sofort, ihre schmalen Lippen pressten sich aufeinander und sie sah mit erhobenem Kinn von mir weg, als würde ich gar nicht existieren, während Haileys Augen groß wurden. Sie sprang auf und rannte auf mich zu, fast dachte ich, sie würde mich umwalzen, aber sie blieb direkt vor mir stehen ... mit schuldbewusstem Gesichtsausdruck, auf ihrer vollen weichen Lippe herumkauend.

»Du bist wieder frei?«

»Klar bin ich das!« Ich zündete mir eine an und betrachtete sie grinsend.

»Es ... es tut mir so leid.«

Sie war süß, wenn sie ein schlechtes Gewissen hatte, so süß, dass ich sie an den Baum drücken und küssen wollte.

WAS ZUM TEUFEL?

Was waren das neuerdings für Gedanken? Ehrlich! Nur weil ich meinem Dad weismachen musste, dass ich mit ihr ging, musste ich jetzt nicht total durchdrehen! Ernsthaft!

»Alles halb so wild, Süße, das hab ich wohl davon, wenn ich dich zu etwas zwingen will ...« Sie antwortete nicht, aber ging mir hinterher, als ich von dem neugierigen Drachen weg schlenderte. Mit dem müsste ich mich schon noch früh genug beschäftigen.

»Ich ... ich habe mir was überlegt ...«, sagte ich und fuhr mir durch die Haare, sah genau, wie sie meine Oberarmmuskeln blickfickte und dann schnell wegsah.

»Was denn?«, fragte sie neugierig, und ich fiel einfach mit der Tür ins Haus.

»Würdest du am Samstag zu mir zum Essen kommen?«

Sie blieb wie angewurzelt stehen ... starrte mich an wie einen Außerirdischen, legte den Kopf schief und sagte stockend. »Zu ... zu dir ... nach Hause?«

»Japp ...« Ich zog an meiner Kippe und schnippte den Stummel weg.

»W... wieso?«, fragte sie ehrlich ... erschüttert und ich verdrehte innerlich die Augen. Dann ... ging ich einfach einen Schritt auf sie zu, sie wich wie geplant zurück und lehnte einen Arm hinter sie an den Baum.

»Weil ich Zeit mit dir verbringen, weil ich dich kennenlernen will«, säuselte ich mit säuselischster Säuselstimme und strich mit meinem Zeigefinger über ihren Kiefer. Ihre Haut war hauchzart. Krass ...

Sie starrte mich an. Einfach nur an ... Ihre Augen waren verschleiert, ich hatte sie sowas von in der Tasche, doch mit einem Mal biss sie die Zähne aufeinander und schlüpfte mit geballten Fäusten unter meinem Arm weg.

»LASS DAS!«, zischte sie mich an und fing an, im Stechschritt vor mir herzugehen. Fuck!

»Was denn?«, fragte ich ehrlich verwirrt und folgte ihr.

»Ständig zu versuchen, dich an mich ranzumachen und mir irgendwas vorzumachen!«

»Das ... das tue ich gar nicht!«, log ich knallhart, und sie wirbelte zu mir herum.

»Doch, das tust du! Ich sehe die Lügen förmlich auf deiner Nasenspitze!«, zischte sie mich ungewohnt hart an ... und ihre braunen Matschaugen loderten. »Weißt du was ... Ich habe die Schnauze voll davon! Ich bin nicht dein Fußabstreifer, noch eines deiner Püppchen, der du nur ein bisschen schöne Augen machen musst, damit die alles für dich tun! Man spielt nicht mit den Gefühlen anderer Menschen!« Damit wirbelte sie einfach herum und stapfte mit festen kleinen Schritten davon, ließ mich atemlos und ehrlich gesagt auch etwas geschockt hier stehen.

Fuck! Hatte die kleine gerade wirklich die Eier in der Hose gehabt und hatte mir ... den Kopf gewaschen?

MIR?

Ich konnte es nicht glauben.

Als ein heiseres Lachen hinter mir erklang, wirbelte ich angepisst herum.

Ah ja ... meine Granny hatte das Ganze natürlich beobachtet und grinste amüsiert.

»WAS?«, zischte ich sie an und dachte schon, ich würde mal wieder keine Antwort bekommen, aber sie zuckte nur mit den Schultern. Und dann sagte sie doch tatsächlich: »Komm her!«

Ich seufzte und tat wie mir befohlen, näherte mich ihr vorsichtig und schaute nach, ob sie ja keine Handtasche dabei hatte, mit der sie mich wieder niederknüppeln konnte. Hatte sie nicht. Vorsichtig ließ ich mich neben sie auf die Bank fallen.

»Ich sage dir etwas über Hailey White, wenn du mir eine Zigarette gibst!«, meinte meine Granny mit einem Mal völlig klar und deutlich.

Mein Vater, alle ... dachten, sie wäre nicht mehr ganz bei sich, aber das klang jetzt ganz anders. Ich gab ihr schnell 'ne Kippe und Feuer. Sie sog tief den Rauch ein, schloss die Lider und lehnte den Kopf zurück ... Ich hatte gar nicht gewusst, dass die alte Schabracke rauchte.

Sie grinste. »Wie wäre es, wenn du mit diesen lächerlichen Spielchen aufhörst ...«

»Was?«, platzte es aus mir heraus.

»Du willst dieses Mädchen, das sehe ich ganz genau.«

Trocken lachte ich auf. »Ich will sie sicher nicht!«

»Oh doch, das willst du, du kleiner Hosenscheißer, mir brauchst du nichts vormachen, ich erkenne einen verfallenen Mann auf 100 Meter Entfernung. Die Kleine hat dich an den Eiern!«

»Hast du mich gerade kleiner Hosenscheißer genannt?«

»Du willst nicht wissen, wie ich dich in meinem Kopf nenne, also hältst du jetzt die Klappe oder brauchst du meine Hilfe nicht?«

Ich hielt meine Klappe.

»Kluge Entscheidung, auch wenn du sonst nicht die hellste Kerze auf der Torte bist!«

Ich biss meine Zähne zusammen, um ihr nicht einen Spruch zurück zu pfeffern, was dachte die alte Schabracke überhaupt?

»Hailey White ist eines der schlauesten Mädchen, die ich je gesehen habe. Sie durchschaut dein lächerliches Gehabe instinktiv. Lässt sich nicht von deinem äußeren Schein blenden ... Um sie zu bekommen, musst du dir schon mehr einfallen lassen.«

Ich sagte nichts ... Vielleicht war es sogar gut, wenn der Grannydrachen meinte, ich würde auf Matschauge stehen, vielleicht würde sie ja ein gutes Wort für mich einlegen, wenn ich so tat, als wäre ich ernsthaft interessiert, also seufzte ich und strich mir durch die Haare.

»Okay ... was soll ich tun?«

»Na ehrlich sein, was denn sonst!?«, erwiderte sie brüsk, und ich schaute sie mit einem Stirnrunzeln an, besonders, als sie die Kippe cooler wegschnippte, als ich es je gekonnt hätte ... Fuck ... wer war diese Frau neben mir überhaupt?

»Du wirst bei ihr mit deinen üblichen Machosprüchen nicht weiterkommen. Dafür ist sie zu intelligent. Gib ihr was von dir, und du bekommst was von ihr.«

»Was von mir geben? Blumen oder so?«

»Oh mein Gott, und das sollen meine Gene sein?« Anklagend schaute sie in Richtung Himmel. Ich verengte die Augen.

»Nichts Materielles! Hailey ist nicht so wie andere Frauen, wie oft soll ich das denn noch wiederholen? Kennst du nicht den Spruch: Stille Wasser sind tief?«

»Ja.« Also still war sie auf jeden Fall, ich konnte ihr Schulterzucken schon langsam nicht mehr sehen!

»Bei ihr sind sie besonders tief ... und dreckig. Die Kleine ist dir absolut verfallen, glaube mir. Aber sie hat ihren Stolz und Köpfchen ... Sie merkt es, wenn man es nicht ehrlich mit ihr meint.«

»Okay ...«

»Sei einfach nur du selbst.«

Das war die denkbar schlechteste Idee überhaupt. Außerdem war ich in letzter Zeit so wenig ich selbst, dass ich schon langsam nicht mehr wusste, wer ich war. Das war die Wahrheit ... und die gefiel mir ehrlich gesagt gar nicht. Außerdem gefiel es mir noch weniger, dieses wahre Ich bei irgendwem zu zeigen, denn das machte mich angreifbar, aber das sagte ich der alten Dr. Sommer sicher nicht. Ich schwieg und hörte mir ihre Ausführungen über Hailey White an ... ich hörte und lernte ... und war echt ziemlich dankbar dafür, dass sie mir half.

Wieso auch immer.

13. Wieso Hailey White eigentlich gar nicht so hässlich ist

Irgendwann stand sie auf und ging einfach rein, ich blieb auf der Bank sitzen, rauchte und überlegte mir einen neuen, genialen Schlachtplan. Ich war nicht verwundert, als Hailey White kurz darauf in ihrem heißen kleinen Schwesternkittel angestapft kam – wahrscheinlich hatte sie der Drachen rausgeschickt. Mit verschränkten Armen blieb sie vor mir stehen und schaute störrisch auf mich herab.

»WAS?«, blaffte sie.

Ich grinste sie an. »Setz dich!«

»Ich stehe lieber!« Meine Güte, gab es eigentlich irgendwas, wo die kleine Pummelfee nicht gegen mich rebellierte? Sie wollte stehen, gut dann eben im Stehen!

Ich fiel vor ihr auf die Knie und nahm ihre Hand, woraufhin ihre Augen groß wie Untertassen wurden. Aber ich war mir nicht schade genug, vor ihr im Dreck zu kriechen. Ich würde alles dafür tun, um nicht auf dieser Irren-Schule zu landen.

»Hailey White, ich bitte dich, hilf mir«, sagte ich einfach, und ihr Blick wurde sofort ein wenig weicher, ihre Züge ein wenig weniger unerbittlich … Sie setzte sich jetzt doch, und ich ließ mich neben ihr wieder auf die Bank sinken.

»Wobei?« YEAH! ICH HATTE SIE!

Bleib bei der Wahrheit, hörte ich die komische Stimme dieser komischen alten Frau, und … ich entschied mich spontan, ihrem Rat ausnahmsweise zu folgen. »Mein Dad will mich auf eine Militärschule schicken, wenn ich nicht Zeit mit meiner Oma verbringe – damit meint er … Zeit, die ihr auch gefällt, und ich habe keine Ahnung, wie ich den alten Drachen … ähhhh Granny …«, sagte ich schnell, als ihre Lider sich verengten … »Dazu bringen soll, mich zu mögen und bei Dad ein gutes Wort für mich einzulegen!«

So! Jetzt war es raus! Das war doch wenigstens schon mal die halbe Wahrheit!

Jetzt würde ich rausfinden … ob es sich als gut herausstellte auf die Schabracke gehört zu haben.

Hailey … es war komisch, allein ihren Namen zu denken, weil er so … süß war … aber irgendwie passte er zu ihr … dachte nach. Dann seufzte sie und sagte leise: »War es denn wirklich so schwer, ehrlich zu sein?«

Genau genommen … »Nein …« und das war komisch. Ich war es nicht gewöhnt, zu irgendwem außer meiner Schwester oder Sam ehrlich zu sein. Man fuhr einfach besser in diesem beschissenen Leben, wenn man nie die Maske fallen ließ.

Sie überschaute den Park, hinter dessen Baumwipfeln langsam die glühende heiße Sonne unterging. Die Hitze schwirrte förmlich in der Luft und die Grillen zirpten laut im angrenzenden Feld ... und ich musste sagen: Hier im Schatten der Bäume, in diesem grünen duftenden Park, konnte ich mich mit ihr an meiner Seite fast wohlfühlen – obwohl ich ihr die Wahrheit gesagt hatte.

Interessant.

Ich schaute sie von der Seite an und bemerkte, wie voll ihre Lippen waren, wie klein und perfekt die Nase und wie lang und dunkel ihre Wimpern, wie rein ihre Haut ... bis auf einen winzigen Pickel auf ihrer Wange. Eigentlich war sie gar nicht so hässlich.

Einige Zeit sagte sie nichts mehr, dann wisperte sie: »Weißt du eigentlich, was diese Frau schon alles durchgemacht hat, wer sie ist, was sie denkt? Hast du schon mal darüber nachgedacht, dass sie eine echt große Geschichte hinter sich hat, so wie jeder Mensch?«

»Nein ... sie ist einfach nur alt und runzlig!«

»Gut, dann erzähl ich dir mal was. Hast du gewusst, dass sie als allererste Frau bei Autorennen mitgefahren ist? Sogar bei den legendären ... Thunderball.«

»Du verarschst mich!« Schockiert sah ich sie an. Heilige Scheiße!

»Sie hat sich sogar als Mann verkleidet, damit sie da überhaupt mitmachen kann, und dann hat sie sich in ihren größten Konkurrenten verliebt ... Sie hat versucht, sich von ihm fernzuhalten, aber sie hat es letztendlich nicht geschafft.

Die Gefühle waren zu stark. Sie erzählte ihm ihr Geheimnis, dass sie eine Frau ist, und er gab zu, dass er sich auch zu ihr hingezogen fühlte. Sie verbrachten eine unvergessliche Nacht miteinander, die Nacht vor dem großen Rennen ... Eine Nacht, die sie niemals wieder vergessen würde ... Sie dachte, sie hätte ihre einzig wahre große Liebe gefunden. Doch am nächsten Morgen wachte sie allein im Bett auf, denn er war schon weg, um sie zu verraten. Ihm war sein Sieg wichtiger gewesen als die Liebe. Sie durfte nicht mehr fahren! Musste ihren Traum aufgeben, nur wegen dieses Kerls ...«

Ich schluckte trocken ... Was für 'ne beschissene Welt das früher doch gewesen war! Mir doch fuckegal, ob meine Gegner bei den Rennen 'nen Schwanz hatten oder Titten! Hauptsache, sie hatten was drauf!

»Sie zog mit gebrochenem Herzen zurück in die kleine Stadt, aus der sie gekommen war, und heiratete deinen Opa ... Harry. Doch das Kind, das sie danach bekam, war nicht von ihm. Das Baby hatte Feuer im Blut – dein Vater. Deinem Opa sagte sie jedoch nie, dass es nicht von ihm war, denn das hätte er nicht verkraftet.«

Heilige Scheiße! Davon hatte ich keine Ahnung gehabt, mein Dad wahrscheinlich auch nicht, oder doch?

Hailey neben mir schaute in die sich leicht wiegenden Baumwipfel ... »Dein Opa und sie verbrachten ein paar recht glückliche Jahre, denn ihre Liebe wuchs mit jedem Tag. Aber richtig erfüllt und zufrieden mit ihrem Leben war sie, glaube ich, nie, so wie immer, wenn man sich einfach nur seinem Schicksal hingibt und seiner größten Leidenschaft nicht nachgeht. Wenn man das tut, was richtig ist und nicht das, was man liebt …«

Wow!

Neugierig schaute ich sie an … und stellte die erste ernst gemeinte Frage meines Lebens an sie: »Was ist deine größte Leidenschaft, Hailey?« Fast schon fasziniert sah ich dabei zu, wie sie sich auf die Lippe biss und wieder diese sanfte Röte in ihre Wangen kroch. Außerdem kniff sie die Augen fest zusammen, als könnte sie sich so vor mir verstecken. Auf ihre Lippe hätte ich auch gern mal gebissen … Mir war bis jetzt noch nie so dramatisch aufgefallen, wie voll sie waren. Ehrlich. So ein Mund sollte verboten werden – zumindest, wenn ich ihn nicht küssen durfte.

FUCK, SAINT!

Hallo?

Spinnst du?

Sie schloss kurz die Augen und schüttelte den Kopf, wollte nicht antworten … Ich rückte auf der kleinen Bank näher an sie heran, sodass sich unsere Oberschenkel berührten, und tippte sie mit meiner Schulter an. Mein Oberschenkel brannte und ich wurde hart, konnte es nicht glauben … Wieso machte mich jetzt diese kleine Berührung bitte hart, wo ich sonst sonstwas anstellen musste, um einen hochzubekommen? Lag es vielleicht am Mond? Oder … an was weiß ich!

Mit einem Mal wollte ich wirklich brennend wissen, was sie begeisterte.

»Komm schon … Erzähl du mir ein Geheimnis, und ich erzähle dir auch eins!« Sie wurde noch roter, drehte mir aber ihr Gesicht zu und sah mich an. Mit ihren großen, schönen braunen Augen. Augen, in denen ich mich auf Nimmerwiedersehen verlieren könnte ... Fuck ... wieso war mir nie aufgefallen, wie verdammt schön ihre Augen waren? Wie selten die Färbung und dass sie gerade einen fast schon grünen Schimmer hatten.

Sie starrte mich an, ich starrte zurück, konnte mit einem Mal den Blick nicht mehr lösen.

»Ich singe gern«, wisperte sie kaum hörbar, und ich sog scharf den Atem ein. Ihre Stimme war heiser und ... so fucking sexy, dass es in meiner Hose knalleng wurde.

»So richtig singen, ohne dass allen die Ohren abfallen?«

Sie nickte, starrte mich immer noch an ... meine Lippen.

Ich schluckte trocken ... ihr Mund zog mich wie magisch an. Er sah so ... appetitlich aus. So weich. So samtig, so anschmiegsam wie ihr ganzer Körper.

»Willst du mir mal was vorsingen?«, wisperte ich wie hypnotisiert. Sie schüttelte fast schon panisch den Kopf, und ich lachte leise, heiser, meine Hose wurde enger, je ausgiebiger ich ihre Lippen musterte. Ich beugte mich näher zu ihr ... Wie von einer unsichtbaren Macht angezogen, der ich mich nicht mehr verwehren konnte.

»Willst du auch mein größtes Geheimnis wissen?«, fragte ich und überlegte mir, dass ich ihr etwas ganz anderes preisgeben würde, als eigentlich geplant.

Sie nickte und hielt den Atem an, rührte sich keinen Zentimeter wie das Reh in der Falle. Sanft strich ich mit meiner Nase über ihre Wange, sog ihren Geruch nach

Erdbeeren, nach roten Rosen und Sommer ein, diesen Geruch, der mich noch härter machte.

»Ich frage mich schon seit ein paar Tagen, wie es wäre, dich zu küssen«, wisperte ich peinlich heiser, und … sie … was tat sie? Sie zuckte nicht etwa zurück, oh nein. Sie machte ein kleines, total sexy Geräusch, zwischen einem Luftholen und Seufzen. Dann bewegte sie ein wenig ihren Kopf, sodass meine Lippen fast an ihrem Mundwinkel waren … kleine elektrische Stöße gingen von ihrer Haut auf mich über, alles kribbelte und knisterte mit einem Mal.

Ich spürte ihren Atem über mein Gesicht streichen, als sie mutig, wie sie sein konnte, wisperte: »Dann tu's doch!«

Damit sog sie mir völlig den Boden unter den Füßen weg!

Heilige Scheiße! Ich war mit einem Mal überfordert, da war nur noch ein einziger wild schreiender Gedanke in mir.

KÜSS SIE!

LOS!

JETZT!

SOFORT!

Doch ich rührte mich nicht. Denn ganz im Ernst – ich musste mich zusammenreißen, durfte diesem wilden Treiben in mir nicht nachgeben, durfte sie nicht überrumpeln.

Alle.

Aber nicht sie …

Nicht Hailey White.

Ich hielt so lange still, bis sie den Kopf noch ein wenig drehte und mir keine Wahl ließ … bis sie mit ihren Lippen meine berührte. Ganz zart.

Fuck …

Geschlagen schloss ich die Augen und strich mit meinen Lippen probeweise über ihre, woraufhin wir beide absolut synchron scharf den Atem einsogen. Der Drang war zu groß, ich konnte nicht widerstehen … aber ich konnte auch nicht hart zu ihr sein. Mich ungestüm meinen Trieben hingeben … Nein, ich musste sie sanft behandeln, wie eine trockene Rose, deren Blütenblätter drohen bei einer falschen Berührung herab zu segeln.

Aber …

Ihre Lippen, heilige Scheiße, ihre Lippen waren der absolute Hammer! Absolut unglaublich. So zart … seidig …

Sie seufzte in meinen Mund und ihr Atem strömte zwischen meine halbgeöffneten Lippen und dann … ganz, ganz zaghaft drängte sie ihre Lippen auf meine … drückte sie fester darauf, und die Berührung schoss geradewegs in meinen Schwanz. Sofort stellte ich mir vor, wie sie auf diese Art meine Eichel küsste.

Mit entkam ein Stöhnen. Ich konnte es einfach nicht zurückhalten, so viel Courage hätte ich ihr nicht zugetraut. Kaum angefangen, war es schon wieder vorbei, als sie zurückwich und meine Lider wieder aufflogen. Ich hatte mich nicht gerührt, war wie versteinert, und so starrte ich sie jetzt auch an. Der Atem schnell, die Augen glühend, die Wangen gerötet betrachtete sie mich absolut offen – und ich sie. Ich schaute bis auf den Grund ihrer Seele – und was ich sah, zog mir förmlich den Boden unter den Füßen weg. Ließ die Welt sich in die andere Richtung drehen, stellte alles auf den Kopf.

Noch nie hatte mich irgendjemand so angeschaut wie sie.

Noch nie hatte das Herz in meiner Brust von so einer kleinen Berührung so schnell gerast.

Noch niemals hatte mich irgendwas so sehr entwaffnet wie dieser kleine ... fast schon keusche aber doch so verführerische Kuss.

Noch niemals war irgendjemand für mich so schön gewesen wie Hailey White in diesem Moment.

Und in diesem Moment wusste ich es, fühlte es tief in mir.

Jetzt, da ich einmal von ihr gekostet hatte, sie einmal so nah an mich rangelassen hatte, wollte ich mehr. Ich wollte alles!

Aber sie war nicht wie andere Frauen.

Sie war so viel mehr ...

Sie könnte alles für mich sein.

14. Wieso Sexträume peinlich sind

Hailey

Natürlich ließ ich mich nicht von ihm nach Hause fahren – denn ganz im Ernst, ich war noch total durch den Wind. Ich konnte nicht glauben, was vorhin im Park auf dieser Bank unter der Weide passiert war!

Er hatte mich geküsst.

Oder ich ihn … wie auch immer.

Auf jeden Fall hatte er mich nicht von sich gestoßen, ich hatte das alles beendet, als mir aufgefallen war, wie gottlos ich mich gerade aufführte. Einfach einen Jungen zu küssen, das ging gar nicht! Was war nur in mich gefahren und dann nicht noch irgendeinen Jungen, sondern DEN Jungen schlechthin, Saint Conroy!

Was war nur los mit mir?

Doch egal, wie sehr ich es den Weg nach Hause auch

versuchte, ich konnte es nicht bereuen, ich wollte es nicht ungeschehen machen. Denn ich flog förmlich auf Wolken dahin. Das, was ich mir schon so lange gewünscht hatte, war passiert, und das nur ... weil ja wieso eigentlich? Wegen meines kleinen Ausbruchs? Ich wusste es nicht, aber ich war so unglaublich glücklich, dass ich vor mich hin trällerte, als ich reinkam – was echt nicht gut war, aber ich hatte Glück und mein Vater registrierte es gar nicht. Er saß blicklos am Küchentisch und starrte aus dem Fenster, auf den verdorrten Rasen und die braunen Rosensträucher davor.

»Hallo Vater ...« Das hörte er auch nicht. Erst als ich es wiederholte, riss ich ihn aus seiner Welt und er grüßte mich abwesend. Er war nicht gut drauf, das merkte ich sofort, und bevor er anfangen konnte, mich zu drangsalieren, machte ich mich auf in mein Zimmer. Es war schließlich schon spät und ich hatte echt keinen Hunger – ein Bauch war schon voller Schmetterlinge!

***

An diesem Abend ließ ich mein Handy aus, weil ich morgen eine wichtige Arbeit hatte und meinen Schlaf dringend brauchte. Es reichte schon, dass mein Körper völlig verrücktspielte, wenn ich auch nur an seine Lippen auf meinen dachte. Und es wäre sicher noch schlimmer geworden, wenn er mir wieder geschrieben oder noch schlimmer, mir ein Foto von sich geschickt hätte. Dann hätte ich die Nacht sicher kein Auge zugemacht, hätte nur wach wie eine Eule in der

Dunkelheit gelegen und hätte raus zum halbrunden Mond geschaut – der, wie so oft, von keiner einzigen Wolke verdeckt wurde. Was fuhr nur immer wieder in mich, wenn ich mit Saint zu tun hatte? So wie ich mit ihm umging, kannte ich mich gar nicht ... so ... so ungezogen und wütend. Ich hatte ihn heute Nachmittag im Heim ja regelrecht angeblafft, außerdem war er wegen mir von der Polizei mitgenommen worden! Egal, was ich heute Nachmittag auch gesagt hatte, um ihn zu entlasten, sie hatten mir nicht geglaubt, hatten es regelrecht auf ihn abgesehen. Ich hatte nichts tun können, um ihm zu helfen, also war ich geradewegs ins Heim gefahren, wo ich dreimal die Woche ehrenamtlich aushalf. Hier war ich schon als Kind immer mit meiner Mutter gewesen, denn früher einmal hatte sie das Heim mit viel Einsatz und Liebe geleitet. Keiner der Bewohner von damals lebte noch, aber ich hielt mich trotzdem gern hier auf. Niemand hätte das verstanden, wenn ich das zu irgendwem gesagt hätte. Heime, ganz besonders Altenheime, hatten nicht gerade einen tollen Ruf und rangierten auf der Hassskala vielleicht sogar vor Krankenhäusern. Aber ich mochte es, mich hier aufzuhalten, mit den Omas und Opas zu reden, mich ein wenig um sie zu kümmern, ihnen das bisschen, was von ihrem Leben noch übrig war, so angenehm wie möglich zu machen. Und das nicht, weil mein Vater mir ständig predigte, dass man Alte respektieren und Demut vor ihnen empfinden sollte, sondern, weil sie es meiner Meinung einfach verdient hatten. Und weil ich mich hier meiner Mutter nahe fühlte. Außerdem wurde ich nicht verurteilt, ich wurde so akzeptiert, wie ich war ... Oft wurden die Menschen hierher abgeschoben, förmlich zum Sterben abgeparkt und von allen vergessen, um die sie sich ein Leben lang gekümmert hatten. Es tat mir im Herzen weh, diese Einsamkeit mitzuerleben ... Gott sei Dank gab es aber Schwestern wie Schwester Dolores, die zu ihren Patienten innigere Verhältnisse hatte, als diese zu ihren eigenen Kindern. Oder Amber, die gerade erst aus der Ausbildung gekommen war, aber ein Herz aus Gold hatte, oder Andrea, die Älteste hier, die sich um jeden einzelnen Patienten bemühte und sich Zeit für ihn nahm. Es war keineswegs so, wie es in den Medien und von Unwissenden oft dargestellt wurde. Ein kalter Ort, an dem nur Fließbandarbeit betrieben und auf die Menschen keine Rücksicht genommen wurde. Ich fühlte mich in diesem Haus wohl, und auch die Schwestern – die ich alle in mein Herz geschlossen hatte – hatten mich gern und betrachteten mich nicht als Störenfried oder Belastung. Es war sowas wie meine ganz spezielle Mission, Liebe unter die Menschen zu bringen, denn Hass und Gewalt gab es schon genug auf dieser Welt! Und keiner – nicht einmal Saint Conroy – hätte mich jemals davon abhalten können. Oh ja ... Mit einem Lächeln auf den von ihm geküssten Lippen schlief ich ein ... konnte es nicht erwarten, ihn morgen zu sehen und überlegte mir, dass seine ehrlichen Worte belohnt werden sollten. Dass ich ihm helfen sollte ... Denn wenn er auf die Militärschule kam, würde ich ihn wahrscheinlich nie wieder sehen – und das ging mal gar nicht!

*** *

Ich war in der Kirche, wie so oft. Es roch nach Weihrauch, kaltem Stein und altem Holz, nach einer Mischung, die mich schon immer total beruhigt hatte. Ich kniete vor dem Altar und betete ... betete für all die Menschen, die niemand anderen hatten, für all die Menschen, denen es schlecht ging. Für all die Menschen, die keine Hoffnung hatten ...

Ich war so in mein Gebet versunken, dass ich gar nicht merkte, dass noch jemand in die Kirche getreten war. Erst, als er vor mich trat und eine weiße Leinenhose und nackte Füße sich in mein Sichtfeld schoben, merkte ich, dass ich nicht allein war.

»Hi Kleines ...«, hauchte er mit dieser Stimme, die komische Dinge in meinem Höschen anstellte. Ich schaute an seinen Beinen hoch, die in einer untypischen weißen Hose steckten, und sog scharf den Atem ein, als ich bei seinem Oberkörper ankam. Denn der war nackt, und Muskeln leuchteten an genau den richtigen Stellen. Ja, sie leuchteten, der ganze wunderschöne Mann schien von innen golden zu strahlen ... wie ... wie ein Gott.

»Saint ... was willst du hier?«, fragte ich stirnrunzelnd und mit leiser Stimme. Er grinste dieses hübsche ablenkende Grinsen. Mit einem Mal zog er mich hoch und wirbelte mich herum ... mit dem Gesicht voran an den Altar. Er drängte seinen warmen, leuchtenden Körper an mich ... ich fühlte etwas Hartes an meinem Steißbein und seine Nase fuhr über meine Schläfe.

»Ich will dich, Hailey!«, knurrte er in mein Ohr, die muskulösen Arme rechts und links von mir abgestützt. Erst jetzt, als er mit einer Hand an meinen Bauch fasste, merkte ich, dass ich nichts *weiter trug, als ein weißes Kleid, das perfekt zu seiner Hose passte. »Ich will all die versauten Sachen mit dir machen, die ich mit den anderen Mädchen gemacht habe«, raunte er in mein Ohr, und ich erschauerte, konnte seine große Hand nicht aufhalten, die immer weiter nach unten glitt. Richtung Süden. Richtung verbotene Zone – aber ich konnte ihn nicht aufhalten – ich* wollte *ihn nicht aufhalten. Niemals! So kniff ich nur die Augen zusammen und ballte die Hände auf dem kalten Marmor des Altars zu Fäusten, schaute nicht nach vorn zu dem goldenen Kreuz, versuchte, nicht daran zu denken, was er hier mit mir tat und wie verboten es war ...*

»Sag mir, dass du mich auch willst!« Seine schönen Finger waren mit einem Mal am Bund meines einfachen Höschens, er schob seine Fingerspitzen ein wenig hinein, und mein Unterleib zog sich ruckartig zusammen. Mein Höschen wurde *total feucht, es pochte heiß zwischen meinen Beinen, ich konnte nicht denken, nur noch fühlen ... Meine Kehle war zu trocken zum Sprechen. »Sag es, Hailey ... Sag mir, dass du mich willst!«, lullte er mich weiter ein, mit dieser verboten betörenden Stimme, seine Finger fuhren Zentimeter weiter nach unten, zu diesem einen Punkt, der am allermeisten pochte. Meine Knie wurden weich, alles in mir schien sich zu öffnen, schien nach ihm zu schreien, nach ihm zu lechzen ...*

»Ich will dich, Saint, bitte!«, keuchte ich mit einem Mal, *und er ließ seine Hand mit einem tiefen Stöhnen direkt zwischen meine Beine gleiten ... rieb zärtlich über diesen einen pochenden Punkt.*

»Ich wusste es schon seit dem ersten Moment ... ich werde dein Erster sein ... und dein Letzter.«

»Ja ...« Ich warf meinen Kopf zurück, an seine Schulter ... während er sein Becken und seine Härte langsam an mir rieb.

»Ich werde dich in ungeahnte Höhen treiben, dich Dinge fühlen lassen, die du nie für möglich gehalten hättest und die du nie wieder vergessen wirst ... *Willst du das, Kleines?*«

»JA ...« Alles in mir pochte, vibrierte förmlich ... ich wollte ihn so sehr, ich brauchte ihn ...

»Du gehörst mir! Sag es!« Er überflutete meinen Hals mit zarten Küssen und Bissen, und ich erschauerte.

»Ich gehöre dir!«, hörte ich mich selbst stöhnen und schaute dabei auf das gegenüberliegende Kreuz. Es war mir egal! Gott sollte von mir denken, was er wollte! Ich gehörte Saint Conroy!

»Oh ja, das tust du, Hailey White!« Damit schob er zwei lange Finger tief in mich ... und ich zersprang in lauter kleine Einzelteile. Meine Muskeln zogen sich heftig zusammen und kontrahierten ... Mein gesamter Körper erbebte, während ich seinen Namen rief ...

So wachte ich auf ...

Und merkte, dass mein gesamtes Höschen tatsächlich völlig überflutet war und dass ich gerade mitten im Schlaf ... einen Orgasmus gehabt hatte. Genau davon war ich wach geworden. Es musste ein Orgasmus gewesen sein, so etwas hatte ich davor noch nie erlebt!

Immer noch völlig atemlos zog ich die Decke zwischen meinen Beinen weg, an der ich mich wahrscheinlich gerieben hatte und schloss die Lider, fühlte den Schweiß auf meiner Stirn und immer noch das leichte Beben meiner Muskeln und waren sie noch so tief in meinem Inneren …

Oh mein Gott!

15. Wieso Matschauge kein Matschauge mehr ist

Am nächsten Morgen schaute ich wieder schon von Weitem zu, wie er im strahlenden Sonnenschein auf den Parkplatz fuhr. Aber diesmal nicht mit seinem Höllengefährt, sondern mit einem schwarzen Wagen, mit lautem röhrendem Motor und blank poliertem Lack. Natürlich fuhr er ein Auto, das wie er war – schnittig, schnell und stark. Allein als ich ihm beim Aussteigen zusah, schlug mein Herz schneller und meine Hände wurden feucht.

Sofort fühlte ich wieder seine Lippen auf meinen. Es kribbelte bei der Erinnerung, vor allem, wenn ich dann auch noch an meinen ersten Traumorgasmus zurückdachte … Oh nein, daran durfte ich jetzt echt nicht denken, sonst hätte ich keinen Mut für das Folgende. Ich schulterte meine Schultasche und ging auf ihn zu, einfach über den Parkplatz an den anderen Schülern vorbei … Immer einen Schritt vor den anderen machend – bloß nicht stolpernd, das Ziel immer vor Augen.

Er sah mich schon von Weitem, lehnte sich an sein Auto und zündete sich eine Zigarette an.

Eine verwegene Strähne hing ihm in die Stirn und machte ihn noch schöner ... als ob das möglich wäre. Er grinste, wie er immer grinste – ein bisschen spöttisch und überheblich und sehr dreckig, schob eine Hand in seine Hosentasche und grüßte mich mit leiser sanfter Stimme, als ich vor ihm stehen blieb. Wieder mal fiel mir auf, wie groß er war – und schön ... so unsagbar ... schön.

»Morgen, Kleines ...« Ich starrte ihn an, er verdrehte die Augen, mit den Händen in den Hosentaschen beugte er sich vor und pustete mir ins Ohr. OH! Das riss mich aus meiner Starre, mit einem kleinen Kichern wich ich etwas vor ihm zurück. Auch er lächelte jetzt ehrlich und freundlich und hatte einen warmen Glanz in den Augen, als er raunte: »Hast du gut geschlafen?«

Natürlich wurde ich sofort knallrot und fühlte mich ertappt. Gott! Ich nickte schuldbewusst, schaute auf meine Füße, die in weißen Turnschuhen steckten, wusste nicht, ob ich den Mut dazu hätte, aber dann fiel mir ein, was passieren würde, wenn ich ihm nicht half. Dass ich ihn nie wieder sehen würde, und so straffte ich meine Schulter und mein Kinn ruckte hoch. Sein Blick ging mir unter die Haut, er war ... so intensiv. »Ich werde dir helfen!«, sagte ich fest.

Ganz kurz sah ich etwas, wie echte ... Verwunderung in seinen hübschen Augen aufflackern, dann grinste er schief. »Und was willst du dafür, Babe?«

»Gar nichts!«, blaffte ich ihn fast an, viel zu laut und aggressiv.

Jetzt war die Verwunderung wieder da. »Gar nichts?«

»Nein, ich will gar nichts von dir!« Und das meinte ich ernst! »Ich tue das nicht, weil ich eine Gegenleistung verlange, ich tue das …« *Weil ich den Gedanken nicht ertragen kann, dich nie wieder zu sehen* »… einfach, weil ich helfen will.«

»Okay«, sagte er irgendwie auf der Hut. Er war es wohl nicht gewöhnt, dass man etwas für ihn tat, ohne etwas dafür zu verlangen. Ob offensichtlich oder unterschwellig. Und ich war ein böser Mensch, denn ich verschwieg, dass ich ja irgendwie doch eigennützig handelte, schließlich tat ich das nur, weil ich von seiner Nähe nicht genug bekam.

»Also … Wenn du willst … dann … können wir uns heute nach der Schule mal unterhalten …«, murmelte ich, ohne ihn anzusehen, schaute wieder auf meine Füße und kickte ein Steinchen weg.

»Hailey …« Wie er meinen Namen sagte, ließ Gänsehaut über meinen Nacken perlen … und mich fast sichtbar erschauern.

»Hmm …«

Sein Zeigefinger legte sich hauchzart unter mein Kinn und seine Augen strahlten, als ich in sie sah.

»Danke«, sagte er und ich wusste, dass er es ernst meinte.

***

Saint

Das mit der Wahrheit hatte ja perfekt geklappt, also entschied ich mich dazu, erst mal bei dieser zu bleiben. Soweit mir das eben möglich war. Ich konnte jede Frau innerhalb von fünf Minuten zum Orgasmus bringen, ich konnte ihr einen unvergleichlichen Kick bescheren, den sie ihr ganzes Leben lang nicht vergessen und unentwegt bei irgendwelchen Männern suchen, es bei ihnen aber nicht bekommen würde. Weil sie nicht ich wären. Ich konnte jedes weibliche Wesen um den Verstand küssen, fingern oder ficken. Ich war Meister darin, Frauen in andere Sphären zu versetzen, mit ein wenig Charme, viel Versautheit, dem Mut, selbst die dreckigsten Fantasien auszuleben und Grenzen zu überschreiten, die jede Vorstellung sprengten. Aber was ich nicht gut konnte, war einfach nur ehrlich zu einer Frau sein. Mich durch ... Worte zu definieren, durch meinen wahren Charakter beliebt machen ... ohne Küsse oder heißes Gefummel oder mein gutes Aussehen.

Allerdings war mir mittlerweile klar, dass ich bei Hailey White – dieser kleinen schüchternen und doch so mutigen und verwegenen Pfarrerstochter – genau diesen Weg gehen musste, um an mein Ziel zu kommen. Denn sie war anders als alle anderen Frauen – ja anders als alle Menschen, die ich bis jetzt getroffen hatte. Sie war ... war ... etwas Besonderes, und es war an der Zeit, mich damit auseinanderzusetzen, dass vielleicht auch ich mehr von ihr wollte, als anfangs erwartet

… So viel mehr … Und dass sie mir so viel mehr geben könnte, als ich mir jemals geträumt hätte, von einem anderen Menschen zu bekommen.

Aber konnte ich ihr auch das geben, was sie brauchte, was sie verdiente? Oder war ich dafür einfach viel zu abgefuckt?

***

Hailey

Saint wartete nach der Schule wieder auf mich, und diesmal ließ ich mir von ihm einfach meine Schultasche abnehmen. Ich folgte ihm zwischen den teilweise immer noch glotzenden anderen hindurch zu seinem Auto, wo er mir die Beifahrertür aufhielt. Erst da stockte ich. Eigentlich hatte ich gedacht, wir würden uns irgendwo hier auf dem Schulgelände unterhalten – wo es … gefahrlos war.

»Keine Sorge … ich werde brav sein. Ich will dir nur etwas zeigen«, meinte er, als hätte er meine Gedanken gelesen. Ich schaute ihn an, in sein hübsches, nun so unschuldig wirkendes Gesicht, musste nicht lange überlegen, ob ich ihm traute oder nicht, denn ein kleiner Teil in mir der konnte gar nicht anders, als ihm zu trauen. Sonst hätte ich ihm auch niemals das große Geheimnis seiner Großmutter anvertraut. Aber ich wusste, er würde mich nicht enttäuschen. Wahnsinnig, aber wahr, denn eigentlich kannte ich ihn kaum.

Und so kam es, dass ich mich eines verboten heißen Tages in Saint Conroys Auto auf die weichen schwarzen Ledersitze setzte. Wow! Wie es hier roch. Das Auto war bis oben hin angefüllt mit seinem ganz speziellen Duft, der süchtig machen konnte, und ich konnte nicht anders, als leise zu lächeln, während er einstieg. Nancy ging direkt an uns vorbei und runzelte die Stirn, als sie sah, dass ich bei ihm im Auto saß. Von einem inneren bösen Dämon angetrieben oder so winkte ich ihr und musste grinsen, als sie angepisst die Augen verengte. Er schnalzte tadelnd mit der Zunge, sobald er eingestiegen war, den röhrenden Motor startete, sich an meiner Kopfstütze festhielt und mit einer geschmeidigen Bewegung rückwärts umdrehte, bevor er Gas gab und um die Kurve schoss.

»Du bist ein böses kleines Kätzchen, das bist du«, rief er mir zu.

Ich krallte mich in den Sitz, meine Haare flogen wild umher und ich brüllte: »OH MEIN GOOOOOOOOOOOOOOOOTT!« Er schoss auf die Hauptstraße, überholte einen Pick-up haarscharf und düste schon auf den Highway direkt neben der Schule. »SAINT!«

»Was denn? Das ist ein 1967 Mustang Shelby Eleanor, der muss ausgefahren werden«, meinte er locker, als würde er nicht rasen wie ein Selbstmordattentäter. Mich drückte es in den Sitz, als er das Gas sicherlich bis zum Boden trat und wir von 60 auf 100 schossen.

»Ich kotze dir gleich dein tolles Eleanor-Auto voll!«

Sofort nahm er seinen Fuß vom Gas und murmelte verhalten ... »Sorry ...«

Ich lehnte meinen Kopf gegen den Sitz, schloss die Augen und versuchte gegen die Übelkeit anzukämpfen. »Geht's?«, fragte er ehrlich besorgt, wahrscheinlich eher um sein teures Auto.

»Nein.«

»Leg den Kopf zwischen die Knie und atme durch! Sorry, Hailey, das wollte ich nicht …« Er klang ungewohnt kleinlaut und niedlich, ließ die Fenster runter, und die Frischluft half mir dabei, mich zu beherrschen … Außerdem fuhr er jetzt megalangsam auf der rechten Spur … und ich spürte seine Finger in meinem Nacken. Ich zuckte zusammen, wusste nicht, was ich tun sollte, entschied, aber erstmal, nichts zu tun, als er mich gefühlvoll massierte. »Es geht gleich vorbei, Hailey.« Also ganz im Ernst, er war gerade meilenweit von dem Saint entfernt, den er sonst gegenüber Nancy und Gefolge blicken ließ. Er war aufmerksam und süß und er sorgte sich um mich. Ich konnte es genau in seiner Stimme hören – und ich liebte, wie er meinen Namen aussprach.

»Saint …«, murmelte ich.

»Ja?«

»Wer bist du eigentlich?«, fragte ich das Erstbeste, was mir in den Sinn kam, und warf ihm einen kleinen Seitenblick zu. Er antwortete nicht, sondern starrte nur nach vorn, das Lenkrad umklammert, außerdem erfroren seine Finger kurz. Bevor er sanft weitermassierte, und oh mein Gott, dieser Mann hatte echt magische Finger!

»Manchmal weiß ich das selbst nicht«, murmelte er, als ich schon dachte, er würde nicht antworten, so leise, dass ich es kaum hören konnte.

»Mir kommt es manchmal so vor, als würdest du versuchen, dich vorzeitig ins Grab zu bringen«, nuschelte ich vor mich hin.

Doch er hatte mich gehört und lachte leise. »Ich kann Risiko schon gut einschätzen, glaub mir, Babe …«

»Wer das denkt, überschätzt sich, denn ein Risiko ist immer eine unkalkulierbare Variable!«

»Nicht, wenn man sich seine eigenen Stärken und auch Schwächen schonungslos ehrlich eingesteht.«

»Was sind deine Stärken?«

Er schenkte mir ein Fünfzighundert-Watt-Grinsen, das jedes Frauenherz höherschlagen ließ. »Liegt das nicht auf der Hand?« Leider zog er seine Hand zurück, ich vermisste seine Finger schon jetzt auf mir.

Ich konnte nicht anders, als die Augen zu verdrehen. »Und was sind deine Schwächen?«

»Da gibt es so ein Mädchen an meiner Schule, das ich einfach nicht einschätzen kann …« fing er mit einem Mal an, ohne mich anzusehen, und ich wurde knallrot. Meinte er etwa mich? Sicher nicht! Ich sollte nicht so überheblich sein.

»Und?«

»Ich kann sonst jeden einschätzen, weißt du. Meist reichen fünf Minuten Unterhaltung, und ich kann dir genau sagen, was für einen Typen Mensch ich vor mir habe und wie ich diesen handhaben muss …« Klang er da gerade echt wieder ernsthaft frustriert? Ich musste schmunzeln.

»Und?«

»Bei ihr habe ich keine Ahnung! Das eine Mal ist sie anschmiegsam wie ein kleines Kätzchen, das andere Mal faucht sie mich an wie ein wütender Tiger, und manchmal …«
Er beugte sich zu mir rüber und wisperte mir die letzten Worte vertraulich ins Ohr. »… manchmal, da greift sie mich sogar an!« Ich musste kichern, auch wenn es halb ein Stöhnen war, weil sein Pfefferminzatem mich streifte. »Ich glaube, sie könnte zu einer waschechten Schwäche mutieren. Meiner Achillesferse.« Ehrlich? So viel Bedeutung maß er mir bei?

Das … das schob diese ganze Geschichte auf ein völlig neues Level, das mich einige Sekunden atemlos machte, als ich versuchte, mit den neuesten Erkenntnissen mitzuhalten.

»Wieso interessiert dich denn, was irgendein Mädchen von dir hält?«, murmelte ich in meinen nicht vorhandenen Bart, zwanghaft von ihm wegsehend und mit knallroten Wangen sowie wild flatternden Schmetterlingen.

Ich fühlte seinen Blick auf meinem Seitenprofil, weil es förmlich kribbelte, da, wo sein Augenmerk mich streifte, und ich hielt den Atem an. Besonders, als er leise, fast schon heiser, sagte: »Seitdem ich sie geküsst habe, ist sie nicht mehr irgendein Mädchen – sondern meins.« Dann trat das Gas wieder durch, sodass der Motor aufröhrte und jegliches Gespräch unmöglich wurde.

16. Wieso Seen toll sind

Nein, ich musste nicht brechen, aber es war wirklich knapp. Saint hielt am Rand einiger tannengrüner Berge und den dichten duftenden Wäldern. Ich zog nur eine Augenbraue hoch, aber er grinste mich an, stieg aus und hielt mir die Tür auf. Ganz der Gentleman, den ich nie in ihm erwartet hätte.

Galant half er mir aus dem Wagen und verschränkte seine Finger mit meinen.

»Woh…«

»Shhhh!« Er legte mir einen Finger auf die Lippen, ging zum Kofferraum und holte einen großen Rucksack heraus. Den streifte er über seine Schulter und schlenderte mit meiner Hand in seiner drauflos. Pfeifend, und fröhlich … Ich konnte es nicht glauben, ich spazierte mit Saint Conroy Hand in Hand durch die Wälder. Und egal, was er mit mir vorhatte, ich würde es mitmachen. Okay, nicht alles, aber fast.

Ich war froh, dass ich weiße Turnschuhe anhatte, als wir einem kleinen, kaum ausgetretenen Weg in den Wald hineinfolgten und die Sonne Muster auf den Boden vor uns warf, wo sie durch das dichte Geäst durchkam. Immer tiefer gingen wir in den Wald, kletterten über Felsen, wobei er mir half, damit ich mir nicht sonstwas brach. Er hob mich sogar über einige umgefallene Bäume rüber. Einfach so! Immer, wenn er mich berührte, schlug mein Herz peinlich schnell, machte einen regelrechten Aufstand in meiner Brust. Ich fragte nicht, wohin wir gingen, weil ich wusste, dass er es mir sowieso nicht sagen würde. Also folgte ich ihm einfach – nichts war mir jemals leichter gefallen. Verträumt beobachtete ich seine große Gestalt in dem schwarzen engen Shirt, dem schwarzen Gürtel und der perfekt sitzenden gleichfarbigen Jeans. Er bewegte sich hier wie ein Fisch im Wasser, schien genau zu wissen, wohin es ging, und ich folgte ihm … tapsig wie ein neugeborenes Giraffenbaby.

Nur dank seiner führenden und stützenden Hand kamen wir schließlich nach sicherlich einer halben Stunde Fußmarsch heil an …

Schon von Weitem hörte ich das eindeutige Rauschen, und ich erschreckte mich nicht schlecht, als ich erkannte, dass mein nächster Schritt ins Leere gegangen wäre, denn es ging eine dunkelgraue Felswand steil bergab. Vorsichtig lugte ich nach vorn und mein Mund klappte auf, während ein frischer Wind in meine Haare fuhr und sie über meine Schultern wehte. Unter uns, eingebettet in den Wald, geschützt vor jeder Menschenseele, klar, rein und blaugrün schimmernd, lag ein fast schon perfekt runder Waldsee … der mich an Saints Augenfarbe erinnerte.

»WOW!«, wisperte ich, als wir nach unten guckten. Ein Stück von uns entfernt floss ein Bach und mündete in einem

Wasserfall, der laut rauschend auf das klare Wasser unter uns traf.

»Nicht wahr?« Saint grinste mich stolz an, als hätte er diesen See hier mit seinen eigenen zwei Händen ausgegraben.

Einfach so zog er sich sein Shirt über den Kopf, präsentierte mir seinen harten männlichen Körper, absolut schamlos. Ich schaute schnell zu Boden und fühlte wie die Hitze in meine Wangen schoss.

»Traust du dich?«, raunte er mir viel zu nah ins Ohr und ich warf ihm einen skeptischen Blick zu. Gerade öffnete er seinen Gürtel, und es sollte verboten werden, wie dabei die Muskeln an seinen braun gebrannten Armen spielten, es sollte verboten werden so schön zu sein! Ganz ehrlich. Schnell sah ich wieder weg und schüttelte den Kopf.

»Niemals!«

»Sag niemals nie, Hailey. Du könntest es irgendwann bereuen!«

»Das ganz sicher nicht, ich springe hier nicht runter!«

»Wieso nicht?«

»Weil es gefährlich ist!« Oh Gott, im Himmel seine Hose fiel zu Boden, und nun sah ich ihn wirklich nicht mehr an, kniff fest die Augen zusammen … hyperventilierte fast, so wie immer, wenn eine Situation mich überforderte.

»Hey …« Mit einem Mal war er mir ganz nah. »Sieh mich an!«

Ich schüttelte den Kopf und merkte erst jetzt, dass ich mich selbst mit meinen Armen umschlungen hatte. »Hailey, sieh mich an!« Ich öffnete die Augen, als könnte ich gar nicht anders, als ihm zu gehorchen, wenn seine sonst so warme weiche Stimme diesen einen bestimmten Tonfall annahm. Seine Augen glühten … und er ging ein bisschen in die Knie, damit er mit mir auf einer Augenhöhe war … »Du musst es nicht tun, wenn du es nicht willst. Ich werde dich niemals zu irgendwas zwingen«, versprach er mir, nahm meine Hand und drückte sie aufmunternd. Ich konnte ihn nur anstarren wie minderbemittelt.

Wieso? Wieso gab er sich so viel Mühe? Bei mir?

»Hast du mich verstanden? Antworte mir!«

Ich nickte.

Er lächelte so unsagbar süß und aufbauend.

»Gut! Und jetzt GEHEN wir da runter …« Somit zog er mich hinter sich her, den Rucksack mit seiner Kleidung bereits mit einem Riemen über seine Schulter geworfen.

Der Weg hinab war ziemlich steil, ich rutschte einmal aus und knallte gegen Saints nackten Rücken, doch er hielt zum Glück stand und wir überlebten … Kurz war ich seiner tätowierten Haut so nahe, diesem gruseligem Totenkopf mit den leeren Augen, aus denen Würmer und andere bunte Käfer über seinen gesamten Rücken krochen. Diese Tätowierung war genauso verheerend wie wunderschön gezeichnet. Ich schätzte jede Art von Kunst, selbst wenn sie den Tod beschönigte, und der Erschaffer dieses Werks musste ein begnadeter Künstler gewesen sein. Keine Ahnung, wie lange Saint für das Tattoo wohl gesessen hatte, aber mit ein paar Stunden war es nicht getan gewesen. Denn sein gesamter muskulöser Rücken war voll mit schwarzer Tinte … Was ihn in meinen Augen irgendwie noch schöner machte. Keine Ahnung wieso …

Nach guten zehn Minuten kamen wir lebend unten an, Saint grinste mich an und legte mir ein Handtuch auf einen von der Sonne gewärmten Stein.

»Bitteschön, Majestät.« Mit einer Hand immer noch in seine führte er mich dahin … und ich kicherte blöd. »Gehst du wenigstens mit mir schwimmen?«

Sofort schüttelte ich den Kopf, versuchte immer noch zu verdrängen, dass er nichts weiter als eine schwarze, verboten eng anliegende Boxershorts trug, die nichts, aber auch wirklich NICHTS der Fantasie überließ. Noch niemals war ich einem halb nackten Jungen so nah gewesen, und erst recht nicht ihm!

»Wieso nicht?«

»Ich habe keine Badesachen dabei …«

»Na und? Bade in Unterwäsche! Ist doch auch nichts anderes als ein Bikini!«

Oh Gott im Himmel!

»Nein!«, rief ich sofort, dann sprach ich leiser weiter … »Ich würde auch nicht in einem Bikini baden …«

»Aber wie badest du dann?«

»Gar nicht?«

»Wie gar nicht?«

»Na, ich gehe nie baden …«

»Wieso nicht?«, wollte er fordernd, wie er war, wissen und ich kaute auf meiner Unterlippe rum, druckste rum, wollte nicht so ehrlich zu ihm sein.

»Ich mag kein Baden.«

»Wieso?«

»Weil … weil ich … es nicht mag, wenn mich Menschen ansehen.« *Ganz besonders du!*

»Warum?«

»Saint …«, seufzte ich.

»Ja, Hailey?«

»Ich … ich … bin nicht so wie andere Mädchen.«

»Scheiße, du hast 'nen Schwanz!«

»Nein!« Jetzt musste ich lachen, besonders bei seinem schockierten Gesichtsausdruck. »Nein, ich bin kein Junge!«

»Gott sei Dank, meine Fresse, hast du mich erschreckt. Was ist dann dein Problem? Wieso bist du nicht wie andere Mädchen?« Er schaute mich mit schief gelegtem Kopf an – und zwar auf eine so durchdringende Art, die alles in mir kribbeln ließ. »Also, wenn ich das mal so sagen darf: An dir ist alles dran, was andere Mädchen auch haben. Arsch, Titten … und äh … Beine und Arme und so, keine Extragliedmaßen und auch nichts zu wenig. Ist doch alles perfekt!« Ich kicherte wieder, aber es klang ziemlich aufgeregt. Er hatte gesagt ICH! ICH WÄRE PERFEKT! Dass ich nicht lachte!

»Geh einfach ohne mich. Ich sitze hier und schaue dir zu!«

»Nein!« Er schmollte mich an, und er war wunderbar dabei.

»Wieso nicht?« Ich lachte ihn an, er war einfach zu schön, das alles mit ihm war einfach zu schön. Immer noch wartete ich auf den Moment, in dem ich aufwachen und merken würde, dass alles nur ein schöner Traum gewesen war.

»Ich will mit dir baden gehen!« Er schmollte immer noch, und ich verdrehte die Augen.

»Gut, aber ich lasse mein T-Shirt an!«

»Wenn es unbedingt sein muss …«, brummte er.

»Ja, muss es!«

»Okay!« Er schaute mich mit vor der Brust verschränkten Armen an. Ich rührte mich nicht.

»Was?«

»Kannst du dich bitte umdrehen?«

Er verdrehte nun die Augen … »Weißt du was, ich gehe schon mal rein, und wenn du soweit bist, dann kommst du mir hinterher, okay?«

»Okay …«

»Aber lass mich nicht zu lange warten!« Damit drehte er sich um … stützte sich mit seinen Beinen fest ab und machte direkt von dem kleinen Felsvorsprung, auf dem wir standen, einen Salto ins Wasser.

Angeber!

17. Wieso ich diesen Lippen nicht widerstehen kann

Saint

Ich lag auf dem Rücken – wie so oft in der Mitte des Sees – und ließ mich einfach vor mich hin treiben. Unter mir war das wunderbar angenehme kühle Wasser, über mir schien die Sonne heiß auf mich herab. Um mich herum zwitscherten die Vögel, ein Wind strich ab und zu über meinen Körper. Ansonsten war es ruhig, bis auf das Rauschen des Windes in den Blättern der umliegenden Bäume. Man hörte nichts Menschliches – keine Stimmen, keine Autos, keine Rasenmäher. Das hier war für mich die Perfektion. Hier hätte ich mein gesamtes Leben verbringen können und wäre glücklich gewesen, und hierher zog es mich auch immer, wenn es mir zu viel wurde. Der Trubel in meinem Leben und um meine Person. Dies war mein Heiligtum. Mein Ort der Entspannung. Und ich hatte ihn ihr unbedingt zeigen wollen.

Mein Badezeug hatte ich immer dabei – es war ein spontaner Einfall gewesen, den ich heute in der Schule gehabt hatte. Noch nie war irgendjemand mit mir hier gewesen – außer Sam. Ich wollte noch nicht darüber nachdenken, was es bedeutete, dass ich sie einfach so mit hierher genommen hatte. Nur so viel: Bei ihr schienen alle Regeln, die mein Leben sonst bestimmt hatten, außer Kraft gesetzt – und ich war dagegen machtlos. Sie war meine größte Schwäche und Stärke in einem.

Wann war das geschehen?

Und wie?

Und wollte ich überhaupt irgendwas dagegen tun?

Sollte ich was dagegen tun?

Es dauerte ewig, bis sie sich ins Wasser traute … und ich ließ ihr diese Zeit, obwohl Geduld sonst ganz sicher nicht zu meinen Tugenden gehörte. Sie war nicht so wie andere Frauen … die sich mir an den Hals warfen und sich für so unwiderstehlich hielten, sie hatte recht. Nicht so wie Nancy, Lea oder wie sonst jemand in dieser Stadt. Sie war eben … schüchtern.

Sie war besonders …

Irgendwann sagte mir ein eindeutiger Schrei … und ein darauffolgendes Platschen, dass sie es doch gewagt hatte. Erschrocken fuhr ich auf und sah gerade noch, wie sie prustend hochkam. Sie war ausgerutscht, natürlich.

»Alles okay?«, fragte ich und versuchte nicht zu lachen, als sie wütend zu den bösen rutschigen Steinen zurückschaute.

»Ja …«, stammelte sie und paddelte vor sich hin, die Lippen feucht, genauso wie die Haare, die nun fast schwarz wirkten und an ihrem Kopf klebten.

»Wirklich?«

»Ja …«

»Aber du solltest aufpassen, hier gibt es Piranhas.« Ich konnte nicht anders. Sie war einfach zu süß …

»WAS?«, brüllte sie und machte einen Satz zu mir. »Oh Gott, oh Gott, oh Gott!«, schrie sie und klammerte sich mit einem Mal mit Armen und Beinen an mir fest … Ich wusste nicht, wie mir geschah. Ehrlich. Noch nie war sie mir so nah gekommen und noch nie hatte sie dabei so wenig angehabt und überhaupt … wieso schlug mein Drecksherz mit einem Mal so schnell? Von dem Stand in meiner Hose muss ich ja wohl gar nicht anfangen. Automatisch umschlang ich sie mit beiden Armen und hielt sie leise lachend fest.

»Das war nur ein Witz, Hailey, alles gut … Das einzige Raubtier, was dir hier gefährlich werden könnte, bin ich und sonst nichts, denn ich teile meine Beute nicht und verteidige sie bis aufs Blut.« Meine Stimme klang unsagbar kehlig und brachte sie dazu, in mein Gesicht und nicht mehr panisch in das Wasser um uns herum zu sehen. Der Atem stockte in meiner Kehle. Verdammt … Verdammt hoch zehn. Wieso war mir eigentlich nie aufgefallen, wie hübsch sie war? Wie groß und ausdrucksstark ihre Augen, wie perfekt ihre Wangenknochen und wie unsagbar sinnlich Mund. Ernsthaft!

Ich wollte sie küssen …

Nichts weiter …

Ehrlich! Nur küssen!

Aber das würde ich nicht tun, nicht, wenn sie nicht den ersten Schritt machte. Ich würde sie immer den ersten Schritt machen lassen. Keine Ahnung, wieso, aber das schwor ich mir in diesem Moment.

Wir schauten uns an, und mir war klar, dass sie sich meines Körpers nun allzu bewusst wurde, vor allem, was in meiner Hose vorging. Als sie das spürte, wurden ihre Augen noch größer und die waren sowieso schon so groß, ihre Wangen wurden tomatenrot, und sie schob sich mit einem Keuchen von mir weg.

Scheiße …

Wie peinlich, Conroy! Reiß dich zusammen!

»Du kannst aber schwimmen?«, fragte ich sie, um die Spannung zwischen uns zu lockern. Sie schnaubte und machte ein paar feste Züge in Richtung Wasserfall, schaute mich nicht an und war ganz … verwirrt. Genau wie ich. Ich atmete tief durch, versuchte, mich zu beruhigen und folgte ihr …

***

Hailey

Ich war immer noch ganz durcheinander, als ich Saint direkt unter dem prasselnden Wasserfall hindurch folgte und wir uns in einer kleinen Einbuchtung im Stein befanden. Es war nicht direkt eine Höhle. Aber man konnte hier sitzen, von dem laut rauschenden Wasser vom Rest der Welt abgeschirmt, und es war so viel Platz, dass man sich sogar hätte hinlegen können. Dieser Ort hatte irgendwie was Magisches an sich … schien direkt aus den Büchern zu kommen, die ich in meiner Freizeit verschlang. Über Fabelwesen, fremde Welten und wunderschöne magische Krieger … Nicht umsonst sahen sie in meiner Fantasie irgendwie alle aus wie Saint Conroy … Umso aufwühlender, dass mein ganz persönlicher wunderschöne Krieger hier mit mir war.

Während ich atemlos vom Schwimmen – und seiner Nähe – auf dem Stein saß und die Füße ins Wassers baumeln ließ, genau wie er … traute ich mich und warf ihm einen kleinen Seitenblick zu.

Er war einfach nur perfekt gebaut. Seine Brust war klar definiert, es befanden sich ein paar dunkle Haare drauf, aber nicht zu viele, sein Bauch war flach, die Muskeln dort nur leicht sichtbar, was mir mehr gefiel, als die Abbildungen vor dem Fitnessstudio der Stadt. Saint war nicht gedrungen und massig. Er war athletisch und geschmeidig gebaut wie eine Katze. Ein feiner Streifen dunkler Haare führte in seine tief sitzende schwarze Shorts. Da er sich nach hinten auf seine Arme lehnte und die Beine leicht gespreizt hatte, hatte ich einen perfekten Ausblick auf … auf seine Hose und … wie gut die ausgefüllt war. Ich schluckte, schaute schnell weg, in die entgegengesetzte Richtung und kniff die Augen fest zusammen … fühlte ihn wieder wie vorhin, als ich mich an ihn geklammert hatte und er … direkt an meinem Schenkel auf einmal größer und härter geworden war …

OH GOTT!

WAS TAT ICH HIER EIGENTLICH?

»Hailey ...«, wisperte er mir ins Ohr und strich mir die feuchten, schweren Haare über eine Schulter zurück. »Du darfst mich ansehen, weißt du, das ist keine Sünde.«

Oh doch! Saint Conroy war die zu fleischgewordene Sünde! Allein sein Anblick brachte einen dazu, dass man sich all diese verbotenen Dinge vorstellte, die er mit einer kleinen Pfarrerstocher machen könnte. Und er wusste es! Er wusste es ganz genau! Seine Lippen glitten hauchzart über meinen Hals. Ich erschauerte und kniff die Augen noch fester zusammen, schüttelte den Kopf. Gleichzeitig beugte ich ihn instinktiv ein wenig zur Seite, damit er mehr Platz hatte. Er lachte leise, direkt in mein Ohr. »Wieso nicht?«, hauchte er und machte alles noch schlimmer.

»Das ... das ziemt sich nicht.«

Nein, er lachte mich nicht aus, so wie ich angenommen hatte, er fragte einfach nur.

»Gefällt dir, was du gesehen hast?«

Ich nickte und kaute auf meiner Unterlippe rum ...

»Willst du mich mal anfassen?« Ich traute mich nicht, zu antworten, sondern verbrannte fast ... »Du bist achtzehn, ich bin achtzehn und du darfst tun, was auch immer du mit mir tun willst. Ich bin gern dein Testobjekt.«

Jetzt schaute ich ihn doch an, und sein Gesicht war nach wie vor näher, als ich gedacht hatte. Sein Grün strahlte mich so intensiv an, wie ein funkelnder Edelstein.

»Ehrlich?«

Er nickte und sah mich ernsthaft an, schien nicht zu atmen.

»Ich …« Ich traute mich kaum, aber überwand mich und sagte es doch … »Ich würde dich gern küssen!« Das war der dominierende Gedanke, der praktisch ständig in meinem Kopf rumspukte. Ihn nur einmal wieder küssen, aber diesmal richtig …

»Dann tu es!«, wisperte er, unsere Gesichter nur Millimeter entfernt, also auch unsere Münder. Ich müsste nur mein Gesicht etwas beugen, und ein wenig nach vorn gehen, ich müsste nur irgendwo meinen Mut finden und das tun, was ich wollte, seitdem ich ein kleines Mädchen war … »Wenn du etwas willst, dann warte nicht auf später oder morgen oder den passenden Moment. Tu es gleich, denn ein Später wird es vielleicht nie geben«, raunte er, rührte sich aber nicht, überließ mir diesen Schritt, diese Entscheidung. Und das war auch der Grund, wieso ich mich letztendlich traute.

Ganz zaghaft, ohne seinen Blick loszulassen, ging ich nach vorn, beugte etwas meinen Kopf und drückte meine Lippen auf seine. In dem Moment musste ich die Augen einfach schließen, denn ich wollte mich nur darauf konzentrieren, was ich empfand. Ich wollte jedes noch so kleine Detail absorbieren.

Sein weicher warmer Mund, sein Atem, wie er die Lippen für mich öffnete.

OH mein Gott! War das schön! Ich bewegte meine Lippen etwas auf seinen … ganz zaghaft und vorsichtig, rieb mit meinem Mund über seinen, sog jede einzelne Faser von ihm in mich auf … und zuckte erschrocken zurück, als seine Zunge mit einem Mal meine Zunge anstupste.

Ich sah ihn keuchend an, seine Augen brannten und waren so dunkel wie damals in der Kirche, als Samantha das eine mit ihm gemacht hatte. Genauso wie damals sah er mich jetzt an, ich wusste nicht, was an seinem Blick mich so … aufwühlte und gleichzeitig berauschte. Es sah aus, als könnte er sich kaum beherrschen, und es … es machte wieder diese Sache zwischen meinen Beinen. Es pochte heiß und ich rieb die Schenkel aneinander.

Er hob eine scharf geschnittene Augenbraue.

»War's das?«

Er hatte noch nicht mal zu Ende gesprochen, da hatte ich mich schon wieder auf ihn gestürzt und küsste ihn noch mal.

Diesmal … richtig …

18. Wieso Äußeres täuscht

Saint

Hatte sie auch nur den Hauch einer Ahnung, was sie mir antat? Ja, klar sie hatte ihr T-Shirt angelassen, was ja wirklich lobenswert war und so … Aber das war WEISS!!!! WEISS!!! Und sie trug keinen BH, hatte sie bei diesen straffen Brüsten auch gar nicht nötig! Und ihre Brustwarzen waren braun und genau an der richtigen Stelle, das Shirt ließ meiner Fantasie wirklich überhaupt keinen Platz für irgendwelche falschen Vorstellungen! Und sie ging auch noch mir voraus aus dem Wasser, als wir unter dem Wasserfall waren, und tja, da war ihr Hintern in dem weißen Baumwollhöschen praktisch direkt vor meinem Gesicht. Und der war echt BÄHM, der haute mich fast um. Straff schmiegte sich perfekte Haut über zwei pralle Arschbacken – direkt vor meiner Nase! Ich musste noch ein paar Minuten länger im Wasser bleiben und so tun, als würde ich einfach vor mich hinschwimmen – und sie bloß nicht mehr anschauen – weil sie sonst meinen Riesenständer bemerkt hätte und sicher schreiend davongelaufen wäre, und jetzt ...

Jetzt hielt ich mich sowieso schon die ganze Zeit mit eiserner Selbstbeherrschung zurück, um sie nicht zu überfallen, nach diesem kleinen süßen Kuss, der nicht mal ansatzweise das war, was ich eigentlich wollte, und was tat sie? Sie stürzte sich auf mich. Überfiel mich mit ihren Lippen und strich jetzt mit ihrer kecken Zungenspitze über meine ...

Mein Ständer begann fast schmerzhaft zu pochen. Sie stöhnte auch noch total hingebungsvoll in meinen Mund, bewegte ihre Lippen auf mir und strich mit ihrer Zunge inniger über meine. Neckte mich, reizte mich bis aufs Blut – ohne auch nur zu ahnen, was sie überhaupt tat. Das war ja das Schlimme!

Es kostete mich alles, sie nicht einfach zurückzudrücken, mich über sie zu beugen und das zu tun, was ich unbedingt tun wollte.

Ich wollte ihr Shirt endlich hochschieben und ihre Brüste ausgiebig erkunden. Ich wollte meinen Schwanz zwischen ihren Beinen reiben, einfach ihr Höschen zur Seite schieben und mich in sie drücken, während ich sie besinnungslos küsste und ihre Arme rechts und links auf den Stein presste. Ich wollte ihren Schrei von den Lippen küssen und sie ficken ... bis sie mindestens einmal kam. Und dann wollte ich sie umdrehen und von hinten in ihre kommende Pussy pumpen, ihren wunderbaren Arsch betrachten, vielleicht ein paar Klapser drauf verteilen, bis ich auch kommen würde ... Und das wäre erst die erste Runde.

Es würden noch mindestens zwei Runden folgen, bis sie nicht mehr gehen konnte …

Ich tat nichts davon.

Und obwohl ich sie nur küsste, sie mit nichts, außer mit meinen Lippen berührte, keinen Extrakick, kein Spielzeug, kein Nichts … war ich so erregt, wie schon lange nicht mehr, wie noch nie, wenn ich ehrlich war.

Das war interessant.

Ich beugte meinen Kopf, um sie inniger küssen zu können, und wurde mit einem tiefen hingebungsvollen Stöhnen belohnt. Ich grinste an ihrem Mund, knabberte sanft an ihrer sexy Unterlippe und sie hielt ganz still. Mit geschlossenen Augen und einem kleinen Lächeln auf dem Gesicht. Kurz wich ich zurück, sah sie an, wie sie hier vor mir saß, so vertrauensvoll und sexy, so unglaublich schön. Dann küsste ich sie mit einem heiseren Stöhnen erneut, tiefer … so lange, bis wir fast erstickt wären. Ich konnte nicht von ihr lassen, selbst, als uns der Atem ausging, ließ ich meine Lippen über ihren Kiefer gleiten. Und über ihren Hals, über diesen einen Punkt unter ihrem Ohr … Sie erschauerte fühlbar, als ich sie da verwöhnte, mir richtig Zeit ließ, wie bei keiner jemals davor, mit einem Ständer so hart und schmerzhaft, dass ich fast den Verstand verlor. Aber ich wurde nicht schneller, drängte sie nicht … machte einfach weiter. Denn ich hatte eine spontane Idee …

Meine Lippen fuhren zu ihrem Ohrläppchen und ich merkte, wie sie ihre Hüften bewegte, wie sie sich vor Lust hin und her wand, und ihr Becken kreisen ließ. Ganz ohne geistiges Dazutun … wie ihre Wangen immer roter wurden und ihr Atem schneller kam. Sie stöhnte auf, als ich an ihrem Ohrläppchen knabberte und rhythmisch daran saugte. Ich berührte sie immer noch mit nichts anderem, als mit meinen Lippen, aber ich war mir sicher, dass sie bereits kurz vor dem Orgasmus stand.

»Saint«, wimmerte sie hilflos.

Ich machte nur »Shhhh …« in ihr Ohr und intensivierte meine Anstrengungen, verwöhnte ihr Ohrläppchen, ihre Muschel … und saugte zart an der empfindlichen Haut. Sie stöhnte laut auf und beugte den Rücken durch.

Wow!

Sie war unsagbar empfänglich, dabei so unerfahren und so … *heiß*. Sie machte mich tatsächlich an, wie noch keine Frau jemals zuvor. Ich stöhnte ihren Namen in ihr Ohr. Sie beugte den Rücken durch, ließ den Kopf nach hinten fallen und … kam …

Sie kam!

Tatsächlich!

»OH mein Gott!«, keuchte sie, vergrub ihr Gesicht an meiner Halsbeuge und bewegte ihr Becken vor und zurück, das sah so heiß aus, als würde sie mich reiten … Ihr gesamter Körper bebte, und ihre Nippel unter dem kalten nassen Shirt wurden steinhart. Ihr dabei zuzusehen, wie sie nur von ein paar Küssen und meinen Liebkosungen an ihrem Ohr explodierte, war das Erotischste, was ich je gesehen hatte – und machte mir eines klar: Ich brauchte mehr davon. Ich brauchte alles!

Sie war der absolute Wahnsinn!

Hailey White war mein Extrakick!

Hailey

Mich durchrauschten genau dieselben Gefühle, die ich auch während meines Traumes gehabt hatte, und ich war mir fast sicher, dass es ein Orgasmus war. Aber ich hatte es nicht mehr ausgehalten. Allein seine Lippen auf meiner Haut zu fühlen, war so wahnsinnig intensiv, es fühlte sich an, als würde er mich zwischen den Beinen berühren, als würde er mich dort massieren und verbotene Dinge tun … Besonders, als er sich meinem Ohr zuwandte, entstand diese schreiende Leere in mir … Diese unbändige Sehnsucht. Muskeln, von denen ich bisher keine Ahnung gehabt hatte, zogen und entspannten sich zwischen meinen Beinen, gleichzeitig mit seinen Zungenstreichen, seinem sanften Saugen an meinem Ohrläppchen und seiner Zunge, die es nachfuhr … die mich verwöhnte. Die mir so gute Gefühle verschaffte, dass ich sie kaum aushielt.

Dies war also Lust. Was sollte daran böse sein? Wieso sollte es verboten sein, so zu empfinden? Es war schlichtweg phänomenal, auch wenn ich ein paar atemlose Sekunden dachte, ich würde an ihr ersticken. Mein Höschen war pitschnass, und zwar nicht nur vom Wasser, zwischen meinen Beinen war es heiß, und der Drang ihn um etwas anzuflehen, das ich noch gar nicht kannte, wurde fast übergroß. Dann … dann explodierte die Lust in mir. Wunderbaren Wellen der

Erfüllung rollten über mich weg …

Und ließen mich atemlos und keuchend an seinen Hals geschmiegt zurück.

OH

Mein

Gott …

Wie peinlich!

»Es tut mir leid!« War das Erste, was ich keuchte, und ich wollte zurückschrecken.

Aber er legte mir einen Arm um die Schulter und zog mich an sich. Und dann fühlte ich seine Lippen an meinem Haar, als er wisperte: »Es muss dir nichts leidtun … Wie du gerade gekommen bist, das war das Geilste, was ich jemals erlebt habe …«

Und ich dachte mir nur. WAS? Das sollte ich doch eigentlich sagen! Aber ich konnte nicht sprechen, denn ich war völlig überwältigt davon, wie mächtig das war, was ich gerade empfunden hatte. Wie mächtig und … alles verändernd.

Denn selbst wenn ich noch nicht nach Saint Conroy mit jeder Faser meiner Selbst süchtig gewesen wäre.

Spätestens ab jetzt gäbe es kein Zurück mehr!

ER WAR DER ABSOLUTE WAHNSINN!

19. Wieso man Saint Conroy einfach lieben muss

Hailey

Was vorhin in der Höhle geschehen war, war mir immer noch peinlich, als wir am Abend zurückfuhren, aber gleichzeitig war ich unglaublich glücklich. Erstens hatte Saint seine Hand auf meinem Oberschenkel liegen, während wir fuhren, als … als würde ich ihm gehören. Zweitens hatten wir uns noch ein bisschen geküsst, bevor er mich durchs Wasser gejagt und dann ans Ufer auf das mittlerweile wunderbar warme Handtuch getragen hatte. Als er sich dann wieder über mich gebeugt hatte und mit seiner Nase über meine gefahren war, da hatte ich die Luft angehalten und mir nur gewünscht, niemals aufzuwachen. Dann hatte er sich neben mich gelegt, wir hatten Wolkenformationen am Himmel beobachtet und er hatte mich ein bisschen ausgefragt. Was ich den ganzen Tag machte, ich hatte ihm alles erzählt. Wenn er so war, konnte ich ihm einfach nichts abschlagen. Dann hatten wir über seine Oma gesprochen. Und ich hatte gemerkt, dass er sie kein bisschen kannte. Wirklich kein bisschen, dabei war sie so eine bemerkenswerte, mutige Frau mit so einer großen Geschichte. Viele Menschen, die bei mir im Heim waren, waren das. Sie hatten so viel zu erzählen, so viel Erfahrung, so viel, was man von ihnen lernen konnte. Ich wünschte, es hätte zum Beispiel einen Tag in der Woche gegeben, den die Kindergartenkinder bei den Alten verbracht und für ihr Leben gelernt hätten. Es hätte den Kindern, aber auch den Alten so viel gegeben ... Mir kam es so vor, als würde man sich für die Menschen nur richtig interessieren, wenn sie attraktiv und jung waren, aber sobald sie ihre Attraktivität und ihre Jugend verloren, wurden sie ... vergessen und von der Gesellschaft verstoßen. Es kam mir überhaupt so vor, als würde dies mit Individuen geschehen, die nicht in das gesellschaftliche Raster passten. Ob es um Behinderte ging, Alte oder kleine dicke Trampeltiere wie mich. Das alles erzählte ich ihm unter dem strahlend blauen Himmel, auf dem Rücken liegend, mit meiner Hand in seiner, und er hörte mir zu, als würde es ihn wirklich interessieren. Er schaute mich an, als hätte er mich davor noch nie gesehen und als wäre er irgendwie total ... geflasht.

Ich hatte ihn schüchtern angelächelt: »Was?«

Er hatte den Kopf geschüttelt und gewispert: »Hast du eigentlich den Hauch einer Ahnung, was für eine bemerkenswerte Frau du bist, Hailey White?«

Ich hatte ihn angeschaut, als wäre er verrückt geworden, aber er hatte sich wortlos über mich gebeugt und mich geküsst. So innig, so voller Hingabe … so unglaublich berauschend, dass ich sofort vergessen hatte, worüber wir uns soeben noch unterhalten hatten.

Der Tag war so unglaublich schön, und ich hatte immer noch keine Ahnung, womit ich das verdient hatte. Nur damit, weil ich ihm ein paar Sachen über seine Oma erzählt hatte? Ich hatte ihm doch schon gesagt, ich würde ihm helfen. Er hätte sich nicht mehr so ins Zeug legen müssen … Dass er all das tat und sagte, weil … weil er vielleicht wirklich was für mich empfand, konnte ich nicht glauben, und doch war es genau das, was mir sein Blick sagte, als er am Abend zwei Blocks von daheim entfernt parkte und mich ansah.

»Lass dein Handy heute an!«, wisperte er noch und zog mich an einer dicken Strähne zu sich, was mich echt ablenkte. Ich wollte ihn fragen, was das zwischen uns war, ob es echt war. Aber ich traute mich nicht, ich wollte den Moment und den Tag nicht zerstören, also nickte ich einfach nur, beugte mich vor und drückte meine Lippen auf seinen schockierten Mund.

Er rechnete irgendwie nie mit derartigen Überfällen, und ich wich kichernd zurück, als er verzweifelt aufstöhnte und knurrte. »Geh oder ich tue Dinge, für die du noch nicht bereit bist!« Mein Unterleib zog sich verlangend zusammen, mein Herz fing an zu rasen, aber ich ging, ich flog förmlich nach Hause.

Die Grillen zirpten laut, es war immer noch warm … ich winkte ihm, er stand noch solange da, bis ich um die Ecke bog, erst dann hörte ich ihn mit durchdrehenden Reifen davonrasen. Ich schlenderte durch die Siedlung, genoss das Gefühl in meinem Inneren, tänzelte und sang leise vor mich hin ... pflückte ein paar Blumen und roch daran. Bäh, sie stanken bestialisch, also warf ich sie achtlos weg und kramte vor unserem kleinen Häuschen auf der Veranda nach dem Schlüssel ... Als auch schon die Tür aufgerissen wurde und mein Vater vor mir stand.

Sobald ich in seine blutunterlaufenen Augen und sein vor Wut verzerrtes Gesicht schaute, wusste ich, dass ich in der Klemme steckte. Und zwar gewaltig. Mit einem Schlag fiel mir ein: Ich hatte heute kein einziges Mal auf die Zeit geachtet – es war sicher schon nach neun!

MIST!

20. Wieso der Schein trügt

Hailey

Mein Vater hatte ein einziges großes Laster, das war der Alkohol. Ja, er predigte über Sünden, über Laster und über Entbehrung, aber selbst trank er sich gern mal ins Vergessen. Meist konnte ich ihn von dem Schlimmsten abhalten, indem ich einfach nicht genug Schnaps kaufte und er zu … lethargisch war, um selber zur kleinen Tankstelle oder zum Supermarkt zu gehen. Ja, ich hätte natürlich auch gar nichts kaufen können, aber wenn es etwas gab, was schlimmer war, als mein Vater stockbetrunken, war mein Vater nüchtern … Meistens schlief er einfach nur ein und ließ mich in Ruhe, wenn er zu viel getrunken hatte. Das war heute anders, wie ich mit einem Blick in das allzu vertraute Gesicht sofort bemerkte, und mein Herz rutschte in mein Höschen.

»WO WARST DU?« Mit diesem halb gezischten, halb gelallten Knurren zog er mich ins Haus und schwankte dabei gefährlich. Panik kroch in all meine Gliedmaßen und schnürte meine Kehle zu, als er die Tür so fest zuknallte, dass sie fast kaputt ging, und sich zu mir umdrehte. Mit angehaltenem Atem wich ich vor ihm zurück, überlegte fieberhaft und in Lichtgeschwindigkeit, was ich jetzt tun und sagen sollte, um ihn bloß nicht weiter zu reizen. Eins war mir sofort klar: Ich durfte nicht sagen, was ich wirklich getan hatte … niemals!

»Ich … ich war … im Wald!«

»IM WALD!«, brüllte er und ging auf mich zu, während ich immer weiter in Richtung meines Zimmers zurückwich. Ich musste es nur dort hinein schaffen, nur dahin … dann wäre ich in Sicherheit. »Sie war im Wald … mit wemm warscht du denn da? GANZ allein?«, fragte er, und seine ekelhafte Fahne ließ mich würgen.

»Ja.«

»Wieso warst du im Wald, wenn du zuhause sein solltest?«, fragte er mit drohend aufgerissenen Augen. Ich stolperte über meine eigenen Füße, er nutzte seine Chance, packte mich am Arm und zog mich an sich, so fest, dass es wehtat. »SAG ES MIR UND WAGE ES NICHT ZU LÜGEN! GOTT HÖRT JEDES WORT! JEDES! ER SIEHT JEDE SÜNDE! JEDEN EKELHAFTEN GEDANKEN!«

»Du tust mir weh!« Ich versuchte, mich ihm zu entziehen, aber seine Finger bohrten sich noch fester in meinen Oberarm, wie die Beine einer Spinne aus Stahl.

»GLAUBE NICHT, DASS ICH NICHT WEISS, WAS IN DEINEM KOPF VORGEHT! GLAUBE NICHT, DASS ICH NICHT WEISS, WAS DU WIRKLICH DENKST!«

»Dad … lass los!« Mittlerweile stiegen mir Tränen in die Augen, aber ich wusste, es würde nichts bringen, jetzt mit ihm zu diskutieren und dagegen zu sprechen, was er in seinem Wahn von sich gab. Ich musste einfach nur verschwinden, und zwar schnell! Mit einem Ruck entzog ich ihm meinen Arm, wirbelte herum, rannte in mein Zimmer, knallte die Tür hinter mir zu und sperrte zu. Er war nur ein paar Sekunden darauf an meiner Tür und hämmerte dagegen.

»MACH DIE TÜR AUF! HAILEY, MACH AUF!«, brüllte er. Ich hielt mir die Ohren zu und kniff die Augen zusammen. Das Herz wollte mich von innen heraus erschlagen, ich konnte nicht denken, ich konnte nicht … Ich konnte einfach nicht. Und während die ersten Schluchzer aus meiner Brust brachen, brüllte und hämmerte er immer weiter. Die Nachbarn waren diesen Krach gewöhnt, sie hatten es schon lange aufgegeben, zu fragen, ob sie mir helfen konnten oder gar die Polizei zu rufen. Außerdem hatten sie selbst genug Dreck am Stecken, jeder hier kümmerte sich nur um sich, vor allem die Leute, die am Sonntag besonders eifrig in die Kirche strömten.

Ich ließ mich auf den Boden sinken, die Hände in mein Haar vergraben, wippte vor und zurück, betete, dass mein Vater bald aufhören und schlafen gehen würde, dass er bald von mir lassen würde … doch es ging sicherlich zehn Minuten so. Mit jeder Minute steigerte er sich immer weiter rein und wurde immer lauter, aber die Tür hielt stand. Bis er irgendwann mit einem Mal aufhörte und davon schlurfte …

Da lag ich schon seitlich zusammengekauert auf meinem Teppich, die Arme um die Knie geschlungen und konnte nicht mehr weinen. Ich war ausgetrocknet, ich war leer und wund, wie mit einem scharfen Messer ausgeschabt und zum Sterben liegen gelassen.

Dies war mein Albtraum. Mein ganz persönlicher Albtraum.

Und niemand konnte mich daraus retten …

Nicht einmal er …

21. Wieso das Leben manchmal ein Arschloch ist

Hailey

Am nächsten Tag war mein Vater mürrisch und kurz angebunden, wie immer, wenn er genau wusste, dass er etwas falsch gemacht hatte. Er konnte mich kaum ansehen, brachte es aber auch nicht über sich, sich zu entschuldigen, niemals. In seinen Augen war es wahrscheinlich gar nicht so schlimm gewesen. Schließlich schlug er mich ja nicht oder tat sonst etwas mit mir. Er hatte mich ja nur ein bisschen angebrüllt und mich psychisch terrorisiert. Das war in seinen Augen nichts. Und auch ich ignorierte ihn, sobald ich bemerkt hatte, dass er – was ziemlich ungewöhnlich für ihn war –, noch da war, als ich aufstand und mit dem Kopf in beide Hände gestützt völlig fertig am Küchentisch saß. Klar, er hatte den Kater des Jahres. Vor seinen Augen bereitete ich mir meine Brotzeit für die Schule, nicht, ohne ihn aus dem stechenden, fast schon hasserfüllten Blick zu lassen. Ja, ich hasste ihn in solchen Momenten, denn ich hatte gestern praktisch kein Auge zugemacht, und von meiner guten Stimmung war auch nichts mehr übrig. Natürlich hatte ich auch mein Handy nicht eingeschaltet, was hätte ich sonst für ein Bild für Saint abgegeben? Heulend und am Boden zerstört. Das machte mein eigener Vater mit mir, mit einer Sicherheit, nach der man eine Uhr stellen konnte. Er wusste ganz genau, was er mir antat, dass er falsch handelte, aber er trank dennoch zu viel, immer und immer wieder. Seit dem Moment, als wir meine Mutter verloren hatten. Er holte sich keine Hilfe, nein, er machte einfach so weiter und hoffte nur immer wieder auf meine Vergebung. Die würde er so schnell nicht bekommen. Und ich ließ es ihn spüren … Als ich schon meine Schuhe anzog, erklang seine vom Brüllen heisere Stimme zaghaft und geschlagen. »Hailey …«

Ich ignorierte ihn, ging einfach und knallte die Tür laut hinter mir zu. Er konnte mich mal … er hatte alles kaputt gemacht – und auf seine lächerlichen Ausflüchte konnte ich auch verzichten! Er würde sowieso nur immer wieder dasselbe sagen, wie in den letzten Jahren auch schon!

* * *

Durch meinen wütenden Stechschritt war ich heute noch früher als sonst in der Schule. Ich hatte keine Lust auf Zimtrolle und hatte auch keinen Abstecher mehr zum Bäcker gemacht, stattdessen lag ich einfach unter dem Baum, einen

Arm über dem Gesicht und döste vor mich hin. Ich war so müde, so fertig, so ausgelaugt, wie nach einem Marsch auf den Kilimandscharo, seelisch. Körperlich war vielleicht alles in Ordnung, aber nicht in mir ... schon lange nicht mehr, wenn ich ehrlich war ... Ich war einfach nicht normal und würde niemals normal sein, ich war kaputt, das konnte ich Saint nicht antun. Und ich wollte auch nicht, dass er davon erfuhr, wie es in mir drin wirklich aussah, wie zerbrochen ich war ...

Das gestern war der schönste Tag in meinem Leben gewesen, aber es würde dabei bleiben, es würde keine weiteren Tage, keine weiteren leeren Hoffnungen geben, denn eine Zukunft mit ihm war nun mal nicht möglich. Mit dem ach so perfekten Saint Conroy konnte und würde ich nicht mithalten, ich würde ihn in diese Scheiße nicht mit reinziehen und ihn mit meinen Problemen und mit meinem Leben oder meinem Dasein belästigen. Wie vermessen von mir, anzunehmen, dass er auch nur Interesse daran hätte ... wie dumm! Wie naiv. Ich war ein Nichts und ich würde immer ein Nichts bleiben! Ein krankes Stück Scheiße, das es nicht wert war, von irgendwem geliebt zu werden! So war es doch in Wahrheit!

Als würde das noch nicht reichen, kamen langsam die anderen und Nancy und Lea gingen schnurstracks an mir vorbei ... Ganz langsam und rauchten eine. Sie stellten sich mit dem Rücken von mir hin und merkten gar nicht, dass ich hinter dem Baum lehnte. Wie üblich tuschelten sie, und das, was ich aufschnappte, gab mir noch den Rest ... »Er war gestern bei mir ... du hättest sehen müssen, wie angeturnt er war. Er konnte es nicht erwarten, dass ich nackt war … Er war wie ein Tsunami!« Geschlagen schloss ich die Augen und wollte im Erdboden verschwinden, denn mir war natürlich klar, von wem sie sprach. Und ja natürlich … war er zu ihr gegangen. Und hatte all diese Dinge mit ihr getan. Mit der perfekten wunderschönen Nancy …

Wer wollte schon so ein Mädchen wie mich, wenn er eine Frau wie sie haben konnte?

Sie gingen weiter, ihr Gekichere entfernte sich, aber in meinen Ohren dröhnte ihre hämische Stimme immer noch … Immer und immer wieder … hörte ich ihre Worte, und sie fraßen sich immer tiefer in mein Herz.

»Hey Dornröschen … hier ist der von Ihnen bestellte Prinzenweckservice …« Als er das mit einem Mal direkt über mir hauchte, merkte ich, dass ich wohl tatsächlich eingedöst war, denn als ich die Lider öffnete, sah ich mich seinen wunderschönen grünen Augen gegenüber. Und ihr Anblick stach bis tief in meinem Herzen. Ich wich schnell aus, als ich merkte, dass er mich einfach so – vor allen anderen – küssen wollte, und rollte mich unter ihm weg.

»Hi …«, sagte ich fest, packte meine Schultasche und eilte in das Gebäude. Ließ ihn völlig perplex zurück, während alles in mir brannte. Mein Herz, mein Magen und vor allem meine Augen.

Ich kam nicht weit, bereits nach der ersten Tür hatte er mich eingeholt und packte mich am Arm, genau an dem Arm, wo ich den blauen Fleck mit einem langen schwarzen Pullover getarnt hatte, obwohl es dafür eigentlich viel zu heiß war.

Gerade so konnte ich mir einen Aufschrei verkneifen.

»Was ist los?« Er drückte mich an die Wand, ignorierte die anderen Schüler, die neugierig an uns vorbeigingen, und weitete schockiert die Augen, als er die Tränen in meinen bemerkte. »Was … was … hab ich was falsch gemacht?« Ich biss die Lippen aufeinander, schluckte mit aller Macht an dem Kloß in meiner Kehle und … schüttelte den Kopf. Seine Lider verengten sich, seine Augen glühten auf …

»Hat dir jemand wehgetan, Hailey, rede mit mir!«

Ich lachte hart auf. Wenn er nur wüsste. »Das gestern war ein Fehler!«, blaffte ich ihm ins Gesicht. In dieses schöne, von mir so sehr geliebte Gesicht, das mich total schockiert anstarrte. Saint Conroy hatte keine Worte mehr, als ich ihn vor allen anderen mit aller Kraft von mir stieß. »Lass mich einfach in Ruhe!«

Damit wirbelte ich herum und flüchtete … flüchtete diesmal raus aus der Schule. Keine Chance, dass ich diesen Tag mit ihm in einem Raum überstehen würde, ohne total zusammenzubrechen.

Und diesmal kam er mir nicht hinterher …

22. Wieso Frauen spinnen

Saint

Als ich gestern heimgegangen war, war ich fast geflogen. Ehrlich … Ich fühlte mich einfach nur, als könnte ich Bäume ausreißen – Mammutbäume, mit den bloßen Händen in einem sexy Rockefellershirt.

»Halli Halloooo …«, trällerte ich wie ein Idiot, sobald ich das Haus betrat, und wurde von allen Seiten gemustert, als wäre es Zeit für den Ausflug zu denen mit den weißen Jacken. Meine Eltern saßen im Wohnzimmer, bei ihrem abendlichen Rotwein- und Blockbuster-Programm.

»Hallo … Saint«, meinte meine Mutter baff, als ich zu ihr ging, ihr einen Kuss auf die Wange drückte und ihr die Haare verwuschelte, weil es sie immer tierisch aufregte, wenn ich ihre heilige Frisur durcheinanderbrachte. Mein Vater starrte mich mit offenem Mund an, als ich mir einen Apfel vom Obstkorb schnappte und nach oben in mein Zimmer sprintete, immer zwei Treppen auf einmal nehmend. Dann stürmte ich zu Holy, die schockiert vom Fensterbrett sprang und etwas hinter ihrem Rücken versteckte.

»Meine Fresse, Holes, jeder riecht die Scheiße schon meilenweit vor deiner Tür … glaubst du, du kannst denen noch was vormachen?«

»Ich sage immer, es sind Räucherstäbchen«, knurrte meine Schwester angepisst und setzte sich wieder aufs Fensterbrett, wo sie ihren Joint erneut anzündete. Ich währenddessen ließ mich auf ihr Bett fallen, starrte an die Decke und biss von meinem Apfel ab. Wir waren nicht so wie andere Geschwister in Filmen oder wie bei Sam, die sich auf den Tod nicht ausstehen konnten. Wir hingen sogar gern miteinander ab und nervten uns auch nie wirklich, das war so ein stillschweigendes geheimes Abkommen zwischen uns. Deswegen war es nicht ungewöhnlich, dass ich auf ihrem Bett lag und so vor mich hindachte. Ich ging oft zu Holy, wenn mir gerade langweilig war. Außerdem musste ich ja regelmäßig überprüfen, dass sie sich mit keinen Idioten abgab und ob ich jemandem aufs Maul geben musste, weil er irgendwas getan hatte, was sie anpisste.

»Und?«, fragte sie gelangweilt und ließ ihren Kopf nach hinten gegen den Fensterrahmen sinken. »Was hast du heut so gemacht?«

»Ich war am See.«

»Okay …«

»Und du?«

»Ich war mit Stasey shoppen …«

»Okay …«

Das war's, was wir uns sonst so unterhielten, aber heute hatte ich irgendwie den Drang mehr zu sagen, wie so ein altes bescheuertes Waschweib.

»Ich war nicht allein am See.«

»Okay …«

»Ich war mit Hailey White da.«

Jetzt hatte ich ihre volle Aufmerksamkeit. Als ich breit grinsend von meinem Apfel abbiss und sie anschaute, starrte sie mich an wie einen Geist.

»Und ich habe mit ihr rumgemacht …« Ihr Mund klappte immer weiter auf. »Und sie war heiß.« Mittlerweile lag ihr Kinn fast auf den Knien. »Und ich werde das auf jeden Fall wiederholen, ganz ernsthaft überlege ich, so was wie Exklusivrecht auf sie anzumelden.« Das Kinn lag nun am Boden. Sie starrte mich einfach nur an, während ich auf der Seite lag und meinen Apfel vor mich hin knusperte. Nach circa drei Minuten hatte sie sich wieder gefangen.

»Wer bist du und was hast du mit meinem Bruder gemacht?«, fragte sie, der Joint war total vergessen und dampfte mittlerweile nur noch aus den letzten Zügen.

Ich lachte. »Ich bin immer noch ich, nur ein bisschen … weiß nicht … Ich weiß nicht, was es ist, aber die Kleine hat es mir einfach irgendwie angetan!«

»Saint …« Sie schluckte, wusste nicht, was sie sagen sollte. Schließlich stand sie auf und näherte sich mir vorsichtig wie einem wilden Tier. Ich verengte die Augen. Sie hockte sich vor mir aufs Bett und presste mit einem Mal ihre Hand auf meine Stirn. »Hast du Fieber?«

Ich schlug sie genervt zur Seite und sprang auf. »Ach, war mir klar, dass du das nicht verstehen wirst. Ich wollte dir ja nur für deine geniale Idee danken!«

»Aha …«

»Und wünsche dir eine wunderschöne geruhsame Nacht!«

»Aha …«

Ich ging, doch sie rief mich wieder zurück. Saß auf dem Bett, bleich, mit großen Augen, mich immer noch zweifelnd anstarrend.

»Was?«, fragte ich immer noch grinsend.

»Du weißt, dass es bei ihr nicht so ist wie bei den anderen?«

»Was meinst du?«

»Sie wird nicht einfach so über dich hinwegkommen.«

Ich winkte ab und sah zu, dass ich den Abgang machte. Wer hatte denn etwas von »drüber hinwegkommen« gesagt? Diese Sache zwischen uns fing doch gerade erst an, und sie war viel zu aufregend um auch nur ans Aufhören zu denken!

Hailey White war alles an Kick, was ich brauchte! Irre, aber wahr!

***

Und sie hatte mich heute zurückgewiesen! Schon wieder!

Hailey ignorierte mich gekonnt.

Den halben Weg nach Hause war ich neben ihr hergefahren, und es hatte nichts gebracht.

Irgendwann hatte es mir gereicht und ich war wütend

abgedampft. Wer nicht wollte, der hatte schon, oder so. Aber ganz auf sich beruhen lassen, konnte ich die Sache auch nicht. Und so fand ich mich zwei Stunden später mit dem Drachen auf der Bank im Park des Altenheimes wieder ... und schilderte ihr kurz und knapp, was mein verdammtes Problem war.

Ich wollte Hailey White – ehrlich!

Aber sie wollte mich nicht!

Außerdem ... versteckte sie was vor mir, ich fühlte es in meinen verdammten Eiern! Und jetzt wusch mir auch noch diese alte ... Giraffe den Kopf, anstatt mir zu helfen!

»Du weißt genauso wenig über die echte Hailey und ihr Leben, wie du über mich und mein Leben weißt! Und das liegt ganz allein an dir und deinem Egoismus, Saint Conroy!«

Oh wow ... sie wusste sogar meinen Namen! Die Frau überraschte mich immer wieder aufs Neue ...

»Mach endlich die Augen auf und sieh dich um, nimm wahr, was um dich herum passiert, aber dafür musst du dich für dein Gegenüber interessieren, wirklich interessieren und nicht nur Interesse heucheln. Ich bin gespannt, ob dein Interesse an Hailey echt ist, also werde ich dir ein wenig auf die Sprünge helfen. Das Wichtigste: Hailey White lässt dich nur das sehen, was sie will, dass du siehst, weil sie denkt, dir alles andere nicht zumuten zu können. Sie hat in ihrem Leben bereits viel mehr Schmerz erleben müssen, als manch anderer es ertragen könnte, und sie wird sich immer wieder in ihr Schneckenhaus zurückziehen, bevor du die Gelegenheit haben wirst, sie zu verletzen! Du wirst dich ihr öffnen müssen, sonst wird sie dir nie vertrauen, und das bedeutet, dass du lediglich an der Oberfläche kratzen wirst. Du hast die Wahl – alles oder nichts. Was anderes gibt es bei der Kleinen nicht.«

»Aber … was … was ist ihr Problem? Wenn du es mir sagst, kann ich … ich kann ihr helfen!« Und das meinte ich ernst!

»Tja das musst du sie selber fragen. Es liegt an ihr, dir ihre Geschichte zu erzählen … mir steht das nicht zu …« Und mit diesen Worten nahm sie mir die Kippe aus den Fingern, die ich gerade angezündet hatte und zog seufzend daran.

Ich war noch verwirrter als davor, versuchte, damit klarzukommen, was sie mir gerade eröffnet hatte, und grübelte vor mich hin, während ich mir noch eine anzündete …

23. Wieso auch wahre Männer manchmal heulen

Saint

Ich wusste nicht, was ich tun sollte, das erste Mal in meinem Leben wohlgemerkt, denn am nächsten Tag in der Schule ignorierte sie mich – komplett. Und es machte mich sauer, gleichzeitig weckte es meinen Kampfgeist und das nicht nur, weil morgen Samstag war, weil meine Mutter schon ganz außer sich war und ein Dinner wie für einen Königsempfang plante, sondern weil ich das, was wir am See geteilt hatten, noch einmal wollte. Immer und immer wieder, wenn ich ehrlich war.

Und sie verwehrte mir das!

Einfach so!

Als wäre es NICHTS!

Als wäre *ich* NICHTS!

Ich war so außer mir, dass ich nach der Schule einfach die Verfolgung aufnahm wie so ein verkackter Stalker, das muss man sich mal auf der Zunge zergehen lassen! Ich, Saint Conroy, stalkte eine *Frau*! Natürlich unauffällig. Erst mal verfolgte ich sie bis nach Hause und pennte dort zwei Stunden vor ihrem heruntergekommenen Haus in der abgefuckten Containersiedlung in meinem Auto herum, dann jedoch, kam sie endlich raus und … ging schnurstracks in die Kirche. Wohin ich ihr auch folgte.

Die Hitze flimmerte nur so über den Asphalt und der Schweiß rann mir die Arschritze runter, ich war froh, der Enge des Autos zu entkommen und folgte ihr ein paar Minuten, nachdem sie die kühlen uralten Mauern betreten hatte.

Im Eingangsbereich zögerte ich noch einmal, überlegte mir, was ich hier alles schon für Scheiße gebaut hatte und dass ich sie jetzt nicht mehr alle hatte, ein Mädchen zu verfolgen. Auch noch eines, das so offensichtlich nicht meinen Anforderungen genügte – und sie in anderen Hinsichten doch übertraf. Über mich konnte man nur den Kopf schütteln.

Das tat ich auch, während ich die uralte Tür leise aufdrückte.

Immer, wenn ich die Kirche betrat, hatte ich kurzzeitig Angst, vom Blitz getroffen zu werden, oder sowas. Ich war nicht gläubig, wenn, dann glaubte ich an mich selbst und nicht an irgendeine höhere Macht, die alles leitete … Und ich konnte die Leute auch nicht verstehen, die sich mit allem, was sie hatten, an das Dasein irgendeines Wesens klammerten, von dem man nicht mal wusste, ob es auch wirklich existierte. Ich hatte keinen Respekt vor so etwas, es war für mich Augenwischerei und Geldmacherei. Das Ausnutzen der Sorge und Ängste der Menschen, um den größtmöglichen Profit daraus zu schlagen. Deswegen verachtete ich die Kirche. Nicht die Gläubigen, die armen Schweine, nur dieses korrupte Pfaffenvolk. Schnaubend ging ich die uralten Reihen entlang, fand sie nicht, keine Ahnung, wo sie war … und schrie fast wie ein kleines Mädchen auf, als plötzlich die Orgel laut durch den hohen Raum schallte.

Ehrlich, fast machte ich mir ins Höschen …

Es war ein disharmonischer Ton, der mit einem Mal jedoch in eine mir allzu bekannte Melodie überging … Ganz sanft, ganz zart …

Und als dann eine Stimme durch die Kirche hallte, so stark, und klar und so schön … breitete sich Gänsehaut auf meinem gesamten Körper aus …

Now I've heard, there was a secret chord
That David played and it pleased the Lord
But you don't really care for music, do you?
It goes like this, the fourth, the fifth,
the minor fall, the major lifts,
the battle king composing: Hallelujah
Hallelujah
Hallelujah
Hallelujah
Hallelujah

Scheiße, ich musste mich setzen, denn meine Knie wurden ganz weich und meine Augen feucht. Wirklich, noch niemals in meinem Leben hatte ich so etwas Schönes gehört wie ... Hailey ... während sie Halleluja sang ... und sich ganz unbeobachtet und allein fühlte. Wie konnte eine einzige Person nur so etwas wahnsinnig Schönes erschaffen, so etwas Atemberaubendes?

Ihre Stimme war einzigartig, man hätte sie unter 1000 von Stimmen wiedererkennen können. So stark und dann so zart, fast gebrochen – jeden Ton perfekt treffend. Ich hörte sie nicht nur mit meinen Ohren, sondern auch mit meinem Herzen. Sie fuhr in jede einzelne Faser meiner Selbst und wühlte sie auf. Sie zerriss mich und sie setzte mich wieder zusammen, sie ließ meinen Magen brodeln, mein Herz schneller schlagen und Gänsehautschauer über meine Arme rauschen. Meine Brust wurde ganz eng und der Kloß in meinem Hals immer größer – bis heiße Tränen meine Wangen herabbrannen, ganz still und leise, ohne dass ich es merkte.

Zum Ende hin wurde sie ganz sanft, so voller Gefühle, so voller Sehnsucht, so voller Vertrauen ... und so voller Zuversicht.

Ich heulte wie ein kleines Baby, als der letzte Ton verklang ... und wünschte mir, es würde niemals aufhören, ich wünschte mir, ich könnte bis in alle Zeit hier sitzen und ihr zuhören, aber das war nun mal unmöglich.

Die Stille klang erdrückend laut in meinen Ohren ... Ich wischte mir schnell mit beiden Händen über die Augen, und sah nach oben, dorthin, wo der Balkon mit der Orgel war, nur, um im nächsten Moment auf ihren schockierten Blick zu treffen, als sie nach unten schaute ...

Hailey

Oh mein Gott, er war hier!

Und er hatte rote Auge, und waren das etwa Tränenspuren auf seinen Wangen? War er etwa ... etwa meinetwegen hier? Er saß da unten, in der letzten Reihe und schaute zu mir hoch ... so ernsthaft, sein Blick ging so tief, bis auf meine Seele. Eigentlich war ich gerade erst runtergekommen, hatte gerade erst wieder zu mir gefunden, aber Saint Conroy hier zu treffen, das brachte alles wieder durcheinander.

»Was tust du hier?«, fragte ich schockiert, da stand er schon auf und grinste mich an.

»Ich höre dir zu!«

»Das ... das darfst du nicht!« Panisch schüttelte ich meinen Kopf, ich fühlte mich, als hätte er einen Teil von mir gerade ... geklaut. Ich hatte das nicht gewollt, keiner sollte mich singen hören! Das Singen gehörte ganz allein mir! Ihm wurde es wohl zu blöd, da unten zu stehen und nach oben zu rufen, also setzte er sich in Bewegung und kam ein paar Sekunden darauf die Treppen an der Seite hoch ... stand ein paar atemlose Herzschläge drauf vor mir und nahm meine bebenden Hände. Seine Stimme war weich und zart, genauso wie sein Blick.

»Oh doch, das darf ich!«, sagte er fest und entschlossen, und ich wollte nur im Erdboden versinken. »Das war das

Schönste, was ich jemals gehört habe, Hailey … Es gibt genug Hässliches auf der Welt, wieso teilst du das hier nicht?«

Ich schüttelte den Kopf, das Herz schlug mir bis in den Hals. Ich wusste nicht, was ich sagen oder denken sollte. Ich war völlig durcheinander.

»Was tust du hier, Saint?«, fragte ich irgendwann leise.

Sein Blick verdunkelte sich, bevor er entschlossen die Lippen aufeinanderpresste.

»Ich will mit dir zusammen sein!«, sagte er fest … und ich dachte, ich hätte nicht richtig gehört. »Damit meine ich wirklich, zusammen sein, so wie ich noch nie mit irgendeiner zusammen war … Ich will nicht nur Sex oder den Kick oder so was. Ich will, dass du mir gehörst und das überrascht mich selbst, weil ich eigentlich … nie mit so jemandem wie dir zusammen war! Sieh mich nicht so an! Ich meine mit jemand so Unschuldigem! Mit jemandem … den ich so leicht zerstören könnte, und ich will dich nicht zerstören, Hailey, ehrlich nicht … Ich will einfach nur … mit dir zusammen sein.«

Am Schluss klang er fast schon verloren, und ich konnte ihn nur anstarren. Hatte ich gerade richtig gehört, konnte das wahr sein? Oder träumte ich, konnte mich mal jemand kneifen?

»Hailey«, sagte er leise und ein wenig rau und so voller Gefühle. Er sagte meinen Namen wie ein Gebet und schmiegte seine große warme Hand an meine Wange. Ich war mir nicht mehr sicher, ob ich nicht vielleicht träumte. Ob das hier wahr war … Meine Lider glitten automatisch zu, ich konnte nicht anders, und lehnte mich an seine Haut. »Ich schwöre, ich werde versuchen, es richtig zu machen. So richtig, wie es noch nie ein Mann bei einer Frau gemacht hat! Sag ja!«

Gott, es war so schön, von ihm berührt zu werden ... so schön, ihm so nah zu sein. Als würde ich tatsächlich träumen, und ich wollte nicht aufwachen. Ich wollte nicht, dass es endete. Wieso auch immer er hier war und mich so berührte und so etwas zu mir sagte, es sollte noch nicht vorbei sein! Er wollte, dass ich ihm gehörte, das tat ich schon, seitdem ich diesen hübschen Jungen das erste Mal im Kindergarten gesehen hatte.

Denn ihm gehörte mein Herz. Bereits seit so vielen Jahren ...

»Ja«, hörte ich mich sagen, ohne dass ich mich bewusst dazu entscheiden hatte.

»Ja?« Ungläubig sah er mich an – und so schön.

»Ja!« Ich lächelte, traute mich und hob auch die Hand. Er hielt die Luft an.

Ganz vorsichtig fuhr ich mit meinen Fingerspitzen über seine Wange, die leichten Stoppeln, den kantigen Kiefer ... Jeder einzelne Millimeter, mit dem ich ihn berührte, kribbelte.

»Mhmmm«, machte er und schloss die Augen. Das gab mir neuen Mut ... Ich strich über seine Lippen. Sie waren wirklich so seidig weich, wie ich sie mir immer ausgemalt hatte, und er hatte ein kleines Muttermal auf der vollen Unterlippe. Dann fuhren meine Finger weiter ... über seine kerzengerade Nase, seine markanten dunklen Brauen über diesen gerade so sanftgrünen wissenden Augen, die er nun aber geschlossen hatte. Mit einem leichten Lächeln, und ich glaube immer noch atemlos, ließ er zu, dass ich ihn erkundete. Dass ich … das tat, was ich schon so lange wollte. Er runzelte die Stirn und biss sich leicht auf die Unterlippe, als ich über seine Stirn glitt … in seine Haare, mit den feinen Strähnen spielte, und sein Arm schlang sich um meine Hüfte. Mit einem Ruck zog er mich an sich, dann beugte er sich vor und lehnte seine Wange an meine Wange, rieb sich zart an mir, sodass seine Stoppeln auf meiner Haut prickelten.

»Wenn du nicht damit aufhörst, Kleines, dann tue ich was mit dir, was sich in einer Kirche sicher nicht gehört.« Seine Stimme war leise und rau …

»Ich tu doch gar nichts«, verteidigte ich mich atemlos und schloss die Augen, sog seinen Duft tief ein und schlang auch die Arme um seinen Nacken, drückte mich an ihn und vergrub schließlich mein Gesicht an seiner Brust.

»Du berührst mich«, sagte er leise.

Das war unglaublich!

So von ihm gehalten zu werden, nur von ihm gehalten zu werden, das gab mir ein Gefühl der ultimativen Sicherheit. Es war das ultimative Gefühl von Glück, und ich wollte es nicht mehr hergeben, ich wollte mich, mit allem was ich hatte, daran klammern und es nie wieder loslassen.

Und als er sagte: »Komm morgen zu mir nach Hause, ich will mein Mädchen meinen Eltern vorstellen.«, da konnte ich nicht anders. Ich konnte nur erstrahlen wie ein Atomreaktor und heftig nicken.

24. Wieso man auch eine Familie ohne Blutsverwandtschaft haben kann

Hailey

Was zieht man an, wenn man bei seinem absoluten Schwarm das erste Mal zuhause eingeladen ist?

Zum Glück war mein Vater bis zum nächsten Wochenende wieder mal mit ein paar Leuten aus seinem Kirchenverein angeln, so musste ich mich nicht erklären und auch nichts vertuschen. Ich konnte mit reinem Gewissen in ein weißes Kleid schlüpfen, das züchtig bis zu meinen Knien ging und auch nicht zu viel Ausschnitt zeigte. Dazu trug ich die einzige Unterwäsche, die nicht aus weißer Baumwolle bestand. Schließlich ... wusste ich je nie, was passieren würde, wenn ich bei Saint zu Hause war – und mit ihm allein. Nur die

Vorstellung daran ließ mein Herz so verrückt schlagen, dass ich Angst hatte, es würde mich *er*schlagen. Ich hätte so gern mit irgendjemanden darüber geredet, was gerade in mir vorging. Aber Lennart war für solche Themen nicht der richtige Ansprechpartner, außerdem war der bei meinem Vater – und seiner Mutter – dabei. Ich hätte so gern eine richtige Freundin gehabt, ein Mädchen, mit dem ich über Mädchenzeugs reden könnte. Aber ich hatte sie nicht, und so musste ich hier allein durch. Ich hatte nur Wimperntusche und die benutzte ich auch eher unbeholfen. Die Haare kämmte ich mir nach dem Duschen wie immer und band sie in einem Pferdeschwanz zusammen. Den Blick in den Spiegel mied ich lieber, sonst hätte mich vielleicht doch noch der Mut verlassen.

Keine Ahnung, was ich noch machen sollte, ich war viel zu früh fertig und ging in die Küche, um noch einen Schluck Eistee zu trinken. Dabei schaute ich das Bild von meiner Mama auf dem Fensterbrett an, wie sie breit strahlend in der Erde wühlte und in die Kamera lächelte. Ich fragte mich, was sie zu meinem ersten Date sagen würde, was sie mir für Tipps geben würde, ob sie mich vielleicht schminken würde, ob sie mir Mut machen würde … und strich mit den Fingerspitzen über ihr Gesicht. Dann seufzte ich, drehte mich um und schlüpfte in meine Ballerinas.

Was wäre wenn … brachte nichts, es war jetzt, wie es war. Saint hatte sich – aus welchen mysteriösen Gründen auch immer – für mich entschieden, obwohl er alle Nancys dieser Welt haben konnte – und ich würde mitnehmen, soviel ich konnte. Denn mir war klar, dass ich schneller aufwachen würde, als es mir lieb wäre. Aber das war okay ... Das war nun mal das Leben.

Es bestand aus Träumen und Albträumen.

Saint

Aufgeregt war noch absolut untertrieben, für das, was in mir tobte. Erstens hatte ich noch nie eine mit nach Hause gebracht, zweitens machte mich Holy nervös und meine Eltern erst recht. Holy – weil ich nicht einschätzen konnte, wie sie sich Hailey gegenüber benehmen würde. In der Schule ignorierte sie sie komplett, aber so viel wäre klar: ein blöder Spruch und meine Schwester wäre tot! Das sagte ich ihr auch, sie antwortete, ich solle mich beruhigen und mein Leben chillen. Das versuchte ich ja, ich überlegte sogar, an ihrem Joint zu ziehen, ließ es dann aber doch sein, denn ich wollte meine Sinne scharf und auf sie fokussiert. Und so sperrte ich mich in meinem Zimmer ein, bis es klingelte.

Dann schnellte ich jedoch hoch wie eine Sprungfeder und flog fast die Treppen runter.

Ich riss die Tür auf, konnte es nicht erwarten, sie zu sehen und ... da stand sie. Einfach so vor mir ... wie ein verdammter Engel. Ganz in Weiß, während ich natürlich wieder mal Schwarz trug ... nur dazu erschaffen, mir in diesem Kleid den Kopf zu verdrehen.

Ich war mir total sicher, am heutigen Abend entweder sterben – oder sie ficken – zu müssen! Ernsthaft!

Hailey

Oh mein Gott, er sah einfach nur unglaublich aus. Wirklich! Er musste dafür nichts weiter tragen, als ein einfaches schwarzes Shirt, das sich eng um seine muskulöse Brust und die trainierten Oberarme schmiegte, eine schwarze Jeans und ein breites dreckiges Grinsen. Ich schwöre, ich hatte einen kleinen Herzinfarkt, als ich ihn sah ... besonders als er raunte: »Hi ...«

»Hi«, keuchte ich, da zog er mich schon an sich und legte eine Hand an eine Wange, den Daumen an meinem Mundwinkel und seine Augen glühten ...

»Endlich«, hauchte er noch hauchiger, beugte sich vor und küsste mich.

Leider viel zu kurz ...

»Saint, benimm dich!« Das war Misses Conroy, von der er eine mit dem Topflappen auf den Kopf bekam. Sie trug ein wunderschönes geblümtes Kleid, war perfekt gestylt und geschminkt – wie immer, wenn wir uns im Supermarkt oder der Kirche sahen – und lächelte mich warm an.

»Hailey! Schön, dass du da bist!« Sie drückte mich einfach so an ihre weiche große Brust, wie eine gute alte Freundin, und Saint verzog das Gesicht. Es war ihm peinlich, das war klar.

»Es ist so schön, dass er mal ein Mädchen mit nach Hause bringt, und dann auch noch ... so ein normales!«, freute sie sich und zog mich ins Wohnzimmer. »Ich habe Limonade gemacht und Kuchen und Hafercookies. Saint stirbt für Hafercookies, hat er dir das schon erzählt?«

»Mum ...«

»Ja, ja Saint, ist schon gut!« Sie ließ von mir ab und drückte mir ein Glas eiskalter prickelnder Flüssigkeit in die Hand. Dann sah sie mich noch einmal an wie die heilige Maria persönlich, mit schief gelegtem Kopf und Tränen in den Augen. »Ich freu mich so!«, formte sie mit ihren Lippen und verschwand in die Küche, ließ mich einfach im sonnigen ländlich eingerichteten aber piksauberen Wohnzimmer mit der Limonade stehen ... Saint trat an meine Seite. Er hatte total süße knallrote Ohrspitzen und nahm mir das Getränk ab.

»Ich hätte dich wahrscheinlich vorbereiten sollen, dass meine Eltern total geistesgestört sind«, raunte er mir von hinten in den Nacken, und ich schloss die Augen, als sein Atem mich streifte. Mir kam es so vor, als könnte er nicht mehr die Hände von mir lassen, seitdem ich Ja gesagt hatte, und mir kam es gerade recht – wenn ich ganz ehrlich war. »Und es tut mir leid, du wirst gequält und gefoltert werden, aber du bekommst eine einmalige Belohnung. Später, in meinem Zimmer«, raunte er in mein Ohr und ich fühlte ihn ... hart und bereit an meinem Steißbein. Ich keuchte auf, als er sich unmissverständlich an mich drückte. Er grinste diabolisch, ich spürte es an meinem Hals, und jemand räusperte sich hinter uns.

Wir wirbelten herum und da stand seine Schwester, seine wunderschöne kleine Schwester, in einem T-Shirt wo draufstand FCK YOU und einer knappen Hotpants, unendlich langen perfekten Beinen und fast schwarzen Haaren, die sie zu zwei niedlichen Zöpfen gebunden hatte, außerdem stark geschminkten dunklen Augen.

»Das ist so eklig, Saint! Nimm deinen Ständer von ihr!«, knurrte sie, ging an uns vorbei und schenkte sich Limonade ein. Dann gab sie noch etwas von ihrem Flachmann dazu, auch in mein Glas, und drückte es mir in die Hand.

»Hi Hailey, ich bin Holy!« Sie stieß mit mir an und trank ihr Glas in einem Zug aus. Bevor ich das jedoch gleich tun konnte, wurde mir mein Glas von einem genervten Saint abgenommen.

»Hailey ist noch nicht auf dem besten Wege zu den Anonymen Alkoholikern, und wir werden es dabei belassen, Holy, und nein, sie kifft auch nicht!« Er stellte mein Glas weg und legte mir schützend einen Arm um die Schultern.

»Ich weiß, er kann unglaublich herrisch sein und nerven, aber sollte es jemals zu schlimm werden, mein Zimmer ist im zweiten Stock, gleich neben seiner Stinkekammer!«, flüsterte mir Holy nur zu. Ich musste kichern, als er die Augen verdrehte, und sie ließ sich auf die gemütlich aussehende aprikotfarbige Couch mitten im Wohnzimmer fallen. Behaglich legte sie ihre Füße auf den Couchtisch und wackelte mit den schwarz lackierten Zehen, während sie vor sich hin zappte.

»Kein Fernsehen vor dem Essen!«, erklang jedoch aus der Küche eine männliche strenge Stimme, und ich zuckte zusammen.

Saint runzelte die Stirn und sah mich skeptisch an. »Das ist nur mein Vater ... er ist ... okay ... eigentlich. Keine Sorge.« Er zog mich zu dem Sessel neben der Couch und einfach auf seinen Schoß. »Du musst keine Angst vor meiner Familie haben, und ich glaube nicht, dass ich das gerade wirklich sage, aber sie sind eigentlich alle ganz okay ...«

»Alle außer er«, gab Holy dazu und feilte sich gelangweilt ihre Nägel, während sie eine Tierdoku über Krokodile ansah.

»Halt die Klappe!«, knurrte Saint sie an.

»Was? Ich sage nur die Wahrheit. Irgendjemand muss sie ja vor dir warnen!«

»Holy ...« Sie sah mich an und ignorierte seine dunkler werdende Miene komplett.

»Ganz im Ernst ... Du solltest laufen, solange du noch kannst. Schnell! Denn wenn du bei ihm bleibst, wird er dich versauen. Extrem versauen, du hast keine Ahnung, mit wem du es zu tun hast ... Dieser Kerl ist ein total Perverser«, plapperte die einfach weiter, als wäre er gar nicht da. Sein Arm um meine Hüfte verspannte sich. Ich hatte Herzklopfen, nur weil ich auf seinem Schoß saß, aber ihre Worte ließen mich völlig kalt. Natürlich kannte ich seinen Ruf, aber ich war eher Fan davon, mir mein eigenes Bild von den Menschen zu machen. Und das Bild, was er die letzten Tage geboten hatte, war einfach nur zu schön, um nicht mehr davon sehen zu wollen. Um nicht hinter die erste Schicht Farbe blicken zu wollen ... Auf die raue, reine Leinwand.

Ich antwortete nicht, wie immer ...

»Holy, ohne fuck, hör jetzt auf damit!«

»Was? Sie ist die Pfarrerstochter und noch Jungfrau, du bist doch noch Jungfrau, oder?«, wandte sie sich eher nachlässig an mich, winkte aber sofort wieder ab, als wäre es klar. »Sie hat keine Ahnung von den Abgründen, in die du sie ziehen wirst, und das wirst du, tu nicht so, als wäre es anders! Bis jetzt hast du jede Bitch abgefuckt und war sie noch so bitchig!«

»ES REICHT!« Saint bekam kaum die Zähne auseinander, ich merkte genau, wie es immer mehr in ihm brodelte und versteifte mich.

»Wieso? Weil du sie dann nicht benutzen kannst, wie alle anderen Schlampen, die du...«

»Stopp mal!«, kam es jetzt von mir, nicht von ihm. »Ich möchte nicht, dass du weiter so über Saint sprichst! Er benutzt mich nicht, und er ist auch nicht so ... wie du denkst, dass er ist! Ich glaube, du kennst deinen Bruder gar nicht!«, blaffte ich sie einfach an, ohne darüber nachzudenken. Denn ich konnte es nicht mehr länger ertragen.

Wow! Das verwunderte mich gerade etwas, und ich schluckte mehrmals, nachdem ich fertig war, fühlte aber Saints Blick auf mir. Er schaute mich an, als wäre ich eine Fata Morgana. Und Holy, die grinste breit, wie ich nach einem zaghaften Blick in ihre Richtung feststellte. Zufrieden lehnte sie sich zurück und feilte sich ihre Nägel weiter ...

»Sie gefällt mir, Saint, ist genau die Richtige für dich!«, meinte sie dann, mich völlig ignorierend, während ich fühlte, dass mein Gesicht lichterloh brannte. Gott sei Dank kam jetzt wieder seine Mutter rein und scheuchte uns zum reichlich gedeckten wunderbar duftenden Esstisch.

Ich war immer noch völlig perplex und fragte mich, was gerade geschehen war und woher ich den Mumm nahm, jemanden einfach so meine Meinung entgegen zu blaffen. Das war sonst gar nicht meine Art …

***

Saints Vater war tatsächlich absolut okay. Er wusste gar nicht, wie er mit mir umgehen sollte, war es wahrscheinlich nicht gewöhnt, sich um irgendeine von Saints Freundinnen zu bemühen – dafür plapperte Saints Mutter doppelt so viel. Aber sein Vater war sehr freundlich und entgegenkommend, deckte mir als Erste auf und schenkte mir immer wieder Wasser nach. Man merkte genau, wie viel Mühe sie sich gaben, aber auch, dass sie von Haus aus einfach freundliche Menschen waren. Sie waren einfach liebenswert. Ein bisschen chaotisch, besonders Saint und seine Schwester, die sich nicht nur einmal in die Haare bekamen, wobei man aber trotzdem merkte, wie viel sie sich bedeuteten. Ich mochte die Conroys, und sie schienen mich auch zu mögen – obwohl ich sonst nur der kleine Freak war. Zumindest bei den Leuten aus der Schule.

Die Aufmerksamkeit, die mir zuteilwurde, war mir unangenehm und sehr ungewohnt.

Ich bekam kaum einen Bissen herunter, viel zu ablenkend war Saints Hand an meinem nackten Oberschenkel oder die Tatsache, dass mein persönlicher Adonis überhaupt neben mir saß … Holy schenkte mir noch mal etwas von ihrer

Speziallimonade ein, ohne dass er es merkte, und flüsterte mir zu »Trink einfach!«

Ich trank und fühlte mich danach tatsächlich ein bisschen ruhiger. Ein bisschen so, als würde ich fliegen ...

25. Wieso Saint Conroy der schönste Mann der Erde ist

Das Ein-bisschen-wie-fliegen-Gefühl war auch schuld daran, weswegen ich es nicht erwarten konnte, mit Saint wieder allein zu sein. Ich hatte nicht vergessen, was er mit mir unter diesem Wasserfall angestellt hatte, und ich wollte definitiv mehr davon – noch viel mehr! Sünde hin oder her!

»Hast du Angst?«, fragte er mich, als er mich nach einem wirklich phänomenalem Drei-Gänge-Dinner mit warmen Brownies als Nachspeise nach oben führte.

Doch ich schüttelte nur den Kopf. »Wieso sollte ich Angst haben?«, fragte ich, und er presste die Lippen aufeinander, während wir zu seinem Zimmer gingen. Vorbei an vielen Bildern ihrer Familie, die ich später noch eingehender betrachten würde.

»Meine Schwester hatte recht«, sagte er, öffnete die Tür seines Zimmers und ließ mich eintreten.

OH GOTT, ich war in SAINTS ZIMMER!

KREISCH!

Dann schloss er die Tür und drehte auch den Schlüssel herum … weswegen das Herz kurzzeitig in mein Höschen rutschte. »Ich werde dich total versauen, Hailey White.«

Ich wirbelte atemlos zu ihm herum.

Die Stimmung wandelte sich augenblicklich, sofort verschlug es mir den Atem, und alles in mir prickelte, als ich ihn ansah, nur noch ihn, wie er vor mir stand und mich eindringlich musterte. »Ich werde dich bis an deine Grenzen treiben und darüber hinaus, ich werde Dinge mit dir tun, die du dir noch nicht einmal vorstellen kannst, und du wirst es lieben. Jede einzelne Sekunde davon.« Er kam auf mich zu, langsam, gemächlich, und ich schluckte trocken.

Mist.

Wieso fühlte ich mich mit einem Mal, als würde ich einem wilden Tier gegenüberstehen?

Er umkreiste mich, mit diesem dunklen lodernden Blick, und ich drehte mich mit … Die Sonne ging gerade unter, alles war schummrig beleuchtet, und trotzdem sah ich genau, wie seine Muskeln angespannt waren, als er sich einfach so das Shirt über den Kopf zog und es achtlos zu Boden warf. Mein Mund wurde noch trockener … während es sich zwischen meinen Beinen ganz anders anfühlte.

»Aber nur, wenn du es willst!«

Er trat an mich heran, ich wich zurück und knallte an die Tür, er beugte sich vor und strich mit seiner Nase über meinen Hals, berührte mich sonst nicht und wisperte in mein Ohr. »Alles nur, wenn du es willst.«

»Ich will es!«, sagte ich sofort, und meine Stimme klang

peinlich brüchig. Er grinste mich an.

»Ich weiß!« Schon fuhr er mit beiden Händen in meine Haare und küsste mich, küsste mich tief und innig und fast besinnungslos. Zu schnell ließ er jedoch von mir ab, nahm meine Hand und zog mich zu seinem riesigen schwarzen ungemachten Bett, ich musste über ein paar Sachen steigen, die da so lagen. Bücher, Hefte, Kleidung, aber ich schaffte es mit nur einmal stolpern. Die Decke warf er achtlos auf den Boden, wirbelte mich herum und schubste mich auf sein Bett. Und dann stand er hier vor mir, dieser absolute prächtige Mann und öffnete langsam seinen Gürtel, seinen Knopf, seinen Reißverschluss ... ohne mich aus den Augen zu lassen. Dabei muss wohl nicht erwähnt werden, wie es um meinen Atem stand, der mit jeder Bewegung von ihm abgehackter kam. Ich keuchte aufgeregt, als er sich über mich lehnte, seine Lippen an meinem Hals ... »Ich kann es kaum erwarten, endlich in dir zu sein ...« Ich versteifte mich. Er richtete sich auf, um atemlos auf mich herabzublicken. »Nicht jetzt, Hailey, gottverdammt nochmal! Ich bin ein irrer Perverser, aber kein verdammtes Monster!«

»Nein! Das bist du nicht!«, wisperte ich und strich über seine feuchten vollen Lippen. Ein Mann, der so ein engelhaftes Antlitz besaß, konnte nicht pervers sein. Nicht wirklich.

»Was willst du genau von mir, Hailey, du musst mir sagen, wozu du bereit bist!« Ich wurde knallrot, als er das sagte und spielerisch nach meinem Finger schnappte, als wäre er eben doch ein Monster. Ich kicherte wieder aufgeregt, hatte keine

Ahnung, was ich von ihm wollte … ehrlich. Ich war doch noch nie mit einem Jungen allein gewesen, und erst recht nicht mit so einem!

»Sag schon, Kleines! Keine falsche Scham vor mir!«

Ich schluckte … was … was wollte ich von ihm? Okay, da gab es so einiges, angefangen bei seine Frau zu werden, drei Kinder mit ihm zu zeugen, ein Häuschen und eine Hollywoodschaukel zu haben! Solche Sachen eben … aber ich glaubte, das wäre jetzt etwas zu viel verlangt.

Also … was wollte ich schon immer mit ihm tun?

Was hatte ich mir immer in meinen geheimen Fantasien vorgestellt?

»Ich … ich würde dich gern anfassen«, sagte ich zaghaft, und er grinste – ein wenig dreckig. Dann schwang er sich von mir runter und neben mich in die weichen Laken. Ein wenig Sonne schien genau auf seine Brust und seine Bauchmuskeln.

»Bitteschön! Ich gehöre dir!« Oh mein Gott!

Oh mein Gott!

Würde ich das überleben?

Ich glaubte nicht!

***

Da lag er also vor mir, in nichts weiter, als einer eng anliegenden roten Calvin Klein-Shorts auf seinem schwarzen Bett, von einem Strahl Sonnenlicht erleuchtet, was ihm etwas echt Göttliches verlieh. Beide Arme hinter dem Kopf – total locker und lässig und so unglaublich schön. Ich saß stocksteif neben ihm und starrte erst mal nur. Mein Blick flog gierig über jede einzelne Kontur, jeden einzelnen, klar definierten Muskel. Ich konnte nicht glauben, wie perfekt er war. Solche Männer wie Saint Conroy gab es sonst nur auf Katalogen oder in Kinofilmen, aber nicht im normalen Leben. Aber da war er. Vor mir. Aus Fleisch und Blut … und wartete nur darauf, dass ich es tat.

Als ich dann zaghaft meine Hand ausstreckte und mit meinen Fingerspitzen über seine Brust strich, presste er die Zähne zusammen und … in seiner Hose bewegte er sich. Ich konnte seinen Umriss genau erkennen, schwer und mächtig lag er da und verhöhnte mich, weil ich niemals in meinem ganzen Leben den Mut hätte, auch IHN anzufassen. Erst mal beließ ich es bei seinem Oberkörper.

»Ist das okay?«, fragte ich, während ich seine Brust erkundete, jeden einzelnen seiner Bauchmuskeln, und das Gefühl seiner samtigen Haut unter meinen Fingern genoss.

»Mehr als das«, knurrte er, die Hände zu Fäusten geballt und presste die Lider genauso aufeinander wie die Zähne. Seine Kiefermuskeln mahlten aus unerfindlichen Gründen. Besonders, als ich dem feinen Streifen schwarzer Haare folgte, der direkt in seine Boxershorts ging und … dann nicht mehr wusste, was ich tun sollte. Irgendwie wollte ich ihn berühren, also da, wo es verboten war. Da, wo es immer größer und härter wurde, aber ich traute mich einfach nicht. Also zog ich meine Finger zurück.

»Was jetzt?«, fragte er, und ich zuckte mit den Schultern.

»Warst du schon mal mit einem Mann zusammen?«

Ich schüttelte den Kopf.

»Noch nicht mal geküsst?«

Ich schüttelte den Kopf.

Er grinste, ein Funkeln trat in seine Augen, dann richtete er sich auf und wisperte in mein Ohr. »Das gefällt mir, dann gehörst du tatsächlich nur mir ganz allein!«

Ich blieb still.

»Leg dich hin, Kleines.« Ich ließ mich sofort nach hinten fallen. Er gluckste leise, beugte sich über mich und strich mit seinen Lippen wieder über meinen Hals. »Hat es dir gefallen, was ich letztens mit dir gemacht habe?« Ich nickte heftig und erschauerte, als sein warmer Atem mich streifte. Seine Lippen glitten weiter herab, zu der Schwellung meiner Brüste. »Willst du, dass ich so was noch mal mit dir mache?«

Ich nickte noch heftiger.

»Okay, entspann dich …« Der war lustig, ich war angespannt wie ein Flitzebogen, als ich seine große männliche Hand an meinem Oberschenkel fühlte, die nach oben glitt, während seine Lippen und seine Zunge meinen Hals verwöhnten und heiße Wellen durch meinen Körper schickten. »Normalerweise würde ich dir sagen, du sollst mir zeigen, wie du es gern hast. Aber lass mich raten, du hast dich auch noch nie selbst berührt?«

Natürlich nicht!

Ein Blick in mein hochrotes Gesicht reichte ihm …

»Es ist okay, Kleines«, wisperte er und strich das erste Mal sanft mit seiner Hand zwischen meinen Beinen entlang. Ich stöhnte auf und beugte den Rücken durch, als ein wahrer Blitz an heißen Gefühlen mich durchzuckte. »Scheiße«, wisperte er heiser und rieb träge Kreise, ganz sanft, ganz langsam ... »Du bist unglaublich empfänglich, ist dir das klar?« Das war wohl eine rhetorische Frage ... »Und du bist so feucht, dass ich es selbst über dem Höschen spüre ...« Er klang etwas verbissen, ich hatte die Augen zusammengepresst, deswegen konnte ich nicht beobachten, wie er mich ansah. Aber ich fühlte ihn. Fühlte ihn mit jeder Faser, als er sich leise stöhnend vorbeugte, mich küsste ... und dabei weiter rieb, sodass ich mein Becken unmöglich still halten konnte. Seine heißen Zungenschläge zusammen mit dem Gefühl seiner Finger zwischen meinen Beinen wurden mir bereits nach ein paar Minuten zu viel. Wahnsinn, was er für einen Gefühlsregen nur mit ein paar Bewegungen seiner Finger und seiner Zunge in mir explodieren zu lassen vermochte. Seine Lippen waren so weich, sein Atem in meinem Mund ging immer schneller – genau wie meiner. Ich hob eine Hand, krallte mich in seine Haare, spreizte meine Beine weiter, ließ jegliche Barrieren fallen und glaubte, jede Sekunde durchzudrehen. Immer fester rieben seine Finger, über diesen einen wild pochenden Punkt, in dem sich mein gesamtes Sein zu bündeln schien. Immer drängender wurde sein Kuss, immer leidenschaftlicher seine Töne, als er auf meine Lust reagierte. Er biss in meine Unterlippe, knabberte daran, ich verdrehte stöhnend die Augen, und als er mich jetzt wieder küsste, seine Zunge gierig über meine strich ... da geschah es. Diese Welle der puren Ektase rollte über mich hinweg – genau wie gestern – er küsste den leisen Schrei von meinen Lippen.

Als ich mich wieder beruhigt hatte, lag seine Hand einfach nur still zwischen meinen Beinen und er küsste mich träge, sanft … knabberte sich an meinem Kiefer entlang und schaute mir schließlich lächelnd in die Augen.

Oh

Mein

Gott!

»Hi«, hauchte er, als ich wieder im Hier und Jetzt ankam und ihn anblinzelte.

»Hi«, kicherte ich, und sein Lächeln wurde breiter.

»Ich mag es, wenn du kommst, ich könnte glatt süchtig danach werden«, stellte er fest, und ich wurde knallrot.

»Das … war ein Orgasmus, oder?«

»Japp.«

»Ähm … und du … hattest du auch einen?«

»Nein, aber es war knapp.« Sanft strich er mit seiner Nasenspitze über meine. Okay, das konnte ich verstehen. Ich war ja auch nicht so … toll wie er. Und ich hatte keine Ahnung, wie ich ihm diese Gefühle schenken konnte.

»Was ist?«, fragte er, als ich mein Gesicht verzog.

Ich zuckte mit den Schultern.

»Nein!«, meinte er mit einem Mal todernst. »Das läuft nicht mehr! Kein verdammtes Schultergezucke mehr, wenn du etwas nicht sagen willst! Ich will alles wissen, was in deinem Kopf vorgeht, denn du gehörst mir, und so gehören mir auch deine Gedanken!« Streng sah er mich an. Doch ich wollte lieber sterben, als ihm zu sagen, was ich dachte. Ehrlich!

»Sag schon, Miss White, oder ich foltere es von deinen

süßen Lippen. Du kennst mich noch nicht!« Zur Bekräftigung seiner Worte knabberte er sanft an meiner Unterlippe.

GOTT!

IM!

HIM

MEL!

»Ich … ich kann verstehen, dass du … dass du … keinen Orgasmus hast. Mit mir«, sagte ich, bevor er diese Drohung wahr machen konnte, denn sein Blick sprach Bände. Bösartige, schmerzhafte Bände. Ich wollte nicht gefoltert werden.

Jetzt schaute er mich allerdings an wie ein Fahrrad – rosa und alt.

»Was?«

»Na ja … ich … ich bin nicht so toll, und ich weiß gar nicht, was ich machen soll, damit du … damit du dich auch gut fühlst.«

Nun grinste er wieder – und zwar mehr als dreckig. Weswegen mein Herz wieder schneller schlug.

»Willst du es erfahren?«, fragte er irgendwie lauernd.

JA!

NEIN!

Wieder schien er in meinem Gesicht zu lesen … Er beugte sich vor … und wisperte in mein Ohr: »Soll ich es dir zeigen, Hailey?«

Es war das verruchteste Angebot, was ich je bekommen hatte.

Schnell nickte ich. Ich brannte förmlich darauf.

»Gut!« Er lehnte sich zurück und zog seine Boxershorts einfach herab.

Fast fiel mir alles aus dem Gesicht als sein harter … *Penis* ans Tageslicht sprang.

»Darf ich vorstellen, mein Penis. Manche nennen ihn Dödel, andere Anakonda, Hosenteufel, Genytalexpander oder Hosenrochen. Ich nenne ihn einfach nur liebevoll Schwanz! Sag hi …«

Das tat ich sicher nicht! Ich starrte ihn nur an und fühlte, wie das Blut in meine Wangen stieg, als er ihn schamlos mit einer Hand umfasste.

»Er mag es, wenn man ihn fest anpackt … so ungefähr …« Ich starrte nur … »Das hier ist die Vorhaut … die schiebst du zurück und wieder nach vorn. Es ist nicht sonderlich schwer …« Er machte es mir vor und seine harte Eichel verschwand in seiner Faust, bevor sie wieder zum Vorschein kam. Mir fiel auf, wie gerade sein … *Penis* war … und von Adern durchzogen, außerdem ziemlich groß. Und das schoben die Männer den Frauen … zwischen die Beine? Wie sollte das denn passen? Das war doch unmöglich! Bei dem Gedanken wurde ich noch dunkler … »Das tust du jetzt unentwegt … Das ist alles!«. Echt total schamlos machte er mit seinem Unterricht weiter und bewegte seine Hand nach oben und unten. Seine Bauchmuskeln zuckten und seine Armmuskeln waren angespannt und hart. Alles in allem hatte es wirklich was, ihn dabei zu beobachten. Irgendwie bekam ich wieder diesen kleinen Kick, der mich mutig machte.

»Samantha … in der Kirche. Sie hat ihn in den Mund

genommen, oder?«, fragte ich, und er stockte in seinen Bewegungen, runzelte die Stirn.

»Könntest du bitte aufhören von ihr zu reden, sonst wird das hier nichts!«, knurrte er nur irgendwie sauer, und ich lachte leise, schlug seine Hand weg und beugte mich vor. Ehe er mich aufhalten konnte, hatte ich ihn auch in den Mund genommen.

Saint erstarrte, rührte sich nicht und fragte panisch. »Was tust du da?«

»Dasch, wasch Samantha gemascht hat«, nuschelte ich mit seiner warmen Spitze zwischen den Lippen. Probeweise ließ ich meine Zunge um ihn kreisen, und dann passierte es. Er stöhnte, tief und fest und so sexy, dass es wieder zwischen meinen Beinen pochte. Außerdem klammerte er die Fäuste rechts und links ins Bettlaken, weswegen die Sehnen und Muskeln an seinen Armen noch mehr hervortraten. Der Anblick war wirklich nicht zu verachten!

»Hailey«, knurrte er, als ich probeweise etwas an ihm saugte ...

»Ja?«, fragte ich ihn und schaute unschuldig zu ihm hoch, dann nahm mich ihn tiefer in den Mund, so tief ich konnte.

»FUCK!« Damit warf er den Kopf zurück und biss die Zähne fest aufeinander, die Adern an seinem Hals traten hervor.

»Gut so?«, fragte ich und umkreiste ihn noch mal, nahm die Hand dazu und schob seine Vorhaut nach oben. Als ich sie wieder runter schob, folgte mein Mund, und zwar so weit, dass ich ihn an meine Kehle stoßen spürte und leicht würgte. Egal!

Ich wollte das hier unbedingt besser machen als irgendeine Samantha!

»Gott im Himmel!«, keuchte er. »Ich werde gleich … sowas von … in deinen Mund … kommen, wenn du … nicht … aufhörst!« Er klang abgehackt, seine Hüften wanden sich unter mir. Die Adern an seinen Armen traten weiter hervor, weil er das Bettlaken so fest umklammerte.

Alles in allem war er nie schöner gewesen …

»Und?«, fragte ich und strich hauchzart und voller Faszination über seine Hoden.

»HAILEY!«, rief er, und dann … dann schoss schon etwas in meinen Mund. Ich war so schockiert, dass ich mich erst gar nicht bewegen konnte. Dann schmeckte ich die bittere schleimige Flüssigkeit, merkte, dass immer mehr hinterher kam und wich erschrocken zurück.

Mit einem »Bäh!«, spuckte ich ihm einfach die Flüssigkeit auf den Bauch und schaute ihn vorwurfsvoll an.

»Fuck«, fluchte er. Dann war sein Penis fertig dieses widerliche Zeug auszuspucken, und er sackte mit Schweiß auf der Stirn in sich zusammen. »Scheiße …« Er grinste … während ich ihn absolut erzürnt ansah.

Wie konnte er nur!

Und als ich ihn dann anblaffte: »Du hast mir in den Mund gepinkelt, Saint!«, da konnte er wirklich nicht mehr und fiel vor Lachen fast aus dem Bett.

Also ich weiß ja nicht, was daran lustig sein sollte! Ernsthaft!

26. Wieso Sperma eklig ist

»Ich habe dir nicht in den Mund gepinkelt.«

Ich lag an seiner Brust, er hatte mich eng an sich gezogen, schüttelte sich nicht mehr vor Lachen, aber ich schmollte immer noch wütend vor mich hin.

»Nicht?«

»Nein … ich hatte einen Orgasmus. Und das war Sperma! Sorry, du hast mich einfach so überrumpelt, ich konnte es nicht zurückhalten.« Ich schmeckte nach … und fand es immer noch widerlich.

»Das war Sperma?«

»Ja …«

Er beugte sich über mich und gab mir eine Flasche Fanta. »Trink!«

Ich trank, und der Geschmack verflüchtigte sich Gott sei Dank. Dann sah ich dabei zu, wie er sich den Rest mit Tüchern vom Bauch wischte und sie achtlos in den (randvollen) Mülleimer neben dem Bett warf. Grinsend zog er mich wieder an sich und sprach in meine Haare.

»Du hast wohl noch nie einen Porno gesehen?«

»NEIN!«, rief ich sofort und wurde knallrot.

»Aber wir hatten doch Sexualkundeunterricht.«

»Da durfte ich nicht mitmachen.«

»Aber du weißt, wo die Babys herkommen, oder?«

»So ungefähr …«

»Woher?«

»Na, aus der Vagina!«

»Ich meine, woher du es weißt.«

»Aus dem Kirchenbuch für kleine Jungs und Mädchen.«

»Da steht aber nichts mit Blümchen und Bienchen, oder?«

»Mach dich nicht lustig über mich!«

»Das würde ich nie wagen …« Er gluckste in meine Haare und küsste meinen Kopf.

27. Wieso Saint ein Magier ist

Hailey

Am nächsten Tag fuhren wir wieder zu seinem Waldsee – diesmal brachte er mir allerdings einen Bikini von seiner Schwester mit, den ich natürlich nicht anzog! Er hatte mich bis jetzt nur in Kleidung gesehen – und dabei wollte ich es am liebsten belassen. Denn die konnte wenigstens noch die kleinsten Übel wegkaschieren, wobei ich im Bikini kein einziges Gramm vor ihm verstecken könnte. Also trug ich wieder mein weißes T-Shirt.

Saint hatte heute eine riesige Luftmatratze mitgeschleppt, die er aufblies, während ich schon mal ins Wasser ging. Diesmal, ohne zu stürzen. Dann warf er mir die Luftmatratze rein und ich verbrachte die nächsten fünf Minuten damit, mich hinauf zu kämpfen. Ohne Erfolg. Er schaute sich das einige Zeit an und bekam sich vor Lachen gar nicht mehr ein – so viel zu: »Ich lache nicht über dich!«. Dann erbarmte er sich, packte mich einfach mit einer Hand unterm Hintern und schob mich auf die Matratze. Ich landete drauf wie ein gestrandeter Wal und prustete und keuchte vor mich hin. Er lachte, auch ich kicherte und kreischte auf, als er sich neben mich auf die Matratze schwang … Schon zog er mich an sich, bettete einen Arm unter meinem Kopf, den anderen unter seinem, schloss die Augen … und wir ließen uns treiben. Ohne zu reden, ohne zu denken, nur die Nähe des anderen, das Vogelgezwitscher und die leichten Geräusche des Matratze auf dem Wasser genießend.

Das hier musste der Himmel sein.

Ich war mir sicher.

Leider hatte ich am Abend einen ausgeprägten Sonnenbrand – genau wie er. Er hatte mir auch noch seine Sonnenbrille gegeben, weswegen ich jetzt aussah wie ein Waschbär. Um die Augen herum war ich käseweiß, ansonsten knallrot. Saint bekam sich wirklich nicht mehr ein, als er mir am Abend beim Nach-Hause-Bringen die Brille abzog, um mich zu küssen. Erst als ich später in den Spiegel schaute, wusste ich wieso. Ich sah einfach nur bescheuert aus! Und so würde ich morgen auch noch in die Schule gehen müssen.

Als ich frisch geduscht in mein Zimmer kam, hatte ich bereits eine Nachricht von ihm auf meinem prähistorischen Handy. **Na, mein kleiner Waschbär, wie geht's?**

Du bist so fies Saint! Wie soll ich das morgen in der Schule überleben? Ich bin sowieso schon ein Witz!

Als kurz darauf das Handy klingelte, zuckte ich zusammen.

»Du bist kein Witz!«, sagte er todernst, und ich kaute auf meiner Unterlippe rum, während ich das Fenster öffnete und die laue Nachtluft hineinließ. »Du bist schlau, mutig und wunderbar. Nur, weil du dir mehr Gedanken machst als all die anderen Spacken, und anders bist als sie, heißt es nicht, dass du weniger wert bist. Du bist einfach so, wie du bist und wie du bist, machst du mich hart!« Das war wo typisch Saint. Er sagte das einfach so, ohne zu wissen, was er damit in mir anstellte.

Heute Nachmittag hatten wir nur ein bisschen geknutscht. Dann war ich jedoch etwas zu übereifrig geworden und wir waren im Wasser gelandet, womit jegliche Stimmung dahin gewesen war. Mehr war nicht passiert, er hatte sich irgendwie sogar … von mir ferngehalten, und ich hatte gedacht, weil ihm das in seinem Zimmer vielleicht doch nicht gefallen hätte. Aber das, was er jetzt sagte, strafte meine Gedanken Lügen.

»Ich mache dich hart?«, fragte ich und setzte mich auf.

»Und wie«, antwortete er ohne zu zögern.

»Wieso … wieso hast du mich heute Nachmittag dann auf Abstand gehalten?«

Er seufzte. »Hast du eigentlich auch nur den Hauch einer Ahnung, wie du in diesem verdammten nassen T-Shirt aussiehst und was ich am liebsten mit dir machen würde?«

»Nein«, antwortete ich wahrheitsgemäß, aber erschauerte beim erregten Klang seiner Stimme.

»Dinge, für die du noch nicht bereit bist, Kleines. Ich würde mich am liebsten auf dich stürzen und dich dann womöglich für alle Zeit verschrecken … Ich will einfach nichts überstürzen und dir Zeit lassen.«

»Und wenn ich diese Zeit gar nicht will?«, fragte ich atemlos.

Er stockte. »Manchmal überraschst du mich.«

»Wieso?«

»Du wirkst so unschuldig, aber du hast es wirklich faustdick hinter den Ohren.«

Ich grinste, dank ihm traute ich mich so langsam immer mehr aus meiner Haut. »Ich lerne vom Besten.«

»Das tust du …«

Wir schwiegen eine Weile, dann sagte ich – wieder mal und zwar nur bei ihm – was mir als Erstes in den Sinn kam: »Ich würde dich jetzt gern küssen.«

»Ich dich auch.«

»Da unten …«

»Wo?«

Ich drückste rum …

»Sag es, Hailey, sag: an deinem Schwanz.«

»Nein.«

»Okay, dann eben Penis.«

»Nein …« Ich fühlte förmlich, wie er die Augen verdrehte.

»Du traust dich, mir beim ersten Mal in meinem Zimmer einfach so einen zu blasen, aber du traust dich nicht, das Wort Schwanz zu sagen, und nein zuck jetzt nicht mit den Schultern. Ich sehe dich!«

Ich musste lachen und auch er glückste leise. »Ich würde dich auch gern da unten küssen, Hailey White.« Allein diese sehnsüchtig gehauchten Worte brachten dieses warme verlangende Pochen zwischen meinen Beinen zurück, und ich wand meine Hüften etwas.

»Ehrlich?«

»Ja.«

»Das wäre … sicher … schön …«

»Hör auf, oder ich bin in fünf Minuten bei dir.«

»Ich bitte darum!« Ich lachte. Doch als er nichts erwiderte, fragte ich … »Saint?« Da hörte ich nur noch ein Tuten in der Leitung.

Er hatte einfach aufgelegt! Oh mein Gott!

Zum Glück war mein Vater nicht da. Das war mein einziger Gedanke, als ich mit bangem Herzen darauf wartete, ob er wirklich kommen würde. Als er nach genau fünf Minuten um die Kurve bog und das Licht seines Motorrades das Wohnzimmer flutete, zuckte ich zusammen.

Er war hier!

Bei mir zu Hause!

Oh mein Gott!

Er hämmerte an die Tür, ich machte sofort auf, wollte gerade etwas sagen, mich entschuldigen … da hatte er schon mein Gesicht gepackt und küsste mich. Dabei drängte er mich rückwärts. Ich wusste gar nicht, wie mir geschah, schon hatte er mich mitten in der Dunkelheit bis zu unserem alten kleinen Sofa gedrängt und ich war rückwärts darauf gefallen. Er stand über mir. In seiner schwarzen Lederjacke, seiner schwarzen Hose und seinem Shirt, seinen dunklen Augen, mit seinem durchdringenden Blick und starrte mich wieder an wie das Raubtier seine Beute.

»Du trägst keine Hosen, Hailey!«, knurrte er und sein Blick brannte sich unter meine Haut. JA, ich trug nur ein einfaches

Top und ein kleines Höschen, sonst nichts … ein Baumwollhöschen. Wie peinlich! »Du hast keine Ahnung, wie sehr mich diese Beine heute den ganzen Tag schon um den Verstand gebracht haben!« Damit fiel er vor der Couch auf die Knie, beugte sich über mich und küsste mich erneut. »Ich werde dich jetzt lecken, und du wirst leise kommen, sonst hören es die Nachbarn. Verstanden?« Ich nickte wie der Wackeldackel von Miss Devenport, unserer Nachbarin. »Und ich werde dir dafür das hier ausziehen …« Er hakte seine Finger in mein Höschen, schaute mir ernst ins Gesicht, aber rührte sich nicht … bis ich nickte … Erst dann wich er auf seine Hacken zurück und zog den Stoff langsam meine Beine herab, ohne mein Gesicht aus den lauernden Augen zu lassen.

War das heiß hier drin oder war das heiß hier drin?

Es war wirklich heiß!

Ich zerfloss fast … besonders, als sein Blick dem Pfad seiner Hände folgte und er mich zwischen den Beinen ansah. »So schön«, hauchte er, beugte sich vor und strich mit seiner Nase über die feinen Löckchen. Ich keuchte auf, fasste in seine Haare, wollte ihn wegschieben, aber er packte meine Hände einfach … drückte sie links und rechts von mir auf die Couch und machte weiter. Strich mit seiner Nasenspitze einmal von oben bis unten.

»OH Gott!«

»Du darfst mich auch Saint nennen«, erlaubte er freundlich. Dann strich er wieder nach oben und küsste meinen Venushügel … Ich stöhnte und presste die Lippen aufeinander, alles in mir kribbelte, besonders die Stellen, die

er mit seinem Mund berührte ... »Leg dein Bein hier hoch ...«
Er hob es auf die Couchlehne, sodass ich total offen für ihn
war ... »... und lass die Hände hier!« Sanft fuhren seine
Zauberfinger zwischen meine Beine und öffneten mich für ihn
und dann ... dann strich seine Zunge über einen bestimmten
Punkt und ich schrie auf.

»Ich hab gesagt, du sollst leise sein, Hailey«, neckte er
mich und tat es erneut. Ich zuckte zusammen. Es war so
intensiv, seine heiße Zungenspitze da zu fühlen, so intensiv,
wie nichts anderes, was ich jemals empfunden hatte.
Wahnsinn!

Er strich erneut über diesen Punkt, bevor er ihn sanft
umkreiste und mir dabei genaustens ins Gesicht sah. *Wie ein
Tiger vor dem Sprung,* dachte ich wieder und griff in seine
Haare, um ihn von mir zu ziehen, es war einfach zu heftig,
doch dann dachte ich gar nichts mehr. Weil er dagegen
schnalzte. »Hände!«, knurrte er nur und ich krallte sie rechts
und links von mir in die Couch.

Was tat er hier nur mit mir! Das grenzte schon fast an
Zauberei! Er machte Dinge mit seiner Zunge, seinen Lippen,
die ich nie für möglich gehalten hätte ... ich wurde immer
nasser. Es rann an mir herab und auf die Couch. Stöhnend
griff er nach oben, packte eine meiner Brüste unter dem Top
und knetete sie. Ich verging fast, als er meinen Nippel zart
unter dem Stoff zwirbelte und die unglaublichsten Dinge
zwischen meinen Beinen tat. Immer wieder baute sich diese
eine Welle auf, immer wieder hörte er auf, küsste nur meine
bebenden Innenschenkel, pustete über meine empfindliche

Haut an, leckte und küsste und knabberte … bis ich mich hin und her wand und die Couch total durchnässt war.

»Saint«, wimmerte ich, denn ich brauchte Erlösung! Ehrlich! Sonst würde ich wahnsinnig werden.

»Was bist du?«

»Was?«

»Was bist du, Hailey, sag es mir!«

»Ein Freak?«, bot ich an, und er kniff mir in den Nippel, so fest, dass ich zusammenzuckte. Mit einem Mal legte er sich auf mich, sodass ich total in seiner Gewalt war, meine Brustwarze immer noch in seinem Griff, sodass der Schmerz Lust war und die Lust Schmerz.

»Das bist du nicht, Hailey, du bist sexy! Sag es!« Und dann bewegte er seine Hüften zwischen meinen Beinen, so, dass sein harter … Schwanz … bei dem Wort in Gedanken zuckte ich zusammen … über diesen einen Punkt rieb, den er soeben noch verwöhnt hatte. Seine Hose wurde von meiner Feuchtigkeit durchtränkt, aber ihm schien das völlig egal zu sein, als er sich an meiner empfindlichen pochenden Mitte rieb.

»Ich bin sexy …«, wisperte ich atemlos, und seine harten strafenden Finger wurden zu neckenden, spielenden. Er beugte sich vor … und küsste meine Brustwarze über dem Top. Ich keuchte seinen Namen …

»Du bist schlau!«, machte er mir weiter klar, während er sich zwischen meinen Beinen bewegte und einen Schauer kleiner Küsse über meinen Hals verteilte.

»Ich bin schlau …«

»Du bist mutig.«

»Ich bin mutig ...«

»Du bist schön ...« Da sträubte ich mich besonders, aber ich sagte es trotzdem, denn ich wollte nicht, dass er aufhörte.

»Ich bin schön! GOTT, SAINT!« Er hatte mit seinen Hüften fester zugestoßen und stöhnte jetzt heiser direkt an meinem Hals, schmiegte seine Wange an mich, seinen Körper, als wären wir ein vor Lust vergehendes Individuum ... Auch er hielt es kaum aus, ich spürte das Drängen in jedem einzelnen Stoß.

»Wenn du wüsstest, wie gern ich dich jetzt ficken würde!«, knurrte er und rieb sich noch drängender, stöhnte dabei immer wieder, und ich konnte nicht mehr, ich krallte die Hände in seinen Rücken und machte mit. Hob ihm mein Becken entgegen, ging diesen uralten Rhythmus mit ihm ein ... und küsste ihn wie von Sinnen.

Er versteifte sich, als ich mich nun an ihm rieb ... keuchte gerade noch ... »Hailey, fuck ...« und dann spürte ich ihn schon zwischen meinen Beinen zucken und fand auch meine Erlösung, packte sein Gesicht und küsste ihn. Küsste ihn mit allem, was ich hatte, was ich empfand und was ich war.

Wow!

28. Wieso Änderung manchmal gut ist

Saint

Ich rannte durch die dunklen Straßen und hangelte mich am Zaun hinter Mister Harrisons Supermarkt hoch, mit einem halben Salto sprang ich herab, fast in eine kleine Pfütze, und spurtete dann weiter, über die zwei Müllcontainer, einen Sprung auf den kleinen Schuppen und weiter hoch auf den Fenstersims des Hauses. Dann musste ich nur noch zur Regenrinne springen, mich ein wenig an ihr hochhangeln und mich aufs Dach schwingen. Über den Rand des geraden Giebels entlang, mit viel Schwung abstoßen und springen … Ich landete knapp auf dem Rand des Daches des kleinen Kinos …

Dort setzte ich mich schwer atmend auf den Schornstein und genoss die Aussicht. Von hier aus konnte man ewig weit gucken, bis zur Kirche, der Schule und den Highway, über den hier und da ein paar Autos fuhren und in der Nacht aufleuchteten. Immer weiter über die Wälder und Felder mit den unzählig vielen Kühen und noch weiter bis zu den Bergen. Über mir blinkten die Sterne am wolkenlosen Himmel, und man hörte nichts, als den leise rauschenden Wind. Irgendwo in weiter Ferne gaben zwei Katzen ihr schauriges Konzert. Ich zündete mir eine Zigarette an und sog tief den Rauch in die Lungen, ließ den Kopf dabei nach hinten fallen und dachte an die letzte Woche und ganz besonders an dieses Wochenende zurück.

Irgendwas hatte sich verändert.

Ich konnte in Hailey nicht mehr einfach nur ein Mittel zum Zweck sehen. Wenn ich an sie dachte, dann sah ich nur ihre funkelnden Augen, ihre roten Wangen, ihr sanftes Lächeln, ich hörte ihr leises Stöhnen und fühlte sofort wieder ihre Lippen um meinen Schwanz oder ihren warmen weichen anschmiegsamen Körper unter mir. Ich schmeckte sie auf meiner Zunge und fühlte, wie ihre Pussy unter meinen Lippen zuckte. Ich wollte sie, auf alle erdenklichen Arten. Ich war fast … süchtig nach ihr. Vorhin als sie geschrieben hatte, ich sollte kommen, war ich so schnell bei ihr gewesen, dass es mich selbst verwundert hätte, und selbst jetzt. Befriedigt … zog es mich wie magisch zu ihr. Ich wollte mehr … ich wollte alles. Aber es ging nicht nur um Sex.

Mittlerweile liebte ich es, ihrer Stimme zu lauschen, mir ihre Sicht auf die Welt anzuhören. Sie war … etwas Besonderes. Sie war anders. Sie war Löwenzahn, der sich zwischen harten Pflastersteinen durchpresst, um ein wenig

Farbe in die triste Umgebung zu bringen. Sie war … mein Mädchen. Mein größter Schatz. Keine Ahnung, wann das geschehen war. Aber zwischen *Ich bringe sie dazu, mir mit Granny zu helfen,* um meine Eltern zu besänftigen und … *Ich bin ihr total verfallen,* war es irgendwann passiert, und es gab kein Zurück mehr. Es gab nur noch sie. Alle anderen hatten ihren Glanz verloren, waren nicht länger im Geringsten verlockend, sondern eher abstoßend. Egal, wie schön sie auch in den Augen der anderen schienen, so gaben sie mir gar nichts mehr. Deswegen hatte ich Nancys Anrufe am Wochenende ignoriert, die sich mit mir treffen und allerhand dreckigen Kram machen wollte. Deswegen schaute ich nicht einen einzigen Porno oder dachte auch nur darüber nach, rauszugehen und irgendeinen Scheiß anzustellen. Viel lieber hatte ich meine Zeit mit *ihr* verbracht, mit fast schon keuschen Küssen und vielen Gesprächen. Ich wollte sie kennenlernen und zwar nicht nur, weil Granny mir das nahegelegt hatte. Ich wollte wirklich wissen, wer Hailey White war, was sie dachte, was sie ausmachte, was sie liebte und was sie hasste … und dafür könnte ich ihr auch ein bisschen von mir offenbaren. Natürlich nicht zu viel, denn dann würde sie schreiend davonlaufen. Ich musste mich praktisch unentwegt am Riemen reißen, um sie nicht mit meinem wahren Wesen zu überfallen, und dem nachzugeben, was ich eigentlich von ihr wollte. Die dreckigste abgefuckteste heißeste Scheiße. Dazu würden wir schon noch kommen, aber es war nicht wie bei den anderen Weibern, bei ihr musste und würde ich mir Zeit lassen, auch wenn es mich alles – und ganz sicher einige Hodenkrämpfe –

kosten würde … und auch wenn ich in ihrer Nähe beinahe ständig drohte, an akutem Blutstau zu sterben. Mit ihr gab es mit einem Mal Wichtigeres als Sex – und ich hatte auch keine Ahnung, wann ich zu diesem Entschluss gekommen war. Aber allein schon, wie sie mich vor meiner Schwester verteidigt hatte – was sich bei Holy echt keiner traute, denn jeder hatte insgeheim Schiss vor ihr und kuschte –, wenn sie ihn nur mit ihre Psychofunkeln anfunkelte, allein schon, wie süß sie beim Essen mit meinen Eltern gewesen war. Wie unbeholfen, wie schüchtern, wie schützenswert … Das fickte mich, und zwar auf eine Art, die ich niemals für möglich gehalten hätte …

Ich hatte so viel über sie erfahren, zum Beispiel, dass sie alle 27 Stücke von Shakespeare auswendig konnte und ein großer Fan von ihm war, dass sie selbst gemachte Limonade liebte, dass sie gern Gospel, aber auch Beyonce Knowles oder Christina Aguilera hörte, dass sie die Farbe Gelb liebte, dass sie Ungerechtigkeit hasste und dass sie ihre Mutter schmerzlich vermisste. Das alles hatte sie mir nicht direkt gesagt, aber ich hatte es zwischen den Zeilen gelesen. Ich hatte verstanden, weil ich wirklich zuhörte, nicht wie bei den anderen Frauen, deren oberflächliches Gelaber und Getue mir meistens nur extrem auf die Eier ging. Ich wusste, dass sie für warme Zimtrollen starb, dass sie sich für ihren Körper schämte, dass sie sehr bedacht und sehr sensibel war und so leicht verletzt werden könnte. Aber dass sie auch einen Haufen Mut besaß und dass sie sich aufopferungsvoll um die kümmerte, die sie liebte. Wie ihren Vater … mit dem sie es nicht immer leicht hatte. Da hielt sie sich sehr bedeckt und mied das Thema wie der Teufel das Weihwasser. Was mich aufhorchen ließ, denn das war einer ihrer Schwachpunkte und etwas, das sie wirklich belastete, worüber ich mehr erfahren musste.

Ich musste ALLES über sie wissen.

Unbedingt!

***

Es war Montag. Normalerweise hasste ich Montage, wie jeder normale Mensch, aber diesmal konnte ich es nicht erwarten, auf den Parkplatz einzubiegen und sie unter dem Baum sitzen zu sehen. Sie las gerade hoch konzentriert, total in einer anderen Welt und merkte es erst gar nicht, dass ich auf sie zukam. Erst als ich mich einfach neben sie setzte, schrak sie zusammen und klappte das Buch zu.

»Was liest du da?«, fragte ich und wollte auf den Titel linsen, aber sie schob das Buch ziemlich schnell – und hochrot – in ihre Tasche und kaute auf ihrer Unterlippe rum. Heute hatte sie sich zwei süße Zöpfe geflochten und trug ein einfaches weißes T-Shirt, dazu eine Hose, die ihr bis zu den Knien reichte und Ballerinas. Ich wusste, wie sie schmeckte, besonders zwischen den Beinen, was mich mehr als dreckig grinsen ließ, strich ihr einen Zopf über die Schulter und wisperte ihr ins Ohr. »Ich will, dass du das nächste Mal unter meiner Zunge kommst.« Einfach nur, um zu sehen, wie die Röte in ihre Wangen schoss. Es war so schön und dazu auch noch verdammt süß – und schwanzanregend.

»Saint«, murmelte sie und zog unbehaglich ihre Schulter hoch, wich ein wenig von mir ab.

Ich folgte ihr, strich mit meiner Nase über ihre Wange und murmelte. »Hmm?«

»Die anderen.«

»Und?«

»Die starren uns an.«

»Klar tun sie das, die Männer wollen dich ficken, die Frauen an deiner Stelle sein.« Sanft knabberte ich an ihrem Ohrläppchen und sie erschauerte, doch dann! Dann … »Hör auf, ernsthaft!« Mit einer Hand an der Brust schubste sie mich zurück und funkelte mich wütend an, was mich auch wütend machte. Keiner verwehrte es mir, mein Mädchen zu verwöhnen, nicht einmal es selbst. Doch ihr Blick war zu ernsthaft, um sie weiter zu reizen.

»Was?«, zischte ich.

»Hast du auch nur den Hauch einer Ahnung, was passiert, wenn mein Vater von uns erfährt?«, zischte sie völlig unbeeindruckt von meinem Gezische zurück.

»Du wirst es mir sicher gleich sagen.«

»Er wird durchdrehen.« Ich presste die Zähne aufeinander, als sie schon weitersprach. »Das heißt, du wirst dich in der Öffentlichkeit von mir fernhalten. Keiner darf das von uns erfahren!« Sie streckte mir den Zeigefinger unter die Nase, ich biss hinein und knabberte sanft daran. Sie zog ihn keuchend zurück. »Saint!«

Ich verdrehte die Augen, als sie aufsprang und ihre Tasche schützend an ihre Brust drückte. »Halt dich fern von mir!«, gerade so, dass sie nicht ihr Kreuz schützend vor sich hielt oder mich mit Weihwasser besprenkelte, dann war sie auch schon umgedreht und davongestürmt.

Ich schlenderte ihr seufzend hinterher …

Verdammte Weiber.

Wieso mussten die auch immer so verdammt kompliziert sein?

***

Heute machten wir einen Ausflug zum See. Also nicht zu meinem See, sondern zum See, den jeder kannte. Wir fuhren mit dem uralten Schulbus, der fast auseinanderfiel, und Sam laberte mich über die neue Map zu, die es seit Freitag gab. Ich hatte nicht einmal in unser Spiel reingeguckt, und er fragte mich, ob ich ernsthaft krank sei. Ich konnte ihm aber nicht antworten, denn ich musste gerade ihren Arsch blickficken und mir in Erinnerung rufen, wie heiß er aussah, wenn er feucht im Sonnenlicht glitzerte, wie gestern auf der Luftmatratze. Wie gern hätte ich da mal reingebissen oder sie ein bisschen versohlt, bis er eine schöne rote Färbung annahm …

»Hey …« Nancy, die Blödkuh, presste ihre Titten an meinen Arm. »Baby, du hast dich am Wochenende gar nicht gemeldet.« Ich schüttelte sie ab wie eine lästige Fliege und folgte Hailey in den Bus hinein. Sie ging bis ganz hinten durch, in die letzte Reihe, gut so … Ich folgte ihr … und setzte mich direkt neben sie.

Ich gab ihr fernhalten! *Am Arsch!*

Leider setzte sich Nancy auch neben mich, und Hailey runzelte die Stirn, als sie sah, wie diese sich an mich schmiegte und mir ins Ohr wisperte: »Ich dachte, wir treffen uns am Samstag ...« Sie schlabberte an meinem Ohrläppchen rum und ich bekam widerliche Gänsehaut.

»Nancy, lass das!«, knurrte ich sie an. Hailey steckte währenddessen ihrer Ohrstöpsel in die Ohren, tat so, als würde sie uns gar nicht beachten und nach draußen blicken, während der Bus los ratterte und alle Idioten idiotische Sachen machten.

Ich war genervt. Nancy schmollte. »Was ist los mit dir, so kenne ich dich gar nicht!«

»Lass mich einfach in Ruhe, Nancy! Ich hab verdammtes Kopfweh!« Vor allem von ihrer penetranten Parfümwolke. Sam hatte sich vor uns gesetzt und quasselte immer noch über das verdammte Game und wie viele Kills er das Wochenende gemacht hatte. Doch diejenige, deren Aufmerksamkeit ich wollte, ignorierte mich. Sie wollte sich in der Öffentlichkeit bedeckt halten, also konnte ich sie nicht mal befummeln, oder so. Dieser Tag drohte langsam zu einer einzigen Katastrophe zu werden.

Nancy fasste mir in den Schritt ... »Ich kann machen, dass du deine Kopfschmerzen gleich wieder vergisst!«

Ich packte ihre Hand und schleuderte sie von mir. »Ernsthaft, Nancy, lass es!«

Sie schaute mich total schockiert an, sogar Sam stoppte in seinem Redeschwall, und Hailey neben mir biss sich auf die

Unterlippe, um ein Grinsen zu kaschieren. Ich beugte mich zu ihr und zog ihr den Hörer aus den Ohren. »Ja, grins du nur …«

Sie kicherte, Nancy starrte uns an, als würde sie nicht glauben, was geschah, Sam übrigens auch.

»Augen nach vorn!«, knurrte ich ihn an; er wandte sich schnell ab und starrte hochrot nach vorne.

»Ich weiß, dass du sie hasst … wollen wir sie nicht ein bisschen wahnsinnig machen?«, wisperte ich Hailey zu, deren Lider zuglitten, als ich sie unters Ohr küsste, genau da, wo sie es so gern hatte. Gut sichtbar für Nancy, die ihren Augen nicht trauen wollte, ihrem Blick nach zu urteilen. Kurzerhand legte ich meine Hand auf Haileys Oberschenkel und ließ sie langsam nach oben wandern. »Hier und jetzt, Kleines?«, hauchte ich, und sie stoppte mich nicht, aber ich sah dafür genau, wie ihre Nippel hart wurden und wie sie sich ein Stöhnen und Herumwinden ihrer Hüften verbiss. »Es macht mir nichts aus, wenn andere zusehen. Genau genommen mag ich den Kick …«

»Aber Nancy«, wisperte sie kaum hörbar. Ich leckte über ihren Kiefer.

»Ist nur eine kleine unbedeutende Schlampe, die das will, was dir gehört, Babe … willst du es ihr nicht zeigen, wer die wahre Macht über mich hat? Wem ich gehöre?«, hauchte ich an ihrem Mundwinkel, und ich wusste, ich hatte sie! Ich hatte sie so was von! So sehr, dass sie mir mit einem Stöhnen den Kopf zudrehte und ihre Lippen auf meine presste. Nancy neben mir keuchte, als ich Haileys Kuss erwiderte. Sie war so zart, so zerbrechlich und doch so heiß wie ein Schmelzofen, in jedem möglichen Sinne. Ihre kleine Zunge, ihr leises verhaltenes Stöhnen, und wie sie mir ihr Becken entgegen recke, das machte mich hart. So hart, dass ich fast den Verstand verlor, aber ich beherrschte mich, denn ich konnte sie jetzt schlecht ficken. Jede andere ja, Hailey nein! So ein erstes Mal hatte sie sicher nicht verdient.

Grinsend löste ich mich also von ihr und küsste noch einmal ihre geschwollenen vollen Lippen. »Ich kann es nicht erwarten, wieder diesen Mund auf mir zu haben … auf anderen Körperteilen …« Sie lächelte und ich knabberte an ihrer Unterlippe, während sie einfach nur still hielt, in einer Welt gefangen, in der es nur Lust gab. Und sonst nichts …

Leider öffnete sie die Lider und schaute mich an, merkte, wo wir waren, und entriss mir ihre Hand. »Ich habe gesagt, du sollst das lassen!« Ihr Fauchen war bei Weitem zu zittrig, als dass ich es ernst nehmen konnte … Ehrlich!

29. Wieso ich im Stinketümpel landete … und wieso das der schönste Tag meines Lebens wurde

Hailey

Ich hätte mir denken können, dass es Saint nur noch mehr anstachelte, wenn ich ihm etwas verbot. Also sah er jetzt natürlich besonders umwerfend aus und schaute mich die ganze Zeit über mit diesem einen Blick an, der mein Höschen förmlich zum Schmelzen brachte, während wir in bravem Entenmarsch runter zum Steg gingen, wo schon die Tretboote auf uns warteten … Tretbootfahren – ich hasste es, aber ich musste da nun mal durch. Zu allem Übel wurde ich noch von Miss Lee mit Nancy in ein Boot eingeteilt, als würde auch sie mich hassen. Während Nancy also das Boot losmachte und sich wie die Eleganz in Person mit ihrem knappen Röckchen und Oberteil hinein schwang, musste ich damit kämpfen nicht durchzudrehen. Dieser Vormittag würde die pure Folter werden, sie würde mir das Leben zur Hölle machen, wie mir ihr boshaftes Grinsen bereits genauestens klarmachte ... und ich versuchte, nicht die Nerven zu verlieren, als ich an den Rand des Steges ging und die Entfernung von Boot und Steg abschätzte. Alle starrten mich an, das machte mich noch extra nervös, ich dachte daran, bloß nicht im Wasser zu landen, das echt nicht gerade sauber aussah und voll mit Blaualgen war, als Nancy rief. »Komm schon, alle warten!«

Ich machte einen großen Schritt und stellte meinen nackten Fuß auf das aufgewärmte Plastik des Bootes. In dem Moment stieß Lea das Boot hinter mir vom Steg ab, sodass ich kurz darauf einen halben Spagat machte und wild mit den Armen ruderte. Es passierte alles wie in Zeitlupe, aber es war unaufhaltsam. Immer weiter spreizten sich meine Beine, bis ich ... laut brüllend ... im eiskalten Wasser landete.

Verdammt!

Verdammt hoch zehn!

Alle lachten natürlich, als ich wild prustend hochkam und mir irgendwas Widerliches am Kopf klebte, war ja klar, dass gerade ich so eine Einlage hinlegte. Ich wollte am liebsten unter Wasser bleiben und nie wieder hochkommen, und ganz sicher wollte ich nicht in Saints Gesicht blicken, dessen ... Freundin ... sich hier gerade wieder mal zum totalen Oberaffen machte.

»Fickt euch, ihr Idioten!«, spie er mit einem Mal direkt neben mir, und dann fühlte ich, wie ich auf harte starke Arme gehoben wurde. Vor allen anderen hob er mich aus dem Wasser und an seine Brust. »Sie fährt mit mir mit!«

Damit watete er mit mir, durch das Wasser zu einem anderen Tretboot und setzte mich sanft ab.

Wieso musste dieser Kerl auch so verdammt süß sein, dass mein Herz wieder wie irre schlug? Immer noch total angepisst schwang er sich auf die andere Seite, verschränkte die Arme vor der Brust und fing an zu treten wie verrückt ... Weg von den anderen, die mit offenem Mund dastanden und uns hinterherschauten ...

***

Erst als wir weit draußen auf dem See waren, wandte er sich mir zu. »Komm schon, Kleines, zieh den nassen Scheiß aus!« Er ließ uns einfach vor uns hintreiben, kniete sich vor mich und packte mein T-Shirt am Saum.

»Nein!«, rief ich und wurde knallrot. Er war immer noch genervt, aber eindeutig nicht von mir, wie ich genau merkte, als er die Augen verdrehte.

»Wieso nicht?«

Ich klammerte mich an mein widerlich klebendes T-Shirt. »Aus Gründen.«

»Dann wenigstens die Hose? Vergiss nicht, ich habe dich schon oft genug in Höschen gesehen, und auch ohne ...« Er räusperte sich und versuchte, sein Gesicht neutral zu halten. Es misslang ihm kläglich, und sein Blick nahm an Intensität zu. Jetzt war es an mir, die Augen zu verdrehen, aber ich musste schon wieder ein bisschen grinsen ... und heiß wurde mir auch, als ich verhalten nickte und er mir kurzerhand die Hose auszog, seine pitschnasse auch und sie hinter uns auf die Liegefläche des Bootes legte. Allerdings zog er sich auch das Shirt aus, sodass er kurz darauf nur noch eine schwarze Badehose trug und meinte: »Einen Moment, bitte ...«

Dann sprang er mit einem perfekten Hecht ins Wasser und schwamm ein paar Runden. Ich versuchte währenddessen zu entspannen und mit der Peinlichkeit von vorhin fertig zu werden ... Die irgendwie gar nicht mehr so schlimm war, weil Saint ja meinen Retter in Nöten gespielt und das dazu geführt hatte, dass wir jetzt den Vormittag miteinander weit draußen im Sonnenschein auf dem See verbringen würden. Also man konnte seine Zeit eindeutig mieser nutzen.

Als er wieder hochkam, war er pitschnass und atemberaubend wie ein Meeresgott. Er schüttelte seine Haare genau über mir aus – brachte mich zum Kreischen und zum Lachen. Und dann setzte er sich einfach neben mich, schlang einen Arm um meine Schulter und ... wir ließen uns vor uns hintreiben, fast wie gestern auf der Luftmatratze ...

Ich liebte ihn noch ein bisschen mehr. Als ob das möglich gewesen wäre ...

Später teilten wir uns das, was ich in meiner Pausenbox dabei hatte und deren Inhalt Gott sei Dank trocken geblieben war – also das Sandwich, das frisch geschnittene Gemüse und die Hafercookies, die ich Sonntagnacht noch gebacken hatte – extra nur für ihn. Er bekam große, leuchtende Augen, als ich sie auspackte, dann gab es kein Halten mehr, und mein

Traummann mutierte zum Krümelmonster. Mit viel Gestöhne und anderen ablenkenden Geräuschen wurden die Kekse bis zum kleinsten Krümel vernichtet. Dazwischen wurden meine Backkünste in den Himmel gelobt, bis ich wirklich knallrot war. Er konnte sich gar nicht richtig entscheiden, wofür er mich mehr vergötterte: meine Lippen oder für meine Hafercookies. Er war so unglaublich süß, so anders, wenn wir allein waren, so anders, als ihn jemals jemand kennengelernt hatte. Er öffnete sich mir komplett, also war es auch für mich leicht, mich ihm zu öffnen.

Wir sprachen über seine Granny und machten aus, dass wir heute gemeinsam ins Heim fahren würden – er war schließlich mit dem Auto da, und … dann lagen wir wieder nur in der Sonne und … genossen unser Leben. So sehr, wie niemals zuvor, zumindest bis zu dem Moment, als Saint die Sonnencreme aus seinem chaotischen Rucksack kramte und mich augenbrauenwackelnd ansah.

»Was?«, fragte er neckend. »Reicht dir der Sonnenbrand von gestern nicht, das Teil knallt ganz schön runter.«

Er hatte recht, also ließ ich mich von ihm einschmieren, erst im Gesicht – inklusive Kuss auf die Nase und das auch noch während ein paar von unserer Klasse grölend vorbei tuckerten – weswegen ich knallrot wurde. Dann die Arme, meine Beine und letztendlich – während er im Schneidersitz vor mir saß – die Füße … und die Fußsohlen. Erst wusste ich nicht, wieso er mich dabei so verdammt abwartend angrinste, fast schon … lüstern und so, dass ich nervös wurde, während mir der prüfende Blick in seine sicherlich teuflisch

leuchtenden Augen, wegen der Sonnenbrille verwehrt blieb ...
doch dann hauchte er: »An den Füßen sind ziemlich viele
erogene Zonen ... zum Beispiel hier ...« Er glitt mit sicheren
Fingern über eine Stelle an meinem Fußballen und ich musste
mir ein Stöhnen verkneifen, denn es war, als gäbe es eine
direkte Verbindung von den Füßen in meine Mitte, in die nun
ein Blitz heißer Lust schoss. »Man muss nur hier ein bisschen
darüber reiben.« Er tat es, während er mit tiefer leiser Stimme
sprach, die die Lust in mir nur anfeuerte ... »Und hier ein
bisschen darüberstreichen ...« Ich konnte das Stöhnen diesmal
einfach nicht verhindern und ließ meinen Kopf nach hinten
fallen, während sich mein Becken träge bewegte. »Und schon
ist die Angebetete kurz vor dem Orgasmus.«

»Saint ...« Er knetete weiter und ich biss mir auf die
Unterlippe, versuchte, mich zu beherrschen.

»Hm?«

»Nichts ...«, keuchte ich und legte mir einen Arm übers
Gesicht, biss hinein, um nicht über den gesamten See zu
stöhnen.

Seine flutschigen Finger machten wirklich magische Dinge
mit meinen Fußsohlen und an den empfindlichen Punkten
zwischen meinen Zehen, ließen die Lust heiß durch jede
einzelne Nervenzelle vibrieren und immer weiter anschwellen
bis ... bis er mit einem Mal von mir ließ.

»Ach Mist, ich soll mich ja von dir fernhalten! Das habe
ich ganz vergessen!« Er stand auf, ich schaute ihn keuchend
mit offenem Mund an und verengte die Augen. Er lachte.
»Sorry, muss mich kurz ein bisschen abkühlen!« Dann drehte

er sich einfach um und sprang ins Wasser! Dieser verdammt heiße, wunderbare, wunderschöne, so wissende kleine Arsch!

Jawohl!

»Arsch!« Der ungewohnte Fluch kam über meine Lippen, ohne dass ich ihn aufhalten konnte. Er antwortete mit einem teuflischen Glucksen ...

30. Wieso keiner mein Mädchen anfassen darf

Hailey ...

Gott, war ich aufgeregt! Heute würde ich also das erste Mal mit Saint etwas am Abend machen. Er wollte mir nicht erzählen, was, nur, dass er mich abholen würde, sobald ich mit den Hausaufgaben fertig wäre und dass ich mich überraschen lassen sollte. Ich war mit meinen Hausaufgaben schneller fertig als der Blitz, und er stand bereits fünfzehn Minuten darauf vor meiner Tür.

Ich musste an seinen Kuss denken, den er mir gestern gegeben hatte, als er mich, nachdem wir im Heim gewesen waren, abgesetzt hatte. Musste daran denken, wie schön der gestrige Tag gewesen war. Erst unser Ausflug zum See, dann noch ein bisschen Schule, unsere Stunden im Heim, die er mit Misses Conroy einträchtig vor sich hin rauchend verbracht hatte, während ich mich um die anderen Patienten gekümmert hatte.

Grinsend beobachtete ich, wie er ihr sein Handy erklärte und wie sie ganz neugierig lauschte, und war froh, dass sie anscheinend doch eine Gemeinsamkeit gefunden hatten, als sie sich verschiedene Musikstücke anhörten. Aus seiner – und aus ihrer Zeit. Er lächelte, und ein paar Mal lachte er sogar aus vollem Halse. Er taute auf, und das merkte seine Oma ganz genau. Sie tat oft so, als wäre sie senil, einfach, weil sie gelangweilt von ihrem Leben war und weil es ihr Spaß machte, die Leute, ganz besonders ihre Familie, an der Nase rumzuführen. Aber bei Saint war sie mittlerweile anders … Sie war, wie sie wirklich war. Eine sehr geistreiche und gewitzte Person, die einem etwas beibringen konnte, wenn man nur wirklich zuhörte. Auch sie lächelte, genau genommen hatte ich sie noch nie so … offen gesehen wie jetzt. Und ich fragte mich, woher der Wandel kam, und ob es vielleicht daran lag, wie Saint mit mir umging, dass sie sah, wie süß er zu mir war … Sie kraulten abwechselnd Hemingway und Saint spielte noch ein bisschen mit ihm, da war es schon abends. Als ich zu ihnen trat und ihn fragte, ob er mich heimfahren würde, schnellte er sofort auf die Beine, salutierte und machte »Aye, Ma'am!« Dann ließ er seiner Oma sein Handy da. Einfach so, damit sie auch zum Einschlafen Musik hören konnte … Der alten Frau traten Tränen in die Augen. Noch nie hatte ich sie so gerührt gesehen oder war selbst so gerührt gewesen. Keiner in unserem Alter hätte einem anderen einfach sein Handy überlassen, aber Saint machte das, weil er sein Herz am genau richtigen Fleck hatte. Weil er genau wusste, was wirklich zählte.

Am nächsten Tag in der Schule machte er mich allein mit seinen Blicken nervös und mit seinen bei jeder Gelegenheit gewisperten Worten. Ich konnte es nicht erwarten, ihn nach der Schule zu sehen und auf seinen mysteriösen Trip zu gehen.

Doch als er mir, während wir gerade zu ihm fuhren, eröffnete, dass ich ihn zu einem illegalen Autorennen begleiten würde, ging ich auf die Barrikaden.

»Auf keinen Fall!«

»Wieso nicht?«

»Weil ich nicht will, Saint!«

»Aber ich will, dass du dabei bist. Du bist mein Glücksbärchi!«

»Eher das Gegenteil«, murmelte ich, als wir auch schon bei ihm daheim ankamen. Er war sauer, aber ich würde auch nicht nachgeben.

»Hailey, ich schwöre, ich werde auf dich aufpassen!«, versprach er mir gerade, als wir reinkamen und Holy wie immer vor dem Fernseher vorfanden.

»Darum geht es nicht, Saint!«

»Worum geht es dann?«, fragte er und stemmte die Hände in die Hüften, genau wie ich.

»Was ist los?«, fragte Holy gelangweilt, ohne uns anzusehen, und lackierte sich weiter ihre Fußnägel.

»Sie will nicht zu dem Rennen mitkommen!«, knurrte Saint und schaute mich mit verengten Augen an. Ich starrte genauso zurück.

Holy lachte auf. »Lass uns mal allein!«

»Was?« Wir beide schauten sie verwundert an.

»Mach den Abgang, Brüderchen. Es ist Zeit für ein Frauengespräch!« Er schaute mich fragend an, ich zuckte mit den Schultern, er schaute mich wieder angepisst an. Ich verdrehte die Augen und wisperte ihm zu. »Schon gut ... geh!«

»Okay, ich geh schnell duschen, danach will ich entweder ein Ja oder einen plausiblen Grund für dein Nein!« Damit verschwand er nach oben und ich setzte mich neben Holy auf die Couch und schaute ihr dabei zu, wie sie schwarzen Lack auf ihren kleinen Fußnägeln verteilte.

»Also?«, fragte sie nur, und ich zuckte fast zusammen.

»Was?«

»Wieso willst du nicht mitkommen, und nein, fang jetzt nicht an rumzudrucksen. Sag's mir einfach!«

»Das sagt sich so leicht!«

»Ich werde es ihm nicht erzählen, außer du willst es.«

»Wieso ... wieso bist du so nett zu mir?«

»Weil mein Bruder einen Narren an dir gefressen hat und du ihm guttust.«

»Okay ...«

»Also?« Sie nahm sich ihren anderen Fuß vor.

»Ich ... ich bin nicht Nancy Simmens«, murmelte ich.

»Ach wirklich …«, meinte Holy komisch abwesend, weil sie sich aufs Lackieren konzentrierte.

»Ich … ich würde ihn nur blamieren.«

»Das schafft der Peniskopf schon allein.«

»Nein … du verstehst nicht. Ich … ich bin kein typisches Boxengirl, oder so was, genau genommen bin ich gar kein Girl, das man irgendwohin zum Angeben mitnimmt.«

»Saint nimmt dich auch nicht mit, um mit dir anzugeben. So einer ist er nicht. Er definiert sich nicht über seine Bräute. Er will dich mitnehmen, weil er alles mit dir teilen will, jede einzelne Facette seiner selbst. Eine von seinen anderen Chicks hat er nie zu den Rennen mitgenommen.«

»Nicht?«

»Nope … Die waren bei ihm auch noch zu Hause oder mit ihm am See, oder so was.« Ich wurde rot …

»Er steht total auf dich, Hailey, und ganz im Ernst, wenn man ein wenig Hand an dich legt, siehst du tausendmal besser aus als so ein Klappspaten wie ich!«

»Du hast eine tolle Figur!«, nuschelte ich sofort, ich mochte es nicht, wenn sie so über sich sprach.

»Süße. Ich bin flach wie ein Brett und würde alles für deine Oberweite geben.«

»Echt?«

»Ja, jeder hat irgendwas an sich auszusetzen und wirkt er auf andere noch so schön und selbstbewusst, und jeder kann etwas aus sich machen, mit den richtigen Tipps und Tricks.«

»Ich habe keine Ahnung von solchen Sachen.«

»Das sehe ich …« Sie schaute mich nicht mal an, und ich wurde noch roter. »Aber das macht nichts. Weil ich Ahnung habe!«

»Aha …«, machte ich skeptisch.

»Und ich werde dir meine Weisheiten gerne weitergeben.«

»Wieso?«

»Weil ich es mag andere herzurichten. Und du hast wunderschöne Augen, die lassen sich perfekt schminken. Außerdem sieht dein Arsch sicher BÄHM aus in der Hose, die ich mir gerade für dich vorstelle, und deine Haare, die brauchen nur mal ein anständiges Glätteisen …«, quatschte sie vor sich hin, packte mich dann an der Hand und zog mich nach oben. Direkt an Saint vorbei, der gerade frisch geduscht aus dem Bad kam und uns verdattert anstarrte.

»Was machst du mit meiner Freundin?«, fragte er alarmiert.

»Halt die Klappe und staune!« Somit zog sie mich in ihr Zimmer und knallte die Tür vor seiner Nase zu.

***

»Okay, wir fangen erst mal mit dem Outfit an!« Holy Conroy stand vor mir und kiffte locker vor sich hin, während ich auf ihrem Bett saß und versuchte, nicht von ihrem Zimmer erschlagen zu werden. An den Wänden hingen allerhand Poster von irgendwelchen halb nackten Typen oder Bilder von Joints und kiffenden Rastamännern, ihr Schrank nahm die Hälfte des Zimmers ein, auf ihrem Schreibtisch herrschte heilloses Durcheinander, und schon bald war auch auf ihrem Bett alles voller Kleidung. Schließlich entschied sie sich für eine schwarze Hose, überlegte wohl, ob sie mir passte, und entschied sich dann für ein kräftiges Nicken, bevor sie mir die Hose mit einem »Anziehen!« zuwarf. Ich kam ihrem Befehl augenrollend nach und bewunderte ihr Augenmaß. Ja, ich musste mich ein wenig in die Jeans kämpfen, die war echt verboten eng, aber ich konnte sie trotz meines Bauchröllchens schließen! Und mit diesen ganzen zerfetzten Stellen und so, sah ich fast aus, wie ein Bad Girl. Ich kicherte …

Als Nächstes hielt sie mir abwechselnd ein blutrotes Top und ein beigefarbiges vor die Brust, entschied sich dann aber für das blutrote.

»Anziehen! STOPP! DEN BH-Träger muss ich kürzen, warte!« Sie kürzte den Träger, sodass mir meine Brüste fast unter dem Kinn hingen, als sie mit mir fertig war, dann half sie mir in das Top. Es verlief quer über meine Schultern und rutschte immer wieder eine Schulter herunter, dafür war es am Bauch locker luftig und fiel bis knapp über meinen Hintern, der in der Hose vorteilhaft nach oben geschoben wurde. An den Seiten war es zusammengeschnürt und es blitzte immer wieder ein bisschen Haut auf …

»MEGA!«, fand Holy, während ich mich skeptisch im Spiegel musterte.

»Und dazu die hier!« Damit holte sie wahre Todesschuhe aus ihrem Schuhschrank. »Ich liebe diese Babys, es sind meine absoluten Lieblingsschuhe!«

»Niemals!« Ich verschränkte die Arme vor der Brust. Ich konnte nicht mal in Turnschuhen geradeaus gehen, wenn ich diese Schuhe anziehen würde, wäre ich so gut wie tot, und ich hing zufälligerweise an meinem Leben.

»Probier sie nur an!«

»NEIN!«

»BIIIITTE!«

»NEIN!« Sie knirschte mit den Zähnen, legte die Schuhe aber Gott sei Dank weg und kramte nach einem anderen Paar.

»Die hier?«

»Vergiss es!«

»Okay, dann aber wenigstens die!« Okay ... da war der Absatz nicht ganz so hoch, wenn auch dünn und tödlich aussehend ...

»Wenn's sein muss«, seufzte ich und sie stürzte sich zu meinen Füßen auf den Boden. Kurz darauf war ich sieben Zentimeter größer und fühlte mich wie eine frisch geborene Giraffe bei ihrem ersten Marsch. »Die Absätze werden abbrechen!«

»Das werden sie nicht ... komm, gehen wir ein paar Schritte.« Sie hielt mich an den Händen und ging rückwärts vor mir her.

»Ich werde sterben!«, wimmerte ich.

»Du wirst ihn zum Sabbern bringen!« Das war ein Argument! Sie ließ meine Hände los, und ich versuchte vorsichtig, ein paar Schritte zu machen.

»Und?«

»Na ja … es sollte schon gehen. Wenn ich mich nicht zu viel bewegen muss.«

»Dann steh einfach nur da und sieh gut aus! Jetzt kommt der lustigste Teil!« Damit zog sie mich zu ihrem Schminktisch und die wahre Folter begann, als sie mir die Augenbrauen zupfte. Ich heulte bittere Tränen, denn das tat echt weh! Aber Holy Conroy war total erbarmungslos! Erst mal bekam ich eine Schicht ins Gesicht, dass ich aussah wie ein frisch aus dem Grab gekrochener Zombie, dann legte sie noch eine Schicht auf, um mir dann wieder Farbe auf die Wangenknochen zu zaubern und mein Gesicht zu kontieren, wie sie es nannte. Als Nächstes kam Lidschatten, schwarz und grau auf meine Lider. Ein dicker fetter Kajalstrich betonte die Form meiner Katzenaugen. Das Dunkle ließ mein Braun irgendwie in einem warmen Caramel-Ton strahlen. Meine Augenbrauen wurden nachgemalt, sodass sie zwei schwarzen, aber sanft geschwungenen Strichen glichen. Meine Wimpern wurden allerdings so heftig und aufwendig getuscht, dass die Augenbrauen gar nicht mehr so auffielen. Als Nächstes bekam ich noch ein wenig Gloss auf die Lippen. Mit einem Glätteisen machte sie mir Wellen in die Haare und frisierte sie kunstvoll über eine Schulter. Dann bekam ich noch Ohrringe, in Form von Totenköpfen und … als ich mich diesmal im Spiegel anschaute, schaute mich eine total neue Person an. Ich sah aus wie der Star aus einem dieser Musikvideos, war kaum wiederzuerkennen, nicht mehr wie ein Mädchen, sondern wie eine erwachsene Frau. Wie eine schöne Frau.

Ich war selber völlig baff, während Holy sich nur wieder ihr Stinkekraut anzündete und lässig meinte: »Du bist nicht wie Nancy Simmens. Du bist besser.«

Ich starrte sie an. »Du solltest das beruflich machen!«

»Habe ich vor!«

»Holy, das ist unglaublich!«

»Jetzt geh und werd ja nicht sentimental, das kann ich nicht ausstehen!«, meinte sie, gerade als ich anfangen wollte, mich bei ihr zu bedanken. Damit schob sie mich einfach aus dem Zimmer und in den Gang. Die Tür wurde wieder mit Schmackes zugeknallt. Umknickend und mich an der Wand abstützend stöckelte ich den Flur entlang.

»Saint«, rief ich verzweifelt und hörte ihn hinter mir lachen.

»Ja Bab… Heilige Scheiße!«, stieß er hervor, als ich mich zu ihm umdrehte, und starrte mich mit offenem Mund an.

So lange, dass es mir schon wieder peinlich wurde.

»Heilige Scheiße«, meinte er nur … dann starrte er weiter, ich nestelte an meinen Haarspitzen und fühlte mich total bescheuert.

»Soll ich wieder …«

»Wer bist du und was hast du mit meinem Mädchen gemacht?« Ich kicherte, als er an mich herantrat und mich mit einem Arm an sich zog. »Du bist unglaublich schön. Ich meine, das warst du schon davor, aber jetzt mit dieser Fickschminke und diesen engen Hosen und den gepushten Titten, bist du einfach nur bähm, Baby!«

»Aha …«

»Ernsthaft, Jessica Alba ist ein Scheißdreck gegen dich!«

»Jessica, wer?«

»Vergiss es, du bist einfach nur der totale Wahnsinn!« Damit nahm er mein Kinn, hob mein Gesicht an und küsste mich. »Kommst du mit?«, fragte er, als ich von seinen Lippen und seiner Zunge total berauscht war, was echt unfair war!

»Wofür sollte das hier sonst gut sein?«

»Sehr gut!«

31. Wieso Adrenalin verdammt geil ist

Hailey

Wir fuhren erst mal zwanzig Minuten irgendwo ins Nirgendwo Richtung New York, währenddessen sich meine Aufregung immer weiter steigerte. Saint versuchte zwar, mir gut zuzureden, dass es nicht so schlimm wäre, wie ich es mir vorstellte, aber selbst er konnte mich nicht beruhigen. Das Rennfahren war ihm enorm wichtig, ob illegal oder legal. Er hatte sich mit seiner Eleanor schon einen Namen gemacht, wie er mir stolz erzählte. Und ich wollte ihn einfach nicht blamieren, was ein Problem war, denn Blamage war sozusagen mein zweiter Vorname.

»Wieso willst du mich unbedingt mitnehmen?«, fragte ich ihn, weil ich es einfach nicht verstand.

»Weil ich alles mit dir teilen will, Hailey White.« Er nahm meine Hand und küsste sanft die Knöchel. Die Schmetterlinge lösten ein wenig das andere, total aufgeregte Geflatter in meinem Inneren ab, aber wirklich beruhigen konnte ich mich nicht. »Das hatte ich noch nie. Den Wunsch, einer Frau alles von mir zu zeigen, das Gute und das Schlechte, den Wunsch, alles mit ihr zu erleben. Aber ich könnte allein platzen vor Glück, wenn ich daran denke, dich bis ans Ende meines Lebens an meiner Seite zu haben – und zwar in jeder Sekunde. Also bitte, lass mir doch einfach die Freude und vertrau mir.«

Woah! So wie immer, wenn Saint Conroy sowas zu mir sagte, blieb mein Herz stehen. Ich war versucht nach Ohrputzern zu fragen, denn ich war mir, wie immer, nicht sicher, ob ich richtig verstanden hatte. Einem kleinen Teil in mir wollte immer noch nicht in den Kopf, wieso gerade ich. Obwohl er es mir wirklich bei jeder fast sich bietenden Gelegenheit klarmachte. Er hatte seine Worte wahr gemacht, alles für mich zu tun, solange ich nur Ja zu ihm sagte. Saint Conroy war … so unglaublich. Nicht nur schön, sondern schlau, mitfühlend und mutig, was wollte er bitte mit so einem kleinen Schisser wie mir. Er liebte das Adrenalin, das hatte ich mittlerweile schon verstanden, aber ich machte mir ja schon ins Höschen, wenn ich mit der Kinderachterbahn am jährlichen Rummel fuhr …

Wir waren so verschieden – er war mysteriös, dunkel und schön wie die Nacht.

Ich war weiß, der helle Tag, alles war so offensichtlich und vorhersehbar. Und doch ergänzten wir uns zu perfekt, um wahr zu sein. Ich war mir sicher irgendwann aus diesem Traum aufzuwachen, denn es konnte einfach nicht real sein.

»Ich vertraue dir, Saint.« Und das tat ich mittlerweile wirklich. Die letzten zwei Wochen hatten mich das gelernt, und es war so leicht gewesen – so leicht wie das Atmen.

Irgendwann sahen wir schon von Weitem etliche Lichter und einige Feuerstellen. Ich erkannte erst, als wir uns näherten, dass rechts und links des schier unendlichen Highways, der von hohen Feldern gesäumt war, Autos standen. Wobei »Auto« stark untertrieben war. Das waren keine Autos, das waren getunte, mit viel Liebe und Leidenschaft gepflegte und gehegte Protzschlitten, um die herum total viele Leute standen. Und sie alle sahen Saint nach, als er langsam an ihnen vorbeifuhr … und das hatte nichts mit dem tiefen Röhren des Motors zu tun. Manche tuschelten aufgeregt miteinander, ein paar Frauen grinsten anzüglich, andere zeigten sogar mit dem Finger auf ihn. Ich fühlte mich total unwohl. Saint war total cool und hatte sein Pokerface aufgesetzt. Mit einem Arm im offenen Fenster lehnend fuhr er bis ganz nach vorn und reihte sich dort ein.

»Wer entscheidet, wer als Erster losfährt?«

»Der Gewinner vom letzten Rennen fährt als Erster los, kommst du neu dazu, fängst du ganz hinten an«, informierte er mich, und ich bekam große Augen.

»Da hinten hast du auch mal angefangen?«

»Japp!«

»Und jetzt startest du als der Erste?«

»Das letzte halbe Jahr schon.« Er grinste mich breit an, ich konnte ihn nur anstarren.

»Du bist ein Genie, in dem, was du tust, oder?«

»Ja, weil ich liebe, was ich tue.« Er beugte sich zu mir rüber und gab mir einen knappen Kuss, dann stieg er aus und war kurz darauf ganz gentlemanmäßig an meiner Tür. Das Herz schlug bis zu meinem Hals, denn die umstehenden Leute beobachteten uns immer noch. Ich musste im hellen Scheinwerferlicht aussteigen und mir dabei in den Schuhen nicht die Beine brechen.

»Bitte, lieber Gott, mach, dass ich ihn nicht blamiere!«, betete ich noch einmal, dann legte ich meine Hand in seine und ließ mir von ihm aus dem Auto helfen. Ich stolperte nicht, wahrscheinlich, weil er mich sofort mit einem Arm an sich zog und sich zu einem dunkelhäutigen mit Goldketten behängten Kerl umdrehte, der echt schleimig aussah.

»Franky«, meinte Saint gelangweilt, lehnte sich mit mir an seinen polierten Lack und zündete sich lässig eine Zigarette an. Ich versuchte, das Husten zu unterdrücken, als der Rauch natürlich genau in meine Richtung wehte – so wie immer. Murphys Gesetz.

»Saint«, krähte dieser schleimige Franky-Typ hinter dem ein paar andere gefährlich aussehende Kerle und halb nackte – sogar im Bikini – Frauen standen und Saint schier anhimmelten. Ich mochte sie nicht. »Bist du bereit, dir von mir den Arsch aufreißen zu lassen?«

»In deinen Träumen vielleicht ...«

Der Blick von diesem Franky glitt über mich, stechend und ekelerregend. »Und wer ist die kleine Chika?«

»Niemand, der dich was angeht.« Saints Stimme hatte den Plauderton verloren und war härter geworden.

»Das kann die Lady doch allein entscheiden, oder?« Der Typ grinste mich an, er hatte einige Goldzähne zwischen den perfekt weißen strahlenden anderen Zähnen.

Er reichte mir die Hand, ich nahm sie nicht, denn Saint mochte ihn nicht, also mochte ihn auch nicht und meinte nur: »Hi …« Meine Stimme klang klein und schüchtern, aber Saint streichelte mich mit dem Daumen und das gab mir irgendwie Kraft, dem Kerl in die Augen zu sehen.

»Oh, du hast dir eine richtig süße, unschuldige Puppe geangelt. Hätte ich gar nicht von dir erwartet, dass du auf Jungfrauen stehst.« Saint starrte ihn nur an. »Wollen wir nicht tauschen? Du kriegst Carmen und Ash? Und ich krieg dein Babe für eine Nacht? Zum Einreiten.«

Ich zuckte zusammen und sah Saint schockiert an. Er schnippte ihm kurzerhand die Kippe ins Gesicht.

Der Riese vor uns keuchte auf, er wollte einen Schritt vormachen, Saint reagierte sofort, packte den Kerl mit beiden Händen am Kragen und knallte ihn direkt neben mir ans Auto. Praktisch Nase an Nase, jeder Muskel gespannt und jegliche Gespräche um uns herum verstummten.

»Was? Was willst du, Franks, wieder mal eine kleine Abreibung? Denn ich schwöre dir, ich reiße dir deinen kleinen stinkenden Arsch auf, wenn du auch nur an sie denkst«, knurrte Saint ihm ins Gesicht, wich keinen Millimeter.

Franky überlegte, dann jedoch siegte anscheinend sein Verstand, denn er schluckte und schob Saint von sich. »Diesmal werde ich dich ficken!«, drohte er, drehte sich auf dem Fuß um und marschierte davon, zu seinem Auto und seinem Fanclub.

Saint kam wieder zu mir und direkt vor mir zum Stehen, verstellte den anderen neugierigen Blicken die Sicht und nahm mein Kinn, damit ich ihn ansah. »Alles klar?«

»Wer ist das?«

»Ein kleiner abgefuckter Pisser, der es nicht verkraften kann, die Nummer zwei zu sein.«

»Es sieht so aus, als wäre dies nicht eure erste Auseinandersetzung.«

»Ja, er hat versucht, meine Schwester anzutatschen, deswegen habe ich ihn vor allen anderen krankenhausreif geschlagen. Das hat er bis heute nicht verkraftet.«

»Wie lang ist das her?«

»Ein paar Monate.« Ich schaute an Saints Schulter vorbei in dieses eiskalte Starren von dem Typ und schluckte trocken.

»Er hasst dich.«

»Das ist die Kehrseite davon, in irgendwas der Beste zu sein. Es wird immer Leute geben, die es einem nicht gönnen und die das haben wollen, was man besitzt. Am besten, ohne einen Finger dafür krumm zu machen.«

»Er macht mir Angst.«

»Sieh mich an!« Mein Blick schnellte zu ihm, in seine so ruhigen sicheren Augen, die ich so sehr liebte. »Keiner hier wird dich gegen deinen Willen anfassen, weil sie wissen, dass sie es sonst mit mir zu tun bekommen, und das wollen sie nicht. Okay?« Ich nickte.

»Jetzt gib mir einen Kuss, Glücksbärchi.« Ich streckte mich ein bisschen und drückte meine Lippen schnell auf seine. War viel zu aufgeregt und abgelenkt, um es auszuweiten. »Das soll ein Kuss gewesen sein?«, fragte er mich knurrend und dann griff er in meine Haare, beugte meinen Kopf und küsste mich – und wie!

***

Sam, der aus dem Nichts auftauchte blieb bei mir mit den anderen Zuschauern am Rand der Straße, während die Autos sich aufstellten. Sam war fast genauso groß wie ich, also wirklich eher ein Hobbit, er hatte einen kleinen Bauch, und war unordentlich rasiert, trug ein Nirvana-Shirt über seinem niedlichen Waschbärbauch. Er sah ganz anders aus als Saint oder Holy, die immer perfekt schienen. Passte eher zu mir, und ich mochte ihn, obwohl wir nie viel miteinander zu tun gehabt hatten. Denn auch er war ein Freak – so wie ich, und ich war froh, dass ich hier nicht allein rumstehen musste. Diese Frauen, die bei Franky dabei waren, starrten mich unentwegt mit demselben Hass und der Herablassung an, wie er es getan hatte, aber ich versuchte, sie zu ignorieren, während Saint an die Ziellinie fuhr, wo schon eine Blondine in einem knallroten Bikini und schwarz/weiß karierter Fahne darauf wartete, den Startschuss zu geben.

»Wie weit fahren sie?«, fragte ich Sam … der gerade einen Schluck von seinem Bier nahm.

»Achtzehn Kilometer, einmal vor bis zu den Mountains,

dort eine kleine Bergstrecke und dann zurück.«

»Die Strecke ist doch total gefährlich!«, rief ich. Mein Vater hatte mich schon immer vor ihr gewarnt.

»Deswegen fahren sie ja dort.«

»Passieren manchmal Unfälle?«

»Japp.«

»Sterben dabei auch welche?«

»Ja, letztes Jahr ... Er war ganz neu, und nicht erfahren genug. Ist in einer Kurve ins Schlittern gekommen und hat sie nicht mehr gekriegt, direkt nach Saint. Manche versuchen die anderen auch von der Straße zu drängen und riskieren die irrsten Manöver.«

»Oh mein Gott ...« Erst jetzt wurde mir klar, in welche Gefahr sich Saint begab, besonders mit diesem Franky im Nacken, der mit seinem riesigen Jeep von der Zwei starten würde.

»Mach dir keine Sorgen, Saint weiß genau, was er tut«, versuchte Sam mich zu beruhigen, der wohl gemerkt hatte, wie mir das Blut aus den Wangen gewichen war.

»Wieso machen die das nur?«

»Na ja ... viele würden denken, wegen des Geldes, aber eigentlich machen sie es nur, weil es alles irre gelangweilte Wichser sind – und Saint Conroy ist der irrste von allen.«

Das ... beruhigte mich kein bisschen.

Die zwanzig Minuten, nachdem die dreißig Autos gestartet waren und die Zuschauer in einer Staubwolke zurückgelassen hatten, waren die Schlimmsten meines Lebens. Mit einer Hand umklammerte ich fest das Kreuz an meiner Halskette und betete dafür, dass Saint nichts geschah. Ich war noch nicht bereit, ihn zu verlieren, ehrlich gesagt, wäre ich das nie!

Als in weiter Ferne die ersten Lichter der zurückkehrenden Autos zu sehen waren, schlug mein Herz wieder bis in meinen Hals, und als tatsächlich als erstes Saints schwarzer Mustang an uns vorbeischoss, dicht gefolgt von Frankys rotem Jeep wäre ich fast in die Knie gegangen …

Er hatte es geschafft.

Gott sei Dank.

Die Leute waren außer sich, sie jubelten und öffneten Flaschen, aus denen die Flüssigkeit übersprudelte, während sie seinen Wagen umringten. Saint kletterte lachend auf sein Auto, ließ sich von den anderen begießen und hielt seine Faust in die Luft. Zwei hübsche Blondinen traten an seine Seite, eine schmiegte sich an ihn, während er einen riesigen Schluck aus einer riesigen Flasche nahm, und mein Herz sackte wieder nach unten. Sie sahen so … perfekt miteinander aus. Ich würde da oben total fehl am Platz sein, ich gehörte nicht in seine Welt. Ein Typ, der das Rennen wohl organisierte, brüllte was, und eine der Blondinen hielt wieder Saints Faust in die Luft. Saint war mittlerweile total durchnässt. Die Haare schwarz, das Shirt eng an ihm klebend, grinste er runter in die Menge. Als sein Blick, wie nebenbei auf mir strandete, schien ich ihm erst wieder einzufallen, was einen weiteren Stich in meiner Magengegend bedeutete. Doch sofort sprang er von seinem Auto und ging durch die Menge auf mich zu. Ich hielt den Atem an, denn sein Blick war so … dunkel wie ich ihn noch nie gesehen hatte, und die Hitze explodierte in mir.

Besonders als er bei mir war, mit einer Hand in meine Haare fuhr und raunte: »Du hast mir Glück gebracht!« Dann beugte er sich vor und küsste mich ... Etwas Negatives hatte seine Aufmerksamkeit allerdings: Nun wurde auch ich mit Champagner geduscht, bis ich kreischte und er lachte. Und ich vergaß die kurzen Zweifel, die sich in mich gefressen hatten

...

32. Wieso ein Orgasmus immer hilft

Hailey

Saint hatte immer noch diesen dunklen Schimmer in den Augen, als wir eine Stunde später nach Hause fuhren. Es war schon weit nach Mitternacht – ich war hundemüde und konnte doch meine Augen nicht von ihm lassen. Er war unglaublich anziehend, wenn das Shirt so an ihm klebte, wenn er so vollgepumpt mit Adrenalin war und seine Augen so verlockend glühten.

»Sieh mich nicht so an, Kleines, oder ich fahre rechts ran und ficke dich so, dass du morgen nicht mehr laufen kannst. Ich bin nach so einem Rennen sowieso schon verdammt heiß, und dein Outfit macht es echt nicht besser«, knurrte er mich mit einem Mal an, ohne mich anzusehen, und seine Worte, besonders dieses eine total unflätige, schossen sofort in meinen Unterleib – dort zog sich alles verlangend zusammen.

»Du ... du bist erregt?«

Er nahm nur meine Hand und legte sie auf seinen Schritt. Ich riss die Augen auf, als ich merkte, wie sicherlich schmerzhaft hart er in seiner Hose war. »Du müsstest deinen Arsch in der Hose sehen, ernsthaft«, zischte er und stöhnte auf, als ich die Finger ein wenig bewegte. Nur probeweise.

Er ließ seinen Kopf nach hinten fallen und ... verzog das Gesicht auf eine Art, die die Hitze in mir immer mehr anschwellen ließ.

»Kann ... kann ich dir helfen?«, fragte ich total unschuldig, und er lachte rau, bewegte seine Hüften ungeduldig.

»Hailey, treib es nicht zu weit!«

»Ich meine es ernst!« Er sah mich skeptisch an, sah jedoch wohl etwas in meinem Gesicht, das ihn überzeugte, und diesmal zuckte er mit den Schultern.

»Okay, wie du willst!«, meinte er und öffnete seine Hose.

Es wurde noch heißer im kleinen Innenraum, als er seinen harten ... *Penis* ans Mondlicht beförderte. Dann nahm er meine Hand und ich fühlte kurz darauf seine seidige Haut unter meinen Fingern. »Ich habe dir gezeigt, wie's geht ...«

Oh Gott!

OH GOTT!

OH GOOTT!

Zaghaft bewegte ich meine Hand an ihm hoch und runter, schaute ihm dabei vorsichtig ins Gesicht. »So gut, Baby«, keuchte er nur und seine Hand krallte sich fester ins Lenkrad. »Ich werde nicht ... lange brauchen!«, informierte er mich und bewegte seine Hüften ungeduldig. Zwischen meinen Beinen stellte sich dieses mir allzu bekannte Pochen ein, dieser Ruf nach etwas, das ich noch nicht kannte ... und das mein Körper doch so sehr wollte. Ich war mir sicher, es hatte was damit zu tun, was gerade in meiner Hand noch härter wurde.

»Schneller, Babe!« Er umfing meine Hand mit seiner, intensivierte den Druck und die Geschwindigkeit mit verbissenen Zähnen. Ich machte schneller, er knurrte: »SCHEISSE!«, klammerte sich mit beiden Händen ans Lenkrad und kurz darauf kam wieder ... diese ekelhafte Flüssigkeit aus ihm geschossen ... Der erste Strahl traf seine Brust, der nächste war nicht mehr ganz so hart und lief heiß und schleimig über meine Hand. Eigentlich hätte ich es widerlich finden sollen, aber dieses Sehnen zwischen meinen Beinen nahm nur zu. Fast stöhnte ich mit ihm, als er seinen Orgasmus hatte ... Dann war es schon vorbei und er ließ seinen Kopf kraftlos gegen die Stütze gelehnt. »Im Handschuhfach sind Tücher, ich habe immer Tücher dabei.«

»Wieso?«

»Weil ich mir ziemlich oft einen runterhole.«

»Wann immer?«, fragte ich von diesem Pochen zwischen meinen Beinen mutig, während ich meine Hand zurückzog und mir die Finger sauberwischte, ihm gab ich auch ein Tuch für seine Brust.

»Manchmal werde ich in der Schule so geil, dass ich schnell ins Auto gehe ...«

»Ehrlich?« Oh Gott, allein die Vorstellung machte mich noch mehr an.

»Japp ... ich bin ein kleiner sexsüchtiger Wichser. Ich habe dir gesagt, ich bin nicht normal.«

»Wann … wann machst du es dir noch?«, fragte ich und rutschte unruhig auf meinem Sitz umher. Irgendwie musste dieses Pochen doch endlich mal aufhören, oder? Er warf mir einen kleinen Blick zu, dann grinste er teuflisch.

»Kann es sein, dass du gerade total angeturnt bist?«

Ich wurde natürlich nur knallrot, und das war ihm wohl Antwort genug … denn mit einem Mal griff er zu mir rüber und öffnete meine Hose. »Du hast mir bei meinem kleinen Problem geholfen, jetzt sollte ich dir auch helfen, oder Kleines?«

»Aber du fährst …«

»Fahren kann ich im Schlaf, das andere auch.« Er zog den Reißverschluss einfach runter und glitt dann in meine Hose, presste seine Finger zwischen meine total nassen Schamlippen und direkt unter mein Höschen, und ich stöhnte rau auf, umfasste seinen muskulösen Arm, aber nicht, um ihn von mir zu schieben, oh nein. Es tat so gut, was er mit seinen Fingern machte, als er diesen einen winzigen Punkt massierte, mit meiner Feuchtigkeit an seinem Zeigefinger darüber rieb, immer und immer wieder.

»Oh Gott!«, stöhnte ich, als ich fühlte, wie die Welle bereits nach ein paar atemlosen Sekunden fast über mir zusammenbrach.

»So heiß!«, knurrte er und schob zwei Finger in mich.

Sofort schwappte die Welle über mich und trug mich davon, als ich ihn das erste Mal in mir fühlte … Ich hob mein Becken, kreiste mit seinen Bewegungen, die er in mir machte, während meine Muskeln um ihn herum zuckten und krallte mich mit beiden Händen in den Sitz.

Leider war dieses phänomenale Gefühl, nach dem ich hätte süchtig werden können, viel zu schnell vorbei, und mein Becken sackte wieder nach unten, genau wie mein Kopf nach hinten. Meine Haare klebten an meinem Gesicht, jetzt war ich nicht nur vom Alkohol nass, sondern auch vom Schweiß.

»Japp, du warst total angeturnt«, stellte Saint fest und zog seine Finger zurück. Ich schaute ihn angewidert an, als er sie ableckte.

»Was?«, fragte er amüsiert.

Ich machte nur »BÄH!«, und er gluckste.

»Sei froh, dass ich sie dich nicht ablecken lasse!« Das brachte natürlich noch mehr Farbe in mein sicherlich schon total gerötetes Gesicht.

»*Das* würdest du tun?« Er beugte sich zu mir rüber und wisperte mir ins Ohr:

»Süße, du hast keine Ahnung, wozu ich fähig wäre …« Ich glaubte ihm. Und ganz im Ernst. Ich wollte es erfahren! Alles!

33. Wieso Freude machen die größte Freude macht

Hailey

Am nächsten Tag in der Schule lauerten mir Nancy und Lea auf den Toiletten auf. Sie versuchten, mich zu löchern, was das mit Saint am See gewesen war und was zwischen uns lief. Ich antwortete natürlich nicht, diesmal nicht, weil ich nicht wusste, was ich sagen sollte, sondern einfach, weil es sie nichts anging. Das, was zwischen uns lief, ging keinen etwas an, außer uns beide. Es war ... etwas so Kostbares. Das, was zwischen uns war, war unser ganz persönliches Heiligtum und keiner sollte es beschmutzen. Ganz besonders nicht diese ... Frauen!

Sie drohten mir damit, zu meinem Vater zu gehen und ihm alles zu erzählen, weil ihnen sonst wohl nichts anderes einfiel. Und ja, der Gedanke, dass mein Vater von Saint und mir erfahren könnte, machte mir Angst. Andererseits war ich achtzehn, erwachsener als die meisten anderen in meinem Alter und wusste genau, was ich tat. Okay, zumindest meistens, wenn ich nicht gerade irgendwelche Scheiße baute. Ich kam zu dem Entschluss, dass ich das mit Saint meinem Vater also selbst sagen müsste, wenn er wieder da wäre, bevor irgendjemand mich mit dem Wissen um uns erpressen konnte.

Die beiden hatten mir ein Ultimatum gestellt wie in irgendeinem Film. »Entweder du lässt die Finger von ihm oder wir sagen es deinem Vater.« Dabei hatte ich sie mir wie zwei Mafiapaten mit Zigarren in den Mundwinkeln und Waffen im Holster vorgestellt und ich musste einfach lachen. Ihre bescheuerten Gesichter waren es wert!

Keiner – und ich betone *keiner!* – *k*onnte mir das mit ihm nehmen und würde er mir damit drohen, die Welt zu zerstören! Ich hätte es in Kauf genommen! Denn wenn ich mich einmal für etwas entschieden hatte, dann kämpfte ich dafür bis zum bitteren Ende, und ich hatte mich entschieden, zu ihm zu gehören. Also gab es nichts, womit sie mir drohen oder was sie tun konnten, um meine Meinung zu ändern. Ich war kein kleines Kind, ich ließ mir nicht drohen. Ich hatte schon zu viel durchgemacht, zu viel ausgestanden in meinem Leben, war zu gefestigt für so eine High-School-Scheiße! Aber ich würde es auch nicht Saint erzählen, weil ich genau wusste, was er dann getan hätte. Irgendwas total Unüberlegtes, denn er tickte regelmäßig aus, wenn mich einer auch nur schief ansah.

Ihm war es völlig egal, dass er vielleicht auch als Freak gesehen werden könnte, weil er sich praktisch mit dem

Oberfreak der Schule abgab. Er stand zu mir, wurde zu meinem Felsen in der Brandung. Ich konnte ihm alles erzählen und ihn alles fragen. Er lachte mich nie aus, also niemals ernsthaft, er wurde in so vielen Hinsichten zu der Freundin, die ich niemals gehabt hatte. Auch wenn er einen wirklich schönen Penis hatte, mit dem ich mich am liebsten rund um die Uhr beschäftigt hätte, wenn ich ehrlich war.

Die restliche Woche ging ich nach der Schule – nachdem ich meine Pflichten erledigt hatte –zu ihm. Manchmal hingen wir mit Holy ab, einmal auch mit Holy und Sam (der total verschossen in Holy war, was sie aber schlichtweg ignorierte). Da Saints Eltern meistens in der Arbeit waren, hatten wir das Haus für uns, und so machten wir zum Beispiel einen Taccoabend, als Saints Eltern im Kino waren, bei dem wir die Küche verwüsteten und wir Frauen die Männer richtig rumkommandierten. Es machte so unglaublich Spaß, mit ihnen zusammen zu sein! Holy nahm mich auch auf, als würde ich schon längst zur Familie gehören. Sie machte Witze mit mir, gab mir Tipps und Tricks in Bezug auf Saint – aber wurde es auch nicht müde, mich vor ihm zu warnen. Sie kannte ihren Bruder zu gut, aber sie gönnte ihm auch sein Glück und grinste uns an, wenn er mich auf den Schoß zog, einfach nur, um mich ein bisschen zu halten. Ich klebte – wenn es nach ihm ging – in den nächsten Tagen sowieso praktisch an ihm. Es gab keine Gelegenheit, bei der er mich nicht berührte, mir nicht zeigte, wie viel ich ihm bedeutete und wie anziehend und schön er mich fand. Er küsste mich oft, er befummelte mich noch öfter und er bescherte mir die unglaublichsten Orgasmen. Ehrlich, er war sehr einfallsreich und ein Meister, wenn es um seine Finger und seine Zunge ging. Aber Sex, den hatte er nicht mit mir. Genau genommen hatte er mich in den letzten Tagen sogar ein bisschen auf Abstand gehalten, sagte, er wolle auf den richtigen Moment warten und alles richtig machen, und ich fand das einfach nur abartig süß, genauso wie es mich ein kleines bisschen aufregte. Denn ich war bereit für diesen einen großen Schritt.

Wenn nicht mit Saint Conroy, mit wem dann?

Wer wäre besser dafür geeignet, mir ein phänomenales erstes Mal zu bescheren, vor allem, weil er bereits nach ein paar Tagen meinen Körper in- und auswendig zu kennen schien?

Dienstag, Mittwoch und Donnerstag verbrachten wir ein paar Stunden im Heim. Saint bei seiner Granny, die war mittlerweile aufgetaut, vor allem, weil er sich wirklich angefangen hatte, für sie zu interessieren, seitdem ich ihm die Geschichte von ihr erzählt hatte. Und dann … am Freitag, machte er ihr das ultimative Geschenk. Er ließ sie mit seinem Mustang fahren (O-ton: *Keiner fährt mein Baby, außer ich, Baby!*). Sie weinte, genau wie er, er wollte es eigentlich nicht zeigen, aber ich kannte ihn gut genug, um seine roten Augen richtig zu interpretieren, als sie danach wieder auf den Parkplatz gefahren kamen. Er meinte zu mir, die Tränen in seinen Augen wären vom Brüllen, weil sie gefahren sei wie eine Wahnsinnige, aber ich küsste ihn nur und grinste ihn wissend an. Als Miss Conroy aus dem Auto stieg, wirkte sie agil und voller Leben, als wäre sie zwanzig Jahre jünger. Ihre Augen strahlten so sehr, ihre Bewegungen waren voller Elan. Sie schmiss Saint den Schlüssel zu und er fing ihn gerade so. Und dann umarmte sie ihn, bevor sie singend und schnippend zurück ins Heim tänzelte. Ich hatte die alte Frau noch nie so ausgelassen gesehen und lächelte in mich hinein. Es war so schön, wenn man jemand anderem eine wahre Freude machen konnte, das hatte Saint wohl ebenfalls erkannt. Denn auch er lächelte, legte mir einen Arm um die Schultern und zog mich an sich, während wir an seiner Motorhaube lehnten und ihr hinterherblickten. Und dann küsste er wortlos meinen Kopf, und ich wollte vor Glück einfach nur zerspringen.

Die letzte Woche war die schönste Woche meines Lebens gewesen …

Aber heute würde mein Vater wiederkommen, und dann könnte es ganz schnell vorbei sein mit dem Glück!

»Ich werde heute Abend meinem Vater von uns erzählen«, meinte ich leise zu Saint, der die Stirn runzelte und sein Gesicht sofort verzog.

»Soll ich mitkommen?«

»Nein!«, rief ich sofort, es gäbe nichts Schlimmeres, als wenn Saint einen Ausraster von meinem Vater erleben würde – nichts Peinlicheres.

»Ich schaff das schon allein, ich bin schon ein großes Mädchen.«

»Das weiß ich, dennoch gefällt mir dein Ausdruck nicht, wenn du von deinem Vater sprichst.«

»Was meinst du damit?« Stirnrunzelnd sah ich ihn an, er zündete sich eine Kippe an und zog eine Augenbraue hoch.

»Wenn man von seinen Eltern spricht, sollte man Respekt empfinden, du hast Angst vor deinem Vater.«

»Ich … ich habe keine Angst vor ihm.« Selbst für mich hörte sich das hier an wie eine schwache Lüge, und Saint schaute mich nur an. Er kannte mich mittlerweile besser als jeder andere Mensch, er wusste genau in mir zu lesen … und natürlich ahnte er, was in mir vorging, wenn ich an meinen Vater dachte.

»Respekt? Ernsthaft Saint? Als ob du Respekt vor deinen Eltern hättest!«

»Das habe ich! Auch wenn sie mich nerven und manchmal total bescheuert sind, so … weiß ich doch, was sie alles für uns tun und dass sie uns lieben und so einen Scheiß. Aber bei deinem Vater bin ich mir da irgendwie nicht so sicher, obwohl du nie über ihn mit mir redest.«

Ich seufzte … war schon fast versucht, ihm zu erzählen, was ich daheim für Probleme hatte, wie es war, seitdem meine Mutter weg war und wie es wirklich tief in meinem Inneren aussah. Aber trotz allem war ich noch nicht bereit dazu, ich war noch nicht bereit, ihm zu zeigen, wie kaputt ich in Wahrheit war, wie es in mir aussah, wenn man unter die Oberfläche schaute. Ich wollte es noch ein bisschen hinauszögern, denn sollte er einmal auf den Grund meiner Seele blicken, wäre er weg.

Also umarmte ich ihn und lächelte schwach. »Du kannst nicht immer und überall meinen Beschützer spielen, Saint

Conroy, manchmal muss eine Frau auch allein Dinge tun, die eine Frau tun muss.«

»Wenn es nach mir ginge nicht.« Er legte mir einen Arm um die Schultern, zog mich wieder an sich, und ich schloss die Augen, fühlte mich so geborgen. »Wenn es nach mir ginge, würde ich dich in Watte packen und mein Leben lang wie ein Geier über dich wachen. Allein der Gedanke, dass dir irgendwer wehtun könnte, macht mich wahnsinnig. Vor allem, wenn es jemand ist, der eigentlich auf dich aufpassen sollte.«

»Er ... er tut mir nicht weh.« Zumindest nicht körperlich.

Saint seufzte, fühlte wahrscheinlich die neue Lüge zwischen uns.

»Du sollst nur wissen, dass du mit allem zu mir kommen kannst. Egal, was es ist«, sprach er sanft in meinen Haaren, während die Sonne hinter den sanften Hügeln orange strahlend unterging.

»Das weiß ich.« Aber wusste ich das wirklich?

34. Wieso Vater-Tochter-Gespräche nicht immer einfach sind

Hailey

Mein Vater wirkte frisch erholt, als er am späten Abend nach Hause kam, gebräunt und voller Elan. Ihn lächeln zu sehen, erfüllte mein Herz mit so viel Freude, dass ich in seine Arme lief und er mich ganz überrascht an sich drückte. Durch seine Aussetzer hatte ich meinen Respekt irgendwann vor ihm verloren, damit hatte Saint recht, aber … dennoch wusste ich, dass mein Vater kein schlechter Mensch war und dass er es versuchte. Er war eben krank. Nicht böse oder schlecht. Verwundert legte er seinen dünnen Arm um mich und drückte mich an sich, während ich die Lider schloss und wisperte.

»Hi Dad …«

»Hi«, sagte er ganz ergriffen, war völlig erstarrt und rührte sich nicht, bis ich ihn losließ.

»Ich habe Essen gemacht, du hast sicher Bärenhunger!«, meinte ich und ging hinein, wo schon der Tisch gedeckt war. Ich hatte mir vorgenommen, ganz locker an die Sache ranzugehen, ein wenig meinen inneren Saint raushängen zu lassen und mich nicht von meiner Angst lähmen zu lassen, wie das sonst so der Fall war. Das Strahlen meines Vaters machte es leichter, als er sein Zeug auf den Boden schmiss, sich stöhnend die Schuhe von den Füßen streifte, sich über die Brust rieb und kurz ins Bad ging, um sich zu waschen.

»Wir standen drei Stunden im Stau«, rief er mir zu, während ich Lasagne auftischte und eine Kerze anzündete. »Ich dachte, meine Arme werden nie wieder aufwachen.« Ich lachte, als er das sagte und zum Kühlschrank ging. Er wollte dort nach seinem allabendlichen Bier greifen, aber er merkte wohl mein Erstarren, sah mich an, sah das Bier an und zog seine dünne Hand zaghaft zurück. Stattdessen nahm er die Limonade und ich lächelte ihm breit zu. Er lächelte schüchtern zurück, setzte sich an den Tisch und fuhr sich durch die lichten Haare.

»Hailey ... wegen letztens ... ich ... ich habe darüber nachgedacht und mich mit Miss Dean über ... mein kleines Problem unterhalten.«

Ich setzte mich ihm gegenüber und lauschte ganz gespannt. Miss Dean war Lennarts Mutter, und mein Vater hatte schon immer einen guten Draht zu ihr gehabt. Manchmal machten Lennart und ich Scherze darüber, dass sie schon bald die neue Miss White werden würde, denn auch Miss Dean hatte

Lennart ganz allein aufgezogen und sie und mein Vater hatten sich immer gegenseitig unterstützt.

»Ich … ich werde mir Hilfe holen. Ich … will das nicht mehr«, meinte er wie ein kleiner Junge, so hilflos, so verloren aussehend; ich griff über den Tisch und legte meine Hand auf seine ausgemergelten Finger.

»Das finde ich wunderbar, Dad, es ist nicht leicht zuzugeben, dass man Hilfe braucht.«

»Du hast mehr verdient als das«, sagte er leise und ungewohnt offen. Kein einziges Wort war bis jetzt über Gott gefallen, und ich hatte wirklich Hoffnung. Hoffnung, dass es vielleicht irgendwie irgendwann so werden könnte wie bei Saint zu Hause. Einfach … normal. Dass dieser Schrecken endgültig vorbei war … und mein Vater seine inneren Dämonen endlich loslassen konnte, gegen die er nicht ankam und die er mit Alkohol zum Schweigen zu bringen versuchte. Ich wünschte es mir so sehr! Schon seitdem meine Mutter weg war!

»Was hast du die Woche gemacht? Warst du in der Kirche?« Ich verdrehte fast die Augen, während wir anfingen zu essen, also zumindest er, denn ich war so aufgeregt, dass ich keinen Hunger hatte.

»Ja Dad …«

»Das ist gut. Und sonst? Alle Aufgaben erledigt?« Wieder rieb er sich geistesabwesend über die Brust.

»Ja. Und wie war's bei dir?« In den nächsten zehn Minuten schwärmte mein Vater über die Fische, die er gefangen hatte, über die schöne Natur, über Miss Deans Kochkünste und wie sie einen Dachs vom Lager vertrieben hatte. Er blühte richtig auf, wenn er von ihr sprach, strahlte von innen, und ich freute mich ehrlich für ihn und lauschte ihm lächelnd.

Wie die Liebe einen Menschen doch ändern kann … dachte ich bei mir und schweifte mit meinen eigenen Gedanken zu Saint ab. Ich war so darin vertieft, dass ich erst gar nicht merkte, als mein Vater aufhörte zu erzählen.

Es entstand ein kurzes Schweigen, dann nahm ich meinen Mut zusammen und fing einfach an.

»Ich … ich habe neue Freunde gefunden …« Sofort veränderte sich der Ausdruck von meinem Vater. Die Wärme wich aus seinen braunen Augen, und er hielt mit der Gabel in der Luft inne … »Sam Lewis und Holy Conroy …« Er beruhigte sich etwas und aß weiter. »Und … und Saint Conroy«, füge ich noch hinzu, und er erstarrte sofort wieder. Sein Blick schoss hoch und jetzt war er wirklich voll ungebändigtem Zorn.

»Saint Conroy?« Seine Stimme bebte etwas, als er diesen Namen zwischen zusammengepressten Zähnen zischte.

»Ja.« Einige Sekunden war es still, ich zerkaute mir die Unterlippe, wusste nicht, was ich noch tun, was ich sagen sollte, als er mit einem Mal mit der Faust auf den Tisch schlug und ich heftig zusammenzuckte.

»Das meinst du nicht ernst!«, brüllte er mich an, und ich fühlte, wie jegliche Wärme langsam aus meinem Körper wich.

»Doch, Dad, aber lass es mich erklären, er ist nicht so wie …«

»Er ist nicht so?«, brüllte er und langsam aber sicher wurde sein Gesicht anstatt meinem hochrot. »Darf ich dich daran erinnern, dass das der Kerl ist, der vom Kirchendach gepinkelt hat, der Sünde in meiner Kirche begangen hat, nicht nur einmal und nicht nur mit einer Partnerin? Er ist der Teufel in Person! Er versaut jeden und alles um sich herum und verteilt den Keim des Bösen in der Welt!«

»Dad … so ist das nicht!«

Er sprang auf. »Ich möchte nicht, dass du ihn noch einmal triffst!«

Und jetzt reichte es mir langsam!

»Ich bin achtzehn Jahre alt!« Auch ich sprang auf und brüllte meinen Vater an, keine Ahnung, woher das kam, aber irgendein Knoten war in mir geplatzt und allmählich fühlte ich Tränen in meine Augen steigen. Wütend wischte ich sie weg. »Du hast mir nichts zu sagen! Und wenn wir ehrlich sind, schon länger nicht mehr! Ich kann tun und lassen, was ich will und mit wem ich will!« Mein Vater starrte mich an wie einen Geist. »Ich liebe Saint und ich werde mit ihm zusammen sein – ob es dir passt oder nicht!«

Sein Gesicht wurde auch so weiß wie das eines Geistes. Er riss die Augen auf und hauchte »Nein!«

»Doch! Ich liebe ihn und du wirst nichts tun können, um das zu ändern! Du wirst…« Mein Vater keuchte und griff sich ans Herz.

Eine Welle der Übelkeit überrollte mich, als er auf seinen Stuhl sackte und mich mit Panik in den Augen ansah – mit echter, unverhohlener Panik.

»Dad?« Sofort war ich bei ihm und nahm seine andere Hand, mit der er nach mir griff, das dachte ich zumindest.

»Krankenwagen!«, keuchte er, und ich merkte, dass er gar nicht nach mir griff, sondern in Richtung Telefon … »Herzinfarkt!«

35. Wieso die Menschen Krankenhäuser hassen

Hailey

Bitte komm ins Krankenhaus, war alles, was ich fähig war, mit klammen Fingern zu tippen, denn ich wusste nicht mehr weiter. Mein Vater war im OP-Saal, hatte tatsächlich einen Herzinfarkt gehabt und bekam jetzt Stands eingesetzt, oder so was ... Der Arzt hatte sich sehr knapp gehalten, mich gar nicht wirklich informiert. Keiner informierte mich so wirklich. Die Schwestern eilten nur geschäftig an mir vorbei und waren fast schon genervt, wenn sie mich anschauten, wie ich im kleinen Wartebereich neben dem Kaffeeautomaten saß und das Kreuz an meinem Hals umklammerte. Ich handelte wie auf Autopilot, als ich Saint schrieb, etwas anderes fiel mir nicht ein, ich konnte nichts tun, außer beten und warten.

Und erst jetzt wurde mir so wirklich klar, wie wichtig er mir in Wahrheit war. Wie nah ich ihn bereits an mich rangelassen hatte. Dass er mein sicherer Hafen war, die einzige Person, die ich sehen und mit der ich reden wollte, wenn mein Leben aus den Fugen geriet, die einzige Person, die mir Trost und Hoffnung spenden konnte. Die mich beruhigen konnte.

Als er zwanzig Minuten nach meiner Nachricht in den Wartebereich gestürmt kam, war es, als würde ich einen Engel vor mir sehen. Er trug zwar nichts weiter als ein altes Shirt und eine Sporthose, hatte wohl eindeutig trainiert, oder sowas, er war total außer Atem und seine Haare waren ein einziges Chaos, aber ein Blick in sein Gesicht reichte, und sofort durchströmte mich eine innere Ruhe.

»Hailey«, keuchte er, dann war er neben mir und zog mich auf seinen Schoß. »Was ist los, Baby? Alles okay?« Völlig außer sich befühlte er mein Gesicht, meine Haare, meine Schultern, suchte nach irgendwelchen Verletzungen und ich lächelte nur. Lächelte, obwohl es meinem Vater so schlecht ging, obwohl er um sein Leben kämpfte, denn … ich war nicht mehr allein.

Nie wieder.

Ich umarmte ihn einfach nur, und er hielt mich, fest und sicher, während die Tränen endlich liefen.

***

Mein Vater würde es schaffen, erbarmte sich eine Stunde später ein Arzt uns mitzuteilen, aber er bräuchte viel Ruhe und würde noch einige Zeit im Krankenhaus bleiben müssen.

Außerdem müsste er ein Leben lang Medikamente nehmen, aber er war noch mal glimpflich davongekommen.

Ich fühlte die ganze Zeit Saints Blick auf mir, während ich versuchte, diese Ansage zu verdauen. Bis jetzt hatte ich ihm nichts gesagt, nichts erklärt. Ich war einfach nur müde und ausgelaugt, denn es war schon ein Uhr in der Nacht. Seufzend strich ich mir übers Gesicht und trank einen Schluck von der heißen Schokolade, die mir Saint gerade organisiert hatte.

»Er hatte den Herzinfarkt, als ich ihm gesagt habe, dass wir zusammen sind.«

Saints Augen wurden groß. Mit einem »Fuck!«, ließ er sich mir gegenüber in einen der Stühle fallen und strich sich durch die Haare.

»Hailey, das tut mir so …«

»Sag jetzt ja nicht, dass es dir leidtut. Was kannst du dafür?«

Er antwortete nicht, sondern schaute mit verbissenem Kiefer aus dem Fenster in die schwarze Nacht. Irgendwas an seinem Blick gefiel mir nicht, ließ die Alarmglocken schrillen, und als er dann geschlagen den Kopf in seine Hände fallen ließ und murmelte: »Ich wusste es!«, da kam wieder ein kleines bisschen Panik in meinen irgendwie total wunden Körper.

»Was meinst du damit?«

»Ich bedeute nichts als Ärger für dich!«

»Saint mach dich nicht lächerlich!«

»Dein Vater hatte einen Herzinfarkt, als er erfuhr, dass du mit mir zusammen bist und das aus gutem Grund!« Als er das jetzt eiskalt zischte und mich genauso ansah, wurde meine Kehle trocken.

»Red keinen Mist!« Ich klang nicht so fest, wie ich eigentlich klingen wollte, die Richtung, in die dieses Gespräch lief, gefiel mir nicht. Gefiel mir gar nicht.

»Holy hat es gesagt, sie hat gesagt, ich würde dich runterziehen, und ganz im Ernst. Das tue ich Hailey! Ich ziehe dich runter!«

»Saint, sag so was nicht!« Das stimmte nicht! Alles, was er machte, war, mir Selbstbewusstsein zu geben und den Mut, zu mir zu stehen! Ich ging vor ihm auf die Knie und nahm seine angespannte Hand in meine, versuchte, seinen Blick einzufangen. »Durch dich fühle ich mich das erste Mal in meinem Leben wie ein ganz normaler Mensch … sogar wie eine … Frau! Ich fühle mich schön und begehrt und stark und glücklich, und ich will nicht, dass du so etwas noch einmal sagst! Du bringst das Beste in mir hervor, Saint Conroy!«

»Und du in mir, Hailey White«, sagte er traurig und strich mir eine lose Strähne hinters Ohr.

»Auch wenn du schon zugeben musst, dass ich dich ziemlich versaut habe«, meinte er weicher, und diese kehlezuschnürende Panik ließ ein bisschen nach … Er beugte sich vor und wisperte in mein Ohr: »Ich meine, du bist total süchtig nach meinem Schwanz.« Ich musste lachen und fühlte, wie ich rot wurde, wusste, dass er das nur sagte, um mich abzulenken.

Ich umarmte ihn fest, als er mich seufzend auf seinen Schoß hob und sein Kinn auf mein Haar bettete.

»Ich weiß, dass ich schlecht für dich bin, dass ich dich zerstören könnte. Aber soll mich der Teufel holen, es gibt nichts auf dieser Welt, was mich jemals von dir fernhalten könnte, Hailey White.«

»Dito«, wisperte ich kaum hörbar und schloss meine müden Augen, während ich meine Stirn an ihn lehnte.

***

Wir mussten eingedöst sein, denn ich schreckte hoch, als eine Schwester mich leise weckte und meinte, mein Vater wäre jetzt wach. Ich war eher noch im Halbschlaf und somit im Zombiemodus, als ich zu ihm ging. Saint blieb vor der Tür, als ich leise öffnete und mit angehaltenem Atem eintrat.

Meinen Vater in dem Krankenhausbett zu sehen, auf einmal so gar nicht mehr braun gebrannt und voller Leben, mit eingefallenen Augen und so bleich, brach mir das Herz.

Ich umarmte meinen Vater und weinte und küsste ihn, und er tat es mir gleich. Ich hatte ihn noch nie weinend erlebt, und es tat noch mehr weh, ihn hier so schwach und hilflos liegen zu sehen, so knapp vorbeigeschrammt am Tod.

»Du bist nicht schuld!«, wisperte er mir als Erstes mit kehliger Stimme zu. »Das war Gottes Zeichen, dass ich die Dinge ruhiger angehen lassen sollte!«

Ich kniff fest die Augen zusammen, denn es tat gut, das zu hören. Insgeheim hatte ich mir nämlich die ganze Zeit die Schuld dafür gegeben, was passiert war. Jetzt nickte ich und wischte mir die Tränen fort. Er sagte mir, ich solle heimgehen und mich sofort ins Bett legen ... und ich seufzte und versicherte ihm, dass ich morgen wiederkommen würde. Er nickte und ich verließ ihn schweren Herzens. Vor allem, weil ich mich kaum auf den Beinen halten konnte und weil ich ihm hier sowieso nichts gebracht hätte. Außerdem wollte ich die Nacht nun wirklich nicht auf dem klapprigen Stuhl und mit drei anderen Männern in einem Zimmer verbringen, und das hätte mein Vater auch gar nicht gewollt.

Also ließ ich mich von Saint heimfahren – zu ihm nach Hause – und ins Bett bringen. Er zog mich aus, und ich konnte nicht protestieren, als er mich das erste Mal in Unterwäsche sah, ich war einfach zu müde. Er sagte nichts dazu, schaute meinen Bauch nicht einmal genauer an und schob mich in sein Bett. Dann schmiegte ich mich das erste Mal so richtig halb nackt an seinen halb nackten Körper, und noch bevor ich seufzen und mir denken konnte, wie angenehm das war, war ich schon eingeschlafen ...

36. Wieso Äußerlichkeiten egal sind

Saint

Hier lag ich also und beobachtete sie ... diese eine Frau, der nicht nur mein Schwanz, sondern auch ein ganz anderer Teil von mir gehörte. Und das war nie geplant gewesen.

Schon früh hatte ich gelernt, dass man nicht verletzt werden konnte, wenn man sich einfach vor anderen verschloss. Dass keiner auf deinen Gefühlen rumtrampeln konnte, wenn du einfach keine wahren Gefühle zulässt, wenn du niemanden unter deine Haut, direkt an dieses eine Organ lässt ... Tja ... Problem war, dieses Mädchen, das neben mir in meinem Bett schlief und so friedlich vor sich hin schnarchte, war so was von unter meiner Haut und direkt in dieses eine Organ gegangen, dass ich es wahrscheinlich nie wieder loswerden würde. Und ich hatte keine Angst davor, ich hatte keine Panik, keine Beklemmungen oder so was, es war einfach gut, so wie es war … Es war richtig …

Sie war das Serum gegen alles Gift in meinem Leben.

Ich zog die Decke langsam von ihrem Körper, folgte dem Stoff mit dem Blick – über ihre vollen Brüste in dem einfachen BH, über ihren weichen Bauch, die sanfte Rundung ihrer Hüfte, über das weiße Baumwollhöschen – man sollte meinen ein Abturner, aber nicht an ihr, oh nein –, über ihre festen und so weichen Schenkel und war froh, dass sie nicht aufwachte. Denn so konnte ich all diese Perfektion – und ja sie war absolut perfekt, auch wenn sie von sich etwas anderes annahm, auch wenn sie sich so verdammt verklärt sah und auch wenn sie ganz sicher nicht abgemagert, sondern weich gerundet war – in genauen Augenschein nehmen.

Sie machte mich hart, obwohl sie tief und fest schlief, machte mich an, wie keine jemals zuvor. Schon bald konnte ich mich nicht beherrschen und schrieb mit den Fingerspitzen auf ihren Bauch, drei so verdammt peinliche Worte. Aber etwas anderes fiel mir einfach nicht ein, wenn sie so vor mir lag ... so schutzlos, so verletzlich und so schmerzhaft schön.

Ich hatte mir eigentlich echt geschworen, die Finger von ihr zu lassen, denn sie hatte sich in ihrem schwärzesten Moment an mich gewandt, als sie einfach nicht mehr weitergewusst hatte, und so was nutzte man nicht aus. Und doch schaffte ich es kaum, die Finger zurückzuziehen und nicht in ihr Höschen fahren, an den Ort, von dem ich genau wusste, wie feucht und einladend er war, jedes Mal, wenn ich mich ihm näherte.

Aber ich lehnte mich zurück, das Gesicht auf meinen gefalteten Händen, und schaute sie einfach nur an … Schon nach fünf Minuten wurde mir das allerdings zu langweilig, also strich ich mit meinem Zeigefinger über diese unsagbar vollen, so perfekten Lippen, über ihre kleine Stupsnase, über ihre von meiner Schwester gezupften dunklen Augenbrauen und grinste, als sie die Stirn runzelte. Doch ich zog meine Hand zurück, denn sie brauchte ihren Schlaf!

»Mach weiter«, forderte sie allerdings total verpennt, und ich kam seufzend ihrem Befehl nach, strich über ihre Stirn, ihre Wangen, so wie sie es damals bei mir getan hatte, über ihr keckes Kinn, ihre zarte Kieferlinie und ihren Hals … »Weiter … mit dem Mund!«, forderte sie, und ich befolgte ihre Anweisung natürlich auch jetzt. Ich musste es ausnutzen, wenn sie so verschlafen war und sich traute, zu fordern, was sie wollte. Das tat sie sonst nämlich nie, sonst musste ich ihr immer an der Nasenspitze ablesen, was Miss White denn als Nächstes von mir wollen könnte, und ich war schon verdammt gut darin. Aber wenn sie mir ihre Wünsche so auf dem Silbertablett servierte, musste ich ihnen natürlich nachkommen. Also strich ich mit meinem Mund über ihren Kiefer … und stoppte kurz, um sie anzusehen. Sie lächelte wunderschön, die Augen immer noch geschlossen.

»Weiter … runter«, murmelte sie, und ich grinste und strich über ihren Hals, da, wo sie so wunderbar nach frischen Früchten duftete … und machte an ihren Brüsten Halt.

Traust du dich, Baby?, dachte ich, und sie seufzte …

»Weiter …« Dann tat sie das Erotischste, was sie jemals

tun konnte. Sie zog ihr BH Körbchen herab und ihre kleine steife, braune perfekte Brustwarze grinste mich kurz darauf an.

FUCK!

Ich starrte sie an, sie runzelt die Stirn, sofort beugte ich mich vor und legte meine Lippen um ihr sensibles Fleisch, saugte zart daran und genoss ihr träges Stöhnen und ihr Umherwinden.

»Oh Gott!«, wisperte sie, fuhr mit einer Hand in meine Haare und hielt mit der anderen ihr Körbchen fest ... »Das ist so gut ...«, keuchte sie ... »Oh Saint!« Ihre Augen flogen auf, als ich mit der Zunge gegen ihre Brustwarze schnalzte, und sie schaute mich schockiert an – und so erregt. So wunderschön!

»Du bist so schön, Baby!«, wisperte ich ihr zu und beugte mich vor, um sie zu küssen. Sie stöhnte in meinen Mund, als sie meine Zunge spürte und meine Hand, die ich jetzt auf ihre Brust legte, alles prickelte dort, wo ich sie berührte und sie träge knetete, ganz leicht ... während ich sie inniger küsste. Dann rieb ich nur mit meiner Handfläche über ihre aufgestellte Spitze, bis es für sie fast schmerzen musste, weil ihr Nippel so hart wurde, und sie in meinen Mund wimmerte.

»Die andere fühlt sich benachteiligt«, raunte ich an ihren vollen Lippen. »Das sollten wir ändern!« Sie verstand und zog jetzt das Körbchen von ihrer anderen Brust runter. Die Bewegung hatte so etwas Entwaffnendes und Erotisches, dass ich fast in meine Shorts kam – ungelogen. Aber ich beherrschte mich und widmete mich ausgiebig der anderen Brust. Bis sie keuchte und stöhnte und sich unter mir wand. Ich konnte sie auch so kommen lassen, nur dadurch, dass ich ihre Nippel verwöhnte, aber ich wollte nicht. Noch nicht …

»Willst du meinen Mund auch woanders, Kleines?«, fragte ich sie, und sie schloss wieder ihre Augen, versteckte ihre Seele vor mir und nickte hektisch.

»Wo?«, neckte ich sie sanft und genoss, dass sie knallrot wurde. Die Hailey von vor zwei Wochen hätte sich das niemals getraut, aber die Hailey, die jetzt in meinem Bett lag, deutete zwischen ihre Beine.

»Das ist eine äußerst interessante Stelle«, gab ich ihr recht und küsste mich an ihrem Bauch herab.

Ich wollte es zumindest, aber ihre Hand schoss mit einem Mal nach unten, ihre Augen flogen auf und sie keuchte »Nicht!«

Ich schaute sie wütend an. »Hailey White, jeder einzelne Zentimeter deines Körpers gehört mir. Also lass mich meinen Bauch küssen, wenn ich will!« Sie kaute auf ihrer Unterlippe, überlegte hin und her. Ich kniete mich über sie, packe einfach ihre Hände, drückte sie links und rechts in die Laken und machte weiter … »Wer nicht hören will, muss fühlen!«, knurrte ich und umkreiste mit meiner Zunge ihren Bauchnabel, was sie wieder zum Stöhnen und Rücken durchbeugen brachte und ihren kleinen immerzu denkenden Kopf ausschaltete. Gut so … »Du bist unglaublich, Hailey, und egal, wie du aussehen würdest, selbst wenn du 150 Kilo wiegen würdest, es wäre mir egal! Denn du wärst immer noch du!«, machte ich ihr klar und küsste mich weiter hinab, küsste mich am Bund ihres Höschens entlang und sog tief den Duft ihrer Erregung ein, als ich mit meiner Nase über den Saum strich. Ungeduldig schob ich es einfach zur Seite, sah sie das erste Mal, so feucht und so erregt am Tageslicht, und stöhnte auch auf. Dann beugte ich mich vor und leckte an ihr entlang, sammelte ihren Geschmack mit der Zunge auf und kümmerte mich sehr pflichtbewusst und gründlich um ihre kleine, angeschwollene Klit. Sie zerging fast unter meinem Mund.

Doch das war zu wenig, das war nicht genug, ich wollte alles sehen, also machte ich kurzerhand Pause. Sie wimmerte meinen Namen und zog das Höschen aus. Dann spreizte ich sie richtig, hielt ihre Feuchtigkeit mit einer Hand für mich offen und vergrub mich förmlich zwischen ihren Beinen. Ich war wie von Sinnen, genauso wie sie. Es gab nichts Heißeres als das Kreisen ihres Beckens, das Zucken ihrer Muskeln an meinem Mund zu fühlen und schließlich zwei Finger in ihrer Feuchtigkeit zu versenken … Meine Hüften bewegten sich von selbst, und ich rieb meinen Schwanz an meinem Bett entlang, im selben Rhythmus, wie ich sie mit den Fingern fickte, konnte nicht anders, denn er wollte endlich in sie stoßen, sich endlich tief in ihr versenken und in ihr kommen. Und ich wusste in diesem Moment, dieses Wochenende würde es geschehen, das oder ich würde sterben! Elendig krepieren, aber nicht jetzt! Denn sie hatte nicht darum gebeten!

Ich gab noch mal alles, und als sie nach ein paar Sekunden meinen Namen in ein Kissen rief, das sie sich aufs Gesicht gedrückt hatte, damit sie nicht das ganze Haus weckte, als ihre Hüften kreisten, ihre Muskeln um meine Finger kontrahierten und die Feuchtigkeit über meine Hand lief … da konnte ich nicht anderes. Ich kam in meine verdammte Shorts wie der kleine notgeile Scheißer, der ich war … aber sie so nah kommen zu fühlen, das war zu viel, das war … Wahnsinn!

Hailey White war der absolute Wahnsinn und umso wahnsinniger, weil sie sich dessen nicht einmal bewusst war!

37. Wieso imperfekt manchmal perfekt ist

Hailey

Saints Mutter war an diesem Morgen wie von Sinnen. Sobald ich verschlafen und sehr befriedigt nach unten kam, wurde ich an ihre große weiche Brust gezogen, meine Haare mit Küssen überschüttet und sie streichelte mich, während sie immer wieder »Mein armes Mädchen!« vor sich hin murmelte. Saint und Holy verdrehten nur die Augen und setzten sich an den reichlich gedeckten Frühstückstisch. Dort wurde ich auch hingeschoben und mir wurde das Frühstück des Jahres serviert, während Saints Dad nur hinter seiner Zeitung verschanzt dasaß und kein Wort sagte ... Seine Mutter bot mir an, dass ich bei ihnen einziehen könnte, wenn es mit meinem Vater doch noch bergab ging. Ich verschluckte mich, genau wie Saint, und zusammen husteten wir eine Runde. Schließlich lehnte ich dankend ab, übersah wie unsensibel dieser

Kommentar ihrerseits eigentlich gewesen war, weil ich wusste, dass sie es gut meinte, und war mehr als erleichtert, als Saint mich eine Stunde später zum Krankenhaus fuhr …

***

Als ich meinen Vater besuchte, war er ganz verschämt. Als könnte er etwas dafür, dass er einen Herzinfarkt gehabt hatte, und auch ich fühlte mich richtig mies. Denn insgeheim dachte ich immer noch irgendwie, es wäre meine Schuld. Ich hätte ihm das mit Saint vielleicht etwas schonender beibringen sollen, aber was geschehen war, war geschehen. Ich schob ihn mit seinem Rollstuhl durch den hübsch angelegten Park, wir redeten über sein Frühstück, das Wetter und die Blumenbeete. Er erzählte mir, dass er sich daran erinnerte, wie ich als kleines Mädchen immer bis zu den Ellbogen in der Erde gewühlt und meiner Mutter geholfen hatte, und ich verdrückte mir ein paar Tränen. Wir redeten kein einziges Wort über Saint, ich traute mich nicht, es noch mal anzusprechen, und auch mein Vater mied das Thema wie der Teufel das Weihwasser. Er bekam zum Mittagessen vom Krankenhaus Bier, aber das war auch gut so, denn als er es trank, hörten endlich seine Hände auf zu zittern und etwas Farbe kam zurück in sein Gesicht. Mir wurde übel, als mir klar wurde, was es hieß, wenn mein Vater sogar vom Krankenhaus Alkohol ausgeschenkt bekam … Aber ich versuchte, mir nichts anmerken zu lassen, als er es mit schuldbewusster Miene regelrecht in sich hineinschüttete und die Flasche innerhalb von einer Minute leerte ... Der Kampf gegen seine Krankheit – und damit meinte ich nicht das Herz – würde nicht so leicht werden wie angenommen, aber das war im Moment zweitrangig. Wichtig war nur, dass es ihm besser ging.

Als Miss Dean mit einem Kuchen kam, sagte er, ich solle endlich gehen, ich hätte an einem Samstag sicherlich besseres zu tun, als bei meinem kranken Vater abzuhängen. Aber ich blieb noch ein bisschen, aß ein Stück Kuchen und beobachtete lächelnd, wie Miss Dean es sich nicht nehmen ließ, meinen Vater, dem das SO unendlich peinlich war, zu füttern. Sie bot mir an, sie Andrea zu nennen, aber ich sagte trotzdem immer wieder Miss Dean zu ihr und das würde sie für mich wahrscheinlich immer bleiben. Auch wenn es immer mehr so aussah, als würde sie ... die neue Frau im Leben meines Vaters werden.

Es war ein sonniger Tag, die Strahlen unterstrichen noch das idyllische Bild, das sich mir bot, und ich fühlte, wie ich zufrieden war. Gestern war ich so ängstlich gewesen, so am Boden. Wenn mein Vater gestorben wäre ... dann hätte ich ihm nie sagen können, dass ich ihm dankte und ihn liebte, und dass ich wusste, wie sehr er sich anstrengte und welch große Sorgen er sich um mich machte. Ich wurde beim Abschied ganz wehmütig und wisperte ihm genau das zu, und dabei konnte ich nichts gegen die Tränen tun. Was war ich neuerdings nur für eine jämmerliche Heulsuse?

Er zog mich nur an sich und sagte nichts, aber ich sah genau das verräterische Glitzern in seinen Augen.

Saint stand wie abgesprochen um Punkt sechzehn Uhr an sein Auto gelehnt vor dem Krankenhaus und rauchte. Ich fiel ihm in die Arme und ließ ihn gute fünf Minuten nicht mehr los.

Danach fuhr er mich nach Hause. Ich kochte uns schnell eine Suppe und ging duschen, während ich ihm die Verantwortung des Rührers übergab und er irgendein bescheuertes Handygame spielte, in dem er eine Stadt baute und Kriege führte und sich ständig über seine undankbaren Bewohner aufregte. Als ich in meinem weißen Kleid frisch geduscht wieder ins Wohnzimmer kam, hatte er sogar schon den Tisch gedeckt, was ich total niedlich fand, und wir aßen zusammen wie ein altes Ehepaar.

Der Gedanken gefiel mir, doch als er mich fragte, wieso ich so grinste, zuckte ich nur mit den Schultern, wusste genau, wie wahnsinnig ihn das machte und kicherte, als er die Augen verdrehte.

Nach dem Essen jedoch überraschte er mich. Er schluckte und nahm meine Hand. »Ich … ich habe dir doch versprochen, der beste Mann zu sein, den eine Frau jemals hatte?«

Ich nickte zaghaft.

»Dann musst du jetzt mit mir kommen, ich … habe eine Überraschung für dich!«

Ich mochte Überraschungen, wenn sie von ihm kamen, weswegen ich auch gar nicht diskutierte und ihm mit wild klopfendem Herz wieder zu seinem Wagen folgte.

Er fuhr zu unserem See, wie ich schon bald merkte, aber er beantwortete mir keine Fragen und auch keine neugierigen Blicke, während wir durch den Wald marschierten und schließlich an der Klippe ankamen … Schon von oben erkannte ich, was da unten abging, und mir klappte der Mund auf.

»Ist das ein Bett?«, fragte ich, als ich das Bettgestell inklusive schwarzer Laken mitten auf dem grünen Fleck vor dem See stehen sah …

»Japp …«

»Und sind das rosa Rosenblätter darauf?«

»Japp …« Seine Ohrenspitzen waren rot.

»Wann hast du das gemacht?«

»Vorhin, als du im Krankenhaus warst, Sam hat mir schleppen geholfen …«

»Du hast ein Bett hier in den Wald geschleppt und aufgebaut, weil …?« Als nun auch seine Wangen wunderbar rot wurden, verschlug es mir echt die Sprache. »… ich heute mein erstes Mal haben werde!«, stellte ich atemlos fest, und Saint druckste herum …

»Also nur … wenn du …« Er stockte, als ich mir einfach mein Kleid über den Kopf zog, mich ihm in Unterwäsche präsentierte, aber spätestens seit heute Morgen hatte ich keine falsche Scham mehr vor ihm, denn er hatte schon alles gesehen – und geliebt.

»Wer als Erster unten ist!«, rief ich dann einfach, drehte mich herum und sprang … Wild brüllend … und ohne weiter darüber nachzudenken, so wie ich es schon so oft bei Saint beobachtete hatte. Der Wind zerrte nur wenige atemlose Sekunden an mir, während das Herz in meiner Brust hämmerte. Ich drehte mich ein bisschen blöd und erinnerte mich daran, was Saint mir gesagt hatte, machte ganz spitze Füße und tauchte mit den Zehen voran ins eisige Nass, das mich komplett verschlang ... Ich tauchte unsagbar tief, aber es war kein Boden in Sicht. Dann kämpfte ich mich schon nach oben und lachte, ich lachte aus vollem Halse, als Saint panisch nach unten brüllte.

»ALLES IN ORDNUNG?«

»JAAAAAAAAAAAAAAAAA!«, rief ich und konnte nicht aufhören zu lachen, während mein Herz immer noch in meiner Brust raste und mein ganzer Körper vor Adrenalin kribbelte ... So langsam fing ich an ihn zu verstehen ... Das war ein wahnsinniger Kick gewesen, am liebsten wäre ich gleich noch mal gesprungen!

***

Da lag ich also auf rosa Rosenblättern auf einem Bett im Wald und würde nun mein erstes Mal mit dem Mann meiner Träume erleben.

Wenn mir das jemand vor ein paar Wochen erzählt hätte, hätte ich ihn ausgelacht. In meinen Träumen hatte ich mir das hier so oft ausgemalt, doch sie waren niemals an die Realität rangekommen. Meine Fantasie konnte dem, was ich jetzt vor mir hatte, nicht gerecht werden: Einen nassen Saint in Boxershorts, hinter der er schon verdammt hart war. Da war dieses Funkeln in seinen Augen und ein angespannter Zug um seine vollen Lippen, diese Gewissheit in seinen Augen, die mich ganz nervös machte. Nervöser, als ich sowieso schon war … Als er sich über mich beugte, von der Sonne erhellt, fragte er mich:

»Willst du das, Hailey White?«

Ich nickte.

»Sag es mir! Sag mir, dass du mich willst!«, forderte er dominant.

»Ich will dich, Saint …« Meine Stimme war fest und fast schon feierlich.

Sein Lächeln die größte Belohnung. »Gut.« Er beugte sich vor und küsste mich sanft unter meinen Kiefer, tupfte seine Lippen ein paarmal darauf und wisperte mir ins Ohr: »Dann werde ich dich jetzt ausziehen.«

»Okay …« Ich hob meinen Oberkörper, er grinste mich an und öffnete meinen BH mit einer Hand. Zumindest wollte er ihn öffnen, aber irgendwie ging da was nicht so wirklich richtig, und er runzelte die Stirn. Dann nahm er die zweite Hand dazu, steckte seine Zunge stirnrunzelnd zwischen die Zähne und öffnete hoch konzentriert das störrische Ding. Er fluchte, weil das Teil sich nach wie vor sträubte. Das war wohl für Saint Conroy das absolute Worst-Case-Szenario. Und so hatte er sich das sicher nicht vorgestellt, weswegen ich echt versuchte, nicht zu lachen, was mir aber nicht sonderlich gelang.

»Ja ja, lach nur«, knurrte er mich an und hatte es irgendwann geschafft, da schwitzte er schon ein bisschen. »Das ist mir noch nie passiert!«

»Natürlich, Saint …«, neckte ich ihn ein bisschen, weswegen er die Augen verengte.

»Leg dich zurück!«, knurrte er. Ich tat, wie mir befohlen, und das Lachen verging mir, als er die Hände in mein Höschen hakte und es ohne jegliche Probleme an meinen Beinen runterzog. Dann stand er auf, ohne mich aus den Augen zu lassen, und schlüpfte aus seiner Shorts. Er fiel dabei fast um, weshalb ich schon wieder lachen musste und die Hand vor meinen Mund schlug. Er war gerade ich ... ein Schussel vor dem Herrn – und es war das schönste Kompliment, was ich je bekommen hatte. Denn sonst schaffte es keiner, Saint Conroy aus der Fassung zu bringen, erst recht nicht im Bereich der körperlichen Liebe, was eindeutig einer seiner Spezialbereiche war.

Er verdrehte die Augen, als ich kicherte, er über mich krabbelte und ich für ihn die Beine spreizte.

»Bald wird dir das Lachen vergehen!« Dann küsste er mich, tief und verlangend und so, dass mir das Lachen wirklich verging. Außerdem senkte er seinen Unterkörper, sodass ich seinen Penis das erste Mal zwischen meinen Beinen fühlte, was uns beide zum Stöhnen brachte. Probeweise bewegte ich mich an ihm, benetzte ihn mit meiner Feuchtigkeit und stöhnte gleich noch mal ... »Gott bewahre, dass ich dir unkontrolliert auf die Pussy spritze! Beweg dich nicht, Hailey!«, keuchte er und griff nach unten, um seinen Penis von meiner Mitte wegzuziehen. »Bitte!«, machte er mir abermals klar und schaute mir leicht verzweifelt in die Augen. Ich nickte atemlos. Dann fühlte ich, wie er mit seiner Spitze zwischen meinen Schamlippen entlangstrich ... und sie sanft gegen meinen Eingang drückte. Panik überkam mich ein wenig und er glitt wieder nach oben, verzog das Gesicht. »Das wird wehtun, und es gibt keine Möglichkeit das zu umgehen …«

»Ich weiß, Saint!«, antwortete ich atemlos und biss mir auf die Unterlippe, war mit einem Mal gespannt wie ein Bogen, er runzelte die Stirn und blähte die Nasenflügel.

»Nicht so«, knurrte er und ließ sich los … stattdessen legte er zwei Finger auf diesen einen Punkt, wo es besonders guttat, und verwöhnte ihn mit langsamen, kreisenden Bewegungen. »Entspann dich, Hailey … Du bist das Schönste, was ich je gesehen habe, und perfekt für mich. Wir werden perfekt zusammenpassen«, wisperte er mir ins Ohr und küsste mich sanft darunter, knabberte an meiner empfindlichen Haut, und ich vergaß völlig, was er vorhatte, ließ mich einfach treiben, mich von dieser Welle mitreißen, die sich immer höher und immer höher aufbaute und krallte die Zehen ins Laken. Jeden Moment würde ich so was von Explodieren und es gab nichts, was das noch ändern konnte … Es gab nichts …

Saint schob seine Hüften vor und stieß in mich … Ein heftiger Schmerz durchzuckte mich und ließ mich aufschreien.

Er hielt ganz still, den Arm neben meinem Kopf so angespannt, dass er bebte … »Es tut mir leid!«, presste er zwischen zusammengebissenen Zähnen hervor. »Fuck, Hailey … FUCK!« Er schloss die Augen und vergrub sein Gesicht an meiner Halsbeuge, bewegte die Finger weiter in trägen Kreisen, entfachte die Lust wieder von Neuem, auch wenn er so riesig und hart in mir war, und zog sich langsam … zaghaft … zurück … Ich spannte mich erneut an, hatte Angst, dass es wieder wehtun würde, als er sich in mich schob, aber diesmal ... tat es nicht weh! Kein bisschen! Er glitt problemlos in mich und entfachte einen wahren Funkenregen ... Ich war so überrascht, dass ich erneut aufstöhnte, als er sich tiefer als das erste Mal in mich schob.

»Oh Gott!«, keuchte er, krallte seine Hände in die Laken rechts und links von mir und knurrte in mein Ohr. »Beweg du dich bitte, Hailey ... ich verliere sonst die Kontrolle!« Und ich tat es. Zaghaft hob ich mein Becken ... nahm ihn tiefer in mich auf und ... riss verwundert die Augen auf, als es wirklich so gar nicht wehtat ... Dann senkte ich mein Becken wieder ... doch das war nicht gut, das war überhaupt nicht gut, also hob ich gleich wieder mein Becken ruckartig und nahm ihn so tief in mich auf wie noch nie. Er keuchte meinen Namen ... aber es war nicht genug, ich brauchte, dass auch er sich bewegte. »Saint ... beweg dich, bitte!«, wimmerte ich und er presste die Lider aufeinander ... bevor er meinem Befehl nachkam, verzweifelt stöhnend und ganz vorsichtig.

Oh Gott, war das gut!

Das war das Beste, was ich jemals empfunden hatte, noch vor seinen Fingern in mir oder seinen Lippen auf mir!

»Oh Gott!« Ich ließ meinen Kopf nach hinten fallen, krallte meine Hände in seinen Rücken und verkrampfte mich, aber diesmal nicht vor Schmerz, oh nein ... Meine Muskeln zogen sich eng um ihn zusammen und ich wimmerte seinen Namen.

»Hailey«, keuchte er erschrocken, dann fühlte ich ihn in mir pulsieren, dabei zog er sich noch zurück. Aber es war zu spät, nur noch der Rest landete auf meinen Venushügel, und

DAS war eindeutig das Schönste, was ich jemals gesehen hatte! Ehrlich.

»VERDAMMT!« Sobald er fertig war, fluchte er vor sich hin und öffnete seine rasenden Augen, während ich immer noch unter ihm lag und ihn ansah wie einen Heiligen, wie er hier total nackt von der Sonne angestrahlt vor mir kniete … und eindeutig wütend war.

»Was ist?«, fragte ich schockiert und schaute mich um.

»VERDAMMTE SCHEISSE!«, brüllte er und sprang auf, fing an, vor mir hin und her zu tigern und sich durch die Haare zu fahren. Ich richtete mich auf und bedeckte meine Brüste.

»Was ist, Saint?« Ich war ganz alarmiert von seinem Verhalten.

Hatte ich was falsch gemacht?

Er ignorierte mich, schimpfte vor sich hin … »Ich bin so ein verdammter kleiner Wichser!« Als ich merkte, dass er sich selbst beschimpfte und nicht mich, runzelte ich die Stirn, packte ihn am Arm und hielt ihn fest.

»Sag mir, was los ist!«, meinte ich fest und bestimmt, und als er mich ansah, wirkte er, als hätte er Schmerzen. Er kniff die Augen schnell zusammen und murmelte irgendwas vor sich hin. Er war völlig … manisch!

»SAINT!«

»WAS?«

Ich sprang auf und stellte mich vor ihn, nahm sein frisch rasiertes Gesicht in meine Hände und sagte: »Sieh mich an!« Er tat es und seine Augen glühten … vor Reue. Aber Reue, wieso? »Und jetzt sag mir, was los ist!«

»Was los ist?«, fragte er knurrend und mit Wut in den Augen. »Ernsthaft, was los ist, Hailey?«

»JA!«

»Ich bin gerade zu früh gekommen *und das in dir*!«, brüllte er mit einem Mal so laut, dass die Vögel aus den Baumwipfeln stoben und ich zusammenzuckte. »Das sollte dein erstes Mal werden, es sollte verdammt noch mal perfekt werden, du solltest kommen und nicht ich! Außerdem musst du jetzt die Pille danach nehmen, weil ich die Scheiße mit den Kondomen total vergessen habe, Verdammte Scheiße, noch eins!« Er redete sich wieder in Rage, und als ich verstand, was er meinte, da musste ich fast lachen, doch ich tat es nicht. Ich schlang meine Arme um seinen Bauch und lehnte meine Wange an seine Brust, in der das Herz fast schon unnatürlich schnell raste.

Dann schloss ich die Augen und wisperte: »Aber es war doch perfekt … denn es war mit dir!« Und das nahm ihm endgültig den Wind aus den Segeln … Gott sei Dank!

38. Wieso das Leben schön ist und dann total beschissen

Völlig nackt saß ich breitbeinig auf Saint Conroys Schoß auf einem Bett in einem Wald und ließ mich einfach nur von ihm halten. Genoss seine Hände, mit denen er über meinen Rücken strich, seinen warmen Atem an meiner Schläfe, seine leise gewisperten Worte ... »Ich hab so was wie mit dir noch niemals erlebt, ich ... es macht mich wahnsinnig, du machst mich total irre. Ich weiß nicht mehr, wo oben und unten ist, wer ich bin, nur noch, was ich will, und was ich will ist, dich glücklich zu machen, dir Lust zu bereiten, dich lachen zu sehen und stöhnen zu hören ... Ich will nie etwas tun, was dir wehtut, was dir irgendwie schadet ... was dich denken lassen könnte, du wärst nicht gut genug, denn das bist du, Hailey White. Du bist alles für mich.« Ich schloss die Augen, als er das wisperte, und bewegte mich ein wenig auf seinem Schoß, spürte, wie er sofort zwischen meinen Beinen zuckte und wieder hart wurde und wie er den Atem anhielt.

Keine Ahnung, woher ich den Mut nahm, aber ich rutschte ein wenig vor … sodass ich genau über ihm schwebte und umfasste ihn. Er wurde sofort steinhart in meiner Hand und Saint rührte sich nicht. Ich glaube, er hatte sogar den Atem eingestellt, doch er stöhnte auf, als ich mich langsam auf ihm herabließ … und ich hörte, wie er die Zähne aufeinanderbiss.

Von meinem eigenen Mut mit einem Mal überrumpelt und außerdem unsicher, ob ich es wirklich schaffen würde, ihn ganz in mich aufzunehmen, stoppte ich.

Er knurrte »Sorry, Kleines …« Dann stieß er nach oben und füllte mich aus. »Entweder ganz oder gar nicht …« Ich stöhnte, als er mich mit einem Arm an der Hüfte festhielt und mit dem anderen meinen Hintern packte. Er hob mich hoch und ließ mich wieder an sich herab – immer und immer wieder und unterstützte die Bewegung mit seinem Becken. Ich krallte mich in seine Schultern und dachte, ich müsse explodieren, weil er mich so extrem ausfüllte und weil sich das schon wieder so unglaublich gut anfühlte.

Wow!

»Tut es weh?«, fragte er verbissen.

Panisch schüttelte ich den Kopf. »Nein! Hör nicht auf! Bitte!«

»Das könnte ich gar nicht!«, knurrte er und beugte sich vor, um mich zu küssen. Dann ließ er mich mit einem Mal los … und wisperte an meinen Lippen »Beweg dich, Kleines!« Ich tat es zaghaft, bewegte mein Becken vor und zurück … was sich NOCH besser anfühlte. »Yeah, Baby, das ist es! Reite mich!«, feuerte er mich weiter an, biss in meine

Unterlippe und zog sie etwas lang. Ich ließ stöhnend meinen Kopf nach hinten fallen und kreiste meine Hüften auf ihm. Gott, war das gut! Unglaublich! Noch besser als das vorhin! Als ob das möglich wäre.

»Himmel, bist du heiß!«, raunte er und hielt mich mit einem Arm fest, als ich mehr Mut fasste, ihm in die Augen sah und mich weiter auf ihm bewegte. Und mit einem Mal war es mir egal, dass er mich total nackt sah, dass er meinen Bauch sah, meine wippenden Brüste, denn da war so viel dunkler Glanz in seinen Augen, so ein tiefes Verlangen, fast schon Raserei, so viel Faszination, dass ich fast allein deswegen in Flammen aufging. Sein verbissenes Fluchen, sein Kiefermahlen und wie schwer es ihm fiel, sich zurückzuhalten, zusammen mit seiner pochenden riesigen Härte in mir, gaben mir den Rest …

Ich explodierte um ihn herum, mit ihm tief in mir, so tief, wie noch niemals zuvor, bewegte mich wild auf ihm und … zuckte zusammen, als ich spürte, wie er in mir umknickte, ein lautes Knacken ertönte – und Saint losbrüllte.

*** *

Während Saint auf dem Bett lag und sich vor Schmerzen krümmend den Schritt hielt, hechtete ich zu seinem Rucksack. Also, ich wollte es zumindest, aber natürlich stolperte ich und landete auf allen vieren auf dem harten Boden, mit dem Gesicht auf einem dicken Ast, der mir übers Gesicht peitschte, sodass meine Lippe aufplatzte.

»Scheiße!«, fluchte ich, kämpfte mich aber hoch und kramte im Rucksack nach seinem Handy, den pulsierenden Schmerz und das Blut an meinem Mund ignorierend. Mit bebenden Fingern wollte ich einen Krankenwagen rufen, bis mir auffiel, dass wir irgendwo in der Pampa waren … und der hier gar nicht hinkommen würde.

»Fuck fuck fuck fuck …«, hörte ich ihn fluchen, da sah ich, dass er sich schon irgendwie ein Shirt übergezogen hatte, und versuchte in seine Hose zu steigen.

»WARTE!«, rief ich, eilte zu ihm und wollte ihm helfen. Ich stolperte natürlich erneut und landetet fast mit dem Gesicht in seinem Schritt. Fast. Er schrie auf, als ich ihn wieder zurück aufs Bett warf … Mit zitternden Fingern versuchte ich ihm dabei zu helfen, in die Hose zu kommen … und irgendwie schafften wir es mit vereinten Kräften … wobei Saint einen wahren Fluchregen auf die Welt entließ.

Dann humpelten wir los … Saint in einer Tour fluchend und keuchend … und ich … vor Scham sterbend!

***

Die Fahrt war der absolute Horror. Saint litt solche Schmerzen, dass er kaum fahren konnte … Außerdem wurde sein Penis immer dicker und nahm eine beängstigende lilablaue Färbung an … Irgendwie erinnerte er mich immer mehr an eine Aubergine, was wirklich bedenklich war. Und während er Schmerzen litt, die ICH ihm zugefügt hatte, beruhigte er MICH auch noch die ganze Zeit.

»Wird schon wieder gut werden, Baby ...« Keuch ... »Es ist sicher nicht Schlimmes ...« Stöhn ... »Aber wir sollten trotzdem in die Notaufnahme ...« Zähnezusammenbeiss.

Dort liefen wir dann total panisch ein. Gott sei Dank befand sich sonst nur eine Kleinfamilie im Raum, als Saint zum Tresen humpelte und die dunkelhäutige Schwester ihn gelangweilt ansah.

»Ja bitte?«

»Ich glaube .... mein Penis ist gebrochen!«, knurrte Saint mit verbissenen Zähnen. Sie hob ihre Augenbraue, total die Ruhe selbst.

»Wirklich?« Sie überschaute ihn, dann mich, meine blutende Lippe und meine zerzauste Gestalt ...

»Ja!«

»Wie das denn?«

»Ernsthaft?«, knurrte er nur, und sie gab ihm furztrocken ein paar Formulare.

»Füllen Sie das erst mal aus!« Saint biss die Zähne zusammen.

»Ich glaube, Sie verstehen das nicht so richtig. Mein Penis ist gebrochen! Ich muss in den OP, sofort!«

»Erst füllen Sie die Formulare aus!« Sie war eindeutig sadistisch!

Sie starrte ihn an, Saint starrte sie an, und eine Ader an seiner Stirn pochte besorgniserregend. Fast sah ich schon den Heuballen vorbeikullern und hörte die epische Wild Western Musik ... Doch bevor er einen Anfall bekommen konnte, nahm ich ihn lieber vorsichtig am Arm.

»Komm, setz dich hin, ich fülle es für dich aus!«

Er grummelte etwas vor sich hin, ließ sich von mir aber zu den Stühlen ziehen. Als Erstes ging ich zum Getränkespender und ließ mir nur ein paar Eiswürfel in einen Becher ein, den ich ihm dann in die Hand drückte.

Er sah mich an, als wäre ich wahnsinnig.

»Mach schon!«

Jegliche Art von Schwellung musste man kühlen, also auch diese. Er tat wie befohlen, drückte stöhnend den Becher dagegen, und Gott sei Dank kam kurz darauf der Arzt. Saint schwitzte vor Schmerzen und stöhnte immer wieder, als er aufstand. Dann wurde er weggeführt – mich immer noch beruhigend – und ich blieb allein mit meinem halb geschmolzenen Becher Eiswürfeln zurück.

Ich hatte ihm bei unserem ersten ... okay zweiten ... Mal den Penis gebrochen!

Was war ich nur für ein Monster!

***

Eine halbe Stunde später durfte ich zu ihm. Er lag in einem Krankenhausbett in einem Krankenhauskittel, und mir wurde schlecht. Schnell rannte ich zu ihm und fühlte, wie meine Augen feucht wurden.

»Ich glaube, du solltest mich ab jetzt Clumsy nennen!«, wisperte ich von Unmengen an Selbsthass zerfressen.

Er lachte leise und streichelte durch mein Haar. »Alles gut, Kleines, sie müssen mich nur kurz operieren ...«

»Operieren?«, schrie ich der Hysterie nah.

»Ja, ist besser so … aber mach dir keine Sorgen, es wird alles gut!«

»Er ist also wirklich gebrochen?«

»Ja …« Er strich mir durch die Haare; ich fühlte, dass meine Augen noch feuchter wurden und versuchte die Tränen zurückzuhalten. »Hey!« Er hob mein Kinn an, damit ich ihm ansah. »Das war nicht deine Schuld, Hailey«

»Klar, war es meine Schuld! Ich war oben und habe …«

»Ich habe mich blöd bewegt! Nicht du!«, schnitt er mir hart die Worte ab. »Und ich will nicht, dass du dir jetzt dafür die Schuld gibst und sonst was denkst! Jeder gebrochene Penis ist den Sex mit dir wert, und ich würde noch hundert solche Brüche auf mich nehmen, verstanden?«

Ich antwortete nicht.

»Hast du mich verstanden, Hailey?«

Ich nickte und verdrehte die Augen.

»Gut! Jetzt küss mich! Ich brauche Glück!« Und ich küsste ihn, vorsichtig und zaghaft, aber wenigstens musste ich nicht mehr heulen.

39. Wieso vier Wochen eine schrecklich lange Zeit sein können!

Als Saint eine Stunde später in sein Einzelzimmer zurückgeschoben wurde, schlief er noch. Ich setzte mich neben ihn und nahm seine Hand. Da saß ich dann und dachte darüber nach, wie klar eigentlich gewesen war, dass gerade mir so was passieren würde. Was hatte ich auch anderes erwartet? Ein perfektes erstes Mal aus dem Bilderbuch? Sicher nicht!

Saints Lider flatterten, er wisperte … »Hailey …« dann schossen seine Augen panisch auf, doch er lächelte sofort beruhigt, als er mich an seinem Bett sitzen sah. »Hailey …«, hauchte er erleichtert. Ich strich ihm die Haare aus der Stirn, beugte mich über ihn und küsste ihn kurz. Dann wich ich zurück und lehnte meine Stirn an seine, atmete tief durch.

»Ich hatte so einen schrecklichen Traum«, wisperte er leicht lallend … »Wir waren zwei Darsteller in einem Film, oder so, und da gab es eine Drehbuchautorin und die meinte zu einer anderen Drehbuchautorin … Mein Gott, die ficken wie die Hasen, das muss endlich mal aufhören, ich glaube, ich muss ihm den Schwanz brechen. Und die andere Drehbuchautorin meinte einfach: Dann tu's doch … Und dann hat die andere gegoogelt, wie das so geht und sie hat es einfach getan. Sie hat mir einfach den Schwanz gebrochen und ich durfte dich VIER GANZE WOCHEN nicht mehr anfassen. Kannst du dir das vorstellen? DREISSIG TAGE!« Er öffnete schockiert seine wunderschönen Augen, und ich verzog mein Gesicht. »Hailey … das wäre mein Tod!«, wisperte er mit Grabesstimme und vor Entsetzen weit aufgerissenen Augen. Dann bemerkte er meinen Gesichtsausdruck und legte den Kopf mit gerunzelter Stirn schief. »Hailey?«

»Ja?« Ich zerkaute meine Unterlippe.

»Was ist?« Das Entsetzen wurde größer, dann … sehr zaghaft, löste er den Blick von mir und schaute sich um … erkannte das grün gestrichene Krankenhauszimmer, das Bett … das offene Fenster, durch die ein lauer Wind hinein wehte … schaute an sich herab, griff zaghaft nach unten und … hob seinen Hosenbund.

Er erstarrte.

Ich beugte mich vor um hinein zu linsen und erkannte, dass sein Penis mit allerhand Zeug verpackt war … bombensicher. Ich biss mir auf die Unterlippe, wir schauten uns ins Gesicht, und Saints Wangen verließ jegliche Farbe.

»Das war kein Traum, oder?« Er hielt immer noch seinen Hosenbund fest und schluckte trocken. Ich schüttelte den

Kopf. »Mein Schwanz ist wirklich …« Er konnte es kaum aussprechen, seine Stimme war nichts weiter als ein zaghaftes Wispern … »gebrochen.«

»Ja, Baby …« ich strich ihm über die Wange. »Es tut mir so leid.«

Ihm kamen die Tränen, die ganze Verzweiflung traf ihn mit voller Wucht.

»Das heißt, ich kann dich nicht ficken?«, fragte er mit einer Stimme, die zu einem kleinen Jungen passte, der gerade gehört hatte, dass es dieses Jahr kein Weihnachtsfest gab.

»Nur vier Wochen lang …« Ich hatte nämlich währenddessen auch schon gegoogelt …

»VIER WOCHEN!«, japste er.

»Ja.«

Er schloss geschlagen die Augen, und ließ endlich seinen Hosenbund los … »Wieso haben sie mich nicht einfach sterben lassen?«, fragte er rau, und ich verdrehte die Augen.

»Du warst nie in Lebensgefahr, Saint, und es wird alles gut werden.«

Er schloss die Augen und schüttelte den Kopf, dann zog er mich unvorbereitet fest an sich und vergrub sein Gesicht an meinen Haaren. »Halte mich, Hailey! Halte mich!«

Ich tat es … auch wenn ich dabei ein kleines bisschen die Augen verdrehte …

***

Saint war den restlichen Tag und Abend nur noch am Fluchen, besonders später, während wir nach Hause fuhren, und ganz besonders, als ich ihn auf wackligen Beinen hoch in sein Zimmer brachte – denn er hasste Krankenhäuser, und er würde dort sicher nicht bleiben. Auch während ich duschte und mich bettfertig machte, hörte ich ihn im Nebenzimmer schimpfen wie einen Rohrspatz. Immer wieder schaute er in seine lockere Jogginghose, weil er nicht glauben konnte, dass diese Tragödie tatsächlich passiert war. Seine Welt war praktisch untergegangen. Ich hatte Angst, mich ihm später in seinem übergroßen Shirt und Höschen zu nähern, als er schon im Bett lag, aber er winkte mich rüde zu sich und motzte etwas von … »Sie haben mir Mittel gegeben, ich kann sowieso keinen mehr hochbekommen – zu meiner eigenen Sicherheit, haben sie gesagt. Die Schweine!« Damit zog er mich am Arm an sich, und ich kuschelte mich an seine Brust. Ich wollte ihm sagen, dass es mir leidtat, so unendlich leid, aber als hätte er es gerochen, knurrte er: »Wehe du sagst jetzt, es tut dir leid!« Und ich schloss meinen Mund, noch bevor ein Ton über meine Lippen gekommen war.

***

Am Sonntag war das Frühstück bei den Conroys noch reichhaltiger, außerdem war Sonntag bei ihnen Familientag. Das hieß, sie spielten Spiele zusammen oder machten einen Ausflug. Da Saint – in seinen Augen – total behindert war, blieb es heute bei den Spielen. Saint und Holy hätten nicht glücklicher wirken können.

Ich machte mich grinsend davon, um meinen Vater zu besuchen. Dem ging es schon ein bisschen besser. Und er zitterte diesmal nicht, weil er schon zum Frühstück sein erstes Bier erhalten hatte – ich fragte mich, wie viel er eigentlich immer getrunken haben musste … ohne, dass ich es gemerkt hatte, um jetzt so heftige Entzugserscheinungen zu bekommen. Was hatte ich alles nicht bemerkt, was hatte er so gut vor mir versteckt, außer wenn er seine Anfälle bekommen hatte?

Wer war mein Vater überhaupt?

Wir saßen im Park unter einem schattigen Baum und wussten nicht, worüber wir uns unterhalten sollten. Wie immer hatten wir schon übers Essen und übers Wetter geredet und über die drei anderen Männer in seinem Zimmer. Er fragte mich nicht, wo ich die letzten Tage verbracht hatte, und brachte das Thema wieder nicht auf Saint. Und ich sprach es auch nicht an.

Feige, aber wahr …

Danach ging ich nach Hause, putzte laut singend das Bad und die Küche, staubsaugte und wischte, weil ich mich ablenken musste, und versuchte, nicht wahnsinnig zu werden. Ich machte mir immer noch Sorgen um meinen Vater, ja, den Herzinfarkt hatte er überlebt, aber dadurch waren nur andere – vielleicht sogar größere – Probleme ans Tageslicht gekommen, die sich nicht einfach mit einer OP regeln ließen. Als mein

Handy auf dem Tisch vibrierte, zuckte ich zusammen und nahm es …

Wo bist du?, stand da, wie immer megafordernd, und ich kicherte leise. Eine Nachricht von ihm und die Probleme schienen sich in Luft aufzulösen, so eine Wirkung hatte er auf mich.

Bin noch zu Hause, schrieb ich ihm zurück und sah förmlich sein angepisstes Funkeln.

Und wieso bist du noch zu Hause?

Ehrlich gesagt … wollte ich ein bisschen allein sein, ein bisschen die Gedanken in meinem Kopf ordnen und ein bisschen singen … und ich wollte ihm auch seine Zeit mit seinen Eltern lassen, mich ihm nicht aufdrängen. Das zwischen uns war so schnell gegangen, wir waren von 0 auf 100 geschossen … und ich wollte nicht, dass es ihm zu viel wurde. So wie ich sonst jedem Menschen auch irgendwie zu viel wurde. Allein durch meine tollpatschige Art. Ich überlegte, was ich ihm antworten sollte, die Wahrheit oder eine Lüge und entschied mich dann für eine halbe Wahrheit/Lüge.

Ich wollte ein bisschen singen und putzen und so …

Als mein Handy klingelte, seufzte ich.

»Ja, Saint?«

»Hör auf damit, ein schlechtes Gewissen zu haben und dich einzuigeln, nichts davon, was in den letzten Tagen passiert ist, war deine Schuld! Weder das mit deinem Vater noch … mit … mir …« Er wollte wohl das Wort Penis nicht sagen, weil seine Familie in Hörweite war.

»Ich igele mich gar nicht ein, ich wollte nur … ein bisschen allein sein.«

»Wer's glaubt, wird selig, Hailey White! Komm wieder zurück zu mir!«

»Aber …«

»Ich brauche Pflege! Jetzt!«

»Aber …«

»Wenn du nicht in zwanzig Minuten hier bist, werde ich losfahren und dich holen.« Damit hatte er einfach aufgelegt. Ich verdrehte die Augen, aber ich musste auch ein kleines bisschen kichern und über sein Profilbild streicheln, das ich eingespeichert hatte. Es war das erste Foto, das er mir geschickt hatte. Mittlerweile bekam ich ja jeden Abend eines von ihm, und er eins von mir … Das war irgendwie so ein kleines Ritual geworden, wie zum Beispiel auch, dass er mir in die Schule eine Zimtschnecke mitbrachte und ich ihm Hafercookies, oder dass er mir ab und zu Zettelchen in der Schule zusteckte, mit Zitaten von Shakespeare, was echt unglaublich süß war. Er war einfach nur unglaublich süß, und ein kleiner Teil von mir wartete misstrauisch auf den Moment, in dem ich aufwachen würde und der Traum vorbei wäre … Aber jetzt erst mal machte ich schnell fertig, damit ich zurück zu ihm konnte.

Es war schon wieder vier Uhr, als ich bei ihm daheim ankam und der Spieltag beendet. Ich fand Saint in seinem Zimmer im Bett liegend und stöhnend vor.

»Gott sei Dank bist du da«, röchelte er theatralisch. Ich grinste und legte meinen Rucksack auf seinen

Schreibtischstuhl. Dann ging ich zu ihm, wie er da in übergroßen Shorts, die aussahen wie eine volle Windel, weil er so gut verpackt war, auf seinem Bett lag und vor sich hin litt … und setzte mich neben ihn. Strich ihm ein paar Haare aus der Stirn.

»Ja, ich bin da.«

»Du musst jetzt alles tun, was ich von dir verlange, damit ich bald wieder gesund werde«, murmelte er, und ich zog skeptisch eine Augenbraue hoch.

»Ach ja?«

»Ja«, stellte er fest. »Du willst doch, dass ich bald wieder gesund werde, oder?« Jetzt schaute er mich mit hochgezogenen Augenbrauen an. Ich kicherte …

»Ja.«

»Also.«

»Also was?«

»Schwörst du, alles dafür zu tun, dass ich bald wieder gesund werde? Ja oder nein?« Das war eine Falle, ich spürte es ganz genau, aber andererseits hätte ich ihm nichts abschlagen können. Niemals.

»Ich schwöre es«, meinte ich also grinsend, beugte mich vor und küsste ihn zart. Er küsste mich genauso zurück und stöhnte dann.

»Fuck, das ist einfach nicht richtig, wenn ich dabei keinen Ständer bekomme!« Ich lachte … Er wurde wieder ernst. »Also … Genesungshilfe Nummer eins: Du musst das anziehen!« Er deutete auf etwas, das über der Stuhllehne seines Zockerstuhls hing ... Ich runzelte die Stirn, nahm es und drehte mich mit aufgerissenen Augen zu ihm um.

»Eine Krankenschwesteruniform?«

»Japp.« Todernst schaute er mich an.

Ich verdrehte die Augen. »Okay.«

Er schaute mich nur an, während ich auf meiner Unterlippe rumkaute und ihn schüchtern ansah.

»Was?«, fragte ich irgendwann.

»Ich warte«, antwortete er trocken.

Abermals verdrehte ich die Augen, wandte mich von ihm ab – blöde Angewohnheit – und wurde sofort von ihm angeraunzt.

»Zu mir drehen!« Ich tat es und zog mich schnell aus ... bis auf die Unterwäsche.

»Ganz ausziehen! Da ist auch Unterwäsche!«, kommandierte er weiter, und ich wurde knallrot. »Soll ich dir helfen?«, fragte er, als ich nichts tat, und es klang wie eine Drohung.

»Nein!«, japste ich und zog mich schnell aus. Dann stieg ich in das megaknappe Höschen aus schwarzer Spitze, noch so ein Teil und zog den schwarzen BH aus Spitze an. »Jetzt zieh die Strapse an, langsam ...«

Ich tat auch das mit knallrotem Kopf.

»Langsamer!« Ich starb innerlich tausend Tode.

»Sehr gut, komm her!« Er setzte sich auf, so gar nicht mehr krank aussehend, sondern mit dunklen Augen, und befestigte die Strapse an dem Ding über meinem Höschen ...

»Nur, weil ich keinen hochbekomme, heißt es nicht, dass

wir keinen Spaß haben können«, raunte er, drehte mich um und befestigte meine Strapse auch hinten, dann klatschte er mir auf den Hintern und ich quiekte auf. »Ab in die Uniform!«

Ich zog das viel zu enge Teil an. »Drei Knöpfe offen! Ach, was soll der Geiz! Mach vier! Komm her!« Er band mir zwei Zöpfe mit meinen langen dicken Haaren, während ich vor dem Bett kniete. Dann beugte er sich vor und wisperte an meiner Schläfe »Jetzt putz mein Zimmer.«

»Ernsthaft?« Ich drehte mich zu ihm um. Er grinste und lehnte sich locker auf seine Ellbogen zurück. »Ja.«

***

Saints Zimmer war ein wahrer Saustall, der mich schon die ganze Zeit aufregte. Nur deswegen ließ ich mich auf diesen Wahnsinn ein. Saint holte mir von Holy auch noch hohe Schuhe, die ich dabei anziehen musste, während ich erst mal alles sortierte, die Hälfte davon unter seinen Protesten einfach wegschmiss und dann Staub wedelte … Als Nächstes wischte ich noch die Oberflächen ab, bis alles glänzte und holte den Staubsauger. Gott sei Dank sahen mich Saints Eltern nicht, denn wäre das geschehen, wäre ich im Erdboden versunken! Nur deswegen hatte er mich ja rausgeschickt. Aber irgendwie machte mir das … auch Spaß. Ihn einfach zu gehorchen, egal, was er auch sagte, meinen Willen kurzzeitig auszuschalten und mich auf dieses kleine Spiel einzulassen.

Als ich unter dem Fernsehschrank gegenüber vom Bett wischte, sagte er mir, ich solle das Höschen ausziehen, und ich tat es, knallrot natürlich, und wischte kurz darauf unten ohne, wohl wissend, dass das viel zu knappe Kostüm nicht wirklich etwas verdeckte. Er stöhnte gequält und fluchte wieder mal.

»Komm her!«, forderte er dann, und ich ging zu ihm, blieb vor ihm stehen. Er streckte die Hand aus und strich an meinem Innenschenkel entlang, während der andere Arm unter seinem Kopf war.

»Hast du schon mal darüber nachgedacht, dich zu rasieren, nicht, dass ich diese unschuldigen Löckchen nicht irgendwie heiß finden würde, aber ich würde gern wissen, wie du unten ohne aussiehst.« Er zupfte sanft an den besagten Löckchen. Ich glühte wie ein Glühwürmchen und schüttelte schnell den Kopf.

»Nein, du hast noch nie darüber nachgedacht, oder nein, du willst es nicht. Rede mit mir Hailey, du weißt, es pisst mich an, wenn du schweigst.«

»Nein, ich habe noch nie darüber nachgedacht ...« Er hob eine Augenbraue. »Und wenn du es willst, dann will ich es auch!«

»Yeah!«, wisperte er, dann sprang er auf und keuchte vor Schmerzen, weil er sich zu schnell bewegt hatte. »Einen Moment bitte!«

Zehn Minuten später lag ich mit gespreizten Beinen auf einem Handtuch auf seinem frisch bezogenen Bett und Saint rasierte mich zwischen den Beinen. Er war dabei hoch konzentriert, aber man merkte an seinen sicheren Bewegungen eindeutig, dass er den Umgang mit dem Rasierer gewöhnt war. Auch wenn er jetzt einen etwas zu langen Drei-Tage-Bart hatte, was ihn noch bad boyiger aussehen ließ …

»Wow!«, meinte er, nachdem er fertig war, und mit einem Waschlappen die restlichen Haare beseitigt hatte, beugte sich vor und küsste mich zwischen die Beine, weswegen ich zusammenzuckte. »Du hast den schönsten Biber, den ich je gesehen habe!«

»Biber?« ich lachte aufgeregt.

»Biber, Zaubergarten, Pimmelgarage, Salamiversteck, Pussy … nenn es, wie du willst.«

Meine Güte!

»Da ist mir Biber am liebsten.«

»Weißt du eigentlich, wie heiß du gerade aussiehst … nur in Strapsen, diesem Krankenschwesterkittelchen … und der rasierten Pussy?«

»Ich dachte, wir nennen es Biber«, antwortete ich und blinzelte kokett.

Er lachte. »Dreh dich um …« Ich tat es … »Arsch hoch …« Ich tat auch das, knallrot. »Gott im Himmel!«, keuchte er …

»Dreh dich wieder auf den Rücken und öffne das Kostüm für mich …«

Ich tat auch das, während er mit verschränkten Armen vor dem Bett stand und mich mit glühenden Augen beobachtete. »Macht es dich an, wenn ich dir Befehle gebe, Hailey?«

»Ja.«

»Steh auf!«

Ich tat es …

»Mach weiter auf ...« Ich war bei Knopf fünf angelangt und machte weiter ... »Beweg dich dazu ...«

»Wie?«

Er nahm meine Hüften mit seinen großen starken Händen und bewegte sie sanft hin und her ... Seine Finger auf mir, seine heisere Stimme, sein Blick, das alles war viel zu ablenkend ... »So!« Ich machte auch ohne seine Hände weiter und knöpfte langsam weiter auf.

Er schluckte trocken. Ich liebte es, wie ... fast schon ... hilflos er wirkte, als ich ihn anlächelte.

»So?«

»Oh ja!« Sein Blick und all seine Worte in den letzten Wochen hatten mich ungewohnt mutig gemacht, und ich fühlte mich nicht total bescheuert, als ich den Kittel langsam sinken ließ und meine Hüften weiter bewegte. Er achtete gar nicht auf meinen Bauch, sondern starrte wie hypnotisiert zwischen meine Beine, wo ich fühlte, wie ich immer feuchter wurde. Jetzt so rasiert noch intensiver. Meine Hände glitten hoch, ich wiegte mich weiter und öffnete meinen BH, ließ ihn zu Boden gleiten und stand kurz darauf fast nackt nur in diesen Strapsen und Heels vor ihm. Genauso atemlos wie er.

Heilige Scheiße, hatte ich gerade echt für Saint Conroy gestrippt?

»Du hast keine Ahnung, wie gern ich dich jetzt ficken würde!«, keuchte er und schob mich gegen seinen Kleiderschrank, dann ging er vor mir auf die Knie. »Aber das muss erst mal reichen.« Und dann vergrub er sein Gesicht zwischen meinen Beinen, zusammen mit zwei Fingern tief in mir ...

Ich kam in nicht einmal drei Minuten, so aufgeheizt, wie ich mittlerweile war.

40. Wieso Träume nicht immer Schäume sind

Hailey

Die nächsten Wochen vergingen wie im Flug. Saint war in der Schule gewohnt süß, daheim gewohnt fordernd. Ja natürlich, das Motzen über die Sache mit seinem … *Penis* hörte einfach nicht auf. Ganz im Gegenteil, je länger sich seine entbehrungsreiche Zeit zog, umso frustrierter wurde er. Ich versuchte, ihn abzulenken, wir machten allerhand Ausflüge und gingen sogar wandern, wir buddelten in seinem Garten und schwammen in seinem Pool – was eine ganz, ganz schlechte Idee war, denn jedes Mal, wenn er mich halb nackt zu Gesicht bekam, verdunkelte sich sein Ausdruck noch ein bisschen mehr. Er bescherte mir die schönsten und unglaublichsten Orgasmen, war wirklich ein unsagbar großzügiger Liebhaber, aber ich merkte mit jedem Tag mehr, wie viel es ihm abverlangte, wie sehr es ihn nervte und wie sehr es ihm zusetzte. Er schrieb mir Gedichte – lustige und echt versaute, in denen er mir genauestens auseinandernahm, was er mit mir tun würde, wenn die Zeit des Schreckens – so nannte er seine penistote Zeit – endlich vorbei und er wieder ein ganz normaler Mensch wäre … Und die trieben mir ernsthaft die Röte ins Gesicht, denn seiner Fantasie schienen keine Grenzen gesetzt.

Er tat echt viel für mich, was er davor sicher noch nie getan hatte. Er begleitete mich zu Flohmärkten, wofür er frühmorgens aufstehen musste, und kaufte mir Dinge, die ich besonders verliebt musterte, ohne zu fragen. Und auch meine Proteste ignorierte er dabei gekonnt, er sagte mir, dass er genug Geld hätte und dass er mich damit gern glücklich machen würde. Geld bedeutete ihm nicht viel. Ich fragte mich, ob das bei allen Menschen so war, die genug davon hatten, denn ich konnte mich noch allzugut an all die Streitigkeiten meiner Eltern wegen Geldes erinnern. Dass sie jeden Penny umdrehen mussten und dass es immer ein Donnerwetter gegeben hatte, wenn meine Mum dem Shoppingkanal oder einem schönen paar Schuhe nicht hatte widerstehen können. Saint schaute nicht aufs Geld, er kaufte sich, was er wollte, und er tat, was er wollte. Aber am liebsten bastelte er an seinem Auto oder einem uralten Motorrad rum, das bei ihm in der Garage stand. Er hatte mir schon mal gesagt, welches Baujahr, wie viel PS und so weiter, aber immer, wenn er auf dieses Thema kam und fast schon wissenschaftlich akribisch vor sich hin schwärmte, schalteten meine Ohren ehrlich gesagt auf Durchzug. Ich machte große Augen und warf manchmal ein interessiertes »Hmhm« und ein Nicken ein. Das reichte ihm. Aber ich musste gestehen, dass ich ihm gern dabei zusah, wenn er einem seiner Lieblingshobbys nachging. Wenn er mit Ölschlieren im Gesicht und an den muskulösen, vom leichten Schweiß bedeckten Oberarmen in einem Muskelhemd, mit einer Zigarette im Mundwinkel hängend, unter seinem Auto lag und daran herumschraubte. Oder wenn er sich über seine Maschine beugte, um irgendwas daran zu machen, sein Blick dann auf meine halb nackten Beine fiel und dieses ganz bestimmte dunkle Funkeln in seine schönen Augen trat ... und ihm ein paar verirrte Strähnen in die Stirn fielen. Oder wenn er auf seinem Motorrad sitzend vor der untergehenden Sonne einfach nur dastand und eine rauchte, während er vor meiner Tür auf mich wartete ... Das hatte schon echt was ziemlich Episches und Unvergessliches – etwas, das mein Herz regelmäßig fest in meiner Brust trommeln ließ und mir den Atem raubte. Als wäre er geradewegs aus einem Kinofilm von der Leinwand und in mein Leben gebeamt worden. Oder aus der schlüpfrigen Fantasie einer gelangweilten Hausfrau ... oder aus dem perversen Hirn einer verrückten Liebesromanautorin.

Als wäre Saint nur dafür erschaffen, die Frauen zum Sabbern zu bringen und Höschen wegzuschwemmen und als würde er das genau wissen, und mit höchstem Genuss mit meinen – ganz geheimsten – Fantasien zu spielen. Und aller anderen Frauen dieser Welt, nebenbei gesagt.

Er begleitete mich überall hin ... außer in die Kirche und zu meinem Vater. Dem ging es immer besser, er hätte nach

Hause gekonnt, allerdings hatte er sich tatsächlich dazu entschieden – mit ein wenig Unterstützung von Miss Dean – in eine Entzugsklinik zu gehen. Ich war baff! All die Jahre hatte er sich gegen so einen Schritt vehement gewehrt, aber anscheinend meinte er es mittlerweile ernst, etwas zu ändern, *sich* zu ändern! Davor hatte er mir so oft versprochen, dass es anders werden würde, dass er nie wieder ausrasten würde, dass er nicht mehr so viel trinken würde. Niemals hatte sich wirklich etwas geändert, in Wahrheit war es bloß immer schlimmer geworden. Er hatte nur gelernt, es immer besser zu verstecken, ob vor seiner Kirchengemeinde oder den Leuten, denen etwas an ihm lag. Dass er sich jetzt tatsächlich zu diesem großen Schritt überwunden hatte, erfüllte mich mit neuer, schon längst gestorbener, Hoffnung. Ich unterstützte das aus voller Kraft, das war seine einzige Chance auf ein normales Leben – für ihn und für mich. Er hatte ein schlechtes Gewissen, weil er mich allein lassen würde. Und am großen Tag, bevor er in die Klinik fahren wollte, brachte er noch allerhand Erde und Samen und Zeug mit nach Hause und wollte mit mir die Beete vor dem Haus schön bepflanzen … Mit einem Kloß im Hals machten wir es, wobei ich ihm befahl, sich hinzusetzen und mir zuzusehen, was er auch eine Zeit lang tat, bevor er wisperte: »Du siehst aus wie deine Mutter …«, und der Kloß in meinen Hals größer wurde.

»Ehrlich?«

»Ja, je reifer du wirst, umso hübscher wirst du und umso mehr ähnelst du ihr … Jetzt gerade sehe ich sie fast vor mir und …« Er schluckte und sprach nicht weiter, ich schaute auf, die Hände voller Erde, den Kopf von ihrem riesigen Strohhut bedeckt.

»Das tut dir weh, oder?«, fragte ich ihn. Mein Vater, der noch mehr abgenommen hatte und in seinem einfachen weißen T-Shirt und seiner Jeans fast verschwand, schluckte hart und konnte mich nicht mehr ansehen. »Das ist okay, Dad ... Ich kann es verstehen.«

»Nein, das ist nicht okay!« Seine Hand ballte sich auf dem kleinen Tischchen zur Faust. »ES ist nicht okay!«, knurrte er noch einmal, dann beugte er sich vor und strich sich übers Gesicht. »Weißt du, wieso ich mich letztendlich zu diesem Schritt entschieden habe? In die Klinik zu gehen?«

»Wieso?«

»Wegen Maggy Conroy«, knurrte er unwirsch. Ich stockte.

»Was?« Und starrte ihn mit großen Augen an.

Er schaute mich nicht an und sprach mit verbissenem Kiefer. »Sie war bei mir im Krankenhaus. Sie wusste über alles Bescheid.«

Ich keuchte auf ... und sagte sofort. »Dad, ich habe ihr nichts erzählt! Ich schwöre es, ich habe keinem etwas erzählt!«

»Das sagte sie mir auch. Und ich glaube ihr ... Aber für sie hat anscheinend ein Blick gereicht, dann hatte sie mich durchschaut. Und dich scheint sie sowieso sehr gut zu kennen, du scheinst ihr am Herzen zu liegen. Sie sagte mir, ihr Mann sei auch ... abhängig gewesen« Das zuzugeben fiel ihm immer noch schwer, denn er verzog leicht das Gesicht und sprach dann schneller weiter ... »Sie hatte immer versucht, es vor allen zu vertuschen, aber das ganze Dorf redete darüber, so wie bei mir insgeheim auch das ganze Dorf darüber spricht. Seien wir doch mal ehrlich, Hailey. Sie sagte mir, wie sehr sie unter ihrer Co-Abhängigkeit gelitten hätte, wie schwer es für sie gewesen wäre. Dabei war sie zu dem Zeitpunkt schon eine erwachsene Frau, die mit dem Leben, von dem sie immer geträumt hatte, schon lange abgeschlossen hatte. Aber du ... du wärst noch am Anfang deines Lebens, so unwissend und zart und zerbrechlich. Sie sagte mir eiskalt: *Du, mein Lieber, hast ein riesiges Problem und das zerstört gerade alles, was dir deine liebe Frau geschenkt hat. Hailey ist trotz all der Schicksalsschläge ein wundervoller Mensch geworden, sie hat sich gerade wegen des Schicksals all ihre guten Eigenschaften bewahrt, das war alles, woran sie sich nach dem Tod ihrer Mutter festhalten konnte. Denn du hast lieber die Bierflasche umarmt, als deiner Tochter die Stütze zu sein, die sie nach dem Verlust ihrer Mutter brauchte. Aber damit ist jetzt Schluss!* Sie sagte ... es wäre für dich auf Dauer zu viel, diese Last zu tragen und ich sollte mich endlich wie ein richtiger Vater verhalten und als Erstes an dich denken. An meine einzige Tochter, bevor du dich ganz von mir abwenden würdest ...«

»Das würde ich nie tun!«, wisperte ich mit Tränen in den Augen.

»Das hättest du schon längst tun sollen«, antwortete er kalt.

»Hailey, ich bin eine Bürde, eine Last ...«

»Nein!«

»Doch das bin ich, und das gedenke ich zu ändern. Miss Conroy widersetzt man sich nicht, wenn man an seinem Leben hängt …« Er grinste ein wenig humorlos vor sich hin, die zitternde Hand ballte er wieder zur Faust und entspannte sie. »Die Wege des Herren sind unergründlich … Du hast es verdient, glücklich zu sein, Hails … und wenn er dich glücklich macht, dann … dann ist das so. Ich wünsche dir all das Glück, was ich mit deiner Mutter auch erfahren durfte.« Er stand auf und ging hinein, ließ mich atemlos und mit Tränen in den Augen zurück.

***

Maggy Conroy hatte ihm außerdem die Stelle in der Klinik bezahlt, wie ich erst viel später, nach ihrem Tod erfahren sollte. Ganz still leise und heimlich, nicht, um irgendwo gut dazustehen, nicht, um irgendwelche Lorbeeren zu kassieren. Einfach nur, weil es das Richtige war …

***

Später saß ich mit Saint und Holy in unserem kleinen Lieblingseisladen und teilte mir mit ihm einen riesigen Eisbecher. Wobei mit teilen gemeint war, ich hatte eigentlich keinen gewollt und futterte jetzt seinen Becher, während er dies mit einem nachsichtigen Lächeln und diesem bekannten Glanz in den Augen beobachtete. Und ich konnte es nicht glauben, konnte nicht glauben, wie sehr ich diesen Mann liebte und dass mein Vater das mit uns anscheinend akzeptiert hatte! Einfach so!

Saint

Holy trank ihre Cola light und regte sich in einer Tour über eine ihrer Freundinnen auf ... »Und dann hat sie also mit diesem verdammten Josh endlich gepimpert, nachdem sie ihn vier Wochen lang gestalkt hatte, und natürlich vergaß sie rein zufällig das Kondom und natürlich ist sie jetzt rein zufällig schwanger und natürlich heult sie jetzt rum ... und ich habe ihr gesagt, boah, Mädel, jetzt chill mal dein Leben und nimm einfach die verdammte Pille danach ...«

Hailey zuckte unter meinem Arm zusammen.

»Und Trish meinte, dass sie dafür kein Geld hätte. Also habe ich ihr 'n Scheißschein hingeknallt und den Scheiß für sie gezahlt, und dann habe ich aufgepasst, dass sie die Scheiße auch wirklich schluckt. Weil, hallo, wer will in unserem Alter schon mit so 'nem Bauch rumrennen? Das ist doch voll unpraktisch ...« Ich verdrehte über meine Schwester die Augen und beobachtete im Augenwinkel, wie Hailey langsam und sehr, sehr bedacht ihren Löffel weglegte.

»Was ist los?«, wisperte ich ihr ins Ohr ... »Da ist noch 'ne Erdbeere!«

Sie schüttelte nur den Kopf und stand dann mit einem Mal auf, war käseweiß. »Ich ... ich habe was vergessen für die Schule zu machen.« Ich runzelte die Stirn, denn Hailey White vergaß niemals was für die Schule zu machen. Das kam mir komisch vor.

»Babe … du vergisst nie was für die Schule zu machen!« Sie schüttelte nur den Kopf.

»Ich muss gehen! Wir sehen uns morgen!« Damit drehte sie sich um und marschierte einfach davon, ich wollte ihr gerade hinterher, als mein Handy klingelte …

»Hey Saint«, grüßte mich eine unbekannte, über euphorische, männliche Stimme. »Hier spricht Julian Hart, bis vor Kurzem habe ich noch für einen namhaften Motorradhersteller gearbeitet und werde mich jetzt mit meinem eigenen Rennstall selbstständig machen. Wir suchen neue, unverbrauchte Talente. Wir wollen jemanden, der völlig unkonventionell ist, jemanden, der anders ist als die anderen und der es schafft, die Massen zu begeistern, jemanden, der ganz von unten, bis ganz nach oben gehen kann – und ich denke, dass du das mit uns zusammen schaffen könntest. Wir sind auf dich durch deine YouTube-Videos und einige Empfehlungen aufmerksam geworden.«

»Ach ja?« Ich blieb mit gerunzelter Stirn sitzen, jetzt ganz Ohr.

»Wir veranstalten ein offenes Probetraining und wir würden dich gern dazu einladen …«

Heilige Scheiße! Erst wusste ich gar nicht, was ich sagen sollte. Das war mein verdammter Traum! Verfickte Scheiße noch eins! Ich war völlig baff!

»Saint?«

»Ja …« ich räusperte mich.

»Es findet in New York statt. Hast du Lust?«

»Da kannst du verdammtes Gift drauf nehmen!«

Hailey

Okay, okay … zu meiner Verteidigung! Es war einfach so viel losgewesen! Der Penisbruch, mein Vater, das alles … ich … ich hatte einfach vergessen, mit Saint darüber zu reden. Ich hatte vergessen, ihm sagen, wie ich zur Abtreibung stand. Ich hatte vergessen ihm zu sagen, dass ich, sollte ich wirklich schwanger sein, das Kind niemals töten, aber es zur Not ohne ihn austragen und aufziehen würde. Ich wollte ihm keineswegs irgendwas anhängen oder ihn in seinem Leben irgendwie belasten. Aber ich war strikt gegen Mord! So klein und unvollkommen das Menschlein auch war … es wäre in meinen Augen Mord. Außerdem wäre es von Saint und Gott hätte es so gewollt und … tja, ich hatte einfach vergessen, ihm das zu sagen. Ich hatte ehrlich gesagt vergessen, auch nur überhaupt daran zu denken, was bei unserem ersten Mal passiert war. Ich hatte es einfach vergessen …

»Dumm, dumm, dumm!«, schimpfte ich vor mich hin und ließ den Kopf in meine Hände sinken. Ich saß ganz allein daheim auf der Couch in der Dunkelheit und wollte mir am liebsten in den Arsch treten.

Das hätte nie passieren dürfen!

Wir hätten verhüten müssen!

Wir hätten verantwortungsbewusst sein sollen, *ich* hätte das zumindest sein sollen, wenn Saint nicht mitdachte!

Andererseits … war ja noch nichts sicher. Ich würde meine Regel erst in ein paar Tagen bekommen, sie schwankte immer bis zu einer Woche, und kurz vor unserem ersten Mal hatte ich sie gehabt, erinnerte ich mich schwer zurück. Erst dann würde sich entscheiden, ob es wirklich so war oder nicht.

Ob ich wirklich schwanger war oder nicht!

Ich würde jetzt nicht die Nerven verlieren und total durchdrehen, obwohl ich noch gar nicht wusste, was los war! Jawohl!

Ich nickte mir zu und stand auf, schaltete endlich das Licht ein und ging in die Küche, wobei ich mir den Nacken massierte. Auf dem kleinen Tischchen dort lagen allerhand Briefe. Rechnungen, die sich häuften, seitdem mein Vater nicht mehr seiner Arbeit nachging und die mir klarmachten, dass ich mir dringend einen Job besorgen musste. Außerdem ein Schreiben von entfernten Verwandten aus Philly, die gehört hatten, was mit meinem Vater geschehen war und die mich unbedingt besuchen wollten. Allein wenn ich an Tante Dolores und Onkel Stephen dachte, erschauerte ich und schnell schmiss ich den Brief weg. Nur über meine Leiche. Ein Haufen Werbung und … dann ein Brief von der **USC Thornton School of Music**. Ich stockte, als ich die Adresse las, sogar mein Herz blieb für ein paar Sekunden stehen.

Was … was wollten die denn von mir?

Mit bebenden Fingern fuhr ich in den Schlitz und öffnete den Brief …

Sehr geehrte Miss White,

interessiert haben wir uns Ihre Videos angehört und ihr Essay gelesen und würden Sie gern zu einer Audition einladen, denn wir haben kurzfristig noch einen Platz zu vergeben.

Wir erwarten Sie am 20. September 2018 14:00 Uhr in Saal 2.

Mit freundlichen Grüßen

Dr. Mike La Guetta

Dean

USC Thornton School of Music.

***

Immer und immer wieder überflogen meine Augen den Brief. Immer wieder las ich meinen Namen, meine Adresse, die Anrede. Ja, der Brief war wirklich für mich gedacht. Aber wie … und wieso? Ich hatte doch gar nichts an diese Uni geschickt, sondern mich nur bei denen beworben, bei denen ich auch wirklich Hoffnung haben konnte, genommen zu werden – um Musik zu studieren und vielleicht irgendwo als Klavierspielerin in einer ramschigen Bar zu enden – und da hatte ich mich meinem Vater schon widersetzt. Denn er hatte gewollt, dass ich Ärztin würde oder Lehrerin oder am allerliebsten Nonne. Ich hatte … hatte an diesen ganz speziellen Traum gar nicht mehr gedacht. Woher hatten die dann das Video? Und welches Video überhaupt?

Ich war völlig überfordert, völlig außer mir. Das war unglaublich, wirklich unglaublich. Immer und immer wieder las ich die paar Zeilen, die die Macht haben könnten, mein Leben zu ändern, die die Macht haben könnten, alles zu ändern. Wirklich alles.

Diesen ganz speziellen Traum hatte ich ganz tief in mir verschlossen, weil ich dachte, es wäre unmöglich. Zwar war er mir immer wieder in den Sinn gekommen, hatte sich festgeklammert, wollte einfach nicht weichen, weil eine kleine Stimme in mir immer wisperte: *Du hast das Zeug dazu!,* aber niemals hätte ich mich getraut, diesen Schritt wirklich zu machen. Es zu wagen …

Aber wie dann? Wer dann?

Wer wusste von diesem einen Traum?

Keiner außer … Ich hatte Saint einmal gesagt, dass ich gern auf diese Schule gehen würde, dass es mein größter Traum wäre. Hatte er sich das etwa gemerkt, hatte er das hier für mich arrangiert? Hatte er das für mich getan, von dem er genau gewusst hatte, dass ich es mich nie trauen würde? Glaubte er so sehr an mich?

Mit einem Mal schien sich alles in meinem Leben zu überschlagen … und ich wusste weder wo oben noch unten war, weder was ich tun noch was ich denken sollte, aber da war immer noch diese kleine Stimme in mir und sie wurde immer lauter.

Wage es! Tu es! Du hast nur dieses eine Leben!

41. Wieso das Schicksal dir manchmal Streiche spielt

Hailey

Je näher das Ende des Schuljahres rückte, umso verrückter spielten alle. Jeder redete über den Abschlussball, auf welche Uni er gehen, was er studieren oder welchen Beruf er ergreifen würde. Alle waren in Aufbruchstimmung, waren am Vorbereiten. Waren am Ausrasten vor Freude und voller Elan. Ich hingegen hätte mich verängstigter nicht fühlen können.

Als Saint mich am nächsten Morgen, einem Montag – nach einer hellwachen Nacht – abholte, konnte ich ihm gar nicht in die Augen sehen. In mir herrschte einfach so ein immenses Chaos. Ja klar, ich hatte schon immer gewusst, dass sich nach den Ferien einiges ändern würde. Vor allem bei uns, wir hatten uns am selben College in Philadelphia eingeschrieben, wären zusammen dahingegangen, hatten unser Leben so geplant, als wären wir eine Einheit, aber wenn ich nach L.A. gehen würde, dann wäre ich« von ihm getrennt. Und ich wusste nicht, ob ich das überleben würde. Ganz ehrlich. Ich konnte mir ein Leben ohne Saint Conroy nicht mehr vorstellen. Diesen Sommer waren wir so aneinandergewachsen, und nicht nur ich mit ihm. Auch seiner Schwester und seinen Eltern fühlte ich mich so nahe – sie waren die Eltern, die ich schon so lange nicht mehr gehabt hatte. Ich konnte immer kommen, ich bekam immer Essen, ich wurde immer an Misses Conroys riesige Brust gedrückt. Ich war das erste Mal in achtzehn Jahren angekommen, aber das würde aufhören.

Spätestens wenn ich auf die Uni ging, und was, wenn ich schwanger war?

Oh mein Gott!

»Hey«, riss mich Saints weiche Stimme aus meinen Horrorszenarien.

»Hmm?«, fragte ich, fühlte wie er mit seiner Nase über meine Wange strich und dann in mein Ohr wisperte: »Vier Wochen sind dieses Wochenende vorbei, Baby …« Ich verdrehte innerlich die Augen, aber gleichzeitig machte sich Vorfreude in mir breit – und ein schlechtes Gewissen, ein riesiges schlechtes Gewissen. »Das heißt, wir werden feiern.«

»Saint…«, wollte ich gerade anfangen.

Aber er sagte: »Und da gibt es noch was anderes, was ich gern mit dir feiern würde.« Ich öffnete die Augen und schaute ihn neugierig an.

»Was denn?«

»Sag du zuerst.«

»Nein du!«

Er grinste breit. »Okay ... also gestern ... nach deinem komischen Abgang, den du mir immer noch erklären musst, hat ein Typ angerufen. Klang ein wenig irre, aber was er erzählte, war nicht mal so schlecht ... Er hat vor einen neuen Rennstall zu gründen und hat mich für ein ... Probetraining in New York eingeladen.« Saints Augen strahlen nur so, als er das sagte, doch in meinem Kopf blieb nur ein Wort hängen ... *New York* ...

»Wow ...« Ich war echt total baff. »Das ist ... echt krass.«

»Nicht wahr?«

»Ja.«

»Ich meine, wenn die mich nehmen, müsste ich wahrscheinlich, um die ganze Welt reisen, und wir müssten eine Fernbeziehung führen, aber ...« Es tat weh, wie wenig ihm das ausmachte.

»... aber es wäre die Chance deines Lebens«, vollendete ich seinen Satz mit einer eisigen Kälte, die sich in meinem Bauch ausbreitete.

»Ja ... was wolltest du mir sagen, Kleines?« Er strich mir ein paar verirrte Strähnen hinter das Ohr und ich schluckte, entschied mich um und sagte was ganz anderes, als das, was ich eigentlich geplant hatte.

»Ich ... ich ... habe einen Brief von der Thornton School of Music bekommen.« Er war nicht sehr verwundert, also war es klar, dass die Kacke nach ihm roch, oder so ... »Sie laden mich zu einem Vorsingen ein.«

»Hmm?«

»Und ich wollte dich fragen, ob du vielleicht was damit zu tun hast!«

»Ich!« Saint blinzelte mich so unschuldig an, dass mir alles klar war, aber ich konnte ihm deswegen nicht böse sein, nicht wirklich. Trotzdem versuchte ich es.

»Du weißt, dass es nicht deine Entscheidung war!«

»Japp …«

»Du hast mich heimlich gefilmt und das Video dann dahingeschickt.«

»Mit einem herzzerreißenden Brief – den ich mit Holy zusammen geschrieben habe.« Ich starrte ihn nur an. Mit so viel Unschuld, die er ausstrahlte, hätte er glatt ein frisch geborenes Baby sein könnten.

»Und du hast nicht vielleicht mal darüber nachgedacht, mit mir darüber zu reden, ob du das tun solltest?«

»Nö.«

»Wieso nicht?«

»Weil ich genau weiß, dass du gesagt hättest, du willst das nicht, obwohl das tief hier drinnen dein innigster Wunsch ist. Aber er macht dir viel zu viel Angst, um ihn auch wirklich auszuleben.« Er legte seine Hand auf mein Herz/meine Brust und es schlug prompt schneller.

»Das hättest du nicht tun sollen, Saint.«

»Aber ich habe es schon getan, Hailey …« Ich schluckte … Allein, wenn ich an dieses Vorsingen dachte, bekam ich Nervenflattern. Er zog mich an sich und lehnte seine Stirn an meine, ich sog seinen wunderbaren beruhigenden berauschenden Duft tief in mich ein.

»Es wird alles gut, Kleines ... ich bin bei dir. Bei jedem wichtigen Schritt deines Lebens. Wir stehen das gemeinsam durch!« Ich nickte. »Wenn du da hingehst, werde ich dein Patschehändchen halten, ich werde hinter dir stehen und zur Not jedem auf die Fresse hauen, egal, was auch passiert.« Ich nickte wieder ... »Aber ich werde nicht dabei zusehen, wie du deine Träume einfach an dir vorbeifliegen lässt, obwohl du nur die Hand ausstrecken und nach ihnen greifen müsstest, verstehst du mich?«

»Ich liebe dich, Saint Conroy.«

Scheiße!

Das war jetzt einfach so aus mir rausgeschossen.

Das hatte ich gar nicht sagen wollen! Ehrlich nicht! Ich meine, klar, ich fühlte es schon, seitdem ich ihn zum ersten Mal getroffen hatte, aber ich wollte ihn mit dieser Tatsache noch nicht so bald konfrontieren, ich wollte ihn nicht ... einengen. Er erstarrte und hielt sogar den Atem an, wie ich genau fühlte, wisperte nur ... »Wow ...« und wich zurück, sah mich an, als hätte er mich noch nie gesehen.

Ich verzog das Gesicht, versuchte zu retten, was noch zu retten war, und meinte schnell: »Also nicht direkt lieben, ich meine damit eigentlich ...« Seine Hand landete auf meinem Mund. Saint sah mich ernst an. Zu ernst.

»Halt den Mund, Hailey! Halt einfach nur den Mund!« Damit beugte er sich vor und küsste mich. Küsste mich tief und innig und so voller Gefühle, wie er mich noch nie geküsst hatte und ... machte mir klar, was er empfand. Ohne ein einziges Wort.

42. Wieso das Leben komisch ist ...

Saint

Hailey verhielt sich über den Tag hinweg immer komischer, sie zog sich immer mehr in sich zurück, aber ich hatte keine Ahnung, wieso. Klar, sie hatte mir gesagt, dass sie mich liebte und das hatte echt die verrücktesten Dinge mit mir angestellt. Bei anderen Chicks war ich einfach nur genervt, wenn sie diese drei Worte zu mir sagten, aber bei ihr nicht, bei ihr ... brachte es mich völlig durcheinander. Hätte ich gestanden, wären meine Knie weich geworden und ich hätte mich setzen müssen. Gott sei Dank saß ich aber und so blieb mir diese Peinlichkeit erspart. Ich konnte nichts anderes tun, als sie zu küssen, denn egal, wie sehr ich es auch gewollt hätte, diese Worte hätte ich nicht über die Lippen bekommen. Sie wären der Schlüssel zu meiner absoluten Vernichtung, ein bisschen was von meinem alten Vor-Hailey-Selbst hatte ich mir erspart, also küsste ich sie einfach und zeigte ihr so, wie es um meine Gefühle stand. Dass ich sie vergötterte, dass ich süchtig nach ihr war, dass sie mein Mädchen war ... mein Ein und Alles. Mein kostbarster Schatz.

Sie verstand immer, wenn ich mit meinem Körper sprach, und ich hoffte, sie würde das auch jetzt tun. Auch wenn ich tief in mir drin, noch nicht bereit war, von einer Person wie Hailey White geliebt und ihr zu gerecht zu werden – so war ich nach wie vor viel zu egoistisch, um sie jemals aufzugeben.

Doch sie zog sich zurück, redete nicht mit mir. Während des Unterrichts bekam ich nur ein Herz auf mein heutiges Shakespeare Zitat zurück, das diesmal echt einfach nur grandios war.

Wir Männer reden mehr, wir schwören öfter, doch unser Mund spricht lauter als das Herz.

Viel Liebe legen wir in jeden Schwur, doch in die Liebe wenig davon nur.

***William Shakespeare, Was ihr wollt ***

Und auch während des Lunches war sie ungewohnt still, wofür Holy, Sam und Lennart, der ab und zu bei uns saß, umso mehr plapperten. Am Nachmittag war sie ebenfalls leise.

Als wir zum Altenheim fuhren, verabschiedete sie sich kurz darauf und ließ mich mit meiner Granny allein. Die war übrigens gar kein Drachen. Wenn man sie näher kennenlernte, konnte sie eigentlich recht cool sein. Ich brachte ihr ihre Nach-draußen-geh-Schuhe, damit sie hineinschlüpfen konnte, und hielt ihr dann meinen Arm hin, als wir so wie immer bei schönem Wetter in den Park gingen. Mein Maggy-Dienst war fast vorbei, aber eines war klar: Ich würde sie auch weiterhin besuchen. Meine Granny war bei Weitem das coolste Mitglied meiner Familie! Sie konnte mir sogar noch etwas beibringen, wenn es ums Rennfahren ging, wusste einige Tipps und Kniffe, und sie vergötterte mein Mädchen genau, wie ich es tat. Sie kannte Hailey, kannte sie wirklich, und sie respektierte sie zutiefst ...

»Hailey ist komisch«, erzählte ich ihr jetzt, während wir durch den Park spazierten, meine Granny ein bisschen stolz, weil die anderen Omas mir hinterher sabberten, und sie runzelte die Stirn.

»Wieso?«

»Sie ist so schweigsam, seitdem ich ihr gesagt habe, dass ... dass ich zu dem Probetraining gehe.« Von dem hatte ich ihr natürlich als Erstes erzählt, und sie hatte sich auch ehrlich mit mir gefreut und in ihren Augen war ein alter Funken aufgeglommen. Am liebsten hätte ich sie mit zu dem Training mitgenommen ... nur, um diesen Funken weiter wachsen zu sehen.

»Du hast ihr gesagt, du gehst zum Probetraining, und dann?«

»Dann habe ich ihr noch gesagt, dass wir dann vielleicht eine Fernbeziehung führen müssen ... Wenn sie auf der Musikschule genommen wird, wo ich sie angemeldet habe – du weißt ja, wer mir dazu geraten hat ...«

»Sie kann zu dem Vorsingen kommen?«

»Ja.«

Sie überlegte. »Denkst du wirklich, ein Mädchen wie Hailey White ist bereit für ein Leben in einer Stadt wie Los Angeles?«

»Oma …«

»Mit einem Mann wie dir an ihrer Seite?« Sie war noch nicht fertig, und der letzte Satz zog mir fast den Boden unter den Füßen weg.

»Wie meinst du das?«

Sie seufzte und wir setzten uns auf unsere Bank. Sofort kam Hemingway maunzend aus einem Gebüsch gesprungen wie ein verdammter Attentäter und auf meinen Schoß. Ich kraulte ihn geistesabwesend, während meine Granny sagte:

»Hailey und du, ihr lebt eigentlich in zwei völlig unterschiedlichen Welten. Sie will den Boden unter ihren Füßen fühlen – die Sicherheit. Während du am liebsten zu den Sternen fliegen und auf einem leben würdest.«

»Ich will nicht auf den verdammten Stern leben, ich will ihn ihr holen, wenn dann …«, grummelte ich vor mich hin und kraulte Hemingway unter dem Kinn. »Sie hat es verdient. Sie hat das Beste vom Besten verdient!«

»JA, das hat sie …«

Wir schwiegen eine Weile, dann sagte ich: »Sie hat mir heute gesagt, dass sie mich liebt.«

»Und lass mich raten, du hast es nicht erwidert?«

»Das kann ich nicht!«, empörte ich mich, und meine Granny verdrehte die Augen.

»Wieso?«

»Weil … weil … das zu sagen komisch ist.«

»Aber du liebst sie doch?«

»Ja.« Darauf gab es einfach keine andere Antwort, nicht bei meiner Granny, nicht wenn ich ehrlich war.

»Wieso ist es komisch zu sagen, dass du sie liebst, aber nicht, dass du ihr die Sterne vom Himmel holen willst?«

»Keine Ahnung, jeder macht immer so ein Drama um diese drei Worte.«

»Seit wann interessiert es dich, was jeder tut, sagt oder denkt?«

»Seit wann löcherst du mich eigentlich so?« Mit einem Grinsen in ihre Richtung zündete ich mir eine an, meine Granny grinste gleichmütig zurück.

»Manchmal brauchst du einfach ein paar gedankliche Arschtritte, und ich weiß, dass dein Vater dazu nicht die Eier hat.« Der Himmel über uns verdüsterte sich von einem Moment auf den anderen, und es kam ein starker Wind auf ... Außerdem grollte es in weiter Ferne. Finster schaute ich in die Bäume uns gegenüber, die sich immer mehr im Wind bogen. Gleich Hailey, wenn sie in einer Welt versuchen würde klarzukommen, die nicht ihre wäre ... Bis sie irgendwann brechen würde. Der Gedanke gefiel mir nicht.

»Wir sollten reingehen«, meinte ich gedankenverloren, während die Elektrizität in der Luft knisterte.

»Ja.«

»Was dann?«

»Was du willst.«

»Wie wäre eine Partie Schach?«

»Ahhh, du willst also wieder mal verlieren?«

»Gegen dich verliere ich nicht, Grams, von dir lerne ich nur, hat mal so 'ne alte Frau mit Wolken als Haare zu mir gesagt.« Ich stieß sie mit der Schulter an, und sie lachte ... bevor ich ihr wieder den Arm hinhielt und sie hineinführte.

43. Wieso ich dich liebe

Hailey war immer noch komisch, als ich sie wenig später nach Hause fuhr. Allein schon, dass sie überhaupt zu sich nach Hause und nicht zu mir wollte, nervte mich extrem, aber ich begleitete sie noch zur Tür, gab ihr einen unvergesslichen Gute-Nacht-Kuss und nahm ihr das Versprechen ab, sich später noch bei mir zu melden.

Sie wollte nicht mit zu Sams Party, die er heute gab, weil Sam jede Gelegenheit nutzte, wenn seine Mum nicht da war. Die war gerade mit Haileys Dad in Phily, wo er in irgendeiner Klinik war, von der mir Hailey nicht erzählen wollte. Sam musste sich ja fortpflanzen und seinen genialen Samen an die Frauenwelt verteilen, wie er mir erst letztens mitgeteilt hatte. Leider sahen die Frauen seine Genialität nur ab einer gewissen Promillegrenze, weswegen er immer wieder mit Partys für die Überschreitung genau jener sorgte. Den meisten war dabei total egal, dass sie am nächsten Tag Schule hatten. Es wurde sowieso kein richtiger Unterricht mehr gemacht. Alle waren schon längst im Ferienmodus … alle Klausuren gelaufen und jeder schon mit einem Bein im nächstbesten Pool oder Meer oder Planschbecken. Je nachdem …

Eine riesige Rauschschwade kam mir entgegen, als ich die Tür öffnete, Musik dröhne laut durch das Haus, ein paar Leute tanzten im Wohnzimmer, wo sie die Sessel und die Couch einfach zur Seite geschoben hatten. Einige machten in einigen Ecken rum, andere kifften und fast alle soffen sich völlig zu. Außerdem hatte Sam seine Diskokugel im Wohnzimmer aufgehängt und alles wurde funkelnd angefunkelt. Ich wurde von allen Seiten gegrüßt und angebaggert, kaum dass ich den Raum betreten hatte, wie immer. Doch ich ignorierte es und machte mich auf die Suche nach meinem besten Freund.

Ich fand ihn in der Küche, wo er gerade zwei Tussis mit Tequila abfüllte.

»Hey Sam«, grüßte ich ihn amüsiert und holte mir einen eiskalten Jim-Beam-Cola aus dem Kühlschrank. Zischend öffnete ich die Dose und sah dabei zu, wie er die Weiber Zitrone und Salz von seinem Bauch ablecken ließ, mitten auf dem Küchentresen liegend, der den Übergang zum Wohnzimmer markierte. Etwas angewidert, aber auch amüsiert fragte ich mich, wie viel die Schnecken wohl schon intus hatten, um sich seinem haarigen Waschbärbauch auch nur zu nähern. Ich meine, mir war es echt total egal, dass er fett und haarig war, aber ich musste ihn auch nicht bumsen … Schon allein, als ich das dachte, zuckte ich zusammen, weil ich mich fühlte, als würde ich Hailey verraten. Sie hatte auch nicht die perfekte Playboybunny-Figur, trotzdem hätte ich sie am liebsten rund um die Uhr gefickt, wenn mein Schwanz nicht tot gewesen wäre … Was übrigens aufhören würde, der

Arzt hatte mir grünes Licht gegeben! Und ich würde das ausnutzen, oh ja! Nur wenn ich daran dachte, Hailey endlich wieder zu vögeln, regte er sich in meiner Hose und nach der langen Abstinenz umso gewaltiger. Ich seufzte schwer, verlagerte ihn und ging ins Wohnzimmer zu Stevie und Roy, setzte mich auf einen Sessel und sah ein paar Chicks beim Tanzen zu, rauchte eine nach der anderen und keuchte auf, als sich Nancy plötzlich auf meinen Schoß schmiss.

»Der große Saint Conroy endlich wieder unter uns Normalsterblichen!« Sie schwang die Arme um meinen Hals, und verteilte ihre Alkoholfahne überall, ich schaute sie nur trocken an. »Trink mit mir, Baby!« Damit hielt sie mir eine Flasche irgendwas garantiert Hochprozentiges an den Mund. Ich zog sie einfach von meinem Schoß. Doch sie kniete sich vor mich, sodass ich die perfekte Aussicht auf ihre kleinen gepushten Titten hatte … von denen ich genau wusste, wie sie nackt aussahen. Natürlich konnten sie nicht mit DEN Titten mithalten, aber sie waren heiß genug, sodass ich noch ein bisschen härter wurde. »Komm schon, nur ein Schluck …«, säuselte sie und drückte ihre Arme zusammen, womit ihre Titten noch einladender aussahen, dann … schüttete sie sich ein bisschen durchsichtigem Inhalt auf ihren Brustkorb.

»Yeeah, Baby«, raunte mir Lea auch noch ins Ohr, die mit einem Mal hinter mir aufgetaucht war, und fuhr mir durch die Haare, sodass ich erschauerte. Ein paar Sekunden war ich versucht, einfach nachzugeben – ich war auch nur ein Mann –, dann biss ich die Zähne zusammen, knurrte … »Lass das, Nancy!« stand auf und ging raus auf die Terrasse.

Dabei war ich sexuell so frustriert, dass ich meinen ersten Drink auf ex austrank und mir gleich noch einen holte. Dann nahm ich mein neues Handy, denn mein altes hatte meine Granny, und rief Hailey an. Ich wollte einfach nur mit ihr reden, nur ihre Stimme hören, wenn sie schon nicht mit mir hier war, aber sie ging nicht ran …

Verdammte Scheiße!

Ich umklammerte das Geländer fester und trank auch die zweite Dose halb leer …

Ich war angepisst.

Vor mir erschienen wieder Nancy und Lea, kaum dass ich geblinzelt hatte.

»Was ist los mit dir, Saint? Jetzt ernsthaft!«, machte mich Nancy blöd an, und ich war versucht, sie einfach nur über das Geländer der Veranda zu schubsen.

Doch ich antwortete nur: »Das musst du nicht verstehen, zu hoch für dich …« und trank noch einen großen Schluck.

»Saint … wir wissen doch, was du wirklich willst. Wonach du dich wirklich sehnst … was du wirklich brauchst … Ein bisschen Aktion mit zwei Muschis …«, meinte Lea mit einem Mal und fuhr über Nancys Arm. Die Blondine kicherte, während die Schwarzhaarige verrucht grinste und sich nach vorn lehnte. Sie küssten sich langsam und sinnlich direkt vor mir … Ich legte den Kopf schief und trank noch einen Schluck, eine Hand in meiner Hosentasche zur Faust geballt. Also heiß sah das ja schon aus … und natürlich wussten die beiden auch, was ich für ein Faible für Dreier hatte … Ich lehnte mich ans Geländer und trank meine Dose leer, während die beiden immer weiter in Fahrt kamen und sich abschlabberten. Vor allen anderen, die teilweise im Pool schwammen und uns beobachteten, es war ihnen egal. Es waren eben so richtig abgefuckte Bitches – genau wie ich. Eigentlich. Lea fasste Nancy unter den verboten kurzen Rock und schob ihn hoch, rieb über ihre Pussy und zeigte mir, dass Nancy keine Unterwäsche trug. Dann drehte sie Nancy zu mir, küsste ihren Hals ... massierte ihre kleinen festen Brüste ...

»Willst du nicht einfach deinen Schwanz in sie schieben und sie ficken? Während die anderen uns beobachten, während sie wünschen, an deiner Stelle zu sein ... du kannst es tun, Saint ... Sie will es!«, hauchte Lea, die schon immer mehr in der Birne gehabt hatte als Nancy, die lieber die Marionette war und nicht der ausführende Part.

Ich machte schon einen Schritt auf die beiden zu, dann besann ich mich, schüttelte den Kopf und knurrte: »NEIN!«, und ich schwöre, mein Schwanz heulte ein bisschen, als ich nach drinnen flüchtete ...

Das war der Moment, in dem ich hätte heimgehen sollen, aber ich wollte nicht, ich wollte mich von ihnen nicht vertreiben lassen und mir selbst beweisen, dass ich stark sein konnte. Ansonsten hätte ich Hailey wirklich nicht verdient, die wahrscheinlich brav daheim in ihrem Bettchen lag und von mir träumte. Deswegen ging sie auch nicht ran, als ich sie wieder anrief und auf mein **Hey Kleines** ..., antwortete sie auch nicht. Ich trank noch drei Dosen, und ein paar Shots irgendwelchen Zeugs, das ich echt nicht hätte anfassen sollen. Ich tanzte ein bisschen, um zu vergessen, wie angepisst ich war ... und flüchtete, als sich schon wieder weibliche Hände über meinen Körper strichen.

Ich ignorierte auch Holy, die sich ein paar Minuten – oder Stunden – später in mein Blickfeld schob und sagte, ich solle heimgehen, ich wäre total hinüber. Sie wusste gar nichts! Ich fing gerade erst an! Ich war Saint Conroy, und ich bestimmte, wann die verfickte Party vorbei war!

***

Hailey

Ich reagierte auch nicht auf sein **Hey Kleines ...** denn insgeheim war ich genervt. Ich war genervt, dass er zu der Party gegangen war, obwohl ich viel lieber gehabt hätte, dass er bei mir blieb. Natürlich hatte ich ihm das nicht gesagt, ich wollte ihn nicht anbetteln, ihn nicht in seiner Freiheit beschneiden, aber ich hatte auch keine Lust, noch mehr Zeit mit den Leuten zu verbringen, die mir das Leben sowieso schon zur Hölle machten.

Deswegen lag ich allein im Bett und ... konnte nicht schlafen. Immer wieder fragte ich mich, was er wohl machte, ob er an mich dachte.

Und ich lächelte, wie schon bei seinen vorigen Nachrichten, als um zwei Uhr nachts mit einem Mal wieder mein Handy vibrierte. Voller Vorfreude öffnete ich die Nachricht und nahm mir vor, ihm diesmal zu antworten und mich für mein Verhalten zu entschuldigen. Ich benahm mich

kindisch und doof, irgendwie total außer Rand und Band ...
Heute schon den ganzen Tag, aber der Gedanke mit dieser
möglichen Schwangerschaft ging mir nicht einfach aus dem
Kopf. Immer wieder wollte ich es ihm sagen, immer wieder
kam etwas dazwischen oder mich verließ der Mut. Ich
überlegte, ob es überhaupt gut wäre, ihm von der möglichen
Schwangerschaft zu erzählen, wenn er sowieso nach New
York gehen wollte und ein Leben so gut wie ohne mich plante.
Rennfahrer zu werden war sein allergrößter Traum, er hatte so
viel für mich getan – ich wollte ihm auf keinen Fall irgendwie
im Weg stehen. Und das würde ich mit Baby auf jeden Fall,
ich schätzte ihn so ein, dass er sofort alles stehen und liegen
lassen würde, wenn ich schwanger wäre, dass er keinen
weiteren Gedanken an die Zukunft verschwenden würde, die
er eigentlich so dringend wollte, und alles für mich – für uns –
aufgeben würde. Das durfte – und das würde – ich ihm nicht
antun! Oh nein! Darüber hatte ich heute den ganzen Tag
nachgegrübelt ... Ich war zu dem Entschluss gekommen, dass
ich meine Befürchtungen erst mal für mich behalten würde,
denn vielleicht stellten sie sich sowieso nicht als wahr heraus,
und ich wollte auf keinen Fall, dass er das Probetraining
verpasste oder dabei nicht bei der Sache war. Was auch immer
rauskommen würde, ich würde es ihm danach sagen.

Aber ab morgen würde ich wieder normal mit ihm
umgehen. Es genießen, mit ihm zusammen zu sein und die
Zeit mitnehmen, die ich noch mit ihm hatte ... doch mir fiel
fast alles aus dem Gesicht, als ich die Nachricht öffnete und
ein Foto sah.

Es zeigte Saint auf irgendeinem Bett, auf ihm saß Nancy in erotischer schwarzer Unterwäsche und wallenden blonden Haaren, und sie beugte sich über ihn ... küsste ihn? Ich konnte es wegen der Haare nicht genau sehen.

»Sieh es dir genau an, Pfarrerstochter, hier gehört er hin!«, stand darunter ...

In der nächsten Sekunde stand ich und zog mir meinen Pyjama über den Kopf. Ich schlüpfte in die erstbeste Jeans und den erstbesten Hoodie, den ich fand, und stapfte drauf los.

Wie konnte er es wagen?

Gerade erst hatte ich ihm gesagt, dass ich ihn liebte, und ein paar Stunden später amüsierte er sich mit irgendwelchen anderen ... Frauen! Was dachte er sich dabei!? Dass ich es nicht erfahren würde, nur weil ich nicht dabei war? Dass es mir egal wäre, dass er mir einfach so das Herz brechen könnte? Oh nein! Ganz sicher nicht! Vielleicht war das Foto aber auch gestellt – ich wusste schließlich, wozu diese zwei Grazien fähig waren! Also musste ich hinfahren und mir erst mal ein eigenes Bild machen.

Ich setzte mich auf mein uraltes klappriges Fahrrad, an dem der Rahmen unmöglich laut ratterte, weil ich mit dem einfach schneller war, und radelte drauf los, durch die sternenklare Nacht. Und nein, ich heulte dabei nicht, dafür war ich einfach viel zu sauer und aufgewühlt.

Ich kam nach acht Minuten bereits völlig außer Atem bei Sam an und schmiss mein Fahrrad ins erstbeste Beet, kaum dass ich abgesprungen war. Ein paar der draußen Stehenden jubelten, als sie mich erkannten, mir wurden sofort Drinks angeboten und Andrew, einer unser Schulnerds, fragte mich, ob ich ihn heiraten wolle. Ich ignorierte sie und stürmte mit geballten Händen das Haus – oder besser gesagt, das Schlachtfeld. Mein Gott, jeder amerikanische Teeniefilm war nichts dagegen, was hier los war, und ich erblickte auch schon bald Sam, der mit einer hübschen Rothaarigen in einer Ecke knutschte. Ich knuffte ihm fest in den Arm und er zuckte zurück.

»Wo ist er?«, fragte ich und schaute mich um.

»Haaaileeyy!«, freute sich Sam, im nächsten Moment wurden seine Augen groß. »HAILEY!«, brüllte er dann schockiert, als wäre ich ein Außerirdischer. »FUCK!«

»Wo. Ist. Er?«

»Glaube oben …«, gab er kleinlaut zu, da war ich schon an ihm vorbeigestürmt. Ich kannte mich hier nicht aus, öffnete erst mal das Bad, wo sich eine gerade lautstark in ein Waschbecken übergab, würgte fast selber, stapfte weiter und … fand ihn.

Und mein Herz brach ein kleines bisschen …

Er lag auf einem Ehebett, eindeutig im Schlafzimmer von Sams Mum … auf ihm saß Nancy, mittlerweile nackt … Daneben stand Lea, die mit ihrem Handy filmte? Nancy nestelte an seiner Hose rum, während sie sich über ihn gebeugt hatte.

Dieses Bild würde ich niemals wieder vergessen!

Niemals!

»RUNTER VON IHM!«, brüllte ich und fühlte heiße Tränen in meine Augen steigen. Die beiden Weiber schauten mich erschrocken an, aber Saint ... öffnete die Lider, sah mich an und lallte irgendwas total Undefinierbares.

»Haillleeeeyeeee schtosschno!« Er war total hinüber, Nancy grinste mich hämisch an und dachte gar nicht daran, von ihm runterzugehen, nein, sie beugte sich vor, packte sein Kinn und küsste ihn. »Wäääähhhhh«, machte er und drehte seinen Kopf weg.

Aber sie kicherte nur und meinte zu mir. »Kommst du, um dir die Show anzusehen?« Dann machte sie weiter, seine Hose zu öffnen!

»Finger weg«, knurrte ich, so wütend, dass meine Stimme zitterte.

»Oder was?«, fragte sie und machte einfach weiter, griff in seine Hose. Er stöhnte und versuchte ihre Hand weg zu wedeln .... Doch er traf sie leider nicht, so hinüber, wie er war.

Da vergaß ich mich, ich stürmte auf sie zu und hätte sie zur Not an den Haaren von ihm runtergezerrt, aber Lea stellte sich mir in den Weg und filmte mein Gesicht. »Was denn? Das Pfarrerstöchterchen wird aggressiv? Setz dich doch und sieh einfach zu!« Sie schob mich von den beiden auf dem Bett weg und ich fing an zu beben, mir wurde übel, richtig übel, ich wusste nicht, was ich machen sollte und es brachte auch nichts, dass Tränen der Verzweiflung jetzt meine Sicht fluteten.

»GEHT'S NOCH?«, brüllte mit einem Mal Holy hinter mir und stürmte in den Raum wie eine Todesgöttin! Sie tat das, wozu ich nicht fähig war, schubste Lea mit so viel Wucht aus dem Weg, dass die gegen den Schrank donnerte und ihr Handy verlor, und zerrte Nancy an den blonden Haaren von Saint runter. »Ihr seid so widerliche abgefuckte Schlampen, Hände weg von meinem Bruder! RAUS HIER! RAUUUUUUUUUUUUUUUUUUUUUS!«, brüllte sie völlig außer sich, dazu bereit, Köpfe abzureißen oder zumindest Fingernägel, und es traf mich, als hätte mir jemand in den Bauch geboxt.

So eine brauche Saint Conroy ... genau so eine Frau, die durchgreift, wenn es sein muss, nicht so ein jämmerliches Würstchen wie mich ...

»Hailey«, keuchte er und rollte sich auf den Boden ... wo er auf mich zugekrochen kam und meine Beine umarmte. »Ich liebe dich auch ... Hailey, ich liebe dich so sehr«, lallte er nun verständlicher, aber es waren die Worte eines Betrunkenen und denen konnte man nicht glauben, wie ich aus eigener Erfahrung wusste. Was nur noch mehr weh tat. Wieso konnte er mir das nicht sagen, wenn er nüchtern war?

»Wenn du mich liebst, wieso hast du sie dann nicht abgehalten?«, fragte ich und trat einen Schritt zurück. Holy wirbelte zu mir herum.

»Hailey ...«

»Nein!« Ich musste hier raus, denn ich konnte einfach nicht mehr ... »Lasst mich einfach in Ruhe! Beide!« Damit drehte ich mich um und flüchtete so schnell, wie ich gekommen war, denn mein Herz brach in tausend kleine Teile. Endgültig.

44. Wieso ich ein Idiot bin – die zweite

Eine Stunde zuvor ...

Okay, könnte sein, dass ich vielleicht etwas zu viel getrunken hatte, und könnte auch sein, dass irgendwas in diesem Drink drin gewesen war, der so verdammt gut geschmeckt hatte und den ich dieser kleinen Brünetten einfach geklaut hatte ... Okay, könnte sein, dass mir ziemlich schwindlig wurde und dass ich lauthals verkündete, ich würde jetzt zum Pennen nach oben gehen. Eigentlich ging ich zum Kotzen ... im angrenzenden Bad von dem Schlafzimmer von Misses Dean ... Und ja, könnte sein, dass Nancy bereits in scharfe Unterwäsche drapiert auf mich gewartet hatte, als ich zurückkam. Natürlich Lea im Schlepptau, die mich nur angrinste ... Und ja, es könnte sein, dass Nancy allerhand versautes Zeug geredet hatte, was Bitches in solchen Momenten eben so sagen ... dass ich sie wollte, dass sie genau wüsste, was ich wollte und weitere so ausgelutschte Sachen. Dann sagte sie mir, ich solle ihr hier und jetzt sagen, sie solle aufhören und küsste mich …

Wie sollte ich ihr bitte auf irgendwas antworten, wenn sie gerade ihre Zunge in meinem Mund hatte und da fröhlich rumschlabberte, hä? Doch irgendwie schaffte ich es, mich von ihr zu lösen, auch wenn sie ansaugte wie so ein verdammter Vakuumstaubsauger.

»Hailey, is alles, was ich brauche, und jetzt verpüss dich, du Klappspatn …« Das waren die letzten Worte, an die ich mich erinnern konnte, bevor ich aufs Bett in einen komatösen Schlaf gefallen war …

Woran ich mich als Nächstes erinnern konnte, war Haileys Stimme, Haileys Gesicht, Haileys Augen, die mich voll Anklage und Schmerz anblickten. Aber ich konnte mich einfach nicht rühren. Ich wollte Nancy, die mit einem Mal völlig nackt auf mir saß – Alter, wie war die Schlampe überhaupt da rauf gekommen? – von mir runterstoßen, aber ich konnte die Hand nicht heben, nicht mal einen Finger, ich konnte nicht mal richtig sprechen. Ich wollte die Bitches anbrüllen, dass sie endlich verschwinden sollten, aber es war wie ein verdammter Albtraum. Ich bekam kein Wort raus, und musste verdammt noch mal tatenlos zusehen, wie sie meinem Mädchen wehtaten … Ich werde mich ewig an ihren Blick erinnern, er wird für immer bleiben … Irgendwie schaffte ich es dann doch, mich aus meiner Starre zu lösen, als Holy ins Zimmer gestürmt kam, aber dann war es schon zu spät, dann hatte sie schon total falsche Schlüsse gezogen und war bereits davongelaufen, und ich konnte nicht aufstehen, egal, wie sehr ich es auch probierte. Ich schaffte es nicht, bis Holy und Sam mir aufhalfen wie einem verdammten Krüppel und mich nach Hause und ins Bett brachten.

Holy übernahm ab den Zeitpunkt, wo ich sicher in meinem Zimmer war, und sie schaute mich die ganze Zeit so angepisst an, dass ich genau wusste, was Sache war. Dass, was sie mir prophezeit hatte, war eingetreten. Ich hatte Hailey wehgetan.

»Ich hab doch gar nichts gemacht!«, versuchte ich, mich kraftlos zu verteidigen, als ich schon im Bett lag und sie die Decke über mich warf, doch Holy beugte sich nur über mich und schaute mir ernst mit ihren verdammten Glupschern ins Gesicht.

»Du hast den Bitches niemals wirklich klargemacht, was Sache ist!« Damit drehte sie sich um und ging und ließ mich in einem Meer aus Übelkeit, Kotzerei und fuck Gedanken zurück …

45. Wieso Liebe weh tut

Hailey

Ich schreckte aus einem unruhigen Schlaf, in dem mich die ganze Zeit Bilder verfolgten, von Saint und Nancy und Lea und Holy ... und mir ... die wie gelähmt dastand, als es an der Tür hämmerte. Mein Blick glitt sofort zu meinem kleinen Wecker, es war fast 06:00 Uhr, und ich fühlte mich, als hätte ich keine einzige Minute geschlafen, war total gerädert. Trotzdem stand ich stöhnend auf, als es noch mal hämmerte.

»HAILEY, MACH DIE TÜR AUF!«, brüllte eine allzubekannte Stimme. Ich warf mir vorsichtshalber meinen weißen Morgenmantel über und zog ihn fest zu, als ich zur Tür schlurfte und sie öffnete.

»Was?«, fragte ich total verpennt, da war Saint schon an mir vorbeigeschossen, hatte mich am Arm gepackt und gegen die Wand gedrückt.

»Ich liebe dich, Hailey White!«, knurrte er mir wütend ins Gesicht und seine grünen wunderschönen Augen loderten aufgebracht. Er war so nah, er war so schön, ob total zerzaust und mit tiefen Augenringen oder nicht … Er hatte einfach was an sich, dem ich nicht widerstehen konnte. Sonst. Jetzt schon.

»Das hat vorhin aber ganz anders ausgesehen!«, zischte ich ihn an, keine Ahnung, woher ich die Kraft nahm, aber ich war nicht mehr das graue Mäuschen von früher, nicht ihm gegenüber …

»Hailey, das war nicht so, wie es ausgesehen hat, die Schlampen haben mir was in den Drink getan und mich überfallen, erst jetzt kann ich mich wieder normal bewegen und sprechen.«

»Schön!« Ich riss mich von ihm los. »Schön, wenn du für alles so eine tolle plausible Erklärung hast, aber das reicht nicht! Es reicht einfach nicht, Saint! Ich weiß, dass du wunderschön und von allen begehrt bist. Sie alle wollen dich, sie alle werden ein Leben lang versuchen, dich zu bekommen, und du wirst immer eine Erklärung haben, für was auch immer, oder? So wird es doch ablaufen, wenn du in New York bist!« Mist! Das hatte ich gar nicht sagen wollen, aber ich war so sauer! Immer und immer wieder sah ich Nancy auf ihm … ihr hämisches Grinsen, den Triumph in ihren zugeschminkten Augen. Ihre Lippen auf seinen.

»Hailey … ich würde niemals eine andere vögeln, egal, was auch passiert!«

»Tja, dafür war es jetzt aber schon verboten knapp, oder?«, zischte ich und merkte, wie meine Sicht immer weiter verschwamm, wie ich immer mehr bebte. »Was wäre passiert, wenn ich nicht gekommen wäre?« Damit nahm ich ihm den

Wind aus den Segeln, denn er wusste es ganz genau.

»Hailey …« Er strich sich durch die Haare, so wie immer, wenn er nicht weiter wusste. »Hast du mir gerade nicht zugehört, ich habe dir gesagt, dass ich dich verdammt noch mal liebe.«

»Das *habe* ich gehört, Saint!« Ein Teil von mir fragte sich verängstigt, wann und wie ich eigentlich so kalt geworden war … Wie ich es schaffte, das hier durchzuziehen und hart zu bleiben, aber der verletzte Teil war größer, hatte mehr Macht … »Und unter normalen Umständen hätten mich diese Worte aus deinem Mund zum glücklichsten Mädchen aller Zeiten gemacht. Aber nicht unter diesen Umständen. Liebe ist nicht nur ein Wort, Liebe zeigt sich durch Taten, Saint Conroy, und deine Taten heute Abend sprachen Bände. Ja, ich weiß, du wolltest es nicht! Aber wärst du nicht zu dieser Party gegangen, wäre das nie passiert, oder wärst du wenigstens etwas früher heimgegangen, hättest … deine Grenzen nicht überschritten, so wie du es immer tust. Dann wäre das wahrscheinlich auch nicht passiert, aber es ist passiert und es hat mir weh getan, Saint, es hat mir so schrecklich wehgetan, dass ich dich nicht mal ansehen kann, ohne an Nancys Lippen auf deinen zu denken. Ich … ich … kann einfach nicht.«

Er wurde weiß wie eine Wand. »Was kannst du nicht?«, und seine Stimme klang auch alles andere als gewohnt. Unsicher, fast schon verängstigt … mir wurde schlagartig wieder übel.

»Ich weiß nicht …«

»Hailey … das meinst du nicht so!«

Ich ging die zwei Schritte zur Tür und öffnete sie. »Ich bin kein Mädchen, mit dem du spielen kannst«, sagte ich, und obwohl meine Augen so verdammt verwischt waren und mein gesamter Körper bebte, schaffte ich es, dass meine Stimme nicht zitterte und ich das Kinn weit erhoben hatte. Er schaute mich an wie einen Geist, wie ein geschlagener Mann, wirkte mit einem Mal uralt, so müde und erschöpft.

»Hailey, tu das nicht«, wisperte er und machte einen Schritt auf mich zu, was echt gefährlich war, denn meine Beherrschung war aufgebraucht, genau wie meine Kraft. Ich schloss die Augen, weil ich seinen Anblick einfach nicht länger ertragen konnte, weil er mich zerriss …

»Bitte geh!«, hauchte ich nur und klammerte mich fester an die Tür, um ihm nicht in die Arme zu fallen …

Er schaute mich nur an, ich fühlte seinen prüfenden Röntgenblick genau auf mir … wusste, dass er mit sich kämpfte, genauso wie ich mit mir … Doch dann … hörte ich, wie er ging … einfach so. Ohne noch einmal zurückzublicken. Ich schloss schnell die Tür, weil ich es einfach nicht mehr aushielt und der erste Schluchzer aus meiner Brust brach.

Verdammte Liebe!

Wieso musste die auch so weh tun?

46. Wieso sie alles ist, was zählt

Saint

In der Schule ignorierte sie mich komplett, ich versuchte es noch einmal in der Früh, als wir ins Klassenzimmer gingen, aber sie blockte total ab, war wirklich sauer, so sauer, wie ich sie noch nie erlebt hatte. Und langsam wandelte sich meine Hilflosigkeit in Wut. Ich hatte verdammt noch mal nicht mit den Schlampen gefickt, keine interessierte mich, wenn ich Hailey haben konnte, aber die blieb ja stur, ignorierte mich total und unterhielt sich nur mit Lennart und Sam und Holy … Aber mich schaute sie nicht mal mit diesem verdammt heißen Knackarsch an, was mich immer mehr der Raserei entgegentrieb.

Also setzte ich mich am Nachmittag mal wieder auf meine Maschine und fuhr einfach drauf los – auf den Highway. Manchmal stellte ich mir vor, der würde einfach unendlich so weitergehen, ich würde immer weiter und weiter und weiter fahren, einem unbekannten Ziel entgegen, das ich doch nie erreichen würde. Und während ich riskante Überholmanöver startete und mich an kein verdammtes Tempolimit hielt, ließ ich meinen Gedanken freien Lauf ...

Wenn ich wirklich genommen wurde, wenn ich wirklich professionell Rennen fahren könnte, dann wäre ich der glücklichste Scheißer dieser Welt. Dann hätte ich all das erreicht, wovon ich schon als kleiner Junge geträumt hatte. Mein Vater sah mich ja immer noch seine kleine schnucklige Bank übernehmen und Sesselfurzer werden – dem müsste ich die Botschaft übrigens auch noch verklickern, dass ich zu dem Probetraining fliegen würde, koste es, was es wolle. Ich bekam unter mystischen Umständen jeden Monat, seitdem ich ein Konto hatte, 1000 Dollar auf das Konto, dazu das Geld aus den Rennen – dafür würde ich mir das Ticket und das Hotel buchen. Eigentlich hatte ich Hailey an dem Wochenende mitnehmen und ihr einen unvergesslichen Tag bereiten wollen, ich wollte nach wie vor wie eine kleine Pussy keinen Schritt mehr ohne sie tun, aber was, wenn sie so blieb? So kalt. So als ... wäre ich ihr egal. Was, wenn sie sich von mir trennen wollte, noch bevor es angefangen hatte?

Ich nahm die Kurve etwas zu knapp und sah kurz darauf einen verdammten LKW auf mich zurasen.

»FUCK!« Schnell riss ich den Lenker herum und schlitterte gerade so an dem hupenden Monstrum vorbei. Dann blieb ich mit wild rasendem Herzen stehen, war genau auf einem Aussichtspunkt, von dem aus man fast über das ganze beschissene langweilige Pennsylvania blicken konnte, und nahm meinen Helm ab. Da hinten, da war es – klein und beschissen. Goodville. Dieser Ort, der sich für mich immer wie der Hexenkessel der Intoleranz und Engstirnigkeit angefühlt hatte, wie meine ganz persönliche Hölle ... bis ich meinen ganz persönlichen kleinen Engel kennengelernt hatte.

Ich musste das mit Hailey unbedingt auf die Reihe bekommen, und zwar nicht nur wegen des Trainings, sondern weil ... weil ich einfach nicht mehr ohne sie sein wollte.

Wie ein kleiner süchtiger Penner holte ich wieder mein Handy raus und schaute nach, ob sie mir geschrieben hatte. Aber außer einem Tittenfoto von Megan – einer Tussi aus unserer Klasse, mit der ich vor ein paar Monaten was gehabt hatte und der wahrscheinlich wieder mal langweilig war – fand ich nichts vor. Keine Nachricht. Keinen Anruf. Mein Finger schwebte schon über den Nachrichten, ich wollte ihr schreiben, wollte sie zur Not stalken wie so ein armes Würstchen, aber einen Rest Würde hatte ich mir bewahrt.

Stattdessen zündete ich mir eine Zigarette an, überschaute das Land auf meinem Bike sitzend, versuchte nicht zu denken und vor allem nicht diesen ziehenden Schmerz zu empfinden, dieses ... Sehnen, das mich eindeutig in eine ganz bestimmte Richtung zerrte.

47. Wieso Vorratskeller toll sind

Bei Holy wurde ich einfach viel zu weich! Nur deswegen war ich hier! Bei der großen Sommer-Gartenparty der Conroys! Nur deswegen tat ich es mir an, nach tagelangem Ignorieren, wieder in seine Nähe zu kommen und mich selber zu foltern.

Nur deswegen hatte ich mich von ihr in ein luftig lockeres gelbes Kleid und einen schwarzen BIKINI darunter stecken lassen. Dazu süße Sandalen und eine Hochsteckfrisur, aus der ein paar Strähnen rausschauten. Außerdem hatte sie mir gezeigt, wie ich mich schminken sollte, und das hatte ich getan. Etwas Wimperntusche, ein bisschen Kajal und ein bisschen Rot auf meine Lippen sowie auf meine Wangen und ich sah eigentlich gar nicht mehr so schlecht aus. Außerdem hatten Holy und ich den gestrigen Tag in der Sonne am See verbracht – nicht an Saints und meinem See natürlich –, und ich hatte diesen Sommer sowieso schon Farbe bekommen. Aber egal wie sehr ich mich auch anstrengen würde, natürlich würde ich niemals so umwerfend aussehen wie Saint, der mir gegenüber gerade an der Bar stand und sich mit Sam unterhielt. Und dabei trug er nichts weiter als eine schwarze Badehose. Auch er war braun geworden, seine weißen perfekten Zähne strahlten regelrecht mit seinen grünen Saphiraugen um die Wette. Ich wollte einfach zu ihm gehen, ihn von hinten umarmen und mich an ihn schmiegen.

Ich wollte ihm sagen, wie blöd ich mich verhalten hatte und dass ich wusste, dass er eigentlich nichts getan hatte, denn langsam war die Wut verpufft, genau wie die Bilder. Und Holy hatte mich die gesamte letzte Woche praktisch gehirngewaschen, dass er mich wirklich liebte, dass ich ihm wichtig war, dass keine andere ihm was bedeutete, dass ich nicht wegschmeißen sollte, was wir hatten, dass es so was Besonderes war. So was wie bei uns hätte sie bei keinem anderen jemals gesehen! Bla bla, blabla. Ich war weich geworden. Außerdem wollte ich ihm erzählen, dass ich meine Tage immer noch nicht hatte und wie viel Angst mir das machte … ich wollte das nicht allein durchstehen!

Aber ich wusste nicht, wie ich mich ihm nähern sollte. Ich war wieder voll in meine alten Muster zurückgefallen, vor allem, weil er am Dienstag und Mittwoch ja noch probiert hatte, mit mir zu sprechen, aber am Donnerstag und heute Vormittag mich dann auch ignoriert hatte wie ich ihn. Er hatte mich nicht zur Schule abgeholt und nicht ins Heim gefahren oder mich mit nach Hause genommen. Es war, als wäre ich wieder Luft für ihn, und wenn Saint eins konnte, dann, einem das Gefühl zu vermitteln, Luft zu sein.

Also stand ich jetzt hier … und war kurz vorm Sterben. Ich

wusste nicht, ob ich einfach rübergehen und mich dazustellen sollte, schließlich war ich mittlerweile auch mit Sam befreundet, aber ich wollte mich Saint nicht aufdrängen. Also unterhielt ich mich mit Saints Eltern und mit ein paar seiner Nachbarn, mit Mister Harrison aus dem Supermarkt, mit Holy und ihrer Freundin Kathy, die eigentlich auch ganz nett, aber ziemlich ausgeflippt war, und klammerte mich an mein Wasser, das ich in einem Cocktailglas hatte, damit Holy nicht auf die Idee kam mir irgendwas Alkoholisches einzuschenken. Ja, ich wusste nach wie vor nicht, ob ich schwanger war oder nicht, aber wenn es so war, dann wollte ich auf keinen Fall etwas riskieren!

Ich aß ein wenig von den Köstlichkeiten, die Mister Conroy persönlich auf dem großen Grill zubereitete, und setzte mich in die Ecke, beobachtete den schön dekorierten Garten und den blau glühenden Pool. Es war so heiß, dass das kühle Nass förmlich nach mir schrie, aber ich würde mich ganz sicher nicht vor der gesamten Stadt halb nackt ausziehen und hineinspringen. Mit einem leeren Pappteller fächerte ich mir Luft zu, beobachtete Sam, der Holy beobachtete, und wie Saint verschwand und in Richtung Haus ging. Wie Holy mit Katherine lachte und wie sie dann zu Sam rüberschlenderte. Sam versuchte, wie immer in ihrer Nähe, total cool und lässig zu sein, so cool und lässig, dass man merkte, wie wenig cool und lässig er wirklich war, was irgendwie süß war. Dann schlenderte Holy, die heute eine atemberaubende durchsichtige Tunika über einem Bikini, Goldschmuck und sonst nichts anhatte, zu mir rüber …

»Kannst du mir einen Gefallen tun?« Wenn sie so was sagte, war ich immer erst mal auf der Hut, denn bei Holy wusste man nie. Manche Dinge lagen eben doch eindeutig in der Familie.

»Kannst du was aus dem alten Weinkeller für mich holen?«

»Wieso holst du es nicht selbst?«

»Weil ich verdammte Angst vor Spinnen habe!«

Ich seufzte und stand auf. Mir waren Spinnen relativ egal, solange sie nicht gerade über mich drüber kletterten, das wusste Holy, denn ich hatte ihr Leben schon einmal gerettet, als mitten auf dem Couchtisch plötzlich vor uns eine Spinne aufgetaucht war. Meine Güte konnte die Frau hoch springen und laut schreien …

Ich zuckte mit den Schultern und folgte ihr über das Grundstück. Der Weinkeller war ein bisschen abgelegen, und das Stimmengewirr und die leise Musik verklang hinter uns, als wir vor zwei offenen im Boden eingelassenen Türen stehen blieben.

»Das ist der alte Weinkeller, beziehungsweise alles, was noch von dem eigentlichen Haus übrig ist … da unten sind meine Notjoints gebunkert«, erzählte sie und gab mir eine Taschenlampe. Ich leuchtete vorsichtig runter, sah ja schon ein bisschen gruselig aus, das Ganze, und mir wurde flau im Magen.

»Du musst nicht, wenn du Angst hast …«

»Nein, ich geh schon! Sag mir einfach, wo sie sind.« *Auch wenn ich mir dabei ins Höschen mache.*

»Also, wenn du runterkommst ist gleich rechts ein Regal

und da sind sie oben drauf.« Sie schaute mit bangem Blick dabei zu, wie ich die Augen verdrehte und die paar Stufen herabstieg. Sofort wurde es merklich kälter, was mir gerade recht kam, der Schein der Taschenlampe streifte über uraltes Gestein und dreckigen Boden. Dann war ich unten und leuchtete nach rechts, wo … kein Regal war, sondern jemand auf einem Fass saß.

Ich schrie auf …

Im selben Moment schlug die Tür hinter mir zu und ich wirbelte herum.

»HOLYYYYYYYYY!«, brüllte ich und lief zur Tür, starb mindestens fünf Tode, als sich mit einem Mal eine Hand um meinen Mund legte und ich in die Dunkelheit an einen harten Körper gezogen wurde …

***

Ich schrie so sehr gegen die Hand an und strampelte so heftig und wälzte mich so sehr in meiner Panik, dass mir erst nach ein paar Sekunden klar wurde, wer mir da ins Ohr zischte.

»Hailey, ich bin's, beruhige dich!«

»Oh Saint!«, wimmerte ich sofort, wirbelte herum und warf mich an seinen Hals, an seinen warmen harten, halb nackten Körper, dessen Muskeln sich sofort verspannten. »Oh Gott sei Dank!« Ich schmiegte mich eng an ihn und sog tief seinen wunderbaren Geruch ein. Er war so groß und fest und stark, so unglaublich … Er hielt mich an sich gedrückt und ging zur Tür, wo er dagegen hämmerte.

»Holy, mach auf!«

»Neeeihheeein!«, erklang von der anderen Seite, und sie kicherte, während es verdächtig nach Marihuana roch. »Ich mach erst auf, wenn ihr euch ausgesprochen habt und knutscht und fummelt. Sex könnt ihr auch haben! Ich komme in einer Stunde wieder!« Und damit war ich mir sicher, dass sie verschwand. Ich klammerte mich an Saint fest, die gegenüberliegende Wand wurde vom Schein der Taschenlampe erhellt, die ich vor Schreck fallen gelassen hatte, ansonsten umgab uns nur Dunkelheit und dröhnende Stille.

Ich schluckte trocken.

»Gibt es hier Ratten?«

»Vielleicht«, hauchte er in mein Ohr, und ich brüllte auf, als mich was am Fuß berührte. Im nächsten Moment war ich hochgesprungen und hatte ihn mit Armen und Beinen umklammert. Ehrlich. Spinnen waren mir egal, alle Käfer, Bienen, Wespen, Schlangen … aber mit Ratten kam ich einfach nicht klar!

Er hielt mich problemlos fest und gluckste in meinen Nacken, außerdem fühlte ich, wie seine Nase über meine Haut strich.

»Also das war es? Ich hätte dich einfach nur irgendwo einsperren und dich am Fuß berühren müssen, damit du wieder in meinen Armen landest?«, fragte er mich, und ich merkte genau, wie heiser seine Stimme geworden war und wie sich diese fast schon unerträgliche Spannung zwischen uns aufgebaut hatte. Mist!

»Lass mich runter, Saint!«, hauchte ich mit schier letzter Kraft, und ich hörte das Grinsen in seiner Stimme.

»Ehrlich?«

Ich musste stark sein, und mich meinen Ängsten stellen. War er es nicht immer, der mir das verklickerte? »Ja!«

»Wie du willst.« Sanft setzte er mich auf den Boden, und ich ekelte mich sofort wieder, aber versuchte, mich nicht von meiner Panik überwältigen zu lassen. Sicherlich waren hier keine Ratten und wenn schon, dann hatten sie sicher mehr Angst als ich. Eigentlich hasste ich ja diesen Spruch, weil es ja nicht um meine Angst ging, sondern um meinen EKEL, aber jetzt verwendete ich ihn selber, hob die Taschenlampe auf und leuchtete herum. Wir waren in einem viereckigen Raum, an der gegenüberliegenden Wand standen ein paar Regale mit alten leeren bauchigen Flaschen, ansonsten gab es nicht viel zu sehen. Aber es existierte eine Truhe und ich überlegte, mich auf diese zu setzen, nur war der Ekel dann doch größer und ich blieb stehen. Außerdem war ich barfuß, und ich wollte mich nicht sehr viel von der Stelle bewegen … Ja, ich hatte nichts gegen Spinnen, aber sie über meine Füße krabbeln zu spüren, musste auch nicht sein … oder unter mir, wenn ich sie zerquetschte.

Okay!

Es war doch zu eklig!

»Saint!« Ich tastete nach ihm und fand seinen Arm.

»Hmmm?«, fragte er und ich fühlte, dass er die Arme vor der Brust verschränkt hatte. Wahrscheinlich hatte er den Kopf schief gelegt und amüsierte sich köstlich über mich. »Kannst du mich bitte doch wieder hochheben?«, fragte ich kleinlaut, und er lachte. »Aber nur wenn ich dir nicht zu schwer ...« Da hatte er mich schon leichthändig mit den Armen umfangen und mich hochgehoben, er hielt eigentlich mein Gewicht nur mit einem Arm.

»Nichts lieber als das, Kleines!«, hauchte er nah an mir, und ich leuchtete von unten in sein Gesicht. Es sah so gar nicht gruslig aus.

»Du bist voll stark.«

»Ich trainiere nur oft.«

»Es scheint, als gäbe es nichts, was du nicht könntest ... Du ... du ... kamst mir immer vor wie Superman, wie ein übernatürliches Wesen, wie nicht von dieser Welt. So perfekt.«

»Hailey, du müsstest eigentlich am ehesten wissen, dass ich alles andere als perfekt bin.« Er schaute mich traurig an.

»Kein Mensch ist perfekt, aber du bist schon ziemlich nah dran, Saint Conroy«, wisperte ich und überwand mich dann, lehnte meine Stirn an seinen Hals und wisperte: »Es tut mir leid, ich habe mich total bescheuert verhalten ... nur weil ich ... weil ich ... einfach unsicher war.«

»Du musst nicht unsicher sein, nicht in Bezug auf mich, Hailey.«

»Das sagt sich so leicht ...«

»Perfekt ist nur das mit uns, Kleines.« Er strich mit seiner Nase über meine Schläfe. »Das Gefühl, dich hier in meinen Armen zu haben ... Wenn wir zusammen sind.« Seine leise, so sanft gehauchten Worte gingen runter wie der süßeste Honig, und ich drehte ihm mein Gesicht zu, fühlte seine Nase an meiner Wange und reckte mich, wobei ich mit einer Hand in seine weichen seidigen Haare fuhr.

»Ich will nicht, dass es aufhört.«

»Ich auch nicht«, murmelte er direkt an meinem Mund, und sein Atem ließ mich erschauern. Er wartete wieder, weil das eben so seine Art war, wenn es um mich ging, weil er mich nie überfallen, nie etwas tun würde, was ich wirklich nicht wollte. Weil er mich herausforderte und ich den letzten, den entscheidenden Schritt machen sollte. Und ich tat ihn. Mit einem leisen Stöhnen streckte ich mich noch ein bisschen und drückte meine Lippen auf seine, während die Taschenlampe zu Boden fiel und ich meine Hand fester in sein Haar krallte. Seine Finger bohrten sich in meinen Hintern, und im nächsten Moment fühlte ich eiskalte Wand in meine erhitzten Rücken, als er mich dagegen drückte und den Kuss intensivierte. Schockiert keuchte ich auf, aber jegliche Gedanken an Spinnen oder Ratten waren gerade echt so was von vergessen … Denn er verlagerte mich etwas, und nun merkte ich genau, wie sehr ihm dieser Kuss gefiel. ich erinnerte mich daran, dass seine Genesungszeit vorbei war und … prompt flutete mich eine heftige unbekannte Hitze, die mir schier den Atem raubte. Doch in den Moment löste er sich atemlos von mir und lehnte seine Stirn an meine.

»Stopp«, keuchte er.

Ich lächelte, während ich mit den Fingern über die feinen Haare in seinem Nacken fuhr und er merkbar erschauerte.

»Wieso?«, fragte ich nur, etwas alarmiert, vielleicht stimmte doch nicht wieder alles.

»Wenn wir hier weitermachen, ficke ich dich gegen diese Wand, und das wäre alles andere als perfekt.«

»Findest du?«, fragte ich mit einem aufgeregten Kichern.

»Ja«, antwortete er düster.

»Wo willst du es denn dann tun?«, fragte ich ihn ... und er stockte.

»Sag mal, kann es sein, dass du in den letzten Wochen ganz schön keck geworden bist?«

Ich zuckte mit den Schultern.

»Hast du gerade mit deinen Schultern gezuckt?« Oh ich liebte es, wenn seine Stimme diesen einen Ton annahm, voll düsterer, heißer Versprechungen.

»Kann sein ...«

»Du weißt, dass ich das nicht ausstehen kann, Hailey White! Und als Strafe werde ich dich jetzt runtersetzen!«

»NEIN!« Ich brüllte auf und klammerte mich mit allem, was ich hatte, an ihm fest, als er sich vorbeugte. Er lachte, ich fand das gar nicht witzig! Echt so überhaupt nicht!

Er biss mir ins Ohrläppchen und raunte. »Akzeptiere deine Strafe wie eine Frau!«

»Nein!«

»Füße auf den Boden!«

»Saint!«

»Ich lasse dich jetzt los!«

»Bitte nicht!« Meine Hände und Beine bebten bereits nach Kurzem vor Anstrengung, als er die Hände von mir nahm.

»BITTE!«, schrie ich verzweifelt, und seine Arme legten sich zum Glück wieder unter meine Schenkel, genau in dem Moment, als ich nicht mehr konnte und mit einem Keuchen losließ. Seine Lippen waren wieder an meinem Ohr …

»Dann werde ich dich anders bestrafen müssen, und es wird umso schlimmer für dich werden!«, warnte er mich, und ich erschauerte … vor Wonne.

»Mach doch …«

»Hailey White, hast du eigentlich auch nur den Hauch einer Ahnung, was du da gerade für ein Spiel spielst und mit wem?«

»Glaube schon.«

»Glaube ich eher nicht, du hast meine wahre dreckige Seite noch nicht mal ansatzweise kennengelernt, du hast keine Ahnung von all den Dingen, die ich mit dir tun will, wenn du so frech bist.« Im nächsten Moment hatte er mich herumgewirbelt, war mit mir ein paar Schritte durch die Dunkelheit gegangen und ich fühlte kurz darauf kühles Holz unter meinem Hintern.

»IHH, da sind vielleicht …«

»Ruhe!« Damit klatschte mir was auf die Lippen und es war nicht seine Hand gewesen … oder irgendwas anderes.

»Hast du mir gerade mit deinem Pe…« Da schob er ihn mir schon zwischen die Lippen und ich riss die Augen auf. Er hatte mir gerade einfach so seinen harten Penis in den Mund gesteckt! Mitten im Satz! Ich war kurzzeitig zu schockiert, um mich zu rühren, während er gemächlich in meine Haare griff und ihn tiefer hineinschob, bevor er sich wieder zurückzog.

»Saug, Hailey!« Seine Stimme war rauer geworden, verruchter und von einer Leidenschaft getränkt, die machte, dass mein Unterleib sich zusammenzog. Ich tat, wie mir befohlen und schloss stöhnend die Augen, als ich ihn schmeckte.

»So ist es gut, Babe«, lobte er mich und fluchte dann, als ich meine Zunge einsetzte und mich voll und ganz darauf einließ, was er gerade mit mir tat. Ich grinste um ihn herum. »Was gibt es da zu grinsen?« Fast wollte ich die Schultern zucken, aber ich besann mich schnell eines Besseren und umwirbelte ihn stattdessen fester mit der Zungenspitze … nahm meine Hand dazu, sodass er ihn loslassen konnte und beide Hände sich in meinen Haaren einfanden. Seine Hüften bewegen sich nach vorn und nach hinten, und dabei führte er auch meinen Kopf. Es war fast komplett dunkel, ich sah nur seinen riesigen Umriss über mir, konnte ihn nicht erkennen, aber dafür hörte ich jedes einzelne Zähnezusammenbeißen und tiefes Stöhnen. Und ich schmeckte ihn auf meiner Zunge, nahm ihn mit allen Sinnen nur umso intensiver wahr und wünschte mir in diesem Moment, ich hätte mehr von ihm, so viel mehr … Dass er ganz nackt wäre, dass er in mir wäre, also da unten … dass wir endlich wieder auf diese eine Art vereint wären.

»Ich werde gleich kommen!«, warnte er mich und ich zog meinen Kopf zurück.

»Nein!«, rief ich und starrte ihn böse an. Er stockte …

»Nein?«

»Nein!«

»Äh … wieso nicht?« Mein Gott, konnte es eigentlich noch peinlicher kommen?

»Ähhh …«

»Hailey?« Ich fühlte förmlich, wie er eine Augenbraue hochzog, seinen pulsierenden Penis immer noch vor meinem Gesicht.

»Hmmm?«

»Wieso soll ich nicht kommen?«

Ich zuckte mit den Schultern.

Er verengte seine Augen – es war fast, als könnte ich es sehen – und hauchte total zart: »Hailey, sag mir, was du willst, oder ich zeige dir, was ich gerade will.« Ich schwieg eisern, niemals würde ich ihn … darum bitten! Davor würde ich lieber sterben! Ehrlich!

Nun war es an ihm die Schultern zu zucken.

»Ich liebe dich, Hailey White.« Stirnrunzelnd sah ich, wie er im Halbdunkel seinen Arm bewegte und dann kam er … schockierender Weise mitten in mein Gesicht.

OH mein Gott!

Was für ein kleiner, rücksichtsloser … fast hätte ich doch echt lauthals geflucht!

48. Wieso Sex die schönste und gleichzeitig schrecklichste Beschäftigung dieser Welt ist

Saint kniete vor mir und grinste mich an, während er mir sein Sperma vom Gesicht wischte. Ich schmollte und wusste ganz genau, dass er es sah, genau wie ich sein Grinsen sah, das ich eigentlich gar nicht sehen konnte.

»Du bist so wunderbar unerfahren, Hailey White, ich konnte mich einfach nicht zurückhalten.« Ich verengte die Augen und fühlte, wie er seine Wange an meine schmiegte, bevor er in mein Ohr wisperte: »Ich möchte mit dir all die Dinge tun, die du noch nicht getan hast, ich möchte dich einführen in die Welt der Lust und dir zeigen, was alles möglich ist. Und du hast keine Ahnung, wie verdammt hart mich allein der Gedanke macht, dass ich dein Erster und Letzter sein werde, dass du nur mir allein gehören wirst, für alle Zeit. Denn ich bin ein besitzergreifender Bastard und du … Hailey … du wirst mir gehören – voll und ganz mit Leib und Seele. Orgasmus für Orgasmus. Und während ich all diese verdorbenen verbotenen Dinge mit dir tun werde, werde ich dein Gesicht betrachten, einfach nur dein Gesicht und es mir für alle Zeit einprägen ... Das hier war erst der Anfang.«

»Aha ...«

Er lachte leise.

»Habe ich da vielleicht auch noch ein Wörtchen mitzusprechen.«

»Wenn du brav bist«, neckte er mich sanft, und ich verdrehte die Augen.

»Du hast mir gerade ...«

»... ins Gesicht gespritzt, sag es, Hailey.«

Ich wollte schon schweigen, aber ich erinnerte mich noch zu gut daran, was soeben passiert war, als ich einfach geschwiegen hatte ... »Du hast mir einfach so ins Gesicht gespritzt«, sagte ich augenverdrehend, genervt ...

»Ja, das habe ich ... und wie fandest du das?«

»Wie ich das fand?«

»Ja.«

»Ähhh ... also eigentlich sollte ich das unmöglich finden. So was ... so was macht man einfach nicht.«

»Aber?«

Ich kaute auf meiner Unterlippe rum ... »Aber eigentlich war es auch ganz lustig.«

»Es war lustig, dass ich in dein Gesicht gekommen bin?«

»Ja ... ich meine, ich musste es ja nicht schmecken, und es ist faszinierend, dass ich die Macht dazu habe, dich die Kontrolle verlieren zu lassen. Ich meine, ich kenne dich ja schon ein bisschen und weiß, wie gut du dich kontrollieren kannst, wenn es um Sex geht.«

»Ja, diese ganze Nummer war eigentlich nicht geplant. Ich habe mir vorgenommen, der sanfteste und mitfühlendste Liebhaber aller Zeiten zu werden, so richtig mit Blümchensex und so.«

»Und wenn ich gar keinen Blümchensex will?«, murmelte ich, und er stockte und wich etwas zurück, um in mein Gesicht zu sehen, was er ja eigentlich gar nicht richtig erkennen konnte, auch wenn sich unsere Augen schon etwas an die Dunkelheit gewöhnt hatten.

»Hailey White, du weißt noch gar nicht, was du willst.«

»Doch.«

»Was?«

Ich zuckte mit den Schultern, er verengte seine Augen ... Aber bei meinem nächsten Wort lächelte er wieder ... »Dich« und dann küsste ich ihn ...

***

Holy entließ uns kurz darauf aus unserem Gefängnis, und Saint zog mich ohne große Umschweife hoch in sein Zimmer. Sein Blick sprach Bände, denen ich nichts entgegenzusetzen hatte und der mich alles andere vergessen ließ.

Sobald seine Zimmertür hinter uns zugeknallt war, hatte er mich schon dagegen gedrückt und seine Finger waren in meinen Haaren, genau wie seine Lippen auf meinen. Seine Zunge tat Dinge mit meiner Zunge, Dinge, die mich fast zum

Orgasmus brachten, obwohl er mich nur küsste. Aber allein seine Küsse hatten es echt in sich. Dazu seine Hand, seine wunderschöne Hand, die an meinem Körper herab strich, direkt zwischen meine Beine, und sein Stöhnen in meinen Mund, als er merkte, dass ich nicht nur feucht war … nein … Wasserfall traf es eher. Ich konnte mich gar nicht dafür schämen, es war einfach klar.

»Gott im verfickten Himmel!«, fluchte er, drehte mich herum, küsste meinen Nacken und die empfindliche Haut, wo mein Hals in meine Schulter überging, glitt mit seinen Lippen weiter und streifte mir einen Träger ab, während ich mich unter ihm wand und die komischsten Geräusche von mir gab. Dann folgte der andere Träger und das Kleid flatterte zu Boden. Als Nächstes öffnete er meinen Bikini, und ich stöhnte auf, als aus dieser Stoff sehr schnell Geschichte war und ich seine Hände auf meinen Brüsten fühlte.

»Ich liebe deine Titten!«, raunte er in meinen Nacken, und ich sah dabei zu, wie er meine steifen Brustwarzen mit Zeigefinger und Daumen verwöhnte, sie zwirbelte – ganz hauchzart, sodass sie immer spitzer und härter wurden und fast schmerzten. »Gefällt dir das?«, fragte er, und ich nickte völlig hilflos. »Es wird dir noch viel besser gefallen, wenn ich dabei in dir bin!«, knurrte er an meiner Wange und drückte sich gegen meinen Hintern, er war steinhart unter seiner Badehose und ich wimmerte seinen Namen.

»Was?«, fragte er und verwöhnte mich weiter, mit Lippen und Händen und Stimme … »Wieder dasselbe Spiel, Hailey

White. Sag mir, was du willst, oder ich werde tun, was ich gern will.«

»Wage es nicht!«, knurrte ich und ließ keuchend meinen Kopf gegen seine Schulter fallen, als er meine Nippel warnend fester anpackte. Dann drehte er mich herum, umfing mit einer Hand meinen Kiefer, fest und küsste mich aber ganz sanft …

»Dann sag mir jetzt, was du von mir willst!«, hauchte er in meinen halb offenen Mund, die Augen hart, aber die Stimme so unglaublich weich und sinnlich.

Wow!

Mein Herz schlug so wild, alles in mir pochte, ich konnte kaum denken und er wollte, dass ich zusammenhängende Worte von mir gab …

»Drei …«, fing er auch noch an zu zählen, und ich riss die Augen keuchend auf.

»Schlaf mit mir!«, platzte es aus mir heraus, und ich konnte es kaum glauben! War das gerade ich, die gesprochen hatte? Ja! Ich war es!

Er grinste zufrieden, sein Griff wurde weicher und er küsste mich sanft.

»Mit dem größten Vergnügen, Miss White!« Damit nahm er meine Hand und führte mich wie eine Prinzessin zum Tanzen zu seinem Bett. »Leg dich hin …«, kommandierte er immer noch mit samtweicher Stimme. Und ich tat es … knallrot … »Zieh dein Höschen aus!«, forderte er weiter mit verschränkten Armen, den Kopf schief gelegt, und ich tat auch das mit bebenden Fingern. Er fluchte leise, als er zwischen meine Beine schaute.

»Du hast dich rasiert …«

»Ja.« Ich schluckte staubtrocken.

»Wieso?«

»Weil ich dir gefallen will.«

»Du musst dich dafür nicht verändern, um mir zu gefallen, du gefällst mir immer.«

»Aber wieso hast du mich dann rasiert?«

»Ich wollte sehen, wie sehr du mir vertraust – und du hast den Test bestanden! Glückwunsch!« Damit schwang er sich einfach über mich – und zwar über meinen Bauch – und ich schaute ihn verwundert an … »Wollen wir einen weiteren Test starten?« Also von hier unten war die Aussicht ja schon ziemlich ablenkend … da war erst mal sein harter Penis, in der Badehose, der sich genau durchdrückte, praktisch zwischen meinen Brüsten, dann seine braun gebrannten Bauchmuskeln, diesen Sommer hatte er eindeutig an Muskelmasse zugelegt, und dann seine klar definierte Brust, die paar Haare darauf und sein breites strahlendes Grinsen in diesem ach so perfekten Gesicht.

Ja.

Ich wäre glücklich gewesen, wäre ich jetzt gestorben.

Eindeutig.

Jedes Mädchen wäre das!

»Ich vertraue dir, Saint!«, sagte ich fest.

»Gut!« Er nahm meine Hand und streckte sie, befestigte sie an etwas Metallischem, und als ich nachsah, merkte ich, dass er sie mit Handschellen an seinem Bettpfosten festmachte.

»Das finde ich sehr gut ...« Und dabei begann er seine Hüften auf mir zu kreisen ...

Gott im Himmel!

Wofür bestrafst du mich?

Oder belohnst du mich?

Was ist das hier für ein Spiel?

Hä?

Er befestigte auch meine andere Hand, aber ich war viel zu abgelenkt, denn er rieb seinen ... Penis unter der Badehose an meinen Brüsten ... kreiste seine Hüften, verführerisch langsam ... so unglaublich sexy, als wäre er ... ein Stripper oder so was.

»Gefällt dir, was du siehst, Miss White?«

»Oh ja ...« Meine Augen funkelten sicher, wie wenn ein Kind den Weihnachtsbaum anblickt und ich leckte mir über die Lippen, hatte seinen Geschmack noch auf der Zunge.

»Soll ich ihn rausholen?«

Ich nickte wild und er gluckste, über meinen Einsatzeifer. »Gut ...« Er fasste in seine Badehose und holte ihn raus, bewegte seine Hand ein paarmal hoch und runter und strich dann mit seiner Eichel langsam über meine aufgestellte Brustwarze. Ich stöhnte und beugte den Rücken durch, rüttelte an den Ketten, aber konnte mich nicht rühren.

Oh

Mein

Gott!

»Okay, eigentlich hätte ich gedacht, das Heißeste, was ich jemals gesehen habe, ist meinen Schwanz in deinem Mund, aber ich revidiere«, wisperte er hoch konzentriert mit dunklen Augen und rieb auch über meinen anderen Nippel, dann nahm er meine Brüste, schob sie zusammen und steckte seinen Penis dazwischen. Er bewegte die Hüften ein paar Mal vor und zurück, während seine Daumen mit meinen Brustwarzen spielten.

Wir beide stöhnten auf und er ließ den Kopf nach hinten fallen …

Das, was er mit mir tat, war so … so … unglaublich verdorben. Und es war erst der Anfang von all den erregenden Dingen, die er mit mir tun konnte. Die Weite all der Möglichkeiten wurde mir erst jetzt so langsam klar und ich stöhnte auf … Saint Conroy war der Wahnsinn, er fackelte nicht, er scherte sich nicht um Moral und Anstand, er nahm sich einfach, was er wollte, wie er es wollte, wann er es wollte …

Saint

Also … dieser Tittenfick war bei Weitem der beste, den ich jemals erlebt hatte, denn ihre Brüste waren dafür einfach nur perfekt. Sie waren voll, aber nicht zu weich, straff und fest, und ihre kleinen Brustwarzen bettelten nur so um meine Aufmerksamkeit.

»So heiß …«, murmelte ich, ging weiter nach oben und schob ihn kurz zwischen ihre Lippen, aber wirklich nur extrem kurz, sonst wäre es um meine Beherrschung geschehen gewesen. Hailey war natürlich mit vollem Eifer dabei, den sie irgendwie immer an den Tag legte, wenn wir in meinem Bett waren. Sie saugte an ihm, sofort wurden ihre Augen dunkler, die Lust größer und sie wand ihre Hüften, wie ich genau unter mir spürte. Sie war der Wahnsinn.

»Okay, das reicht!« Damit ging ich von ihr runter, einfach nur, um sie ein bisschen zu ärgern. »Ich muss jetzt erst mal eine rauchen …« Ja, schuldig im Sinne der Anklage, ich wollte sie rasend vor Lust, wenn ich mich das erste Mal wieder in sie schiebe würde, sie sollte auslaufen, noch bevor ich mit meinem Schwanz auch nur in die Nähe ihrer Pussy kommen würde … und ich war gar nicht so weit entfernt. Sie sah mich schockiert an, als ich zu meinem Schreibtisch schlenderte, mich dort an die Kante lehnte, mit immer noch total steifem Schwanz, der aus der Badehose rausschaute und mir erstmal in aller Ruhe eine Kippe anzündete.

Dabei genoss ich den Ausblick.

Wie sie hier auf meinem Bett lag, mit etlichen Strähnen aus der Frisur gelöst, ein wenig gestreckt, mit großen weichen Brüsten, einem flachen Bauch, einer wunderschönen rasierten … feucht glitzernden Pussy und bebenden Beinen …

Wenn ich ein Arsch gewesen wäre, hätte ich diese Nacht damit verbracht, immer und immer wieder auf ihren Körper zu spritzen. Meinen Samen auf ihr zu verewigen, sie als mein zu markieren. Aber ich war kein Arsch – bei jeder anderen schon, nicht bei Hailey White. Doch ein bisschen ärgern konnte ich sie ja wohl!

So, wie sie mich anfunkelte, aber natürlich kein Wort sagte, dazu war sie viel zu stolz, stand sie bereits jetzt kurz vor einem ausgewachsenen Tobsuchtsanfall … Was mich auf die Idee brachte, sie noch weiter zu reizen, vielleicht sogar kurz duschen zu gehen, aber dann hatte ich einen anderen Einfall! Und der würde sie wirklich wahnsinnig machen!

Ich ging zu ihr rüber, kniete mich neben's Bett, direkt neben ihren Kopf und strich ihr ein paar verirrte Strähnen aus dem Gesicht. »Du weißt, dass ich dich liebe, Hailey White?«

»Wirst du das jetzt immer sagen, bevor du etwas total Respektloses und Verdorbenes tust?« Ich musste lachen, als sie das zischte, beugte mich vor und küsste sie.

»Ja.« Damit stand ich auf, zog meine Badehose hoch und verließ das Zimmer … Ich gluckste, als ich ihren empörten Schrei hörte, da war ich schon leichtfüßig die Treppen runtergesprintet.

49. Wieso Buffets echt toll sind

Hailey

Da lag ich also.

In Saint Conroys Zimmer.

Nackt.

Angekettet.

Hilflos.

Erregt.

Und vor allem genervt, aber kein bisschen unsicher.

Ich konnte einfach nicht mehr unsicher sein, nicht mehr wirklich, denn ich wusste genau, wie er für mich fühlte, dass er mich toll fand und dass er meinen Körper liebte. Er hatte in den letzten Wochen keine Möglichkeit ausgelassen, um mir das durch Taten oder Worte zu zeigen. Er hatte mir zu einem Selbstbewusstsein verholfen, das ich jeder Frau wünschte, wenn sie mit ihrem Liebsten zusammen war.

Also, dass ich hier nackt und angekettet in seinem Zimmer lag, war nicht mein eigentliches Problem.

Mein Problem – von Hailey White, der unerfahrenen, ach so schüchternen Pfarrerstochter – war, dass ich Sex wollte. Mit Saint. Und zwar dringend. Leider war ich aber nicht gut darin, dieses Verlangen vor ihm zu verbergen, weswegen er es schamlos ausnutzte, mich an meine Grenzen trieb und sicherlich darüber hinaus. Denn meine Grenze war schon fast erreicht gewesen, als er sich eine Zigarette angezündet hatte, noch schlimmer wurde es allerdings, als er nach einer Weile mit einem voll beladenen Teller zurückkam. Denn ich konnte jetzt unmöglich essen, dafür war ich viel zu aufgeregt und voll von vorhin …

»Also, ich habe mir gedacht«, meinte er und schlenderte zu mir … Ich runzelte die Stirn, als er ein paar Erdbeerscheiben echt penibel um einen meiner Nippel anrichtete. »Dass ich noch etwas Hunger habe, aber das Auge isst ja bekanntlich mit. Also beweg dich nicht und versau mein Kunstwerk nicht, Hailey White!« In die Mitte zwischen die Erdbeeren direkt auf meinen Nippel sprühte er kalte Sahne und ich zuckte zusammen.

»Ah!« Streng sah er mich an, und ich kicherte … Was war das schon wieder für ein abgefahrenes Spiel?

»Entschuldigung …«, nuschelte ich kleinlaut, aber immer noch grinsend.

»Entschuldigung, großer Großmeister«, gab er mir trocken vor.

Ich verdrehte die Augen, bevor ich murmelte. »Entschuldigung, total wahnsinniger, großer Großmeister.«

»Wahnsinniger und Genie ist oft dasselbe«, erklärte er geistesabwesend. Er verzierte währenddessen in feinster Kleinarbeit hoch konzentriert meine andere Brust, genau wie die erste. Wirkte dabei wie ein leicht irrer Künstler mit einer riesigen Erektion in seiner Hose. Zwischendurch gab er mir auch ein Stück Erdbeere und sprühte Sahne hinterher ... in meinen Mund, plötzlich über mein Kinn und meinen Hals entlang, sodass ich kicherte und keuchte und meine Hände zu Fäusten ballte, um mich nicht zu bewegen und sein »Kunstwerk« zu zerstören.

»Sehr schön ...«, meinte er zufrieden. »Das war die Vorspeise ...« Er holte ein paar Fleischbällchen von seinem Teller, was echt fies war, weil die bei der kleinsten Bewegung wegrollen würden, und bildete damit eine akkurate Linie meinen Bauch herab, bis zu meinem Bauchnabel, wo das letzte Bällchen seine Kuhle fand.

Ich atmete kaum ...

Als Nächstes kam angebratener Spargel ... damit formte er einen Pfeil, der genau auf meinem Venushügel – und zwar ziemlich weit unten – endete.

»Beine auseinander, aber vorsichtig ...« Ich tat, wie mir befohlen, wobei die Fleischbällchen auf meinem Bauchfett ein wenig vor sich hin wabbelten und eines fast herunterrollte. Er sah mich mit verengten Augen an. »Ruinier das Buffet nicht, Hailey!«

»Sorry!«, nuschelte ich kleinlaut, aber musste mir ein Lachen verkneifen.

Verdammt ... wann hatte ich eigentlich zuletzt so viel ...

Spaß gehabt und mich so wunderbar gefühlt, so voll atemloser Spannung und ungezügelter Erregung auf einmal?

Wann hatte ich jemals so einen Kick empfunden?

»Jetzt kommt der Lieblingsteil von dem Ganzen! Nachtisch!« Er holte hinter seinem Rücken eine große weiße Tube heraus, hielt sie direkt über meinen ... Biber und drückte drauf. Schokosoße ergoss sich in einem feinen Strahl über meine pochende Mitte, über meine Innenschenkel, im Zickzackmuster über meine Schenkel, meine Knie, meine Schienbeine und über meine Füße.

Ich stöhnte ... Er grinste ...

Erst verzierte er ein Bein, dann das andere und veranstaltete dabei eine wahre Sauerei.

»Voilà!«, sagte er zufrieden, als er fertig war, warf die Tube über seine Schulter, stand auf und verschränkte die Arme vor der Brust. Sein Kinn umfing er mit Daumen und Zeigefinger und beobachtete mich wie ein Kunstkenner ein teures Gemälde. »Oh ja ... vorzüglich«, meinte er mit altkluger kultivierter Stimme. »Wirklich vorzüglich.«

Ich verdrehte die Augen und grinste.

»Also ... Wo soll ich anfangen, erst mit dem Nachtisch oder ganz normal und langweilig mit der Vorspeise?«, fragte er mich mit erhobenen Augenbrauen, und ich war schon fast versucht, mit den Schultern zu zucken, sein Blick verdüsterte sich sofort, seine Lider verengten sich, und ich hielt in der Bewegung inne.

»Mit dem Nachtisch ...« Ich mochte einfach, was Saint mit meinen Füßen machte.

»Eine gute Wahl!« Er ging zum Fußende, da fiel mir was ein.

»Aber warte!«

Er blieb stehen. »Was?«

»Fang doch vielleicht erst oben an …« Je eher er bei diesen wackligen Fleischbällchen war umso besser, und ich glaubte kaum, dass ich mich noch beherrschen könnte, wenn er mit diesen Zauberlippen und Zunge an meinem Biber wäre … Also sollte er lieber oben anfangen, dann wären die Fleischbällchen weg, noch bevor er bei den heiklen Stellen ankam.

Er grinste teuflisch, als hätte er meine Gedanken gelesen und meinte. »Oh ich habe aber, glaube ich, eher Lust auf die Nachspeise!« Dann kniete er sich vorsichtig bei meinen Füßen auf sein Bett.

»OH GOTT!«, keuchte ich und presste die Lider aufeinander, als seine Zunge über meinen Fußrücken strich … er die Schokosoße runterleckte. »Saint!«, keuchte ich schockiert, als mir auffiel, dass ich nicht frisch gebadet war!

»Was?«, knurrte er und hielt meinen Fuß mit einer Hand fest, als ich ihn wegziehen wollte. »Du versaust alles, Hailey, beweg dich nicht!«, zischte er mich an.

»Ich … ich bin nicht frisch gewaschen!«

»Das ist mir scheißegal. Sei leise und beweg. Dich. Nicht!« Seine Augen glühten so drohend, dass ich sofort meinen Mund schloss und mich nicht rührte. Und dann setzte er diese ganz spezielle Folter fort … und beschäftigte sich ausgiebig mit meinem Fuß – jetzt erst recht, bis ich stöhnte und meine Hände noch fester zu Fäusten ballte, um mich nicht umher zu winden. Es war unglaublich schwer ... vor allem, als seine Lippen nach oben wanderten ... und an der empfindlichen Innenseite meiner Schenkel ankamen. Als er da darüber leckte und sanft in meine Haut biss, quiekte ich auf, meine Hüften ruckten und ein Fleischbällchen rollte herab.

»MIST!«, fluchte ich, und er grinste teuflisch.

»Für jedes Fleischbällchen, das irgendwo hinrollt, bekomme ich einmal einen sexuellen Dienst nach Wahl von dir, egal wo, egal wann. Angefangen in der Schule, beim Unterricht von Miss Lee.«

»Saint!«

»Ja?«

»Du bist so fies!«

»Wusstest du das noch nicht, Baby?«

»Nein!«

»Oh, na dann ... wirst du es jetzt lernen! Still!« Er war an meinen äußeren Schamlippen angekommen, leckte dort leise stöhnend die Schokolade fort und fuhr mit seiner Zunge dann genüsslich dazwischen über mein pochendes sensibles Fleisch. Einmal von unten nach oben, ein weiteres Fleischbällchen rollte und ich fluchte absolut untypisch. Er gluckste an meiner Mitte und ich keuchte wieder auf. Sanft drängte er seine Zunge zwischen meine Schamlippen, umkreise meine Klitoris und es gab kein Halten mehr, meine Hüften zuckten nach oben, noch ein Fleischbällchen rollte und außerdem verabschiedeten sich langsam die Erdbeeren, die an beiden Seiten runterrutschten ... Genau, wie die Sahne, die schmolz, war ja klar, so heiß wie er mich machte.

»Das ist so unfair!«, rief ich total frustriert, und er lachte teuflisch. »Ich hatte nie eine Chance!« Er legte sich einfach auf mich, sodass der Spargel, die restlichen Fleischbällchen, die Sahne und die Erdbeeren zwischen unseren fast komplett nackten Körpern zerquetscht wurden ... umfing mein Gesicht mit einer Hand und hauchte. »Ja ...«

»Was ja?«

»Ja, du hattest wirklich nie eine Chance, oder?« Dann griff er nach unten, und ich fühlte, wie er seinen ... Penis rausholte ... wie er ihn hart und groß langsam zwischen meinen Beinen rieb, und konnte wieder mal nicht mehr denken. Also schüttelte ich den Kopf.

»Du könntest dich mir gar nicht widersetzen, nicht wirklich ... Du konntest gar nicht Nein zu mir sagen ...« Damit schob er sich langsam in mich und ich war so nass, dass es nur so flutschte. Ich erstarrte trotzdem, wartete auf Schmerz, auf etwas Unangenehmes, aber da war nichts ... nur die totale Wonne. »Du könntest dich gar nicht von mir fernhalten, genauso wenig wie ich von dir ...« Gemächlich zog er sich zurück, und schob sich dann bis zum Ansatz wieder in mich. Ich stöhnte auf und kniff die Augen zusammen. Er beugte sich vor, küsste meinen Hals, wo die Sahne auch darüber gelaufen war ... zog sich wieder zurück und stieß dann abermals hart in mich. Ich schrie seinen Namen. »Weil du mir gehörst, Hailey White!« Wieder stieß er in mich ... und in den Rest Schokosoße ... »Und weil ich dir gehöre!« Noch ein Stoß. »Jetzt!« Noch einer ... »Und für alle Zeit!«

Und dann konnte ich nicht mehr ... Ich explodierte um ihn herum, so heftig, dass ich dachte, ich würde in Ohnmacht fallen – oder zumindest ein kleines bisschen sterben.

50. Wieso das Leben schön ist
... und so hässlich

Hailey

Ich war nicht gut für Saint Conroy, das würde ich wahrscheinlich niemals sein. Für diesen wunderschönen Mann. Es würde mir immer vorkommen wie ein Traum, wenn er lächelnd auf mich zukommen, wenn er mich küssen und wenn er mich lieben würde. Aber ich würde nehmen, was ich konnte, ich würde meine Träume leben und sie nicht nur an mir vorbeifliegen lassen – solange ich konnte. Ich würde zu dem stehen, was ich wollte und was ich war. Das hatte er mir beigebracht – und ich war ihm unendlich dankbar dafür.

Die letzten Monate waren eine total aufreibende, wundervolle und ebenso schmerzliche Reise gewesen. Und ich würde mich für immer an diesen Sommer erinnern, für immer daran, erinnern, was er mir gegeben hatte und wie ich gewachsen war.

Ich war nicht mehr die kleine schüchterne Hailey White – zumindest nicht ihm gegenüber. Ich wusste, was ich wollte, und ich hatte den Mut es mir auch zu nehmen. Ich hatte den Mut Ja zu sagen, wenn ich ja meinte, und nein, wenn ich nein meinte. Mir war aufgefallen, dass diesen Mut nicht viele Menschen hatten, aber viel mehr haben sollten ...

Natürlich hatte ich Ja gesagt, als Saint mich gefragt hatte, ob ich ihn zu dem Proberennen nach New York begleiten würde, in Wahrheit hätte ich ihn bis ans Ende der Welt begleitet und darüber hinaus. Und ja, es war vielleicht für ein Mädchen meines Alters nicht normal, so zu empfinden, so intensiv, so alles verzehrend, aber ich konnte nicht anders. Er war für mich ein Geschenk Gottes.

Er war so viel mehr als ich noch vor diesem Sommer gedacht hatte. Mehr als ein vollkommenes Gesicht und ein makelloser Körper, sein Herz war das wirklich Schöne an ihm. Das war es, was mir gezeigt hatte, dass ich mich nicht verstecken musste, dass ich mir nehmen musste, was ich wollte, denn ein anderer hatte nicht die Macht, mir meine Träume zu erfüllen. Saint war die eine Sache, die ich mir genommen hatte, weil ich ihn mehr als alles andere wollte. Diese intensiven Gefühle erschreckten mich immer wieder, aber sie waren da, tief in mir wusste ich, dass nur er in der Lage war, mich so fühlen zu lassen.

Ich konnte es immer noch nicht so ganz glauben, während ich in dem kleinen, aber kuschligen Zimmer in irgendeinem New Yorker Hotel saß und aus dem Fenster schaute. Es regnete, irgendwie war es mir nicht als böses Omen vorgekommen, sondern als unausweichlich … Für mich gehörte Regen zu New York, genauso wie die Lautstärke und abgehetzte Menschen. Ich war einfach ein totales Landei, kam mir ein bisschen vor, wie auf einem fremden Planeten gestrandet und war froh, den großen Mann an meiner Seite zu haben, der seinen Arm schützend um mich gelegt und jeden mit Blicken zu einem großen Bogen um uns zu gehen veranlasst hatte.

Wie wäre es erst, wenn ich in L.A. genommen werden würde? Wenn ich ohne ihn in so einer Riesenstadt zurecht kommen musste?

Wäre ich dafür bereit?

Aber das war eine andere Geschichte.

Wir waren erst mal hier und kamen gerade von Saints Probetraining. Er war Zigaretten kaufen gegangen, denn heute hatte er fast eine ganze Schachtel vernichtet. Ich hatte geduscht, mir den Staub der Rennstrecke von den Gliedern gewaschen und saß jetzt in einem gemütlichen Sessel eingerollt und schaute nach draußen, ließ den Tag Revue passieren …

Heute hatte den ganzen Tag die Sonne geschienen, auch, als uns frühmorgens die Limousine abgeholt hatte – inklusive Jessika Ambers, der Assistentin des Bosses. Sie war natürlich, wie nicht anders zu erwarten, wunderschön, kultiviert und superintelligent. Und natürlich war mir sehr wohl aufgefallen, wie ihre Augen aufgeblitzt waren, als sie Saint das erste Mal gesehen hatte, doch er hatte es ignoriert, hatte bloß das Nötigste mit ihr gesprochen und sich ansonsten nur um mich gekümmert. Ich liebte das an ihm, sobald er merkte, dass ihn eine Frau vor mir anmachte, schien sie nicht mehr für ihn zu existieren – sondern nur ich. Weil er wusste, wie gering mein Selbstbewusstsein in Wahrheit noch war und welche Zweifel mich plagten. Ja, natürlich, er versuchte sie mir jede Nacht aus dem Leib zu … sexen … Aber es wäre noch ein langer Weg, bis ich mich wirklich so selbstsicher fühlen konnte wie eine Frau wie Jessica oder Holy.

Saint hatte in der vergangenen Nacht nicht geschlafen, stand total unter Strom und war zu jedem total angepisst, außer zu mir. Er sprach nicht mit den anderen geladenen Fahrern und auch mit sonst keinem, außer mit denen, mit denen er unbedingt reden musste, und schaute nicht gerade glücklich aus der Wäsche, als er in die Kabinen und zu den Motorrädern musste. Keine Ahnung, was das genau für welche waren, aber sie sahen echt gefährlich aus. Genauso wie Julian Hart, sein Manager und Boss, sollte er hier anfangen. Er war stark braun gebrannt, seine Haut hatte etwas von einem alten Lederlappen, und seine Zähne strahlten unnatürlich weiß. Dazu hatte er platinblonde kurze Haare, trug einen olivgrünen Anzug und wirkte im Großen und Ganzen wie der schmierige Typ aus dem Bilderbuch. Ich existierte für ihn gar nicht, aber Saint wurde Honig ums Maul geschmiert. Ich wusste genau, wie Saint solche Menschen hasste, und dass er – nenn mich Jules – Julians Lobhudeleien sofort als eiskalte Taktik durchschaute, aber er beherrschte sich … Zu viel hing von diesem Kerl ab.

Ich wurde zu einer kleinen Tribüne geleitet, wo noch ein paar andere Frauen ziemlich gelangweilt rumsaßen, wahrscheinlich Freundinnen von den anderen Fahrern ... Sie alle wirkten so anders als ich. Hatten künstliche Haare, künstliche Nägel und sicherlich auch andere künstliche Körperteile, waren stark geschminkt, trugen funkelnden, sehr auffälligen Schmuck und waren knapp angezogen. Sie alle schauten mich naserümpfend an und wandten sich dann demonstrativ ab. Das war ich gewöhnt, dass die Leute nichts mit mir zu tun haben wollten, wenn sie mich das erste Mal sehen. Ich versuchte sie zu ignorieren – und wie fehl am Platz ich mir hier vorkam. Und ich riss meine Augen auf, als ich Saint das erste Mal in seinem Overall aus Leder sah. Ganz in schwarz, natürlich, und den schwarzen Helm noch unter seinen Arm geklemmt, schlenderte er raus in den Sonnenschein, als würde dieser Platz ihm gehören. Mir blieb der Atem stehen, noch niemals war er mir so ... männlich vorgekommen, so gottgleich, so außerhalb meiner Liga. Noch schlimmer wurde es, als er mir zuzwinkerte, seinen Helm anzog und sich auf sein Motorrad schwang, das schon für ihn bereitstand. Also sein Hintern war echt alles andere als nicht ablenkend ... Wenn Frauen mitgefahren wären, hätte es allein deswegen reihenweise Unfälle gegeben.

Der Startschuss kam ... zwanzig Maschinen setzten sich laut röhrend in Bewegung und machten ihre Runden um den eigens gebauten Ring – etwas außerhalb von New York.

Saint legte einige riskante Manöver hin, die mir den Atem verschlugen, aber er gewann – haushoch. Und ein Stein fiel in meinen Magen, denn somit war es beschlossene Sache ...

Wie selbstverständlich bewegte er sich zwischen all diesen Menschen, er gehörte dazu, noch bevor es wirklich begonnen hatte. Ich stand am Rand und beobachtete die Szene, die sich vor meinen Augen abspielte. Ihm wurde auf die Schulter geklopft, ihm wurde gesagt, wie gut er seine Sache gemacht hatte, wie begeistert man von ihm war – und dass er die Erwartungen weit übertroffen hatte.

Er sollte am besten schon gestern den Vertrag unterschrieben haben.

Der Stolz in seinen Augen sickerte tief in mein Herz und ich empfand diesen Stolz ebenfalls. Endlich hatten alle erkannt, wie fantastisch Saint wirklich war. Er arbeitete mit einer Ernsthaftigkeit an seinen Zielen, die ich bisher bei keinem anderen Menschen gesehen hatte. Ich gönnte es ihm, aus ganzem Herzen – und gleichzeitig brach mein Herz ein wenig. Weil ich wusste, dass unsere gemeinsame Zeit somit eigentlich beendet war.

***

Jetzt saß ich also hier, im verregneten New York in einem kleinen, gemütlichen Hotelzimmer, und überlegte, wie ich es am besten tun sollte, wie ich es ihm sagen sollte, wie ich diesen ganz speziellen Traum beenden sollte, denn er hatte ein Recht darauf, es zu erfahren. Und er hatte ein Recht darauf, frei zu sein. Frei von mir und der Verantwortung, die ich schon bald übernehmen müsste.

Es sollte einfach nicht sein zwischen uns.

Das zwischen uns war ein kleines Kapitel in unserem Leben – für mich würde es wahrscheinlich immer das wichtigste Kapitel bleiben, für ihn nur eine kleine Eskapade, eine Randnotiz, denn ich wusste, dass Saint Conroy dazu geboren war, wahrhaft Großes zu vollbringen.

Als sich von hinten seine starken Arme um mich schlangen, mich auf die Beine zogen und seine Lippen sich an meinem Hals einfanden, zuckte ich heftig zusammen.

»Denkst du auch gerade daran, dass du es nicht erwarten kannst, mit mir in dieses klapprige Bett zu kommen und zu testen, wann es einstürzt?«, raunte er an meinem Nacken.

Ich schloss für einen Moment geschlagen die Lider und wisperte: »Ja, so ungefähr …«

»Na dann wollen wir es mal testen, oder, Miss White?« Saint rieb das an mir, was hart hinter seiner Hose pochte, wie immer ohne jegliche Scham oder Bedenken, weil wir hier direkt vor dem bodentiefen Fenster standen, von dem aus man in die unendliche Schlucht der New Yorker Skyline schauen konnte. Mir wurde fast ein bisschen schwindlig, aber wohl eher, wegen dem, was ich ihm beichten musste, als wegen der Höhe …

»Saint«, wisperte ich kraftlos und hielt seine Hand auf, als er zwischen meine Beine greifen wollte, meinen Hals mit der anderen festhaltend und sanfte Küsse auf meinen vom Duschen noch feuchten Körper hauchte …

»Hmmm?«

»Ich muss mit dir reden!«

»Rede!« Er fuhr mit seiner Hand einfach weiter herab, aber ich presste die Lippen zusammen und entzog mich ihm mit einem Ruck, ging drei Schritte von ihm weg, soweit es das kleine Zimmer eben zuließ, und fuhr mir durch die Haare.

Seine Haare waren vom Regen feucht und sahen fast genauso schwarz aus, wie der leichte V-Pullover oder seine perfekt sitzende Jeans. Er war auch innerhalb der letzten Monate gereift … und sein durchdringender Blick brachte mich wieder mal total durcheinander, als er die Augenbraue hob und die Arme vor der breiten Brust verschränkte. Verdammt, wieso war dieser Mann auch so ablenkend schön?

»Okay … Sprich!« Jetzt war er genervt, weil ich den Sex hinauszögerte.

Super …

Ich hatte keine Ahnung, wie ich anfangen sollte … denn egal, wie ich auch den Anfang machen würde, das Ende wäre tragisch. Also war es doch eigentlich egal, oder?

Mach es einfach, Hailey, dann hast du es hinter dir! Du hast es jetzt schon lange genug für dich behalten! Sag es einfach!

LOS!

»Können wir uns bitte setzen, du verunsicherst mich, wenn du so vor mir stehst«, sagte ich, und er runzelte die Stirn, ließ sich aber auf den roten Sessel gleich zu seiner rechten sinken.

»Danke«, sagte ich und setzte mich auf den anderen Sessel ihm gegenüber … Ich wusste nicht, ob ich ihn anfassen sollte, oder nicht, ob ich … ihn überhaupt noch anfassen durfte, also klemmte ich meine Hände rechts und links unter meine Achseln, und er legte amüsiert den Kopf schief.

»Versuchst du gerade, dich davon abzuhalten mich zu berühren?«

»Kann sein!«

»Lass den Scheiß!« Er nahm meine Hand in seine großen starken Hände und beugte sich vor ... Ein paar Regentropfen hingen in seinen Wimpern und schimmerten feucht auf seinen vollen sinnlichen Lippen. Es war so unfair! »Egal, was es ist! Sag es einfach!«, ermutigte er mich ernst, und seine grünen Augen glühten vor Liebe und unendlicher Zuneigung.

Ich wollte das einfach nicht verlieren!

Das war nicht fair!

Ich schluckte gegen den Haufen Wüstensand in meiner Kehle an und nickte. Doch ich sagte nichts ... Die blöde Geduld in seinem Blick machte das alles umso schlimmer. Noch nie hatte ich eine Person getroffen, die eigentlich so ungeduldig war wie Saint Conroy – wehe, sein Spiel lud einmal zu lange oder sein Laptop brauchte zu lange zum Hochfahren! –, aber die so viel unendliche Geduld bei mir aufbrachte. Die sich so für mich zurückgenommen und mich so an erste Stelle gestellt hatte ... und das würde ich auch verlieren! All das! Mit einem Schlag, weg! Fieberhaft überlegte ich, ob ich es nicht doch etwas hinauszögern könnte, nur noch ein paar Stunden, vielleicht ein paar Tage, Jahre? Okay, es ginge höchstens noch acht Monate ... Okay, eigentlich nur fünf, oder so, dann könnte ich es wirklich nicht mehr vertuschen! Aber dann trat ich mir mental energisch in den Hintern.

Er hatte ein Recht darauf, endlich zu erfahren, was Sache war!

Lange genug hatte ich es geheim gehalten und Zeit geschunden!

Jetzt musste ich Eier beweisen! Oder Eierstöcke!

»Also ... ich möchte dir nur sagen, dass ich nichts von dir verlange, was du nicht tun willst. Es steht dir frei, zu gehen, ohne ein schlechtes Gewissen oder irgendwelche Verpflichtungen. Ich will nichts von dir, nicht jetzt und auch nicht morgen oder in ein paar Jahren.«

»Aha.« Langsam, aber sicher verabschiedete sich das Geduldige aus seinem Blick und wich einer eisigen Härte ... Ich hatte es doch gewusst! Aber er hielt weiterhin meine Hand fest ...

»Ich ... ich weiß, dass ich es hätte früher sagen sollen, aber ich war mir nicht sicher und ich wollte dich nicht wahnsinnig machen, wenn ich schon total wahnsinnig war, du hattest andere Dinge, auf die du dich konzentrieren und vorbereiten musstest. Wichtigere Dinge. Aber mit dem heutigen Tag ist klar, dass du einen Weg einschlagen wirst, bei dem ich nur ein Klotz an deinem Bein bin ...« Jetzt wurden seine Augen wirklich eisig ... Aber er sagte nichts, ließ mich ausreden. »Und ich mache dir keinen einzigen Vorwurf, nehme die Schuld voll und ganz auf mich – nur damit du das weißt.« Ich wartete kurz, ob er was erwidern würde.

Er antwortete nicht, aber seine Hände drückten ein wenig zu fest zu ... Egal.

»Also ... ich bin schwanger!«, ließ ich die Bombe einfach platzen, und um ihn nicht ansehen zu müssen, schaute ich mich um und plapperte jetzt erst richtig los. »Könntest du mich jetzt dann loslassen ... dann werde ich mein Zeug packen und natürlich in ein anderes Zimmer ziehen, ich habe ein wenig Geld von deiner Granny bekommen, wieso auch immer. Es wäre nur schön, wenn ich mit dir zurückfliegen könnte, weil der Flug ist schon ziemlich teuer und ich will hier ungern allein in New York bleiben. Ansonsten wünsche ich dir noch ein schönes Leben und alles Glück dieser Welt!« Damit wollte ich ihm die Hände entziehen und aufspringen, nur leider umklammerte er mich mittlerweile so fest, dass ich die Hand einfach nicht losbekam.

Also, das war gar nicht so schlecht gelaufen, fand ich!

Nur, dass Saint das anscheinend gar nicht so sah, also überhaupt gar nicht, denn sein Gesicht war zu einer Maske erfroren, und er rührte sich nicht mehr, dafür waren seine Nasenflügel gebläht und ein Muskel an seiner Wange pochte verdächtig.

»Lass mich das noch mal klarstellen«, sagte er schließlich mit sanftester Stimme, die nie – und ich betone wirklich niemals – etwas Gutes bedeutete ... »Du bist also schwanger, ich nehme mal an, von unserem ersten Mal, als ich mich wie ein kompletter Volltrottel aufgeführt und sogar das verdammte Kondom vergessen habe?« Okay, ganz so sanft war seine Stimme auch nicht, denn er bekam irgendwie die Zähne nicht so richtig auseinander.

»Also, das war ...«

»Ja oder nein?«, unterbrach er mich gar nicht mehr sanft, sondern wie ein Peitschenschlag.

»Ja«, antwortete ich kleinlaut und zerkaute meine Unterlippe.

»Und jetzt sitzt du hier allen Ernstes von mir und ... äh machst schon mal vorsorgehalber Schluss mit mir, weil du mich nicht mit meinem eigenen KIND BELASTEN WILLST?« Irgendwie klang das echt ein bisschen freaky, wenn er das so sagte, aber ...

»Äh ja.«

Er atmete sehr, sehr tief durch, schloss die Lider und sprach ein kurzes Gebet, ich hörte es ganz genau. Als er die Augen wieder öffnete, zuckte ich unter seinem Blick fast zusammen. Es war, als hätte er mein Herz gepackt und hielte es in seiner Faust, doch tatsächlich war es nur mein Kinn, das er mit einem Mal packte, fest, und mich zwang ihm ganz tief in diese lodernden, unheilvollen Tiefen zu sehen.

»Ich dachte, wir wären darüber hinaus, dass du in mir ein Riesenarschloch siehst, aber da dem anscheinend nicht so ist ... sage ich es jetzt noch einmal, nur für dich, Hailey White, und ich werde sehr langsam reden, damit auch du es endlich verstehst. Ich liebe dich. Ich liebe dich, wie verdammt noch mal nie ein Mann eine Frau geliebt hat. Ich würde alles für dich tun, ich würde alles für dich sein, ich werde alles mit dir durchstehen. Und mit alles meine ich alles. Ich meine damit das erste Mal, wenn du so einen kleinen Gnom aus dir rausquetschst, wenn du deinen ersten großen Auftritt hast, wenn du Magendarmgrippe hast und Fontänen scheißt, wenn du irgendwann deinen Vater zu Grabe trägst, wenn du deine Memopause bekommst und durchdrehst und wenn du alt und runzlig in meinen Armen liegst und dich darüber aufregst, dass ich keinen mehr hochbekomme! Und ja, ich weiß die nächsten Jahre – unser ganzes verdammtes Leben – werden sicher nicht einfach. Wir werden uns streiten und brüllen und heulen und ausflippen, und wir werden das Schicksal verfluchen und uns fragen warum … aber wir werden das durchstehen! Nichts, könnte mich dazu bringen, mich von dir fernzuhalten, keine Naturkatastrophe, keine Person, kein Schicksalsschlag. Ich will, dass du Teil meines Lebens bist. Denn das alles, was sich mein Leben nennt, hat ohne dich keinen Sinn. Wirst du das jetzt wohl endlich mal in deinen kleinen sturen Kopf bekommen? Oder wie oft soll ich dir das noch einficken?«

»Noch ein oder zweimal …«, nuschelte ich ziemlich unverständlich, weil er mich so festhielt. Aber er war noch nicht fertig. Seine Stimme wurde zarter … Er beruhigte sich wieder ein wenig … genau wie sein Blick.

»Wie könnte ich etwas, was du und ich geschaffen haben, nicht wollen, Hailey White?« Und sein Daumen strich sanft über meine Unterlippe. Dann grinste er, und in seine Augen trat wieder dieses berühmt berüchtigte dreckige Funkeln. Er wackelte anzüglich mit den Augenbrauen … »Außerdem habe ich gehört, während einer Schwangerschaft werden die Brüste größer …« Und ich musste lachen.

All die Anspannung fiel von mir ab, all die Angst der letzten Tage … alles Schlimme, was ich jemals erlebt und empfunden hatte. »Und jetzt halt einfach nur deine kleine heiße Klappe und küss mich!«, wisperte er noch, und ich tat es … fiel ihm förmlich um den Hals und presste meine Lippen auf seine.

Dabei lief vielleicht die eine oder andere Träne über meine Wange … denn genau in dem Moment, als unsere Lippen sich berührten, hatte ich das Gefühl, angekommen zu sein. Ich glaubte ihm, vertraute ihm und sah unsere gemeinsame Zukunft förmlich vor mir. Und sie war absolut grandios.

Ich konnte es nicht erwarten, das Ganze live zu erleben.

51. Wieso das Leben das Leben ist

Als ich am nächsten Morgen aufwachte, fand ich Saint in aller Frühe schon an seinem Laptop vor. In völliger Dunkelheit saß er oben ohne, die Augen konzentriert auf den Monitor gerichtet. Ich gähnte und streckte mich, lächelte ihn an.

»Willst du nicht wieder zurück ins Bett kommen? Das, was du gestern gemacht hast, mit diesem Ding …« Ich wurde knallrot, allein, wenn ich an das Ding dachte … »hat mir mehr als gut gefallen und wir könnten es wiederholen.«

»Keine Zeit für dreckige Spiele mit einem Vibrator.«

»Vibrator … so nennt man das?«

»Japp.« Er scrollte …

»Wo hast du den eigentlich auf einmal hergehabt?«

»Hab ich schon seit Tagen dabei …«

»Aha … Was hast du sonst noch in deinen Taschen?«

Er grinste knapp »Lass dich überraschen« und wackelte anzüglich mit den Augenbrauen. Ich musste lachen, konnte die Distanz mit einem Mal nicht mehr ertragen und ging zu ihm rüber, ganz nackt, es war mir egal! Und umarmte ihn von hinten, küsste seine Wange und schaute auf den Bildschirm.

»Was tust du da?«

»Ich google, wie wir das mit dem kleinen Scheißer machen …«

»HEY!«, empörte ich mich und er grinste breiter. »Nenn ihn nicht so, außerdem wissen wir noch gar nicht, ob es eine Sie oder ein Er wird!«

»Ja ja ja ja ja …« Mit einem Mal packte er mich am Arm und zog mich seitlich auf seinen Schoß. Sein Blick war nicht mehr amüsiert, er war ernst und ging so tief. Sanft strich er mir eine verirrte Strähne aus dem Gesicht und wisperte.

»Hast du eigentlich auch nur den Hauch einer Ahnung, wie sehr ich dich liebe, Hailey White?«

»Ja.«

»Wieso?« Er runzelte die Stirn. Ich legte meine Arme um seinen Hals und spielte mit den feinen Härchen in seinem Nacken, beugte mich vor und wisperte in sein Ohr.

»Weil ich dich genauso liebe, Saint Conroy. Schon immer und für alle Zeit.«

***

Saint

Nervös war noch stark untertrieben für das, was in mir tobte, als wir am Sonntagabend von unserem New-York-Trip zurückkamen, denn mit einem Mal gab es gleich zwei Dinge, die ich meinen Eltern beichten musste. Nicht nur, dass ich eine epische Motorradkarriere starten würde – oh nein, sondern auch, dass Hailey schwanger war. Und ja natürlich hatte mich das im ersten Moment schockiert, aber eben wirklich nur im ersten Moment. Ganz kurz. Dann hatte mich so ein allumfassendes Glück geflutet – warm und klebrig –, dass ich fast daran erstickt wäre, als es meine Kehle hochkroch. Denn ja, wir waren jung. Ja, ein Kind passte so gar nicht in unsere nicht gerade kleinen Pläne. Und ja, es würde verdammt noch mal mega anstrengend werden, das alles unter einen Hut zu bringen, aber ich wollte das. Ich wollte dieses kleine Abbild von Hailey haben, ich wollte alles mit ihr haben, was ich haben konnte. Bescheuert, aber wahr. Auch wenn es absolut scheiße war in unserer momentanen Lage, ich hätte niemals gewollt, dass sie es abtrieb, denn wenn mir meine Eltern, Maggy und vor allem Hailey White eines beigebracht hatten, dann, dass es immer einen Weg gab. Klar, manchmal war er nicht leicht, oft musste man Hürden meistern, die einem vielleicht erst mal absolut unüberwindbar vorkamen, aber wenn man es nur stark genug wollte und entschlossen war, dann fand man immer einen Weg. Entweder darüber oder vielleicht schob man das Problem auch einfach zur Seite, möglicherweise ließ man es auch erst mal liegen und machte Rast, bis es sich von selbst aufgelöst hatte … Aber es ging immer irgendwie weiter. Oftmals musste man nur Geduld haben.

Ich umfing Haileys Hand fester, wollte ihr eigentlich Beistand leisten, die in diesem sommerlichen Kleidchen und den Zopf, den ich ihr heute Morgen geflochten hatte, besonders hübsch aussah, aber sie leistete eher mir Beistand und drückte meine Hand fest.

»Es wird alles gut werden!«

»Hmmm …« Noch zu genau hatte ich in Erinnerung, dass mein Dad mir erst vor ein paar Monaten einen Strich durch die Karrierepläne machen und mich auf eine Militärschule schicken wollte. Eigentlich dachte er, ich würde jetzt aufs College gehen, weil Hailey mich ja gezähmt hatte … er wäre sicher nicht begeistert von meinen neuerlichen Plänen. Aber … ich wollte es, ich wollte es nicht nur, ich musste es tun. Es war die Chance meines Lebens. Ich wäre total bescheuert, sie nicht zu ergreifen! Denn so eine Chance gibt es im Leben nur einmal, und was wäre ich nur für ein Laberer, wenn ich Hailey dazu ermutigen würde, nach ihren Träumen zu greifen, es aber selbst nicht tun würde?

Ich war kein Laberer, ich war ein Mann der Taten!

Also betrat ich mit erhobenem Kinn unser Haus und rief. »Bin daa, wer noooch?«

Früher hatten wir uns so gern die Dinos zusammen angeschaut. Ich wäre so gern dieses kleine verwöhnte Baby gewesen … Meine Mom schoss sofort um die Ecke in ihrem typischen perfekten geblümten Kleid, mit perfekter Frisur und dem perfekten Lächeln und umarmte mich. Genau wie Hailey. Ihr war das anfangs immer etwas unangenehm gewesen, aber mittlerweile drückte sie meine Mutter auch fest. Die beiden mochten sich … Gott sei Dank.

»Wie war's in New York, hattet ihr eine schöne Zeit?«, erkundigte sich Mom, während wir die Schuhe auszogen und dann ins Wohnzimmer gingen. Kuchen, Kaffee und Limonade standen bereits auf dem perfekt gedeckten Tisch. Sie hatte mir Benjamin-Blümchen-Torte   hingestellt   –   natürlich selbstgemacht – als hätte ich Geburtstag, und ich verdrehte die Augen, während Hailey kicherte und sich an meinen Arm schmiegte.

»Kein Kommentar! Ich liebe diese Torte!«, meinte ich zu ihr, setzte mich und zog sie auf meinen Schoß. Es ging mir einfach nicht in den Kopf, dass sie, egal wo, neben mir sitzen würde, wenn ich sie auf dem Schoß haben könnte. Egal, ob hier zu Hause oder in der U-Bahn oder sonst wo. Leider ließen es die Lehrer in der Schule nicht zu, aber das waren ja auch elende Spielverderber!

Mein Vater kam von draußen, wo er sicherlich wieder mal irgendwas in seinem Gewächshaus gemacht hatte, das er mit Hailey hegte und pflegte. Okay, eigentlich war es kein Gewächshaus, sondern ein ganz normales Haus von den Ausmaßen her. Riesig und voller Gurken. Gurken, wohin das Auge reichte, ich musste grinsen, weil Hailey rot wurde, als sie die Schüssel mit gerade frisch geernteten kleinen Gurken in seinen braun gebrannten Händen sah … Oh ja, wir hatten schon einen kleinen nächtlichen Ausflug dahin gemacht – und der war natürlich mehr als versaut gewesen. »Denkst du gerade, was ich denke?«, wisperte ich ihr zu und fuhr mit meiner Nase über ihre Schläfe, fühlte, dass sie feuerrot wurde und gluckste leise.

»Dad, gib mir mal 'ne Gurke!«

Erst jetzt entdeckte er mich. »OH Saint, ihr seid schon hier?« Er hatte seinen peinlichen Strohhut auf, ein kariertes leichtes Hemd und eine kurze Hose – sah aus wie ein Clown. Aber er liebte diese Kluft eben, wenn er nicht gerade seinen Anzug tragen musste, und stellte die bösen Gurken vor uns ab.

»Die besten Gurken der Stadt, jeder schwärmt von ihnen ...«, erzählte er zum eintausendsten Mal; ich nahm eine und hielt sie Hailey hin.

»Beiß!«, forderte ich leise und verführerisch, sie wurde noch roter und kicherte aufgebracht, aber sie spielte mit – wie sie bei ALLEM mitspielte, was ich ihr anfangs nie zugetraut hätte. Aber stille Gewässer sind tief und verdammt dreckig. Sie legte ihre Lippen um die Gurke, saugte kurz daran – ich wurde steinhart – und biss dann mit Schmackes ab, sodass ich zusammenzuckte.

Fuck.

Ich musste sie ficken.

Jetzt.

Immer.

Überall ...

»Und wie war's in New York?«, fragte mein Vater, ließ sich uns gegenüber an den Tisch fallen und erntete dafür einen missbilligenden Blick von Mom, denn er hatte sich nicht die Hände gewaschen, aber sie sagte nichts.

»Regnerisch, dreckig, laut ...« Ich zuckte mit den Schultern.

»Was habt ihr Schönes gemacht? Tee, Hailey?« Hailey nickte und Mom schenkte ihr Tee ein, ich griff zu der Cola, goss mir ein und nahm einen Schluck. Mit einem Mal war meine Kehle wie ausgetrocknet, Hailey umfing meinen Arm um meiner Taille, strich daran entlang und verschränkte unsere Finger miteinander. Sie drückte meine Hand.

»Wir waren auf der Freiheitsstatue, ich sag euch gleich! Wenn ihr Platzangst habt, dann latscht da nicht hoch!«

»Okay«, meinte meine Mutter unbekümmert. Ich merkte, dass ich plapperte, aber ich wollte einfach noch nicht mit den Neuigkeiten rausrücken.

»Und wir haben uns Hotdogs bei einem dieser legendären Hotdog-Verkäufer gekauft, scheiße, ich habe das Zeug nur so in mich reingeschaufelt.«

»Aussprache, Saint!« Mein Vater sah mich streng an.

»Aber eigentlich waren wir die meiste Zeit im Zimmer und haben …«

»Saint wird Rennfahrer«, platzte es aus Hailey raus, bevor ich meinen Eltern genau erörtern konnte, was wir genau in dem Zimmer gemacht hatten, nur um sie zu schockieren. Jetzt waren sie allerdings wirklich schockiert, mein Vater, der gerade an seinem heißen Tee genippt hatte, verschluckte sich und meiner Mutter, fiel fast ihr Löffel aus der Hand.

Es herrschte Stille …

Schreckliche Stille.

Ich knuffte Hailey in die Seite, sie verdrehte die Augen, schaute meine Eltern an und sagte. »Sie wissen, dass es der größte Traum Ihres Sohns ist. Dass er seine Maschine liebt und alles, was damit zu tun hat. Und ich kann Ihnen sagen, er war beim Probetraining – weswegen wir eigentlich in New York waren – der Beste. Er hat alle anderen in den Schatten gestellt, ohne es darauf auszulegen. Er wird seinen Traum leben.«

Wow ... so fest und entschlossen hatte ich Hailey ehrlich noch niemals mit jemandem außer mir reden sehen. Ich war baff, völlig baff und so stolz! Sie war so unglaublich. Ich umarmte sie mit beiden Armen und drückte mein Gesicht für einige Zeit einfach nur an ihrem Hals, fühlte, wie sie mir durch die Haare strich und wusste, dass sie lächelte.

»Er ist achtzehn, Mister und Misses Conroy, ich weiß, es ist schwer ... aber er wird seinen Weg finden, und der wird gut sein – auch wenn es vielleicht erst mal nicht danach aussieht. Sie müssen ihm vertrauen ...«

»Nein!«, blaffte mit einem Mal mein Vater, stand auf und marschierte davon.

Verdammt!

Ich löste mein Gesicht aus ihrem Nacken und küsste sie auf die Wange.

»Jetzt ist es Zeit für den Joker ...« Mit funkelnden Augen packte ich mein Handy, hob Hailey auf den anderen Stuhl, neben meine immer noch schockgefrostete Mutter und stand auf. Während ich meinem Dad nach draußen folgte, wählte ich eine Nummer. Eine Nummer, die ich mittlerweile auswendig kannte, weil ich wie ein kleines Weichei immer dort anrief, wenn ich Rat brauchte ... und weil es meine alte war.

Sogar mitten in der Nacht, ich konnte sie immer anrufen. Sie war immer für mich da.

Diese eine Nummer, die ich auch heute Morgen – um vier Uhr früh – angerufen hatte, als ich nicht mehr schlafen konnte. Ich hatte einfach zu viele Gedanken gehabt. Hatte daran denken müssen, dass Hailey schwanger war und sie trotzdem unbedingt ihre Träume leben sollte. Also hatte ich sie angerufen, und sie war mehr als angepisst rangegangen.

»Wenn es nicht lebenswichtig ist, dann mach schon mal dein Testament, denn ich werde dich töten, sobald du wieder hier bist!«, war sie grummelig, aber wie immer, wenn sie mir mit sprach, erstaunlich klar rangegangen und ich hätte gelacht, aber mir war nicht nach Lachen zumute gewesen.

Ich schluckte und wusste nicht, was ich sagen sollte. Schwieg.

»Saint?«, knurrte sie.

Ich räusperte mich. »Ja …«

»Was ist los? Hast du es verkackt?« Ach, ich fand das so witzig, wenn meine Oma so sprach wie ich, aber sie war jahrelang unter Männern gewesen und hatte sich sogar als einer ausgegeben, sie hatte teilweise eine schlimmere Aussprache als ich! Nur vor den anderen versteckte sie das besser. Vor den anderen spielte sie die senile steinreiche Diva …

Aber vor mir spielte sie nicht mehr, genauso wenig, wie ich noch vor Hailey spielte. Ich schaute in ihr engelhaftes schlafendes Gesicht und wisperte: »Sie ist schwanger.«

»Klar …«, gab meine Oma staubtrocken zurück, und ich

hörte, wie sie ihre Balkontür aufschob und rausging, dann hörte ich mein Zippo klicken, das ich ihr geschenkt hatte. Ja, neuerdings rauchte sie wieder, und meine Güte, die paar Glimmstängel machten das Fett auch nicht mehr ölig oder so.

»Wieso ist das klar?«, wisperte ich, ging ins Bad, lehnte mich gegen die Tür und hätte auch alles für eine Kippe gegeben, aber hier im Zimmer galt striktes Rauchverbot, wie so ziemlich überall in dieser verdammten Stadt.

»Weil ihr es treibt wie die Hasen.« Ich verzog angewidert mein Gesicht. »Glaube nicht, dass ich nicht wüsste, was ihr letzte Woche in der Besenkammer getrieben habt. Hailey konnte selbst zwanzig Minuten später nicht richtig gehen ...«

»Ja das, das war witzig.«

»Das glaube ich.«

»Also ... was mach ich jetzt?«

»Wie, was machst du jetzt?«

»Sie ist schwanger, Oma, und sie ist so jung und ich bin so jung. Wir stehen am Anfang unseres Lebens.«

»Das ihr ab jetzt eben zu dritt verbringen werdet ...« Bei ihr hörte sich das so einfach an. Als wäre es nichts. »Du hast deine Familie, du hast deine Mutter, die liebend gern mit dem Arbeiten aufhören und immer für euch da sein wird. Du hast deine Schwester ... Saint, und du hast Hailey. Sie wird genau wissen, was das Richtige für euer Baby ist. Vertrau ihr einfach.«

»Aber ... wenn ihr Vorsingen klappt, dann sind wir in verschiedenen Städten, dann kann ich nicht für sie da sein ... und das Studium, wenn sie erst das Kind kriegt.«

»Du kannst für sie da sein, auch wenn du nicht da bist. Und so ein Studium kann man auch pausieren ... klar, am Anfang hört sich alles so hart an. Aber ich weiß, dass euch eigentlich keine Wahl bleibt.«

»Ja, die bleibt uns wirklich nicht ...« Ich starrte blicklos die hässlichen dunkelgrünen Kacheln mir gegenüber an ... »Die gab es nie ...«, räumte ich ein ... und wusste, alles würde sich irgendwie fügen.

Bloß nicht den Kopf verlieren.

Das musste sie jetzt auch meinem Vater weismachen – wie nur sie es konnte.

Maggy ...

Sie würde meinen Vater schon zur Vernunft bringen.

Genauso wie sie mich zur Vernunft gebracht hatte ...

Kein Drachen, kein Miststück, keine verbitterte Fregatte, keine arrogante Schnepfe und schon gar nicht ein seniles Dummchen – einfach nur jemand, der nicht so war, wie es auf den ersten Blick schien. So wie jeder Mensch dieses Planeten.

ENDE

Okay, noch nicht ganz ...

Epilog

Hailey

»Still!«, knurrte mir mein absoluter Traummann in den Nacken, während seine Hand sich um meinen Mund legte und die andere fester meine Hüfte packte. »Oder willst du, dass sie uns hören?«, neckte er mich und küsste meinen Hals. Ich krallte mich in die kühlen Kacheln vor mir, rutschte immer wieder ab, fand keinen Halt und wurde doch von ihm gehalten. Immer und immer wieder klatschte sein Becken gegen meinen Hintern in dem sommerlich, geblümten Kleid. Immer wieder musste ich mir auf die Lippe beißen, um nicht in die Welt hinauszuschreien, was Saint Conroy schon wieder mit mir für ein dreckiges Spiel trieb.

Das war eine seiner unzähligen Spezialitäten. Verboten dreckige, an Perversion grenzende Spiele mit mir zu spielen – diese kleine Eskapade in dem winzigen Klo war ja geradezu keusch, aber nötig. Hatte er zumindest beschlossen, als ich einfach nicht aufgehört hatte, ihm mit meiner Unsicherheit und Nervosität auf die Nerven zu gehen.

Aber was sollte ich auch tun?

Ich war hier zu einem Vorsingen, auf einem der besten Colleges des Landes ... Gleich würde ich auf die Bühne müssen, da oben ganz allein im Scheinwerferlicht stehen.

Klein. Dick. Unperfekt ... und würde allen meine Seele offenbaren müssen.

Da durfte Frau schon mal durchdrehen, oder?

Saint schob sich von einmal bis zum Anschlag in mich, wohlwissend, dass allein sein Stöhnen an meinem Ohr die Macht hatte, mich geradewegs über diesen so berauschenden Abgrund zu katapultieren, hielt still, während ich von einem bombastischen Orgasmus in andere Sphären versetzt wurde und diese elende Spannung in mir sich einfach so in Luft auflöste. Er kam nicht, er kam oft nicht ... sondern brachte nur mich zum Explodieren – weil er es angeblich liebte ... weil er süchtig danach war ... Komisch, aber wahr.

Aber Saint Conroy war eben kein normaler Mann, der als Erstes an sich und seine Befriedigung dachte. Er dachte immer zuerst an mich.

Sanft küsste er jetzt meine Schläfe und zog sich aus mir zurück, schloss seine Hose und zog dann das Höschen meine bebenden Beine hoch, während ich immer noch atemlos, verschwitzt und mit rasendem Herzen an der kühlen Wand lehnte.

»Glaubst du mir jetzt, dass du alles schaffen kannst?«

»Hmmm …«, machte ich nur träge und bewegte mich nicht.

»Halleluja, du widersprichst mir endlich mal nicht! Ich muss dich öfter ins Nirvana vögeln!«

»Hmm …« Er gluckste, drehte mich um und nahm mein Gesicht in seine Hände. Ich wurde wie immer geblendet, von diesem intensiven Grün, das manchmal bläulich schimmerte, manchmal jedoch satt und fast schon giftig erstrahlte. Jetzt hatte er wieder diese Waldsee-Augen, nicht grün, nicht blau, ein bisschen dunkel vor Lust, weil er gerade noch in mir gewesen war, und so unglaublich schön. Dazu diese kerzengerade Nase, das markante Kinn, die perfekt geschwungenen Augenbrauen und diese sinnlichen Lippen, und fertig war mein Verderben. Das war das Gesicht meines absoluten Traummannes – und wenn ich ehrlich war, das vieler anderer Frauen. Ich würde niemals genug davon bekommen, ihn allein anzusehen. Noch schlimmer wurde es jedoch, wenn Saint Conroy mich berührte oder mit dieser verboten verführerischen Stimme mit mir sprach, und was er erst sagte, das konnte einer Frau schon mal die Röte in die Wangen und die Feuchtigkeit sonst wohin schießen lassen. Und er wusste es, wusste genau, was er für eine Wirkung auf mich – und den Rest der Menschheit – hatte. Und er liebt es, mit mir zu spielen.

Aber das war okay …

Denn ich wusste, er wollte mich nicht wirklich schlagen, mich nicht vernichten. Er wollte mich nur immer wieder über meine Grenzen treiben und mich meinen geheimsten Träumen und Fantasien einen Schritt näherbringen.

So wie bei meinem innigsten Wunsch, Sängerin zu werden …

Er hatte mich hier ganz heimlich zusammen mit seiner Schwester – und mittlerweile meiner einzigen und besten Freundin – angemeldet. Saint hatte dafür gesorgt, dass ich zu dieser Audition konnte und dass mein Traum zum Greifen nah war. Er hatte aber noch so viel mehr für mich getan. Noch vor einem halben Jahr war ich der pummlige, unbeliebte – vor allem von mir selber – Teenager gewesen. Aber langsam war ich gefestigter … und manchmal, ganz selten und heimlich, fand ich mich sogar regelrecht hübsch, obwohl ich eben nicht den Normen entsprach, die von den Medien wiedergegeben wurden, dafür aber 90 Prozent der Frauen. Ich sah ganz normal aus, mit Dellen, zu viel Fett und ganz sicher keiner porenreinen Haut. Aber Saint hatte mir beigebracht zu denken, dass es okay so war, dass ICH okay so war, wie ich war.

Ohne das Selbstbewusstsein, das er mir gegeben hatte, hätte ich mich eine halbe Stunde später wahrscheinlich auch niemals auf diese Bühne getraut – natürlich nach einem absolut berauschenden Kuss und einem mehr als dreckigen Versprechen von ihm. Der Spott erleuchtete mich, sodass ich die fünf Dozenten in der ersten Reihe gar nicht richtig sah …

»Sagen Sie uns bitte, wie Sie heißen und wie alt Sie sind«, forderte ein dunkelhäutiger Mann in Anzug und krausen tiefbraunen Haaren mich auf. Er schien ziemlich jung für jemanden, der hier das Sagen hatte. Vielleicht höchstens dreißig. Ich schluckte, umklammerte meine Finger und sprach ins Mikrofon.

»Mein Name ist Hailey White, ich bin achtzehn Jahre alt und stamme aus Goodville, Pennsylvania ...« Einem kleinen Kaff irgendwo im Nirgendwo ... Jetzt war ich hingegen in L.A.! *Der* Stadt überhaupt und eigentlich schon jetzt erschlagen von den Eindrücken. Ich war nun mal ein Landei aus dem Bilderbuch, und ich glaube, das würde sich nie ändern.

»Was wollen Sie singen?«

»Bound to you ... von Christina Aguilera ...« Die Frau neben dem Mann, der gesprochen hatte, eine dünne große Frau mit aufgetürmten schwarzen Haaren und schwarzem Kostüm zog die Nase kraus. Aber der Mann lächelte offen und warm.

»Na dann, los geht's!«

Ich überraschte sie, indem ich mich an das bereitgestellte Klavier setzte ... Klavierspielen hatte mir meine Mutter beigebracht, als ich vier Jahre alt gewesen war, es war mir ins Blut übergegangen, war ein Teil von mir. Und doch waren meine Hände jetzt ungewohnt schwitzig. Ich wischte sie an meinen Oberschenkeln ab, legte die Hände auf die Tasten, setzte mich gerade hin, schloss für einen Moment die Augen und dachte an ihn.

Saint ...

Sweet love, sweet love
Trapped in your love
I've opened up, unsure I can trust
My heart and I were buried in dust
Free me, free you
You're all I need when I'm holding you tight

If you walk away I will suffer tonight
I found a man I can trust
And boy, I believe in you
I am terrified to love for the first time
Can't you see that I'm bound in chains?
I've finally found my way
I am bound to you
I am bound to you

»Danke, das reicht!«, wurde ich bereits nach ungefähr einer Minute unterbrochen, und meine Lider glitten wieder auf.

Verdammt!

Verdammt!

Verdammt!

Ich hatte es vermasselt!

»Vielen Dank, Miss White, wir werden uns bei Ihnen melden!« Ich fühlte mich, als hätte man mir in den Magen geboxt, und ich stand auf ... Mein gesamter Körper fing an zu zittern, ich fühlte mich ... grauenhaft und dachte, mich jeden Moment übergeben zu müssen. Mir wurde heiß und kalt, ich wollte sie anbrüllen, dass sie mir doch erst mal eine richtige Chance geben sollten, bevor sie mich wegschickten, aber ich schwieg. Wie immer.

»Dankeschön«, wisperte ich knallrot und eilte, so schnell ich konnte, von der Bühne. Direkt in Saints starke Arme ... die mich auffingen, als ich mich hineinwarf. Mit geschlossenen Augen versuchte ich, die Tränen zu verdrängen, versuchte, nicht auszuflippen, als meine gesamten Träume und

Hoffnungen wie ein Kartenhaus im Wind zusammenfielen. Ich hatte gar nicht gemerkt, wie viel Hoffnungen ich mir in Wahrheit gemacht hatte, obwohl ich wirklich versucht hatte, mich davon abzuhalten. Obwohl ich versucht hatte, es realistisch zu sehen. Es gab tausende von Mädchen mit wunderschöner Stimme und Talent. Wieso sollte sie an dieser Elite-Uni auch gerade mich nehmen? So herausragend konnte ich auch nicht singen …

»Miss White!«, erklang mit einem Mal neben uns die Stimme von dem dunkelhäutigen Professor und ich löste mich schockiert von Saint, der ihn nur mit verengten Augen anfunkelte.

»Ja?«, fragte ich und räusperte mich, weil meine Stimme ganz rau klang.

»Das war heute die beste Audition, vielleicht sogar die beste Audition dieses Jahres … Ich freue mich unglaublich, Sie nächstes Semester unterrichten zu dürfen!« Damit zwinkerte er mir zu – Saints Blick verdunkelte sich noch ein bisschen – und marschierte grinsend davon.

Ich blickte ihm völlig baff hinterher …

»Hat er … hat er gerade gesagt, er freut sich darauf, mich unterrichten zu dürfen?«

»Ja«, knurrte Saint … und meine soeben eingestürzte Welt setzte sich Stein für Stein im Schnelltempo wieder zusammen. Ich starrte währenddessen an die Stelle, wo der Professor gerade nach draußen verschwunden war.

»Sie nehmen mich?«

»Ja.«

»Sie nehmen mich wirklich?«

»Jaaaa …« Saint starrte auch immer noch an die Stelle, aber alles andere als glücklich. Doch als ich aufschrie und mich an seinen Hals schmiss, zuckte er zusammen.

»SIE NEHMEN MICH!«, brüllte ich ihm ins Ohr und schlang Arme um Beine um ihn. Jetzt wurde sein Blick weicher und er lächelte wunderschön, während seine Arme mich umfingen, so sicher und stark.

»Natürlich tun sie das, Kleines! Wer würde das nicht tun?«, wisperte er, da hatte ich schon meine Lippen auf seine gedrückt und ihn geküsst.

Das war einer der glücklichsten Tage meines Lebens!

Auch wenn es hieß, dass sich unsere Wege erst mal trennen würden, so wusste ich, dass keine Distanz, nichts, jemals unsere Herzen trennen könnte! Denn wir gehörten zusammen.

Auch wenn es nicht immer leicht werden würde, er wäre immer da, würde mich halten und auffangen, wenn ich mal wieder stolperte, und ich … tja ich, würde ihm dafür weiterhin alles geben, was ich hatte und was ich war. Ich würde ihm mein Herz und meine Seele geben, so wie er es einmal von mir gefordert hatte, denn eigentlich … besaß er das schon längst.

Seitdem ich ihn das erste Mal gesehen hatte – und bis zu meinem letzten Atemzug.

Ende

Kurzbeschreibung Teil 2

(WILD RIVERES erscheint wahrscheinlich im Sommer 2019)

Eine Beziehung, wie aus dem Bilderbuch. Sie lieben sich und sind glücklicher als je zuvor in ihrem Leben, privat und beruflich könnten die Sterne nicht besser für sie stehen! Aber das Schicksal schwebt über ihnen und plant ihnen alles zu nehmen.

Hailey White – ehemals graues Mäuschen und übergewichtige Pfarrertochter – strebt eine Gesangskarriere an, doch sie muss schon bald erkennen, dass nicht jeder, der ihr seine Hand reicht, auch wirklich ihr Freund ist.

Und Saint Conroy – ehemaliger Troublemaker und Womanizer – muss mit den Verlockungen eines Lebens als aufstrebender und heißbegehrter Rennfahrer klarkommen. Aber Saint ist nicht mehr der Sünder, der er einmal war und seine einzige Sucht heißt Hailey White. Denkt er zumindest …

Hailey und Saint – ein Paar, wie kein anderes.

Sanctuary – eine Reihe, die ans Herz geht und zum Nachdenken anregt.

Wild Rivers – eine Geschichte, die süchtig macht … uns verführt und uns keineswegs von den Sünden erlöst.

Tabulos. Berauschend. Rau …

Ausschnitt aus How to save a Mafiaboss

(erscheint voraussichtlich im Frühling 2019)

Das Wenige, was meine Mutter schon gesagt hatte, reichte. Ich fühlte mich beschissen, weil ich ihm zu seinen Sorgen noch mehr Sorgen bereitet hatte. Weil ich die Lage so unterschätzt hatte und mich mit meinen fast dreißig Jahren aufgeführt hatte wie ein aufmüpfiger Teenie. Also schloss ich die Lider, atmete nochmal tief durch und stand auf. Präsentierte mich ihm im warmen Sonnenschein, der von draußen durch das große Fenster reinschien in nichts weiter als Unterwäsche und ging auf ihn zu. Kristov sah mich nur an, mit diesem ausdruckslosen Gesicht, ohne sich zu rühren ...

Er lehnte sich jedoch in seinem Sessel zurück, als ich ihn zurückdrückte und mich breitbeinig auf seinen Schoß setzte. Sanft strich ich über sein Gesicht, seine dunklen scharf geschnittenen Augenbrauen, unter seinen Augen entlang, über seine vollen sinnlichen Lippen und nahm dann sein Kinn, beugte seinen Kopf nach hinten und drückte meine Lippen auf seine. Es war ein sanfter, fast schon keuscher Kuss. Kristov blieb passiv und ich wich zurück, sah ihm in diese klaren Augen, die mich nach wie vor bis in meine Träume verfolgten. In die guten, genauso wie in die schlechten, spätestens seit gestern ... Was er da getan hatte ... einfach so. Ohne mit der Wimper zu zucken. Ich konnte es nicht in Einklang mit dem Mann bringen, der mir gerade so nah war – und gleichzeitig doch so fern. So fern war er mir schon lange nicht mehr gewesen und es verunsicherte mich extrem, ganz ohne, dass er auch nur ein Wort sagen oder etwas tun musste.

»Was?«, fragte ich unsicher und seine Augenbrauen zogen sich zusammen, bildeten dieses angestrengte V über seiner schon mehrfach gebrochenen Nase ...

»Elina, ich liebe dich wirklich, ich liebe dich mehr als mein Leben, aber das hier wird uns jetzt nicht mehr weiterbringen. Du musst die Wahrheit erfahren und du musst die Wahrheit sehen, da dir mein Wort alleine ja nicht reicht!«

Ich schaute ihn nur an. »Ja ... deswegen hast du mich gestern mitgenommen. Ich habe es verstanden.«

»Gar nichts verstehst du. Ich werde dich ab jetzt immer mitnehmen.« Ich riss meine Augen auf. »Nur so wirst du vielleicht verstehen, wieso ich, tue was ich tue, verlange, was ich verlange und bin, was ich bin.«

»Was bist du, Kristov?« Ich traute mich kaum zu fragen, denn in seinen Augen sah ich schon die Antwort und die ... die machte mir Angst. Wirklich eine Heidenangst.

»Das weißt du genau, Elina. Ich habe es dir schon einmal gesagt. Das hier ist kein Märchen«, damit hob er mich einfach von seinem Schoß, stand auf und verließ das Zimmer, ließ mich atemlos und mit wild klopfendem Herzen zurück. Nicht wissend, was ich noch tun oder sagen sollte.

***

Die Sonne hatte sich nicht lange gehalten und es regnete, während wir durch die Stadt fuhren. Der Regen und der graue Himmel drückten noch weiter auf meine Stimmung. Denn Kristov hatte in diesen einen Modus gewechselt, den ich einfach verabscheute. Kalt, unnahbar, ausgesprochen höflich und verdammt schweigsam. Ich hatte nicht nochmal versucht, mit ihm zu reden, weil ich genau wusste, dass an ihn in dieser Stimmung kein Rankommen war. Während er seinen schwarzen Mercedes durch den dichten Verkehr lenkte, nahm er immer wieder Anrufe an. Teils sprach er in Codes und über Sachen, von denen ich keine Ahnung hatte. Dann war Sergej dran und teilte ihm mit, dass er gerade auf dem Rückflug wäre und sich gleich an die Sache mit dem Reis machen würde. Die und ihr Reis ... Sergejs Männer hätten etwas rausgefunden und er würde sich an die Spur heften. Kristov genau wie Sergej hielt das Gespräch knapp, doch dann fragte Sergej ... »Ist sie gerade da?«

»Ja.«

»Kann sie mich hören?«

»Ja.«

»Elina ...« Ich antwortete nicht, sondern schaute nur raus in den dichten Nebel. Er hatte mich verraten. Klar ... er war Kristov gegenüber loyal, und eigentlich liebte ich ihn dafür ... Aber gerade eben wollte ich nicht mit ihm sprechen. Er hätte wenigstens ... hätte wenigstens ... weiß ich nicht. Er hätte sich auflehnen können und sagen können, dass es nicht richtig war Lili einfach wegzubringen. »Redest du nicht mehr mit mir?« Ich schwieg. »Machst du ECHT einen auf Kristov?« Ich unterdrückte erfolgreich ein kleines Schmunzeln und schwieg weiter.

Sergej seufzte, Kristov sah mich so an, als würde er mir am liebesten die Haut vom Körper ziehen, weswegen mir ein wenig übel wurde – Urinstinkt. Doch schließlich schnaubte er und sagte. »Die kleine Missi schmollt. Lass sie einfach.«

»Okay ...« Sergej klang ehrlich getroffen und Kristov verzog das Gesicht. Egal wie hart er tat. Der Kleine ging ihm ans Herz, besonders wenn er sich so anhörte wie jetzt. Dann riss er sich zusammen und klang wieder geschäftlich.

»Ich erwarte in zwei Stunden deinen ersten Bericht!« Damit legte er auf – und schwieg weiter.

Was ein Wunder ...

Wir telefonierten mit Lilli, die erfreuter nicht hätte sein können wieder bei Oma und ihren Pferden zu sein. Ihr Herz war eben immer irgendwie in Deutschland. Dort konnte sie auch leichter vor ihrer Lehrerin fliehen, wie mir Mom grinsend mitteilte.

Auch ich lächelte wehmütig, als ich auflegte, aber es verging mir ziemlich schnell ...

Wir kamen in einer ziemlich abgefuckten Gegend gleich am Hafen an, und ich schluckte, während ich ausstieg. Dann folgte ich Kristov durch den Regen zu dem Haus, das ungefähr fünf Stockwerke hoch und voll mit Graffiti war. Die Tür hing schief in den Angeln, die Postkästen waren alle zertrümmert und vor dem Haus und im Flur sah man lauter Müll herumliegen. Mit angewidertem Gesicht und spitzen Zehen schritt ich darüber. War froh über meine Stiefel und den Mantel, denn hier drinnen war es noch kälter als oben. Außerdem stank es bestialisch nach Urin und altem Schweiß. Widerlich. Eine flackernde Glühbirne spendete schummriges Licht und mit einem mal war ich heilfroh um den riesigen Russen vor mir, der fast schon gelangweilt – aber dennoch wachsam – die Treppen hinaufspazierte.

Im dritten Stock – ich war schon leicht außer Puste – blieb er endlich vor einer Tür stehen und öffnete sie einfach. Es war nicht abgeschlossen und wir standen kurz darauf in einem kleinen – recht ordentlichen Flur. Es gab nur ein Zimmer, in das wir traten und ich den Atem anhielt. Da gab es nur eine Matratze auf dem Boden, einen Koffer daneben und einen Schreibtisch, der aber leer war. Doch an den Wänden, an den Wänden hingen Bilder. Daneben standen mit Edding geschrieben Daten. Uhrzeiten und alle möglichen Daten. Die Leute auf den Fotos waren außerdem mit dem Edding durch Linien verbunden. In der Mitte von allem hing ein Bild von Kristov, von Lili ... und von mir. Ich war verbunden mit einem Bild von Robbie ... er mit Gia ... Gia mit Luca ... über uns mein Vater und meine Mutter ... Sogar Kristovs Vater war da, in einer Reihe mit meinem Vater, meine Mutter und Onkel Luca ... Unter Kristov waren Sergej und seine Männer, Kolja, Sascha, Wowa, Anataloia, Dima, Nikolai und Eis der Schlächter. Unter ihnen waren sogar Bilder von ihren Männern.

Ich stand atemlos da, doch Kristov ... Kristov machte einen Schritt nach vorne und strich über ein Bild. Über das Foto seiner Mutter. Sie war so unglaublich schön gewesen, blondes Haar, große strahlende Augen, gebräunte Haut, und ein Lächeln, das jedes noch so kalte Herz erweichen konnte. Sie saß an einem Tisch in einem Restaurant, lächelte offen - und auch ein bisschen verliebt – in die Kamera. Es brach mir das Herz zu sehen, wie Kristov mit den Fingerspitzen über das Foto strich. Da wo das Bild von seinem Vater hätte sein sollen war nichts – da stand nur tatsächlich mit schwarzem Edding. *Bastard ...*

Okaaay.

Ich war ganz still, als ich neben ihn trat, ihm zeigte, dass er nicht alleine war und auch das Bild von seiner Mutter anschaute.

»Sie war unglaublich schön.«

»Das war sie ...« Kristov klang als wäre er ganz weit weg, dann straffte er sich. »Aber Schönheit ist nicht alles.« Er schaute sich um, und ging ins Bad. Er wühlte da ein wenig herum, während ich die Fotoleinwand weiter ansah ... Das Foto von Lili und mir ... Ich erschauerte kalt und umschlang mich mit den Armen.

Kristov währenddessen rumorte im Bad herum, dann kam

er zurück, durchwühlte den Koffer, die Schränke und ging dabei mehr als rabiat vor. Er war richtig, richtig sauer. Ich ließ ihn wüten. Er fand anscheinend nichts befriedigendes. Lehnte sich dann mit dem Hintern an den Schreibtisch, verschränkte die Arme und schaute sich die Wand an ... Dann entschied er. »Die Chinesen wissen alles«, zückte sein Handy und rief ... jemanden an.

»Hey. Wir sollten heute Abend sprechen. Hier dampft wieder die Kacke ...« Ein Blick zu mir. »Nein, nicht nur in diesem Bezug. Irgendwer hat es auf uns abgesehen – auf uns alle. Ja ... Nein ... Ja ...« Er grinste mich bösartig an. »Okay.« Ich verengte die Augen, als er mir mit ausdruckslosem Gesicht das Handy hinhielt.

Zaghaft nahm ich es und legte es an mein Ohr.

»Elina«, knurrte mein Vater.

»DAD!«, rief ich aus und schaute dann Kristov mit dem tödlichsten Todesblick an. Er war so ein unsagbarer Verräter!

»Ja ... ich bin es, dein Vater.«

»Nicht Darth Vader?«, fragte ich kleinlaut und drehte mich von Kristov weg, der mich überlegen angrinste. Blicklos schaute ich raus in den Regen und auf die gegenüberliegende dreckige Häuserwand. »Was gibts?«

»Ach nichts ...« Mein Dad überkreuzte sicher gerade seine Füße auf dem Schreibtisch und wippte auf seinem Stuhl herum ... »Dies und das ... und jenes.«

»Schön.«

»Hmmmm ...« Ich platzte fast, fühlte mich wie fünf und als wüsste ich genau, dass ich riesengroße Scheiße gebaut habe.

Als würde ich gerade auf den Anschiss meines Lebens warten. Und mein Vater zögerte es absichtlich raus. Er war ein Meister darin, dass man sich in die Hosen machte, wenn er es wollte.

»Kannst du bitte damit aufhören?«

»Womit denn, Kleines?«

»DAD!«

»Okay, wie du willst. Was. Denkst. Du. Dir. Dabei?«

»Ich ... ich wollte doch nur ...« Ich verstummte unsicher, weil ich echt nicht wusste, was ich sagen sollte. Schließlich strich ich mir übers Gesicht und seufzte ...

»Mir war langweilig.« Dabei merkte ich selber wie kindisch das klang.

Er schwieg.

Das war schlimmer, als wenn er explodiert wäre. Gott, ich HASSTE schweigende Männer und warf Kristov einen weiteren verhassten Blick zu. Er lehnte an der Wand und amüsierte sich königlich. Arsch!

»Dad ... ich wollte doch einfach nur ... ich wollte was Gutes tun!«

»Dann mach es wie deine Mutter, gründe einen verdammten Stinkehof und kümmer dich um irgendwelche halbtoten Tiere!«, mein Dad knurrte. Kein gutes Zeichen. »Nimm seine Kohle und spende es an Greenpeace. Geh in die Suppenküche und schenke da verfickte Pisse aus!«

»Dad!«

»Elina im Ernst, du bist dreissig Jahre alt. Du bist mit einem verdammten Verbrecher verheiratet, mit einem Fuß immer auf der anderen Seite. Du lebst nicht mehr im beschaulichen Bayern, in einem Haus im Wald, sondern in einer der geährlichsten Städte der Welt und rennst trotzdem so unbefangen und naiv rum, wie ein kleines Lamm. Du kannst so eine verdammte Scheiße einfach nicht mehr bringen, oder alles wird wegen dir den Bach runtergehen, verfickte Drecksfotzenscheiße nochmal! Ich würde dir am liebsten den Hintern versohlen, aber das wird Kristov schon übernehmen, so wie ich ihn kenne, wobei ich übrigens absolut hinter ihm stehe!« Ach ... wie hatte ich meinen Vater doch vermisst ... Doch er musste etwas verstehen, Kristov musste etwas verstehen - alle mussten es verstehen.

»Ich sage es jetzt noch ein allerletztes Mal. Ich kann auf mich aufpassen und ich lasse mich von keinem behandeln, wie die Prinzessin im Turm. Ihr habt einen Job, habt Abwechslung – euch würde es auch nicht reichen, nur zu Hause zu sitzen, sich die Nägel zu feilen und gut auszusehen. Und mir reicht es auch nicht. So hast du mich nicht erzogen Dad. Ich bin keine verdammte Prinzessin!«

Er seufzte und ich hörte etwas dumpf aufschlagen. Wahrscheinlich seine Stirn auf den Tisch.

»Du bist genauso wie deine Mutter.«

»Aber du liebst mich dafür.«

»Das tue ich Baby, du hast keine Ahnung wie sehr.« Nun hatte ich Tränen in den Augen verdammt!

»Dad, du musst dir keine Sorgen um mich machen. Ich werde auf mich aufpassen!« Dabei schaute ich jedoch die Fotoleinwand vor mir an und mir wurde ganz anders. Ganz ganz anders ...

»Das will ich auch verfickt nochmal hoffen!«

»Dad?«

»Hm?«

»Ich liebe dich auch«

»Hmpf ...«

»Ich werde jetzt auflegen.«

»Hmpf ...«

»Und du wirst dir keine Sorgen machen! Du hast mit deinem eigenen Scheiß genug zu tun.« Er seufzte.

»Wenn du nur wüsstest ...«

»Wirst du mir davon erzählen?«

»Natürlich nicht! Gib ihn mir!«

»Okay Dad!«

»Los!«

»Okay!« Ich hatte immer noch das Handy in der Hand und machte keine Anstalten aufzulegen, denn ... ich liebte es, der Stimme meines Vaters zu lauschen – und war sie noch so angepisst. Ich fühlte förmlich, wie er die Augen verdrehte.

»Elina, jetzt reiß dich zusammen!«

»Ist ja gut ... *Opa*!« Ich hörte noch seinen herzhaften Fluch und musste lachen, als ich Kristov das Smartphone gab ...

Manche Dinge würden sich eben nie ändern.

Zum Beispiel, dass ich ein verwöhntes Papakind war – und dass dieser fluchte wie ein Hafenarbeiter, mich aber liebte, wie noch nie ein Vater seine Tochter geliebt hatte. Außer Kristov Lili vielleicht ...

Sobald Kristov das Telefonat mit meinem Vater beendet hatte, klingelte sein Handy allerdings schon wieder. Eigentlich klingelte es so gut wie in einer Tour und er ging nach einem Blick auf das Display gewohnt knapp ran. Dann wurde er ein wenig weiß um die Nase, während er Sergejs Stimme lauschte, wie ich zu gut hörte. Und dann sah er mich an und verengte die Augen.

»Wir kommen!«

Fuck overload

»Was ist denn los?«, fragte ich, während wir zum Auto hasteten und einstiegen. Pitschnass von den paar Schritten war ich froh, als er die Heizung aufdrehte, rückwärts ausparkte und losfuhr. Er antwortete natürlich nicht.

»KRISTOV!«

Er seufzte, während seine Hände fest das Lenkrad umklammerten, und knurrte dann, ohne mich anzusehen. »Der Club wo du ... äh ... die letzten vier Wochen warst, als du mich hintergangen hast wurde auseinandergenommen. Terechov ist tot, bestialisch ermordet.« Nun verließ das Blut auch meine Wangen.

»Aber ... aber wann?«

»Gestern, kurz nachdem wir gegangen waren.«

»Denkst du ... das hat was mit mir zu tun?«

»Ich bin mir ziemlich sicher, dass sie es eigentlich auf dich abgesehen hatten, vor allem, da du dort so leichte Beute für sie warst. Terechov wurde nämlich genauso zurückgelassen wie einer meiner Männer, seiner Frau und seine zwei Kindern, die erst vor Kurzem von den Chinesen niedergemetzelt wurden ...

Das ist eine eindeutige Botschaft.«

Ich wusste nicht, was ich sagen, was ich tun sollte ... und schluckte nur trocken. Und gleich nochmal. Ich hatte einen Kloß in der Kehle, der mit jeder Sekunde größer zu werden schien.

»Seine Frau und *Kinder?*« Meine Stimme war ein leises Wispern.

»Japp, ihre Köpfe. Aufgespießt.« Wie konnte er das nur so emotionslos von sich geben, während er den Blinker setzte und überholte? Wie konnte er ... mit mir darüber reden, wie über das, was er heute zu Abend essen wollte? Hier ging es um Menschenleben! Um unschuldige Kinder!

»Schockiert dich das jetzt?«, bohrte er noch knallhart. »Dachtest du ... wir würden uns hier mit Wattebäuschchen bewerfen oder es im Stuhlkreis ausdiskutieren, wenn uns was nicht passt? Tja, willkommen in der Realität, geliebte Ehefrau! Hier ist nichts rosa und schön und toll. Hier gibt es keine Moral, kein Gewissen, keine Ehre! Hier gibt es nur das Recht des Stärkeren! Du wirst zerfleischt, wenn du nicht bereit bist, genau dasselbe zu tun. Wir Menschen sind Tiere, kaltblütig, grausam und unberechenbar. Nur haben es manche besser drauf ihre animalischen Instinkte zu unterdrücken und andere eben nicht.«

»Aber wir Menschen können auch gütig sein und nett und hilfsbereit. Wir können auch Schönes erschaffen. Wir haben Mitgefühl und Liebe und können Trauer empfinden und Schmerz.«

»Nicht hier. Hier ist all das, was du sagst, eine Schwäche, die sofort ausgenutzt wird. Ich frage mich immer noch, wann du lernst, dass die Welt, wie du sie kennst nur eine Täuschung ist, eine Illusion ... Diese romantische Vorstellung, wie du sie von mir und meinem Leben hast ist falsch. Abgrundtief falsch.«

»Das stimmt nicht, Kristov, in dir ist Güte, Ehre und Mitgefühl! Versuch mir nicht weiszumachen, es wäre nicht so! Ich kenne dich!«

»Aber in mir ist auch jede Menge Hass und Grausamkeit, und wenn du etwas anderes von mir annimmst, dann kennst du mich doch nicht so gut wie du denkst. Aber das werden wir ja jetzt ändern, nicht wahr?«

»Wieso ... wieso tust du das? Liebst du mich nicht mehr? Willst du mich loswerden?« Wir waren stehengeblieben und er schaltete den Motor aus. Sein Haar feucht, sein Seitenprofil so schmerzhaft perfekt. Er schnaubte und wandte mir den Blick zu. Sein harter Ausdruck wurde einen winzigen Tick weicher. Er strich mit den Fingerspitzen über meine Schläfe, und umfasste dann hauchzart mein Gesicht. Wie konnte ein Mann, der mit diesen zwei Händen schon so Schlimmes getan hatte, mit ihnen gemordet hatte, gleichzeitig auch so sanft mit ihnen sein? Den Daumen an meinem Mundwinkel, beugte er sich vor und wisperte, während er mit seiner Nase zart über meine strich. »Ich liebe dich nicht nur. Ich verehrte dich. Ich würde für dich sterben, Elina Wrangler. Das ist jetzt so und wird auch immer so bleiben. Egal, was ich tue, egal was ich bin, egal wo uns das Schicksal auch hinführen mag.«

Ich schloss die Augen, denn selbst seine leichte so zarte

Berührung vibrierte intensiv durch meinen ganzen Körper ... und schmiegte meine Wange in seine große männliche leicht raue Hand. Ich wollte ihn, seine Stärke. Nackt über mir. Die Muskeln angespannt und von Schweiß bedeckt. Ich wollte ihn tief in mir und wissen, dass alles zwischen uns wieder okay war ... Dass ich sein war und er mein und nichts das jemals ändern könnte. Ich ... ich brauchte ihn, wie die Luft zum Atmen.

Also öffnete ich die Augen und forderte heiser, direkt an seinem Mund: »Dann komm wieder zurück zu mir!« Denn selbst wenn er mich so sanft berührte, als bestünde ich aus dem teuersten kostbarsten Porzellan, so war er so weit weg ... unerreichbar.

»Noch nicht!«, antwortete er, zog seine Finger zurück und stieg einfach aus ...

Danksagung und Anmerkungen

Erstmal ein paar Anmerkungen: Jegliche Gegebenheiten aus dem Rennzirkus und der Musikbranche werden nicht ganz der Realität getreu wiedergegeben, ich verbuche sie unter künstlerischer Freiheit. Auch ein paar geografische Daten wurden geändert, denn eigentlich gibt es in Goodville Pennsylvania so gut wie gar nichts! Und ganz sicher kein Kino und einen Zoo ;)

Jetzt zu dem Wichtigsten … Mein erstes Danke geht natürlich an Nicole, der ich den Reihentitel und den Namen von Saint zu verdanken habe und die meine Muse ist … Alleine die Bilder, die sie mir immer zur Inspiration schickt … Tja sie ist schuld an so einigen ungeplanten Sexszenen in diesem Buch. Lol. Mein nächstes Danke geht natürlich an den A.P.P. Verlag – und jeden der da arbeitet. Meine Familie, die ich mir ausgesucht habe …

***

Und jetzt möchte ich aber noch ein paar Worte loswerden, die mir sehr am Herzen liegen:

Dieses Buch erscheint an einem sehr wichtigen Datum für mich. Dem 07.09. Dem Geburtstag meines Vaters – und fast genau fünf Jahre nachdem Immer wieder samstags das Licht der Welt erblickt hat.

Leider hat er mich viel zu früh allein gelassen, und starb vor drei Jahren an Krebs – es kommt mir vor, als wäre ich schon ewig ohne ihn, denn ich vermisse ihn zu jeder Minute. Aber bevor er ging hat er mich noch die Werte vermittelt, die wirklich wichtig sind.

Er gab mir Mitgefühl, er gab mir Verständnis. Er gab mir eine Weisheit mit, dass man niemals über einen anderen anhand seines Aussehens, seines Berufes oder seines gesellschaftlichen Standes urteilen sollte. Dass man immer mit offenen Augen durchs Leben gehen und dass man anderen helfen sollte, wenn man die Möglichkeit dazu hat. Er gab mir die Weisheit, dass sich jedes Problem leichter mit Humor bewältigen lässt, dass man sich selber nicht immer so ernst nehmen und lieber mit einem Schulterzucken und Lächeln durchs Leben gehen, als mit Tränen in den Augen oder voller Hass vor sich hin schlurfen sollte.

Egal wie schwer auch eine Situation erscheint, man kann sie immer irgendwie lösen ... Eile mit Weile. Das brachte er mir auch bei, auch wenn mein aufbrausendes Temperament mir in jungen Jahren immer wieder einen Strich durch die Rechnung machte, so habe ich es jetzt auf meine alten Tage (hey, ich bin schön über dreißig!!!!!!!!!!!!) so langsam mal verinnerlicht …

Er zeigte mir, dass Geld nicht alles ist, und dass man nur an seine Träume glauben muss, um sie leben zu können. Er zeigte mir, sich nie für einen anderen zu beugen und sich für ihn totzurackern, wenn man selber sein Leben gestalten und bezahlen kann. (Er hatte einen eigenen Antiquitätenladen, war immer selbstständig.)

Er zeigte mir, dass man Güte zurück bekommt wenn man Güte gibt, dass die Liebe von anderen Lebewesen (ob Mensch oder Tier) niemals missbraucht werden darf, genauso wenig wie die Hilflosigkeit eines anderen.

Er zeigte mir so viel, was jetzt für mich wichtig ist.

Mein Vater war ein wahrer Held.

Er war stark übergewichtig, so wie der ganze Teil meiner väterlichen Familie, aber er zeigte mir, dass man auch trotzdem hoch erhobenen Hauptes durch das Leben gehen und zu sich stehen kann. Dass man trotzdem Spaß haben kann und dass man es auch wert ist geliebt zu werden, wenn man nicht perfekt ist.

Das möchte ich auch in diesem Buch ausdrücken.

Und ich heule hier gerade während ich diese Danksagung schreibe, weil ich ihn so sehr vermisse, und weil ich ihm gerne noch einmal sagen würde, was für ein toller Mensch er war und wie sehr ich ihn geliebt habe.

Aber so kann ich ihm nur dieses Buch widmen, das aus meinem tiefsten Herze kommt. Denn auch ich möchte etwas von seinen Weisheiten an euch abgeben, ich möchte etwas von dem Guten was ich erfahren habe teilen …

Ich möchte euch sagen, dass ihr schön seid, auch wenn ihr nicht perfekt seid.

Und dass ich euch bewundere, für den Lebensweg, den ihr gegangen seid, für die Hürden, die ihr genommen habt und für den Mut, den ihr Tag für Tag zeigt.

Danke, dass ihr schon seit so vielen Jahren meine ganz persönliche Reise mit mir geht.

Danke, dass ihr mir helft meinen Vater stolz zu machen – wo auch immer er gerade ist.

***

So das war mal wieder eine etwas längere Danksagung, aber sie kommt von Herzen und das musste mal sein! Es wäre wirklich superschön, wenn ihr mir ein paar Worte zu DEEP WATERS dalassen würdet. Es gab seit Tristan und Mia nicht mehr ein Buch, an dem ich so hing … und ja eigentlich sollte das hier ein Einzelteil werden, aber Hailey und Saint haben noch so viel zu erleben, noch so viel zu sagen … denn ihr Leben fängt gerade erst an. Wer ist bereit auf diese neue total irre Reise mitzukommen? Und wer würde mir ein paar Worte in Form einer Rezension dalassen?

Eure … total verheulte aber lächelnde und glückliche … Bethy.

Über die Autorin

Die 30-jährige Tschechin, die in Bayern lebt, fing im Alter von zwölf Jahren an Geschichten zu schreiben, weil sie die beste Kurzgeschichte in der Schule abliefern wollte. Der Plan gelang und sie entdeckte dadurch ihr Talent, Geschichten erzählen zu können.

Während ihrer Schulzeit und ihrer Berufsausbildung als Kinderpflegerin ließ sie ihrer Fantasie als Hobbyautorin freien Lauf. Der Schwerpunkt ihrer Erzählungen lag anfangs meist bei Liebesromanen, und humorvollen Komödien. Jedoch kam auch das Drama, die Fantasy und der Horror nicht zu kurz. Im späteren Verlauf floss auch immer mehr Erotik ein und diese Kategorie entwickelte sich schnell zu einer ihrer liebsten.

Im Jahr 2010 wagte sie den großen Schritt und stellte einige ihrer Erzählungen auf einer Fanfiktion- Seite einer breiteren Leserschaft zu Verfügung. Ihre Angst Spott und Häme dafür einzustreichen, war mehr als unbegründet. Sie hatte durch ihre provokanten aber ehrlichen Geschichten schnell eine große, begeisterte Leserschaft und gewann einige Wettbewerbe und Preise.

Durch diese Erfolge ermutigt veröffentlichte sie im Jahr 2013 ihren ersten erfolgreichen Roman »Immer wieder Samstags« und gehört seit dem zu einer der meistgelesenen Autoren auf dem ebook- Markt.

Privat engagiert sie sich für den Tierschutz und lebt mit ihren Katzen, ihrem Mann und ihrem Sohn im kleinsten Kuhkaff der Welt.